五大贼王 6

逆血罗刹

图书在版编目（CIP）数据

五大贼王 . 6，逆血罗刹 / 张海帆 著 . —北京：东方出版社，2019.8
ISBN 978-7-5207-0969-9

Ⅰ. ①五… Ⅱ. ①张… Ⅲ. ①长篇小说—中国—当代 Ⅳ. ① I247.5

中国版本图书馆 CIP 数据核字（2019）第 068062 号

五大贼王：6 逆血罗刹
（WUDA ZEIWANG: 6 NIXUE LUOCHA）

作　　者：张海帆
责任编辑：朱　然
出　　版：东方出版社
发　　行：人民东方出版传媒有限公司
地　　址：北京市朝阳区西坝河北里 51 号
邮　　编：100028
印　　刷：北京市大兴县新魏印刷厂
版　　次：2019 年 8 月第 1 版
印　　次：2019 年 8 月第 1 次印刷
开　　本：710 毫米 ×960 毫米　1/16
印　　张：23.5
字　　数：380 千字
书　　号：ISBN 978-7-5207-0969-9
定　　价：39.80 元
发行电话：（010）85924663　85924644　85924641

逆血罗刹

目录

一、光阴荏苒

我跟着严一，上了一辆没有车牌号，也没有标志的宽大商务车。有一个同样穿着一身黑色西服的男子，一言不发地坐在驾驶座上。我和严一上车后，这个司机甚至没有看我一眼，便发动了汽车，疾驰而去。

不得不说，这辆汽车内的豪华程度令人咋舌！虽不是珠光宝气，但颜色素雅，接触到的每一个地方，都透出一种难以名状的细致和名贵。我一坐上宽大柔软的皮质座椅，这个座椅便轻轻地倾斜，让我非常舒服地躺在上面，几乎感觉不到车辆运行时的震动。耳边随即有轻柔的音乐传来，车顶上慢慢展开一套视听设备，手边亦升起一套小吧台，吧台里装满了五颜六色的细长酒瓶，连瓶盖上也镶嵌着拇指大的宝石。

我有些受宠若惊，坐在座椅上不敢乱动乱摸，也不好意思问严一什么。

严一坐在我侧对面，他不与我解释，只是从车厢一侧拿下一个电话，按了几个按钮，说了声："已经接到了。"便挂了电话。

一路上，严一除了介绍我身边各种设备的使用方法，别的什么都没有说，看他的意思，也不会回答我任何问题。

汽车飞快而平稳地行驶在高速公路上，超越着一辆又一辆的汽车，没有片刻的停滞。司机的驾驶技术一流，我能感觉到。

天刚蒙蒙亮的时候，汽车驶入了沈阳市区。

尽管我一直听老爷子讲奉天，也就是现在的沈阳，可这是我这辈子第一次来沈阳。

很快，汽车停在了一座大酒店前。严一拉开车门，带我下车。

可能是清晨的原因，这座金碧辉煌的五星级酒店大堂里，几乎空无一人。严一带着我快步而行，酒店服务生远远地站在一旁，向我们点头示好，也不敢过来。

严一带我走入一部电梯，伸出手指，在手腕的一个手表一样的圆盘上按了一下，也没有见到他还有其他动作，电梯便向下降去。

等电梯再打开，严一带我走出，我尽管想象了很多场面，但眼前的一切还是让我颇为吃惊。

电梯外是一个巨大的大厅，必须说明的是，这个大厅是木质的，雕梁画栋，古色古香，好像是将一个古代的建筑，整个装了进来。

我再往前走了几步，一抬头，便见到头顶门梁上悬挂着一面巨大的牌匾，上书四个大字：青云客栈！

我瞪大了眼睛，几乎扭不开头去，老爷子所说的青云客栈，居然在现代，在这么豪华的五星级大酒店的地下就有一间！

我再也忍不住，失声叫道："青云客栈！是木家的！"

严一平静地说道："已经没有木家了。"说着径直向里走去。

我不好久留，赶忙跟上，眼前的一切，仿佛让我迈入了老爷子所说的那个时代。

这里真的就是一个老式的客栈。毫无现代科技的痕迹。

如果不是因为我和严一穿着现代的衣服，真的像穿越了时空。

我和严一走进了大堂，一侧跑出一个穿长袍大褂的中年男人，满脸堆着笑容叫道："客官！你们来了！快请快请！我是店掌柜，有事请吩咐！"

这店掌柜看向我，笑眯眯地说道："这位是严郑先生吧！欢迎来到青云客栈！在这里就和回了家一样，千万别拘束啊！我是店掌柜，也叫店掌柜。"

我慌慌张张地回礼，简直不知是该与他握手，还是抱拳、鞠躬。

只听前方二楼，有女子的声音说道："严先生，一路辛苦了。请上来吧！"

我抬头一看，二楼的围栏处，那位在重庆见到的老妇人，还是穿的和重庆时一样，清淡素雅，干净整洁，正微笑着看着我。

严一向老妇人微微一鞠躬，对我说道："严郑先生，请。"

我进了房间，局促不安地坐在桌边，严一早已退下。

老妇人给我递上一杯茶水，坐在我的侧面，说道："严先生，觉得这里怎么样？"

我连忙说道："挺好挺好！特别好！就是没想到真的能来到青云客栈。"

老妇人微微笑道："青云客栈已经不多了。"

我说道："阿姨，为什么让我来这里？"

老妇人说道："请喝茶吧，不着急。"

我哦哦连声，喝了几口茶，立即想起一件事，便一把将电脑包提起，将电脑取出来打开，颇有些兴奋地说道："阿姨，这几个月我把老爷子和我说的事情全部写下来了！请你看看！我没有给任何人看。"

老妇人摆手道："不着急，我知道了。"

我为之语塞，不好意思地盖上电脑。

老妇人看着我说："严先生，你还愿意听五大贼王的故事吗？"

我就是等着她这句话，立即说道："当然愿意！我一直等着你联系我呢！"

老妇人说道："很好。你是愿意现在听我讲，还是睡一觉起来再听？"

我毫不犹豫地答道："现在，现在！我现在很精神，一点都不想睡觉。"

"那好吧。"老妇人一低头，从身旁拿出一柄黑色的长刀，摆在桌上。正是我在老爷子家中见过的密刀乌豪。

我低念道："乌豪，伊润广义，是他的刀。"

"这把刀，老爷子说了送给你，只是你在重庆的时候，不方便带走。等我把后面的故事讲完，这把乌豪就正式属于你了。"

我知道这把刀的来头不小，绝对不是我这个平常人所能持有的，所以我推辞道："阿姨，这么贵重的东西，我想我不能接受。"

老妇人呵呵轻笑，看着这把刀出神，悠悠说道："天下最贵重的又是什么呢？让人可以不惜一切？"

五大贼王的故事，便在这一刻继续下去，可能结局在人的意料之中，但从发生到结束，这里面曲折的过程，才是最让人唏嘘、感叹的……

1937年9月某日，奉天郊区，关东军军用机场。

本应热闹的军用机场，今天却异常冷清，连四处奔波的地勤人员也不见了踪影，各式汽车全部停放在一角，不见开动。放眼看去，似乎这个硕大的军用机场，被突然间荒废了一样，所有人都不翼而飞。

隐约间，有汽车的轰鸣声传来，从机场一侧，五辆黑色的轿车疾驰而入，嘎嘎嘎连声刹车作响，这几辆轿车整齐地停在了机场跑道旁边。

轿车车门迅速地打开，从车上一共下来五个穿着武士服的日本男人。他们一言不发，不苟言笑，表情沉稳，行动迅速而整齐，排成了一排，站在轿车一侧，抬头向天空看去。

天空晴朗，万里无云，烈日高照，远处的天空中闪出几个黑点，嗡嗡嗡的螺旋桨声远远传来，响声越来越大。

一架硕大的军用运输机，在另外两架战斗机的护航下，正向这个机场飞来！

飞机降落，缓缓地滑行到等候在一边的五辆轿车前，停了下来。五个武士跑到机舱门旁边，笔直站稳，纹丝不动。

机舱门打开，一个人影出现在舱门口。

五个武士立即齐声大喝，齐刷刷地鞠躬。

舱门口的男人稳步走出，一身赤红的和服。他并不着急走下扶梯，而是站在舱门口，深深地吸了一口气，遥望着群山，低声说道："我终于回来了。"

这个身穿赤红和服的男子，正是离开中国已有七年的火小邪！

火小邪低头一看，见舱门下五个武士毕恭毕敬地等着，丝毫不觉得别扭，他在日本甲贺孔雀山学习忍术七年，同时对日本文化中的尊卑之分亦有深刻了解。火小邪也已认可自己日本忍军少主的身份，而且在日本见识颇多，所以再有类似恭敬迎接的场景，再不会忐忑不安。

火小邪稳步走下扶梯，随即宫本雅子、土贤藏丰从机舱内尾随而出。

有武士赶忙上来迎接火小邪，用日语说道：“火邪大人，请这边走。伊润大人正在车内等您。”

火小邪对日语虽不敢说熟悉如中文，但听懂和简单交流已没有任何问题。

火小邪同样用日语答了声好，回头向雅子和土贤藏丰点头示意一下，由武士领路，快步向一辆轿车走去。雅子和土贤藏丰则被恭迎到其他轿车乘坐。

火小邪坐入车内，伊润广义一身素白的和服，早就端坐在后座。

火小邪赶忙用日语问好：“父亲大人！”

伊润广义点了点头，说道：“平安到达就好。”说着手指轻轻一摆，副驾驶位置上的武士见到，立即指挥司机发动汽车，疾驰而去。

五辆轿车先后发动，平稳而急速地驶出了机场，奔驰在平坦的柏油马路上，向着奉天城方向行去。

火小邪用半生不熟的日语说道：“父亲大人，您这么辛苦，还要抽空来接我，真是太感谢了。”

伊润广义呵呵一笑，反而用地道的中文说道：“火邪，你日文的水平提高得很快，非常好。但你既然重回故土，在中国的土地上，你和我说话还是直接用中文吧。”

火小邪连忙正色用中文说道：“是！父亲！”

伊润广义说道：“火邪，你离开七年，今天回来，高兴吗？”

火小邪很平静地说道：“高兴，特别高兴。”

伊润广义问道：“那怎么看不出你有高兴的表情？”

火小邪说道：“因为要忍，要能够控制自己的情绪。”

伊润广义哈哈大笑，说道：“火邪，你已经学得很好了！这几年我和土贤藏丰是对你要求严格了些，现在你学成归国，可以放轻松一点。”

火小邪仍然很严肃地答了声是，可是话刚出口，就察觉到伊润广义右手向自己的胳膊肘闪电一般抓来，无声无息。若是持械，就算能避开手肘，这么近的距离，肋部也无法躲过，必然中招。

火小邪来不及细想，只是条件反射一般，身子前移，手臂后撤，胳膊一弯，避开了伊润广义的先势，接着猛然发力，用臂弯将伊润广义的手腕夹住。这一夹，将伊润广义的劲力引至了侧面后背，避开了向肋部的攻击。

火小邪毫不慌乱，低声道：“父亲大人，您是考量我吗？”

刚才这一切发生得极快，只是眨眼工夫，而且连声音都没有发出，如果不是亲眼看见，很难猜到刚才他们两人做了什么。

伊润广义呵呵一笑，一松劲力，将手收回，说道：“火邪，你两年前就已经学成了忍术，但你又花了两年时间，领会火盗双脉，结果如何？”

火小邪说道：“父亲，火盗双脉我已经能够驾驭了，但现在还是不能随心所欲。主要是副脉的劲力杂乱，时强时弱，更麻烦的是，出力的方向经常是以为是向左，其实是向上、向下，与意识到的不一致。”

伊润广义点头道：“能做到这样已经很好了！”

火小邪说道：“父亲，我母亲的火盗双脉到了什么程度？”

伊润广义说道：“收发自如，身意合一，甚至能够将主脉停止，只以副脉行动。”

火小邪略微吃惊道：“能将主脉停下，以副脉行动？这会是什么样的？”

伊润广义点头道：“行为上与常人并无太大区别，但对事物的感受完全不同，很难形容，你母亲也描绘不清楚。”

火小邪说道：“到我母亲的程度后，能够做什么？”

伊润广义说道：“能盗破五行，金木水火土五行世家，均可盗入，故而能做贼王之王。”

火小邪沉默片刻，沉声道：“我母亲偷过五行世家吗？”

伊润广义说道：“你母亲珍丽没有这么大的野心，她只想做一个普通的女人。”

火小邪曾经在日本多次问过伊润广义母亲珍丽的具体死因，伊润广义从不细说，每次都显得悲痛莫名，所以说到此时，火小邪也知道不好再问下去，以免触动了伊润广义的伤心处。火小邪在日本学习的时候，在甲贺孔雀山中主要由土贤藏丰教导，伊润广义则通常是每个月会来四至七天不等，第一是检查火小邪的修习情况，第二也是将他的忍术心得传授给火小邪，第三是尽父亲的义务，时不时教导火小邪一些人生的道理。

火小邪对伊润广义的感情，在这七年内积累颇深，伊润广义虽然不苟言笑、气质肃然，其实不断接触下来，觉得他通情达理，坚毅豁达，举重若轻，颇有些旧时评书演义中的大侠风范。在火小邪看来，伊润广义严肃而又亲切，威严而又平易，居高而不自傲，可秉烛夜谈，也可嬉笑玩闹，更重要的是很有主见，一言九鼎，言出必诺，绝不摇摆，所以伊润广义非常符合火小邪心目中父亲的形象。只有在谈到珍丽的时候，浅谈几句尚可，若谈得深了，伊润广义就会有点失态，想必珍丽之死，对他而言是不堪忍受的痛苦回忆，无法释怀。时隔七年，火小邪尽管坚信伊润广义就是自己的父亲，但对母亲珍丽之死，还是云山雾罩一般，难以厘清头绪。

火小邪不再说话，可心里却想道："虽然我不知道母亲的性格，但我也不愿去偷五行世家，没什么野心，这点应该像她。"

半晌之后，伊润广义才又慢慢地说道："火邪，你看外面的景物有什么变化吗？"

火小邪向窗外略一打量，马路边的田地中麦穗金黄，小山上果林密布，田间地头沟渠齐整，远远能看到农人在忙碌着。更让火小邪吃惊的是，有许多电线杆，拉着电线，这可是在城市里才能见到的高科技，不是郊区的农民能享受的。火小邪不禁说道："山山水水都是老样子，很熟悉，只是多了不少东西，比如这条路就修得真好！以前哪有这么平整的。"

伊润广义说道："1932 年，也就是你去日本修习的那一年，东北三省被我们和平占领，没有费一枪一弹。现在东北是我们的大后方，占领的这七年间，做了许多基础建设，开荒地，办学校，兴水利，建法制，让耕者有其田，穷者有其屋，所以东北这几年发展得很快，老百姓安居乐业。等你到了奉天，会觉得变化更大。”

火小邪欣慰道：“早该如此了。”

伊润广义说道：“东北地广人稀，资源丰富，有太多肥沃的土地可以开垦，目前东北已经有上百万的日本移民，许多日本人已经把东北当成了故乡。天皇陛下打算在战争胜利后，把大多数日本人搬迁到中国大陆来。到时就可以共享太平了！”

火小邪说道：“啊！中日已经宣战了？”

伊润广义说道：“是的，为了再建中华，实现大东亚共荣，战争无法避免。我们已经与中华民国政府宣战，希望尽快打赢这场战争。”

火小邪说道：“父亲，我回来可以帮到您什么？如果我能够帮到天皇陛下尽快结束战争，避免生灵涂炭，我什么都可以做。”

伊润广义轻轻一笑，拍了拍火小邪的手，说道：“现在你还帮不上什么忙，我让你尽快从日本回来，就是想让你亲眼见证我们问鼎中原、统一天下的过程。”

火小邪点了点头，坚决地说道：“一切听您的吩咐！”

奉天城内僻静处，一所戒备森严的大宅内，五辆轿车相续驶入。高大的院门随即紧闭，停车场四处又恢复安静。

车门打开，火小邪、伊润广义、宫本雅子、土贤藏丰等人相续从车内走出，由武士带路，向大宅内走去。

起初还是中国式的建筑风格，穿过一段房舍后，推开一扇木门，眼前便见到一个日本式的庭院，闹中取静，颇为雅致。

火小邪在日本已经住惯了日本式的宅子，习以为常，而且以日本忍军的能力，在奉天修建一套供自己休息的宅院，并不奇怪，欣然享受就是，没什么不好意思的。比起七年前，火小邪早不是那个缩手缩脚，感觉地位卑贱，处处抬不起头的小贼了。

进了内屋，早有四五个日本女佣等候着，武士、司机将火小邪、雅子他们大大小小的行李放置好，鞠躬退下。

伊润广义、土贤藏丰并不久留，让火小邪好好休息几天，再做其他安排，说完便先后离去。

火小邪见人终于都走了，钻进卧室，伸了个大懒腰。

突然间，火小邪的表情一松，露出一副吊儿郎当的表情，完全不是一路上那副深藏不露、平静如水的模样。

火小邪把衣服几把拉松，就在地上一滚，四脚八叉地躺在地上。

雅子拉门进来，见火小邪没有个正经地躺在地上，啊了一声，用日语说道："火邪君，别人一不见到你，你就没有正经了。"

火小邪坏笑一声，抬起身把雅子拉在怀中，用中文说道："怎么，想告我的状？"

雅子连忙摆手，认真地用日语说道："雅子不会告诉别人的。"

火小邪挤眉弄眼地说道："我其实就这个德行啊！骨子里的东西，不好改啊！父亲大人他清楚得很。哈哈，要冷静下来也容易，只是现在回奉天了，我不愿意再忍着。对了，雅子，到中国来了，就说中文。"

雅子说了声是，用中文说道："火邪君，你饿不饿？我去准备吃的。"

火小邪刮了下雅子的鼻子，说道："说了我们两个人的时候，你不要叫我火邪君，听着总是别扭得很。"

雅子脸上一红，说道："是，小邪……小邪，你饿不饿？"

火小邪嘿嘿一笑，说道："雅子，我以前的衣服你都带回来了吧？"

雅子说道："是的，都带回来了。"

火小邪翻身站起，牵着雅子的双手，挤眉弄眼地说道："雅子，把我的衣服拿来，还有，把你的便装也拿来！"

雅子惊讶道："小邪，你要出去？"

火小邪呵呵直笑，说道："当然啊，好不容易回来了，我简直一分钟也不想待在房间里啊。奉天可是我长大的地方，我带你在奉天玩玩，吃点新鲜的！到处逛逛！"

雅子忙说道："小邪，我们就这样出去，不和伊润大人和土贤先生说一下吗？”

火小邪抠了抠脑门，又坏笑道：“不管他们了，我们两个，偷偷地溜出去，不让人跟着，这样才刺激嘛！奉天是我的地界，谁能把我怎么样？”

雅子说道：“小邪，我们应该留个口信吧。”

火小邪抱住雅子，猛亲她的小嘴，说道：“不留，不留，就是不留。我们去过二人世界！”

其实火小邪在日本七年，原本嘻嘻哈哈、调皮捣蛋、倔强执拗的性格一点没有改变，相反越发强烈。火小邪自己也说不清这是为什么，他自从被火家逐出火门三关后，历经坎坷磨难，情感之路跌宕起伏，在认了伊润广义为父亲时，以为自己会性格大变，谁知越是这么认为，性格越是重归老路，尤胜于幼年时期。

说到底，是火小邪形成了两套性格罢了，俗话说就是人前一套、人后一套，在伊润广义他们面前，是冷静沉稳，言辞谨慎，泰山崩于前而面不改色；在与雅子共处时，则恢复成嬉皮笑脸的模样。

这两套性格，都是火小邪的性格，发自内心，绝不是故意装出来的，只是拆分得过于明显罢了。日本甲贺孔雀山是忍军的总部，各流派不同级别的忍者在此修习的数不胜数，火小邪接触过的少说有千人，他发现，许多日本男性的忍者也有这个毛病，平日里要多压抑就有多压抑，要多谨慎就有多谨慎，屁都不敢放响，话都不敢大声，可一旦给他们机会，允许他们胡来，几杯酒下肚，完全就变了一个人似的，光着屁股跳舞号叫这些都实乃平常。土贤藏丰经常给陪同火小邪修习的忍者机会，允许他们发泄一通，火小邪见的多了，就不再奇怪。相反，像雅子这种女性的高级忍者，性格就非常稳定，绝不会有失态之处。

火小邪、雅子穿上洋装，从后窗翻出。以他们两人的手段，无声无息离开这个院落，不让任何人发现，可以说轻而易举。

别看雅子是女流之辈，但她在忍者中的级别相当之高，乃是密殿流忍术的千代目藏，此种流派和五行世家的水家有相似之处，就是特别善于藏身、隐蔽、跟踪，运动起来行云流水、不露声息。所以雅子和火小邪一起行动，绝无半分拖累。

火小邪、雅子出了院子，疾行不止，很快便远离住所，混入了人群。

火小邪时隔七年，故地重游，看什么都觉得亲切，心情好得无以复加，直带着雅子去奉天最繁华的街道游玩。

奉天被日军占领七年，说起来国人可能觉得不信，经过七年日本占领的奉天，繁华程度远胜当年！原本破烂的街道全部翻新过一遍，路面是水泥铺成，平整坚固，以前污水横流的沟渠也不见了踪影；其他城市基础设施大大增加，电力装置比七年前多出数倍，大街上奔驰的汽车亦是数不胜数。连大街上的行人，衣衫褴褛的也少了很多。不管怎么说，奉天恍如旧貌换新颜了一般！张作霖统治下的奉天，十几年如一日，变化甚慢，怎么日本人来了，七年间居然有这么大的变化？

奉天城市变化大这是其一，其二是奉天的人，最大的变化是大街上几乎随处可见身穿和服的日本人，男女老幼皆有，表情轻松，神态自若，好像不觉得这里是异国他乡。

再看奉天本地的人，他们和以前并没有太多变化，该笑的笑该哭的哭该忙的忙，只是大街上时常能够听到掌柜、伙计们用日语大声招呼日本顾客，模样态度尽管看着很是恭维巴结，但也是商人的常性，有钱便是爷，并不奇怪。

火小邪一路逛得兴起，原本熟悉的街道显得既熟悉又陌生，着实出乎意料。

火小邪沿路张望，啧啧称奇："七年没有回来，奉天变化这么大啊！看样子老百姓过得不错！"

火小邪见奉天比想象中的还好，一副太平祥和的景象，心里最后的一丝困惑抛到一边，笑逐颜开，拉着雅子，一路指指点点，回忆自己在奉天的生活，说来给雅子听。此时火小邪再讲幼年的经历，又是另一副心态，恍如过眼云烟，什么委屈和辛酸都可一笑置之。

雅子津津有味地听着，不时被火小邪逗得轻笑，眉目之间尽是温柔。

两人走过了几条街，不远处人群渐密，叫卖声此起彼伏，街边摆摊的商贩密密匝匝看不到头。火小邪心里一算，笑道："雅子，差点忘了，今天可是奉天的大集！热闹得很！来，跟我来，如果走运，还能看到大戏呢！"

今天还真是奉天的大集！一条大街上热闹非凡，游人如织，摩肩接踵，比七年前的奉天更甚！游人中多了许许多多的日本人，商品也多了很多日本的玩意儿，彩旗如林，自然也多了很多日本的各色招牌！敢情是中国人、日本人的一次大聚会！

火小邪笑念了声有趣，心想奉天已经是中日文化混合之地，中国风不减，日本的东洋文化也是相得益彰，两者融合在一起，丝毫不觉得别扭。

按土贤藏丰教育给火小邪的，中日同文同种，皆是大中华的一分子，实在不必分出你我，日本若能得到中土大陆，打造大东亚共荣圈，届时破除国界，华夏一统，何乐而不为？

火小邪回到奉天，本来害怕日本人占据东北，会如同满人入关时那样，有扬州十日嘉定三屠，有种族隔绝人分贵贱的事情发生，可这次亲身体会，耳闻目睹，熟悉的店铺一家未倒，生意反而更加红火，熟悉的老板、伙计的面孔一个不少，红光满面，未见愁容；满大街上，中日民众相处融洽，两国文化和谐共存，根本不像清朝覆灭时，众人言传身教，说那满族是如何如何残忍，削发易服，屠尽汉血忠良，两者格格不入。

火小邪已经认为自己是日本人，所以内心中竟为日本侵略开脱，想道："满族不是统治了三百年吗？也没见人反抗，晚清时还处处受人欺负，割地赔款，丢尽了脸面。现在日本人比满人可不知好到哪里去了！万幸万幸！东北万幸！若不是日本人，奉天没准还是又破又旧的样子呢！"

火小邪有所不知，东北沦陷之后，日本在东北采用的是安抚政策，不仅减除以前的苛捐杂税，而且大兴土木基础建设，改善中国人的生活；公办教育，学费一律全免，并不强迫只能学习日文，尊师重道，倡导华学之博大；鼓励通商，税费极低；重整律法，一切行为有法可依，有制可寻；中日合作开荒分田，解除土地矛盾；支持中日两国人民通婚，不设种族界限。诸般现代化的举措，公平公正，哪是东北国人敢想的！

日本为了将东北完全占领，真可谓煞费了苦心，从中国历朝历代的教训中吸取经验，比民国军阀统治，的确好出了很多。所以第二次世界大战中，东北的中国人有数万参加日军，远征到东南亚等地，而且大多数并非日军强迫。日本战败后，东北仅中日混血儿就有数万，大多东北日侨不愿撤离东北，早已把东北当成故乡，最后三令五申，没收财产，限期驱逐，这才被迫回国。

日本安顿下东北，无疑得到了一个大后方，在东北获得的各类资源更是数不胜数，难以计算。

可以说，日本人的确是个好贼，侵占东北后，不是一味掠夺，而是知道盗取民心才最为关键，可得长治久安。

火小邪断然不懂什么是政治，他只觉得天下太平，老百姓能够安居乐业就好。

火小邪带着雅子，一路游玩，也是自得其所，其乐融融。只是唯一有点小小的麻烦，就是雅子长得实在漂亮，一身女式的洋装，更显出她的身材姣好，惹得无数人评头论足，垂涎欲滴，不住地猜测火小邪、雅子的身份。

火小邪也不计较这些，食色性也，人之天性，只要不来骚扰，便随他们看去。

两人走到一个卖中式绢花、手绢的小摊前，火小邪心头一乐，大大方方，也不还价，给雅子买了一朵绢花，一条丝巾。那老板听出火小邪是奉天口音，又衣着不俗，带着绝色美人，一边收钱，一边巴结道："这位爷，您是给日本人做事的吗？"

火小邪嗯了一声，但一回想觉得此话刺耳，说道："给日本人做事怎么了？"

老板忙道："挺好挺好，我是看大爷出手不凡，身边的姑娘又像日本人，所以瞎问了句。您千万别见怪！"

火小邪看了眼雅子，又问老板道："你怎么看得出谁是日本人？"

老板说道："气质不一样，气质不一样。像我们这种做小买卖的，察言观色的多了，能看个大概齐。"

火小邪呵呵一笑，又问道："那我呢？我是日本人还是中国人？"

老板听得一个激灵，脸上浮出惧意，居然一下子吓得哆嗦起来，说道："大爷！我说错了话，您千万别生气！对不起！对不起！"

火小邪丈二和尚摸不到头脑，问道："怎么回事？我没有生气啊。"

老板几乎要跪下来，只是一个劲儿地念对不起，又是鞠躬又是抱拳，差点眼泪都要流下来。

火小邪啧了一声，低念了声莫名其妙，不愿在此扫兴，带着雅子走开。

雅子靠在火小邪身边，低声道："小邪，你不高兴了？"

火小邪努了努嘴，抹了抹脸，说道："脸上也没有写字……也没啥不高兴的，就是觉得莫名其妙。雅子，你觉得刚才那人为啥一下子怕成那样吗？他以为我是谁？"

雅子摇了摇头，认真地说道："雅子也不明白。"

火小邪见雅子的认真表情，呵呵一笑，将雅子一搂，说道："瞧你这个认真的表情，又不是什么事，我已经懒得去想了。"

话到此处，火小邪突然眼前一亮，脚步微停，看向前方一侧。

雅子是个明白人，目光立即顺着火小邪看去。

火小邪暗笑一声，说道："雅子，有贼。"

果不其然，在人头攒动之间，有一个尖嘴猴腮的小子，眼神正东张西望游移不定，专门躲着别人的眼神，向路人脖子以下的衣裳包裹上打量。

火小邪见此人眼生，绝对不是数年前奉天荣行的，回想起当年自己也混在人群中偷鸡摸狗，不禁哑然失笑，又与雅子低声道："终于让我碰到一个贼！呵呵，这个贼显然是个新手！照他这样子，没准就会被发现。"

火小邪带着雅子慢慢前行，火小邪微笑着不断瞟着这个小贼，又说道："雅子，你看他下手了！这个倒霉蛋，偷错人了！绝对会被发现！"

火小邪说话间，那个小贼已经把手伸向了一个正在低头买货的女子，那女子跨了一个鼓囊囊的布包，依稀能看到有硬物的痕迹。小贼手中亮出一个刀片，就要将布包划破。可是刀片刚刚把包下划出一道小口子，就听那女子一声尖叫："你干什么！偷东西啊！偷东西！"

那小贼一下子着了慌，抱头鼠窜而去。而差点被偷的女子一直尖叫着追赶：“抓贼啊！有小偷啊！”

火小邪耸了耸肩，说道：“真够差劲的！下五铃都排不上！荣行无人了吗？”

那小贼胡乱逃窜，从火小邪身边不远处跑过，火小邪暗骂道：“这个笨蛋！这时候往人堆里钻不是找死吗？”

果然，那小贼跑不了多远，就脚下不稳，摔了个满地找牙。“嘀嘀嘀”的警笛声响起，就见迎面有几个警察拨开人群追了出来。那小贼爬起来还想跑，可被人群堵住了去路，眨眼便被警察追上，按倒在地，束手就擒。

火小邪看得有趣，对雅子说道：“警察来得好快！我以前在奉天的时候，荣行都已经把警察收买了的，警察根本不会管，坐地分钱就是。”

雅子问道：“这下子把他抓到了，会怎么样？”

火小邪说道：“换以前就算让警察抓到了，花几个小钱就能放出来。现在嘛，说不好，先看看吧。”

那几个警察把小贼拎起来，其中一个满脸凶相的男子，抓着小贼的衣领，啪啪就是两个大耳光，骂道：“你妈的，敢在老子的地头上偷钱！活腻歪了！”

那小贼哆哆嗦嗦的，也不敢说话。

火小邪定睛一看，便认出了打人的这个警察是谁，他就是七年前，火小邪用金叶子收买的无赖李大麻子。当年奉天众贼被抓，李大麻子、侯德彪带着人去翻耗子楼，让火小邪教训了一顿，并让他们去打听日本人把荣行的人关哪里去了，可是因为火小邪碰到了烟虫、花娘子，夜盗张四爷的大宅，不得不离开奉天，所以再没有与李大麻子他们见面。七年之后，原来的地痞流氓，竟然成了抓贼的警察，这个世道的变化真是奇特。

站在李大麻子身旁的瘦警察，就是侯德彪，这两个无赖混球，竟混成今天这个人模狗样的。

李大麻子抽了小贼两个耳光，吩咐手下将小贼押走，犹自不停地骂骂咧咧。被偷东西的女子赶上来，千谢万谢，十分感激。李大麻子、侯德彪假惺惺地赔笑，还问道：“没丢东西吧？没丢就好，下次小心点。”这番说完，大街上再度恢复了平静，如同刚才什么都没有发生。

火小邪眼见着李大麻子、侯德彪他们一行人离去，刚才那两个耳光，虽不是抽在自己脸上，却也觉得脸上涨涨的。

火小邪对雅子轻声说道："雅子，我想帮帮忙，你随我来。"

雅子点了点头，紧随着火小邪。

火小邪看清李大麻子、侯德彪他们的去向，折了个近路，超到他们前面，在巷口处等着他们到来。

李大麻子一边走，一边用手指敲小贼的脑袋，骂道："小兔崽子的！回去有你好受的！妈的，敢在老子面前偷钱！你知道现在偷东西的下场吗？看我怎么弄死你！"

侯德彪一旁附和着："老大，这次一定要先问他是谁的徒弟，谁教他偷东西的。"

李大麻子不耐烦地骂道："知道了！你当这身狗皮好穿啊！"

"李大麻子，侯德彪，你们好啊！"巷口慢慢走出一男一女，那男子正歪着头，看着李大麻子他们。

李大麻子他们一愣，一打量这对男女，一下子没有认出来是火小邪，目光却被雅子吸引，顿时惊为天人，眼冒淫光。

李大麻子碍于面子，没有多看雅子，却见火小邪穿着、气势都不是普通人，心里多少打了打鼓，上前一步小心地问道："你是谁？你怎么知道我七八年前的外号。"

火小邪笑道："贵人多忘事啊！我这身衣服，侯德彪七年前还想要的。"

李大麻子脑筋笨，还是没有想起来，而侯德彪已经认出了是火小邪，惊叫一声，说道："是火小邪！"

李大麻子经这一番提醒，再一看，便也认了出来。

李大麻子吓得哇一声叫，退后几步，抽出了警棍，喊道："火小邪，你怎么又回来了？我现在是警察，我可不怕你！"

火小邪摆了摆手，上前一步，说道："李大麻子，不要一见面就这么凶，我管你现在是做什么的。我是来给你送钱的。"

李大麻子、侯德彪一个激灵，都暗念了一句："送钱？"

李大麻子这回立即反应过来，唰的一下换出一脸笑容，说道："啊！啊！啊！过了这么多年了，差点都忘了。火小邪，那时候我们第二天可是去等了你一个晚上的啊，还以为你是玩我们呢。"

火小邪笑道："不好意思，那天风声太紧，我躲不过，就跑到奉天外面去了。"

李大麻子虽说脸上带笑，可是皮笑肉不笑，依旧握紧了警棍，说道："火小邪，你看到没有，我和侯德彪现在可是警察，专门抓贼的，你老实点，不要乱来。"

火小邪抱拳道："当然不会！李大麻子，侯德彪，好久不见了，很想和你们叙叙旧，是否方便啊？"

李大麻子说道："你没看我押着犯人吗？你住哪儿？我可以去找你。"

火小邪说道："李大麻子，我看这个小贼挺可怜的，要不你先放了他，咱们好找地方说说话？"

李大麻子叫道："放了他？你开玩笑吧，现在的奉天没有荣行当年的规矩了。我放了他，让关东治安厅知道了，我可担待不起！"

火小邪哦了一声，从怀中夹出一片金箔，拍在手上，说道："规矩还是可以有的，全看你们怎么去做了。"

李大麻子、侯德彪又是眼前一亮，彼此对视了一眼，颇为心动。

火小邪再拿出一片金箔，拍在手上，也不说话，只是看着他们。

李大麻子吞了口吐沫，突然一转头对众警察说道："兄弟们，咱们是不是抓错人了？"

侯德彪立即喝道："哎呀，好像是抓错了！"说着一摸小贼的脑袋，叫道："你看你怎么不早说，委屈你了啊！"

众警察全部应和，上前与小贼称兄道弟，将小贼松绑。

火小邪再走上前，将两片金箔塞到李大麻子手中，笑道："谢了啊。"

李大麻子左右一看，赶忙把金箔收好，回头叫道："既然抓错了人，还不让别人走？"

轰的一声好，众警察让出一条路，由那小贼离开。那小贼感激地看了火小邪一眼，拔腿就跑，眨眼不见了踪影。

李大麻子见人跑了，对火小邪笑成了一朵花，说道："火大爷，您还想和我们说些什么？当年的约定还算数吗？"

火小邪说道："当然算，咱们现在就去聊聊吧。"

李大麻子、侯德彪支开其他警察，带着火小邪、雅子去了一家偏僻巷子里的小茶馆。火小邪也不怕他们有诈，只管跟着，并无异议。至于雅子，她识得时务，始终不与火小邪说话，保持沉默，仅与火小邪用眼神交流。

李大麻子、侯德彪似乎对雅子颇多忌讳，不住地偷偷打量，窃窃私语。

这家小茶馆应该是李大麻子、侯德彪常来常往的地方，掌柜的与他们很熟，一见是李大麻子他们带人过来，急忙将他们请入楼上雅座，麻利地上了壶茶，客气两句，就再不出现。

四人坐定，李大麻子目光落在雅子身上，始终是欲言又止，净扯些没着落的话语。

火小邪看出李大麻子、侯德彪的顾忌，便说道："李大麻子、侯德彪，身旁这位是我的妻子，日本人，她听不懂中文，你们随便说就是。"

李大麻子、侯德彪恍然大悟一般，齐声道："日本人？哦！哦哦！恭喜恭喜！"

火小邪何等眼力，看破了这俩人口不对心，轻哼了一声，问道："两位，日本人怎么了？"

李大麻子赶忙说道："挺好！挺好！我们都是给日本人做事的，日本人是我们的衣食父母来着！"

火小邪轻笑了下，说道："两位，我火小邪可以对天发誓，今天无论你们说什么，仅限于我们几人知道，你们不用顾忌！"

李大麻子、侯德彪对视了一眼，沉默片刻之后，继续呵呵傻笑，为火小邪、雅子倒茶，侯德彪说道："火大爷，我们哪有什么顾忌啊，您言重了。"

火小邪算是明白，这俩人见雅子在，是绝对不会随便说话的。雅子相貌尽管出众，但已经把自己的忍者气势全部敛住，看着不过是平常女子罢了，怎么李大麻子他们也这么忌讳？

火小邪暗暗一想，转头对雅子用日语说道：“雅子，你先到楼下等我。我一会儿下来找你。”

雅子用日语点头称是，便起身出了房间。

李大麻子他们一直听到雅子的脚步声走远，才都暗暗地松了口气，端起茶杯猛喝了两口，脸上都浮现出沉重之色，绝不是刚才雅子在的时候那样故作轻松。

火小邪陪着他们喝了口茶，问道：“怎么？”

李大麻子叹了口气，说道：“火大爷，您是奉天人，又是个高人，所以当说不当说的，您别放在心上……估计您这几年不在东北吧？”

火小邪哦了一声，说道：“的确，今天才刚到奉天。”

李大麻子神色黯然道：“火大爷，小的以前是个无赖，觉得能花天酒地好吃好喝就行，管他皇帝老子是谁，可自从日本人占了东北，我才知道当个亡国奴的滋味真他妈的不好受啊。”

火小邪皱眉道：“亡国奴……李大麻子、侯德彪，你们现在都当上警察了，算是改邪归正，这不是挺好的吗？”

李大麻子说道：“火大爷，自从你七年前离开奉天以后，东北很快就沦陷了。张少帅他们的东北军，连抵抗都没有，全部撤出了东北，把东北拱手相让。奉天这边，只有一帮子警察拿着枪和日本人干了一仗，后果可想而知，死得那个惨。唉……日本人占了奉天以后，就把所有敢抵抗的警察全部开除了，有一段时间是日军直接维持治安。可这也不是长久的事，满洲国成立以后，重新建警察的衙门，我和侯德彪，我的一众兄弟，多少为日本人做过事，便穿了这身狗皮。”

侯德彪一旁说道：“我们哪想过能做警察啊，混吃等死过日子就是。日本人占了奉天，抓完荣行又清剿黑帮，奉天外八行的没几个讨得到好，治安一好，我们不当日伪警察，也没别的活路。”

李大麻子说道：“后来我和侯德彪都娶上了媳妇，有了孩子，便指望着踏踏实实地过日子，便一直干警察干下来了。”

火小邪问道：“李大麻子、侯德彪，我总觉得你们话里有话啊，难道你们觉得当警察不好？”

李大麻子面色一苦，低声说道：“您知道吗？奉天最让人瞧不起的行当是啥？就是我们这种帮日本人做事的，大家都叫我们汉奸。”

侯德彪插嘴道：“宁当流氓无赖，不当汉奸啊。别人当面不说，背地里都是指着你脊梁骨骂啊！我祖上是铁岭碾子的，不让我回去，祖籍上把我名字都划了。他妈的那叫一个窝囊！要是我会一门子手艺，真他娘的不想干汉奸这操蛋事了。”

李大麻子也愤愤地说道：“我那儿子马上满五岁，都没小孩愿跟他玩，出去就挨其他小孩打，造孽啊，我上辈子肯定是造孽了。妈妈的，我刚当上警察还有些得意，这几年混过来，是啥都明白了，咱中国人宁肯窝里斗个死去活来，也不愿让日本人骑在脖子上拉屎拉尿，咱丢不起这个人啊。”

这俩人你一言我一语，好像满肚子的委屈终于找到了发泄之处。

火小邪心中被堵得难受，一摆手，止住他们说话，问道：“日本人有什么不好？我尽管七年没回奉天，但是这次回来，觉得比以前好的多了。”

李大麻子张口就来：“那是皮儿鲜，外面漂亮，里面全是……”

侯德彪桌下飞快地踩了李大麻子一脚，让李大麻子住嘴。李大麻子立即会意，生生把话咽了回去，转口道：“……全是……其实还不错……嗯，还不错。”

火小邪不知道为何怒从心来，指尖一狠，忒的一声，居然把手中的空茶杯给捏爆了，厉声道：“有话就说，你们还怕我去告你们的状不成？”

这么大的指力发作，捏爆了茶杯，顿时就把李大麻子、侯德彪吓得愣住了。

火小邪表情缓了缓，将茶杯挪开一边，问道：“李大麻子、侯德彪，我问你们，现在奉天的老百姓是不是比以前过得好？你们老老实实回答！”

李大麻子、侯德彪连忙点头：“是！是是是！”

火小邪又问道：“日本人是不是给老百姓修马路，盖房子，办学校，减赋税？”

两人又点头道："是是是！"

火小邪问道："你们两个是汉族人，满族人和日本人都是异族蛮夷，那你们恨清廷，还是恨日本？"

李大麻子、侯德彪两人相对无语，居然说不出话。

火小邪也觉得自己有点失态，刚才口气过于强硬，便将心火调顺，不再用这种口吻说话。

火小邪说道："不好意思。我和你们说实话，我这几年在日本求学，道听途说的多，的确不知道东北的真实情况，问得急了些，还请两位不要见怪。"说着，火小邪抱拳向两人低头致歉。

李大麻子、侯德彪两人哪想到火小邪这种强势的人物会低头道歉，不由得慌了，手忙脚乱不知所措。

火小邪诚恳道："两位兄弟，我很想了解东北真实的情况，想知道你们心里对日本人到底是什么看法，奉天的贼都不见了，我在奉天也没有熟人，只请两位如实告之。你们所说，我会保密，绝不向其他人透露半句。"

李大麻子、侯德彪面露难色，彼此对望许久，终于李大麻子一拍大腿，嚷道："火大爷！我信你是好汉！我真的憋不住了，我就把我知道的日本人啥样子告诉你吧！"

"请讲！"火小邪正色道。

李大麻子抖擞精神，说道："我以前是个无赖混混，所以知道事情的路子比较野，好多事一般老百姓还真不知道！火大爷，说老实话，我们都恨日本人恨得牙痒痒！东北这地界，有点胆子不怕死的全上山当抗联去了。东北的小鬼子，看着都是和和气气的，表面上讲礼貌啥的，但是一坏起来，简直就不是人。不反抗他们，他们就笑眯眯的，但是只要对他们有一点点不尊敬，就当场要杀人的！你看，火大爷，我肩头！"

李大麻子拉开上衣，露出肩头，一道刺眼的巨大伤疤暴露无疑。李大麻子恨道："就是因为我没有来得及对日本军官鞠躬，被军刀砍的！差点整个胳膊都断了！侯德彪，把脑袋转过来！"

侯德彪沮丧着脸，把脑袋转过来，后脑勺上一块拳头大小的伤疤，脑壳似乎都扁了进去。

李大麻子恨恨道：“德彪来替我求饶，被日本兵用枪托砸的！脑壳都打开花了！幸好我们两个命大，当时日本小鬼子又急着赶路，我们才没死成。这帮孙子，打完了还哄笑，根本不把我们当人看。好，我们这些汉奸替日本人做事当狗，还算勉强能过。其他老百姓呢？奉天城里稍微好点，城外的村子，哪个村子里没被日本兵砍过头？芝麻大的事情，不知道小鬼子哪天一不高兴，就无缘无故地把人抓了砍头玩，真把砍头当玩的啊。我和德彪见过好几次了，每次回来都做好几天噩梦。就算以前东北再乱，也没把人不当人看的啊！”

侯德彪抓着头，痛苦地说道：“小鬼子把我们中国人当猪一样养着，真的。修再好的猪圈，也是猪。小鬼子表面上是人，其实背地里全都是鬼。最近东北抗联抵抗得比较厉害，小鬼子就去搜查，村子烧掉，男女老幼全部杀光，什么修路修桥啊，都是为了地下面的矿。”

李大麻子又说道：“小鬼子可恨，二狗子更可恨，我和德彪是汉奸，那是生活所迫，没别的生路。而东北有一大帮汉奸，操他们祖宗十八代的，王八吃秤砣，铁了心的为小鬼子做事，还有参加关东军杀自己乡亲的畜生。这些话要是传到二狗子耳朵里，我和德彪明天就没命了，所以奉天人谁敢乱说小鬼子不好？二狗子满大街都是！操他们祖宗的，老子要是以前没家没口的，早他妈的提把杀猪刀去宰了他们！”

侯德彪说道：“火大爷！我和李哥以前是烂人，无赖，流氓，外八行都瞧不起我们，可我们也是有骨气的。您知道二狗子都是些什么人吗？全他妈的是以前的正人君子。满口仁义道德的，就属他们喜欢捧着小鬼子的臭脚叫爹！说他妈的什么日本人来了，中国才有救了！操他们的祖宗十八代啊！您记得洪义信三帮的老大吗？日本人清剿黑帮的时候，就是二狗子告密，因为他们谋划去山里当土匪打鬼子！后来三位老大联手捅死了二十几个日本人，被乱枪打死后，脑袋砍下来挂在城门上示众。惨啊！我看着想哭都不敢哭啊！谁敢哭就要做黑牢当苦工去啊！”

李大麻子、侯德彪两人说得一把鼻涕一把泪，看来此言非虚。

火小邪一直静静听着，也是听得心惊肉跳，看来东北的事情绝不是他所见所闻的那样美好。

火小邪心想道："这俩人说的事情，可能句句是真，也可能是添油加醋一番，只代表他们两人的观点。他们似乎仇视所有日本人，已经不分青红皂白，凡是日本人，均不分好坏，将军和平民混为一谈，十足嗔痴得厉害。无论哪里都有害群之马，现在还不能妄下断言！"

火小邪沉声道："李大麻子、侯德彪，我知道了。你们先平静一下。"

李大麻子、侯德彪两人称是，喘了几口粗气，喝起了茶水。

火小邪见两人面色平复许多，问道："两位兄弟，七年前，我让你们打听荣行众贼的下落，不知道当年你们打听到了什么？"

李大麻子略一回想，抬头说道："大部分人都运到城外去了，西北方向，具体去了哪里，就不知道了。"

侯德彪也说道："一小部分可能在张四爷的宅子里，不过这个消息不太靠谱。据说当天晚上张四爷的宅子里还闹贼呢！后来闹得满城风雨，搜了好几天。我们后来没等到您回来，还猜是不是您去闹的呢。"

火小邪知道此事就是自己和烟虫、花娘子所为，但火小邪并不作答，而是问道："那些出城的贼人还回来过吗？"

李大麻子说道："再没有回来了，现在奉天的贼都是些打单帮的新面孔，根本不成气候了。"

火小邪已经对奉天众贼的下落没什么兴趣，问到此处，便就作罢。

火小邪点了点头，从怀中摸出五片金箔，能值四十多块大洋，置于桌上，推到李大麻子、侯德彪面前，说道："那好！今天谢谢你们了，我如果有事，还要来找你们帮忙。"

李大麻子、侯德彪一见金箔，刚才的满脸悲愤一扫而光，两人齐齐伸手去抓，一番争夺后，李大麻子三张，侯德彪二张，两人都心满意足，将金箔放入贴身的口袋中。

李大麻子恢复了那副地痞表情，谄媚地笑道："火大爷，有事您说话！我们在南城旺福一带当值，很容易找到我们的。对了，火大爷，有个事还是提醒一下您。”

“你说。”

“火大爷，我不知道您现在的身份。但如果您还是那个的话……”李大麻子做了个二指的手势，意思为做贼的，“日本人对这个很敏感，一旦发现像您这样的大盗，就会全城搜捕，比抓抗联的人还厉害，您可要小心啊。”

火小邪笑道：“谢谢提醒！有劳了！”

三人客气了两句，正要起身，火小邪耳朵一竖，眉头一皱，低喝道：“麻烦！”

很快，就听到楼下有吵闹声传来。

火小邪急急忙忙跑下楼去，这间茶馆的大厅里已经气氛凝滞，店老板和伙计热锅上的蚂蚁似的，慌慌张张不知所措。而其余喝茶的客人正纷纷向店外跑去。

就在店老板、伙计身边不远，两个日本浪人正拔出了刀，凶神恶煞地扑向一个静坐在桌边的女子。火小邪一看，那女子正是宫本雅子！

火小邪一看雅子的表情，就知道不好，大喝一声住手，就要猱身上前。

而火小邪毕竟站得远了点，就在刹那之间，两道银光一闪，两枚银针直刺入日本浪人的眼窝。两个日本浪人齐声惨呼，“啊”的一声倒退一步，手刚捂上眼睛，就已经面色发黑，咕咚一下滚倒在地。

火小邪抢到雅子身边，并未说话，只是皱了皱眉。

雅子十分平静地站起，靠在火小邪身边，低声用日语说道：“火邪君，你来了。”

火小邪“嗯”了一声，看向那两个已经摔倒在地的日本浪人。

那两个日本浪人痛苦不堪，在地上滚了几下，身子抽搐不止，很快就一动不动了，此时他们眼中流出的血液，也已经都是黑色的了。

店中更是大乱，店老板惊叫道：“哎呀天啊！死人了死人了！死了日本人了！”

店中众多茶客，更是撒了欢一样狂奔，逃出店面，眨眼便再无一人。

火小邪走上前，踢了两个日本浪人两脚，这两个人一命呜呼，绝无回天之力了。

火小邪转头对雅子用日语问道："雅子，怎么回事？"

雅子平静地用日语回答："他们手脚不干净，该死。"

原来刚才雅子下楼，独自坐于一边喝茶，说来也巧，有两个醉醺醺的日本浪人路过此地，从门口向内一看，正看到雅子那美艳不可方物的容貌。两个日本浪人色心顿起，见雅子穿着普通的洋装，又是独自一人，便大摇大摆地进来，对雅子欲行非礼。雅子是何许人？日本忍军中哪个敢猥亵于她？别看雅子对火小邪温柔之极，若发作起来，寻常人只怕没有活路。

所以雅子既不说话，也未表示出不悦，任凭那两个日本浪人走到身边，听他们两个污言秽语一番，待这两个死鬼想伸出手摸她的时候，两个茶杯甩出，正中他们面门。两个日本浪人在中国横行惯了，哪里受得了这个气，拔刀就要杀人。岂知他们狗眼看人低，惹错了对象。

尽管火小邪不知道这些经过，大概也猜到八九不离十。火小邪用日语说道："雅子，教训一下即可，也不用杀了他们。"

雅子低声应了，用日语答道："我是属于火邪大人您的，雅子宁死也不会让下贱的人碰到我。"

火小邪看着两具尸体，轻叹一声，心中感慨道："我知道雅子手段厉害，还从没有见过她动手杀人，居然一言不发就把自己人杀掉，唉，也难为了她，也罢也罢！"

火小邪轻笑了声，将雅子搂在怀中，安慰道："雅子，我会保护你的。这两个人死了活该，我们走吧。"

火小邪牵着雅子，掉头要走，一旁的店老板早就吓得魂飞魄散，赶上两步，扑通一下跪在火小邪面前，其他几个伙计更是跪了一地。

店老板一把鼻涕一把泪地哀号道："太君，太君，两位行行好！我这个小店里死了日本太君，追究下来，我可就没命了啊。"

火小邪用中文说道："人又不是你们杀的，怕什么？"

店老板磕头不止，哭道："太君，求求你给条活路吧！"

李大麻子、侯德彪两个人吓得腿也软了，见火小邪、雅子杀了日本浪人，若无其事地要走，两个人颤巍巍地奔上前来，看着地上的尸体，全身直打摆子，话都说不出半句。

店老板见李大麻子、侯德彪，又冲他们哭喊道："李队长、候队长，你们两位大人要为我做主啊！这可怎么办啊！这可怎么办啊！"

火小邪颇为不解，怎么店老板、李大麻子他们看着更为慌乱？谁杀的就是谁杀的，为什么店老板他们觉得没命了似的？

火小邪转头问李大麻子："怎么回事？我们做的事自然我们承担，你们怕什么？"

李大麻子脸色发白，口齿不清地说道："火大爷，这……这……这……这……杀了日本人。是……是……是天大的麻烦，我……我……我们在场的，都……都……都……都讨不到好。你快走吧，一会儿日本宪兵过来了，我们都没命了。"

侯德彪几乎五官都吓得变形了，突然跪倒在地惨叫道："火大爷，求您别走啊，您如果不怕日本人，就留在这里吧。要不我和李大哥也要没命了！你如果非要走，我只能和你拼命了啊。"

李大麻子劈头盖脸乱抽侯德彪的脑袋，叫道："侯德彪，你说什么呢？"

侯德彪不管不顾地叫喊道："大哥，我说的是实话啊。他们要是走了，我们两个当差的在场，不抓他们看着他们走，我们俩就完蛋了啊！"

李大麻子一听，直翻白眼，打了个寒战，居然也"扑通"一下跪在火小邪、雅子面前，哭喊道："火大爷！您是好汉，您好汉做事好汉当，我们这一屋子人的性命，都在你手上啊。求您现在别走啊，您要是一走，我们真的全完蛋了啊。"

火小邪颇有点尴尬，他虽然不在乎雅子杀了两个日本浪人，但眼下这个局面，真让他有点进退两难。

雅子见火小邪有些为难，低声道："小邪，你如果觉得不痛快，我就把这些支那人都杀了，我们走我们的。"

火小邪一听，心头一凛，他与雅子日夜相处七年，情同夫妻，怎么从未发现雅子的内心还有这么残忍的一面？杀人一事从她的口中说出，简直是轻描淡写一般。回想起来，七年间在甲贺孔雀山，也从未碰到过这么复杂的局面，雅子和他都倍受尊敬，怎么会有让雅子动手杀人之事？哪想到刚来奉天，就生出这么多麻烦来。

火小邪面色一冷，扭头对雅子用日语说道："雅子，你怎么会是这样的人？我怎么从没有发现你这么随便便想杀人？这些是老百姓，没有得罪我，他们说的是实情，你杀他们就不觉得难受？"

雅子听了，顿时花容失色，连退两步，跪在火小邪面前，低头不起，惊声道："火邪大人！雅子只是希望您不受困扰，雅子没想到会惹您生气。火邪大人，请您处罚我吧！"

火小邪见跪了这一屋子的人，心中隐隐作痛，这个世道比以前变得复杂了太多，几乎没有道理可讲，连雅子也突然变得这么冷血无情，道歉的话对此毫无悔意，仅是怕自己不高兴，难道是自己听错了吗？

雅子一言不发就杀了两个日本浪人，还能算是自卫，火小邪尚且想得通，但雅子刚才说要杀了在场所有人，仅为让火小邪不受困扰地出门，这个打击让火小邪心头滴血。雅子对自己无比温柔，贤惠得体，忠贞不贰，火小邪是清楚的，绝对不会怀疑，可忠诚到杀无辜百姓开路的地步，就显得"变态"了。火小邪的记忆中，黑三鞭是最辣手无情的人，在这时候也断然做不出雅子所说的事情来。

雅子的温柔乡里，满山鲜花竟是催命草，美丽的外貌之下竟是嗜血无情，绝美和残忍竟能融合在一个人身上。这才是雅子的真面目吗？

土贤藏丰和伊润广义，在七年中都有意无意地谈过日本人的性格，菊花和刀，凋零之美，残败之美，最光荣的死法是剖腹自杀，无比的痛苦下，横一刀竖一刀，肠子流出，血染白布，这样的血腥才算是完美，才能挽回尊严，受到尊重。

火小邪一直以为这是种不好的风俗罢了，现在才猛然觉得，这可能就是日本人灵魂上的畸变，是骨子里的东西。

火小邪紧紧地闭了闭眼睛，缓缓地睁开，转身坐到凳子上，对雅子用日语说道："雅子，我没有怪你，你起来吧。我不想走了，我坐在这里，一直等到有人来抓我们。"

雅子低低应了声是，乖巧地走到火小邪身后，静立不语。火小邪看着雅子的容貌，回想刚才她的所做所言，仍是隐隐作痛。

店老板、李大麻子等人听不懂日语，但见火小邪端坐不动，面色沉静，似乎猜到了什么。众人不敢说话，慢慢爬起来，守住了门口，既害怕又担心不已。

店内一片沉默，每个人的心中都翻腾不已，千言万语却又无从说出。

没过多时，就听到警笛声响起，外面的大街上乱成一片，两队日本宪兵已经被人领着，赶来此处。

门外一阵日语和中国话夹杂的询问声和吆喝声，略略一静之后，大皮鞋声响起，一个日本军官，带着几个荷枪实弹的日本宪兵，径直向大门内走来。刚才那一番吵闹，这些日本宪兵已经问清了情况，杀人者还端坐在店内未走，一男一女，而且日语流利。日本宪兵吃惊不小，不敢大意，吩咐众人闪开，守住出路，由宪兵队长亲自带着人走了进来。

宪兵队长进门一看，一眼就看到火小邪、雅子，他们脚边不远，躺着两个面色发黑的日本浪人尸体。

宪兵队长也没有见过杀人后还这么镇定，端坐不走的人，吓得心中狂跳。他不敢上前，一把从腰中摸出手枪，提在手上，指着火小邪用日语大喝道："你们是什么人？"

火小邪轻哼一声，"啪"的一下站起身，向前走了一步。

宪兵队长和一众宪兵惊得一片低呼，连连后退。宪兵队长大叫道："站住！不准动！不然开枪了！"

火小邪用日语答道："人是我杀的，现在我跟你们走。"

宪兵队长听火小邪日语尽管流利，仍有口音，应该不是纯正的日本人，顿时眉毛一竖，挺直了腰杆，极为轻蔑地大骂道："你是支那人！支那猪好大的胆子！来人啊！抓起来！"

那帮日本宪兵立即端着枪，凶神恶煞地扑上前来，要将火小邪拿下。

火小邪丝毫没有反抗的举动，只等着日本宪兵来抓。

雅子一见火小邪无所谓的样子，知道此时自己可以出面了，顿时柳眉倒竖，眼露杀气，一直含而不露的气质刹那绽出。

雅子尖声厉骂："混蛋！你们好大的胆子！你们都不想活了吗？"

雅子的日语纯正，加之她不容置疑的口气和傲视众人的气质，把日本宪兵们骂得一愣。

雅子骂道："如果你们敢放肆！冒犯了大人！下场一律如死去的两个混蛋！"

日本宪兵全部看着眼前这个绝美的女子，一时间再无人敢乱动。

宪兵队长意识到火小邪、雅子来头不小，小心驶得万年船，"啪"的一个立正，微鞠一躬，问道："请问两位是什么人？为什么要杀了我们日本人？"

雅子从腰间取下两块纯金打造的方牌，展在手中让宪兵队长看了几眼，说道："这两个浪人冒犯了我，理应处死！我是佐道内参！这位大人是奥义御道！你们这些宪兵，敢对我们不敬，一律处死，无须任何理由！"

那宪兵队长听到佐道内参这几个字的时候，眼睛就已经瞪圆了，没等雅子说完，满脸已是惧色，"啪"的一下站直了身子，鞠躬不起，连头也不敢抬一下。

宪兵队长颤声叫道："两位大人请原谅！我们只是奉命办事！不知道是两位大人在此！请原谅！请原谅我们！"宪兵队长都这么做了，其他宪兵从屋里到屋外，更是肃立一片，如同木桩一样呆立着。

雅子将金牌收回，喝道："全部闪开！不准跟随！将尸体立即收走，从此这家店严禁日本浪人擅入！"

日兵宪兵顿时如龟孙子一般，退开一边，排成一排，让出大门。

火小邪早就猜到会是这样的结果，目不斜视地抬脚就走。

火小邪走出大门，门边站着的几个中国人，就是他们领着宪兵过来的，如同见到亲爷爷一样，挤成一堆，奴颜媚骨地不住鞠躬，肉酸不已地低呼："太君大人好！太君大人好！”

火小邪心中突然被狠狠地揪了一下，恨不得反手抽他们一人一个耳光！但火小邪已不是当年的毛躁小子，他心有此意，却忍住了没有动手。

李大麻子、侯德彪、店老板等人站到外围，哪想到火小邪、雅子有这等威风，日本宪兵见到他们比孙子还乖，恭迎着他们出门不说，什么杀人，完全就不当件事情。

李大麻子等人又惊又喜，反而再也不敢上前与火小邪说话，心中忐忑不安，只觉得刚才和火小邪说话说得太多太过，不知道是不是以后要大祸临头。所以这两人缩在人群外围，看都不看火小邪他们。

火小邪走上大街，反而回头向李大麻子他们看过去，用中文说道：“李大麻子、侯德彪、店老板，你们没事了！我们走了，后会有期。”

李大麻子他们吓得腿都软了，连招呼都打不出来，手也挥不起，只是一个劲点头捣蒜，含含糊糊地说是是是是不停。

火小邪、雅子走出人群，头也不回地向一侧走去。日兵宪兵们跟了几步，不敢再跟，齐声高呼相送后，赶忙维持现场，拿着枪托又打又骂又踢又踹，将围观的人群驱散，凶狠之性和刚才的孙子样，简直天上地下一般。

火小邪、雅子走出老远，转了个弯，再无人注视他们。

火小邪慢慢站住身子，重重地在墙上一击，“嗵”的一声打得碎石乱飞，接着狠狠地叹了口气。

雅子忙问道：“小邪，你不高兴吗？”

火小邪摇了摇头，说道：“没有。但我不想再逛了，雅子我们回去吧。”

火小邪、雅子两人快步而行，很快远离了事发之地，步入大街，混入了人群中。

火小邪再也没有闲心游逛，带着雅子走出人群密集之地，向着住所行去。

两人刚沿着街道走了没有几步，雅子突然微微一滞，一转头想向火小邪说些什么。火小邪一把将雅子搂住，眼神一递，止住雅子说话，同时调笑似的低声说道：“我知道了。有人跟着我们，不要管他，当什么都没有发现，我们走我们的，我想看看是什么人。”

其实火小邪早在离开人群密集之处时，就已经有所察觉，跟踪他们的人不止一个，而是一组，能力有强有弱，但即便是最弱的，“跟背风”的水平也不在黑三鞭这种东北大盗之下。

火小邪当即想到，这些人绝不普通，一定是贼道上的人，而且极可能是五行世家中的水家。刚才他和雅子，在茶馆闹了这么大的事情，耽搁了许多时间，以水家之能，想必是得到了风声，早就赶至外围观望。

且不论到底是不是水家，至少跟踪的人对火小邪的能力非常忌讳，用的是“三班五倒”的跟踪方法，即每个人只跟一小段，然后立即传由下一个人跟上，非常讲究默契和情报传递速度，不是精熟于此道的一组人，很难不露破绽。所谓三班，即是哨班、跳班、探班，司职不同。所谓五倒，即是指前后倒、高低倒、眼脚倒、旗语倒、司班倒，是说跟踪的方式不仅是尾随在后，有前有后有高有低，个人所做的司职三班不能一成不变，须互相转化。

想当年火小邪在奉天做小贼，与浪得奔、老关枪、瘪猴一共四人合作偷窃，最多能做到一班一倒罢了，就算奉天荣行好手尽出，也最多是二班二倒而已。

不管是跟背风、三班五倒还是其他术语，在贼道的正话里，都叫“追踪术”，简而简之，繁而繁之，严格来讲，乃是非常考究的一门学问。比逃跑用的四平八马复杂了许多，以至在特工、刑侦等行当里，无不是借鉴的贼道追踪术的法门。

眼下跟踪火小邪的人，是三班五倒，可想而知他们的身份绝不简单！如此能耐的一批人，火小邪和雅子除非是“上天入地”或高速直奔至旷野平地，他们只要不现身，是无法摆脱的。

日本忍者所学的忍术，也是擅长追踪，可说到头来，比起五行世家，特别是水家的追踪术，还是差得太多。日本忍术涉及五行盗术，样样皆有，反而是杂而不精，广而不深，单论感官身手，比不过火家；用毒驱兽，比不过木家；机关道具，比不过金家；寻道辨气，比不过土家；情报跟踪，比不过水家。可忍术将五行揽为一体，综合运用，仍有巨大威力，特别是杀人术，在五行世家中乃是邪道，为贼道不齿，所以忍术足够与五行盗术正面相抗。火小邪在日本学了七年忍术，已然体会到这点。

火小邪深知来者不知敌友，身手高强，既然水来，那就土掩，以不变应万变，看看他们到底做何打算。

火小邪搂着雅子，步履轻松，恍然无视，走着走着已经快接近所住之地。

眼看着大门就在百步开外，火小邪感觉到身后的贼气突然一灭，随即一股异常熟悉的强烈气息涌来，触得自己心头微跳。

火小邪心想道："正主来了。"唰的一下停住脚步，矗立不动。

那股子熟悉的气息远远而来，就停在火小邪身后几十步开外，再不上前。

火小邪对雅子低声道："雅子，你向前走，不要回头，二十步外等我。"

雅子忙道："小邪，我和你一起。"

火小邪摇头道："放心！不会有事，你在反而麻烦。"

雅子似乎感觉到了什么，紧紧抿了抿嘴唇，向前走去。

火小邪见雅子走了，慢慢转身，向后望去。

只见几十步开外的街角，静立着一个年轻的女子，穿着打扮不过平常，但眉目之间，冷艳俏丽，一双大眼中如同蕴含着两湾碧潭，深不可测，难以感觉到她的情绪，让人不敢直视。

火小邪看着这个女子，打心里涌起一股苍凉酸楚之感，无数回忆闪现脑中，激得火小邪眼睑都轻跳了起来。

火小邪直勾勾地盯着她，低念道："水妖儿。"

雅子已经走出了二十步，回过头来，看到火小邪看着远处，呆立在原地。火小邪让雅子走出二十步，确有深意，因为这样的话，雅子刚好看不到他所见的。雅子亦是个心思细密的女子，尽管火小邪脸上没有表情变化，但雅子也察觉到火小邪与平日里大为不同。

雅子轻唤了声"小邪"，却不敢上前一步，对于雅子来说，火小邪的吩咐不能违抗。雅子心苦莫名，脸上微微发白，女人的直觉告诉她，火小邪见到的是一个令她妒忌的女人。

火小邪凝视水妖儿片刻，心头一狠，将诸般杂念一扫而空，反倒一片澄明。火小邪无声轻笑，向水妖儿的方向走去。

水妖儿也不避让，依旧默默地站着不动，表情冷漠地看着火小邪向她走来。

火小邪稳步而行，很快便到了水妖儿面前十步开外。水妖儿轻哼一声，伸手止住，不让火小邪上前。

火小邪亦无所谓，站定了身子，轻声道："水妖儿，好久不见。"

水妖儿冷冷地说道："火小邪，七年不见，幸会。"

火小邪平静地说道："水妖儿，你怎么在奉天？"

水妖儿说道："你又怎么在奉天？"

火小邪说道："我今天才刚从日本回来。"

水妖儿冷哼一声："日本？怪不得一身东洋邪术的鱼腥气。"

火小邪哑然失笑，说道："水妖儿，你倒是没怎么变。"

水妖儿眼中闪了闪，依旧冷言道："火小邪，我之所以出来见你一面，是想问问你现在的身份。你可以回答，也可以不回答，说完就走。"

火小邪轻喘一声，沉声道："我的父亲是伊润广义，所以我现在的名字叫伊润火邪，是日本忍军的少主，担任日本天皇陛下的奥义御道一职。"

水妖儿突然神色一变，显出一副顽皮的表情，依旧把火小邪吓了一跳。

水妖儿嘻嘻笑道："真恶心！你会后悔的！"

水妖儿说罢，身子"嗖"的后退，晃了一下，就闪出一旁的岔路去了，再也无声无息。

火小邪耳根滚烫，强忍着没有追去，慢慢后退几步，察觉不到附近再有监视，便飞快地走出巷子，向着雅子走去。

雅子赶忙迎上，关切地问道："小邪，是什么人？你还好吗？"

火小邪见雅子眼中依稀带泪，显然刚才是把她急坏了。火小邪温和地笑了笑，摸了摸雅子的脸颊，说道："雅子，不用担心，是五行世家里水家的人，以前和我认识，老朋友相见，彼此打了个招呼。"

雅子一听，若有所思道："是水家？"

火小邪立即想起，他曾经若有若无地和雅子说起过他和水家水妖儿的恩怨，雅子肯定记在心上了。

火小邪牵住雅子的手，笑眯眯地说道："我对水家是敬而远之，如果他们要纠缠我，我下次就不会这么客气了。"

雅子露出笑脸，柔声道："小邪，那下次能不能不要让我一个人……雅子很害怕看不到你。"

火小邪重重点头，安慰道："好，下次不会了。"

两人携手向大门走去，已有门边站岗的武士看到火小邪、雅子走来，惊得连声高喝，小跑着上前鞠躬，恭迎火小邪、雅子入内。

等火小邪、雅子进了内院，就见到土贤藏丰正独自坐在院中品茶。

火小邪心头一掐算，这一趟出门，也有两个时辰以上了，没想到土贤藏丰这么快就回来了。

火小邪很是惭愧，赶忙走到土贤藏丰面前，恭敬地一拜，问好道："土贤老师！真对不起！"

土贤藏丰呵呵一笑，说道："火邪君请坐。"

火小邪盘腿坐下，依旧向土贤藏丰致歉道："土贤老师，请你原谅，是我贪玩了。"

土贤藏丰满面笑意，挥手请雅子去沏茶，悠然说道："火邪君这么多年没有回中国，想出去转一转理所应当。不知道火邪君觉得奉天现在如何？"

火小邪想了一想，答道："总体感觉不错。就是有些人的行为，让我觉得郁闷。"

土贤藏丰问道："哦，此话怎讲？"

火小邪也不想瞒着，便将李大麻子、侯德彪的姓名隐去，把茶馆里雅子手刃浪人，惹出不小的是非一事说了。

土贤藏丰仔细听完，沉声道："雅子杀得好，你们做得很对。对于为非作歹的浪人，一律诛杀就是。至于民间的反日情绪，这也是正常。中国人时常以老大自居，骨子里瞧不起我们日本人，觉得我们是东洋小岛上的蛮夷，而近百年来中国积贫积弱，受了各个强国的欺负，民间形成一股很不好的风气，就是不肯自省，觉得所受的苦难，全是外国人造成的。日本民族虽说毛病不少，但比现在的中国人强在勇于自我检讨，清楚自己的不足之处，愿意吸纳更为先进的科学知识，加上比中国人团结，故而能胜过中国。而且现在的中国人，受满人的毒害，奴性十足，丢了中华的礼义廉耻，自甘堕落野蛮，一旦缺乏管教，不受约束，连猴子也要称霸王。我们称现在的中国人为支那人，就是这个原因；支那人当面一套，背面一套，看似温顺，实际一旦得了便宜，就会变本加厉，十倍的狠毒还施于人，若让支那人翻身做强，恢复了以老大自居的身份，一旦侵略奴役了其他民族，种族歧视定是世界之最，空前绝后。所以日本想稳定东北，太硬不行，太软也不行，很是为难啊，可是不管如何，我们只要保证东北大部分人有饭吃有衣穿有钱花，能够安居乐业，这便是成就了。”

火小邪听土贤藏丰说完，觉得他批评中国人的地方，说得是一针见血，入木三分。火小邪从小做贼，常在阴暗面行走，最是明白国人的劣根性，就拿抓贼来说，偷了谁的东西，吓唬几句他就不敢反抗，可是如果不慎被抓，落了单了，失主一见得势，立即变得穷凶极恶，想想都让人哆嗦。火小邪八岁时落过一次单，那丢东西的两个孔武男人，几乎要拿棍棒将火小邪打死，还无人制止，幸好荣行买通的警察及时赶来，才捡回了一条命。

再拿歧视来说，富人对穷人，有权的对平民，城里人对乡下人，健全人对老弱病残，客气点的还能皮笑肉不笑，一转身无不是打心眼里瞧不起。所谓平等，根本是天方夜谭。

连火小邪都觉得，是应该好好改造改造中国这种乱状了！只是如何改造，火小邪心里没底，连方向都没有。偌大的社会，改造起来谈何容易呢？

回想起田问为三民主义，能够背叛土家，冒天下之大不韪，誓毁五行至尊圣王鼎，是不是田问坚信三民主义能救中国于水火呢？而除了三民主义，还有别的出路吗？

土贤藏丰和火小邪聊了片刻，火小邪对这些政治的话语也不太感兴趣，大概明白就好。

土贤藏丰见气氛沉闷，也不再说，两人喝了一会儿茶后，土贤藏丰才说道：“火邪君，中日已经开战，日本军队大举入关，我们日本忍军，有一件大事要做。”

火小邪一下子来了精神，问道：“土贤老师，是什么事？”

土贤藏丰说道：“剿灭火王严烈。”

二、误入歧途

土贤藏丰话刚出口，火小邪再好的忍耐力，也无法抑制住自己的惊讶，吃惊道：“剿灭火王严烈？我们要与火家宣战吗？”

土贤藏丰说道：“我们只针对火王严烈，目的是重新拥立支持日本的新火王，并不是要将火家一网打尽。火家是五行世家中人数最多，战斗力最强的一家，我们也不愿意与火家全面对抗。火家是千年世家，不是那么容易铲除的。”

火小邪立即想起伊润广义和他说过，要让他当上火王，并最终成为贼王之王一事。

火小邪心头一惊，沉声道：“拥立新火王……”

土贤藏丰笑道：“就是火邪君你啊。”

火小邪说道：“所以父亲大人让我尽快回国，就是医为此事？”

土贤藏丰说道：“对，就是此事。”

火小邪沉吟道：“那严烈小儿与我有血海深仇，我巴不得除之而后快，只是真要我来当火王，恐怕……”

土贤藏丰笑道：“火邪君是怕管不住火家？临阵退缩了？”

火小邪说道：“我不是怕，而是我一想到火家九堂一法那些人的嘴脸，就憋闷得很，不愿与火家人相处。”

土贤藏丰微笑道：“火邪君，五行世家是贼道，不是名门正派，火家人更是些趋利逐势的真小人，贼中之贼。据我所知，火家内部从来不曾和睦过，九堂一法都是貌合神离，剿灭严烈的时候，我们只要下手快，快速将严烈以及党羽制服，拿下他所持的贼王信物，火家其他人只会隔岸观火。等你登上火王之位后，只要立即颁布律令，命火家支持日本，其他时候，你并不需要面对火家众人，回到忍军处，由忍军保护你火王的身份不失。等五行至尊圣王鼎火行灯亮后，火家要行使守鼎一职，届时你便可辞去火王一职，无论谁来当火王，都无所谓了。”

火小邪说道：“这样也好！不过其他世家的人，会不会插手？”

土贤藏丰说道：“从形势上来看，现在土家少主田遥，已经站在日本这边，绝对不管不问。金家数十年不露面，江湖上罕有他们的踪迹，看样子也不会管。木家虽说与火家关系不错，但木家的性格最为独善其身。土、金、木三家无妨，最担心的只有水家，按理说，五行世家对各家贼王之争，是绝不会干预的，可水家这几十年间动作频频，蒋介石便是水家扶持的，中日战争，蒋介石坐拥百万军队，是最难啃的骨头。所以我们要以防万一，速战速决才是上策。”

火小邪想到郑则道与水妖儿是水火联姻，确实水家要是站在火王严烈这边，会相当麻烦。

火小邪问道：“土贤老师！我明白了，那我们会怎么做？”

土贤藏丰说道：“只靠日本忍军还不行，人数上我们不占优势，很容易让严烈逃脱。我们要打掉严烈，就要动用军队，用一个机械化师团配合，至少四万兵力，迅速将严烈所在之地一举包围，动用军力轰平此地后，再由忍军突入剿杀。”

火小邪惊叹道：“动用一个师团，四万兵力！对付严烈需要这么多的人马？”

土贤藏丰说道：“这也是没有办法的办法！伊润大人本想和严烈正面对阵，以严烈的性格，他定不会避战。可严烈狡猾得很，若看苗头不对想逃，以他的本事，忍军恐怕追不上他，所以只能先牢牢围住，再做安排。”

火小邪问道："那严烈会在哪里？怎么能确定他一定在？"

土贤藏丰说道："严烈平日里行踪不定，但每年总有一段时间，在热河省的一座小山中度过，伊润大人有把握，他一定会在那里。"

火小邪问道："父亲大人怎么这么确定？"

土贤藏丰答道："因为你的父亲伊润广义大人，和严烈曾经是师兄弟，并做过一段时间火家炎火堂的右行度一职。"

火小邪虽说早就察觉伊润广义和火家关系不浅，极有可能曾是火家弟子，但伊润广义曾经位列火家炎火堂的右行度，依旧让火小邪吃惊不浅。

回想火小邪刚和甲丁乙到净火谷见到赵谷主时，赵谷主曾说要是炎火驰、炎火威、右行度还活着，便知道火小邪背上的伤势是怎么回事。莫非赵谷主口中的右行度，正是伊润广义？

火小邪想到此处，话却不这么问："土贤老师，父亲大人为何不自己当火王？"

土贤藏丰低吟一声，说道："伊润大人是忍军头领，不方便这样做。"

火小邪觉得土贤藏丰的理由牵强，追问道："土贤老师，为什么父亲大人从来不曾和我说过他是火家弟子，曾当过炎火堂的右行度？为什么剿杀严烈的事情，他不亲自和我说？"

土贤藏丰默然道："伊润大人最不愿意回想的，就是在火家的那段日子。所以他才委托我告诉你。"

土贤藏丰说完，场面为之一静，只有细细的风声蔓延而过。

火小邪静坐不语，许久之后才低声道："一定是因为我母亲的事情……土贤老师，我知道了，我会按照父亲大人的意思做事，敬请指示。严烈这个无耻之徒，我一定会将他手刃，为我母亲报仇。"说着，火小邪腰间的猎炎刀已经变在手中，让火小邪"嚓"的一声，竟插入石桌上小半尺，刀身见不到丝毫晃动，却嗡嗡作响，这种力道使的是既稳又准，毫无旁溢。

夜已深了，火小邪躺在榻上，圆睁双眼，看着天花板，毫无睡意。

雅子侧躺在火小邪身边，一双明亮的大眼睛，一眨不眨地看着火小邪棱角分明的脸颊。

雅子低声道：“小邪，你睡不着吗？”

火小邪淡淡地说道：“是，睡不着。刚刚回到中国，就发生了太多的事。”

雅子伸出手，替火小邪掩了掩被角，柔声道：“小邪，你有心事了，在日本的时候，你经常是无忧无虑的，不管修习得再苦再累，你都很开心。”

火小邪扭过头，亲吻了一下雅子的额头，继续回过身呆呆地望着天花板。

雅子靠向火小邪的颈边，搂住了火小邪，轻声道：“小邪，你不开心可以说出来，雅子愿意帮你分担一点。”

火小邪轻笑了一下，沉默了片刻，慢慢说道：“雅子，其实我最想做一个简单的人，平平静静地度过一生，我很害怕卷入恩怨情仇里。”火小邪扭过头，看着雅子，又说：“是不是我这样说，让你有些失望？”

雅子说道：“我觉得我很幸运，我很满足。”

火小邪欣慰地笑了笑，长喘了一口气，说道：“雅子，我和父亲大人不一样，我没有什么野心，我不想当火王，也不想高高在上，我从小就是个孤儿，终于知道自己的父母是谁时，我已经很满足了。我真的希望，这场战争能尽快结束，有一个仁爱宽厚的好皇帝，从此天下太平，我和你再不用承担这么多责任，我们生几个孩子，看着他们长大，疼爱他们，教他们本事，让他们能够自食其力，不受人欺负。呵，我这样说挺没志气的吧。”

雅子说道：“我也希望这样，但是，我们始终不是只为自己活着的。”

火小邪点了点头，说道：“是啊。父亲大人让我做的事，我一定会去完成的，这才能不辜负他。等我们杀了严烈，当了火王，等到圣王鼎火行灯亮起，我让出火王的位置后，我想让父亲大人允许我离开中国，回到日本甲贺孔雀山去，教授盗术也好，忍术也好，或者自己种一片果林，都无所谓。雅子，你觉得父亲大人会同意吗？”

雅子说道：“伊润大人应该会同意的，你是他的儿子，他很在乎你的。”

火小邪悠然道：“但愿吧……”

火小邪想着想着，突然傻笑一声，一翻身看向雅子，问道：“雅子，你喜欢男孩还是女孩？你觉得我们第一个孩子，会是男孩还是女孩？”

雅子脸上绯红一片，说道：“小邪，你怎么突然问这个？”

火小邪笑道：“突然想起来了，就问问。”火小邪见雅子躲避他的眼神，又问道：“你怎么了？你的表情好怪。”

雅子的脸上羞得红彤彤的，避开火小邪的目光，轻轻咬了咬嘴唇，说道：“小邪，我已经，怀上了你的孩子……”

火小邪一下子呆若木鸡，张着嘴半晌说不出话，好不容易回过神来，呀的一声惊叫，翻身坐起，无比惊喜地搂住雅子，说道：“雅子！什么时候有的？你怎么不早说？”

雅子又羞又喜，说道：“是回中国的前几天发现的。我从小学忍术，体质不济，经血不规律，以为再调养两年，才会怀孕，谁知道这么巧……”

火小邪眼中放着光，问道：“那我要当爸爸了？”

雅子点了点头。

火小邪啊的一声高叫，一躬身把雅子从地上平抱起，在屋里转了好几圈，兴奋莫名地叫道：“我要当爸爸了！我有孩子了！哈哈！哈哈！”

雅子依偎在火小邪怀中，一丝泪滑过了眼角，这一丝泪，既有幸福又有种莫名的伤感。

日本关东军位于奉天的总部地下室，笔直、漫长、仅容二人并肩通过的一条水泥地道，灯光耀眼。一层又一层的铁栅栏门打开，守卫在铁门旁的，全是一身黑色劲装的忍者。土贤藏丰面色肃然，一路用日语低念着口令，逐次走过铁门，向着纵深处走去。

土贤藏丰跨入一间巨大的半圆形石室，这间石室正中，摆着一张巨大的石桌，上面铺着一张硕大无朋的中国地图，地图的精细程度，在当时那个年代实属罕见。

土贤藏丰向一侧看去，伊润广义一身雪白的和服，正盘腿坐在一个巨大的忍字下，闭目静思，似乎没有察觉到土贤藏丰走入。

土贤藏丰也不奇怪，走上几步，说道：“伊润大人，土贤藏丰来了。”

伊润广义微微睁开眼睛，冲土贤藏丰点了点头，沉声道：“土贤老师，火邪怎么样了？”

土贤藏丰紧走几步，来到伊润广义身边，盘腿坐下，说道：“他这次很坚决。但他是个没有野心的人，而且希望生活得平静，如果不是因为你，他对剿杀严烈和火王之位可能没有决心。”

伊润广义点了点头，说道：“他太像他父亲了。”

土贤藏丰说道：“伊润大人，你不担心严烈会在火邪面前把秘密说破吗？严烈应该很早就意识到火邪是谁了。”

伊润广义平静地说道：“土贤老师，你觉得呢？”

土贤藏丰微微鞠了一躬，说道：“火邪君不愿意失去你这个父亲，所以不会相信严烈，可是严烈真的说了，火邪君会开始动摇，若被人利用，推波助澜，有可能走向我们不希望的一面。”

伊润广义说道：“如果真有这么一天，那就引他来万年镇血罗刹。”

土贤藏丰一愣，说道：“伊润大人，你真的舍得？”

伊润广义睁开了眼睛，坚定地目视前方，慢慢说道：“天皇万岁。”

土贤藏丰恭敬地跪拜在地，说道：“我明白了。”

伊润广义垂下双眼，说道：“宫本千雅怎么样了？”

土贤藏丰说道：“雅子对火邪死心塌地，可以为火邪牺牲生命。另外，雅子怀了火邪的孩子。”

伊润广义扭过头去，看着土贤藏丰，说道：“这么快？”

土贤藏丰说道：“雅子隐瞒得很好，她应该是来中国前发现自己怀孕了，可是直到今天她才密信告诉我。雅子很聪明，我觉得她想保住这个不合时宜的孩子。”

伊润广义说道：“女人永远是这么愚蠢，越有能力的就越愚蠢。”

土贤藏丰说道：“需要对雅子做什么吗？”

伊润广义说道：“不用了，让她继续愚蠢下去。土贤老师，去请将军们进来。”

土贤藏丰念了声是，起身离去，很快便听到有脚步声再度传来，土贤藏丰领着两位日军将领，步入石室。

两位日军将领一个人中将军衔，另一个则是大将军衔，其中中将军衔的，乃是火小邪的老熟人，依田极人。即是七年前，和宁神教授合作，炸开五行地宫的那位。

依田极人和大将步入石室，伊润广义正站在地图边，两人立即毕恭毕敬地向伊润广义鞠躬。

伊润广义点头示意，走到地图边，看着地图上一处画了红线的地方，说道：“依田中将，你的机械化师准备好了吗？”

依田中将立即喝道：“伊润大人，我已全军待命！为天皇陛下效命！死而后已！”

伊润广义看向那位日军大将，问道：“东丸大将，这次你的第三军团佯装进攻山西省，实际全为掩饰依田中将的快速机动转移，你必须守口如瓶，密切配合依田中将的行动。”

那员大将重重地点头，高喝称是。

伊润广义点了点头，说道：“现在，我来详细说明。”

几人凑到地图前，专心致志地规划起来。

深夜的奉天城，夜浓如墨，不见星斗。这几年奉天城日本人兴建了不少发电厂，所以多数大街上都有路灯。虽说路灯明亮，却刺不破这浓黑的夜晚，路灯所照之外，也洒下了大片大片的阴影。

而在一片片的阴影中，一道游丝般的黑影在急速地穿行着，若不是文中有表，就算你瞪大了眼睛一眨不眨，也难以发现。

这道黑影穿檐走壁，无声无息，不做任何停留，好像本身就是黑暗的一部分。

黑影一直来到一栋大宅的院墙外，才稍微静止下来，显出是一个人形。有两只目光锐利的眼睛在阴暗中闪了闪，看清了上下左右的形式，身子陡然而起，贴着墙壁直上高处，略略一晃，便跃入院内。

此处大宅，正是以前奉天城张四爷的居所！

而进入院内的黑影，正是火小邪！

火小邪一身黑色紧身衣，头戴黑巾，只露出两只眼睛，绑着束腿，缠着袖口，配着腰带，戴着手套，按装束来看，乃是一个十足的忍者打扮。火小邪打扮成这样，也不奇怪，他是日本忍军的少主，自然有忍者的服饰。而且忍者的衣装，本就是为黑暗中潜行所制，比中土寻常的夜行衣更为考究、实用，忍装上衣里头有许多口袋，放一些不能淋湿的火药、缝衣针、救急药（包括安眠药、毒药）等；腰带里头则放一些日用杂物。手套与绑腿，通常藏着一些暗器。忍装所用材料、颜色特殊，人若穿上匍匐于暗中不动，能与黑暗融为一体，目力再好的人，也是发现不了的。

其实火小邪的忍装，在白天里看并不是纯黑的，而是深紫色。忍者通常在新月或阴天夜晚潜入敌方城楼与宅邸，如果全身黑色装束，轮廓反而会更显突出，因此，基本装束颜色是深蓝或深紫。碰到月明星稀的夜晚，便换成灰色或是茶色装束。

一般忍者都有两套或三套衣装，火小邪是忍军少主，忍装是由宫本千雅亲自缝制，足足有十余套之多，适用于各种场合。

火小邪如此精密的打扮，独自来到张四爷的大宅，这又是为何？

原来火小邪知道雅子有身孕后，虽说乐不可支，却也觉得多了一分责任。所以火小邪仍然难以入睡，剿灭火王严烈一事，更是萦绕心头不散，倒不是火小邪怕火王严烈，而是一想起此人，总觉得十足的别扭，好像一个塞子堵在心头似的。若问伊润广义、土贤藏丰关于严烈为何要杀母亲，断然是没有结果，而眼下身在奉天，又见过水妖儿，想必水家人聚集在此，那个叫价千万出售情报的水信子刘管家也可能还在，看过五行世家，五大贼王，水家是最有可能知道这些陈年旧事的，所以不去问问，情何以堪？

火小邪并非不信任伊润广义，只是强烈地想去问问，便就这么做了。甚至火小邪心头还有一丝念头，是不是能够再见到水妖儿？若再见到水妖儿，火小邪还想质问她，为何今天见面时，最后所说“恶心！你会后悔的！”是什么意思。

所以火小邪以雅子有了身孕为由，坚持不让雅子跟随，雅子也拗不过他。火小邪安顿好雅子，换好衣裳，溜出所住之地，向着张四爷的大宅而来。

火小邪在日本修习了七年，现在的身手比以往更胜，白天里还不敢施展拳脚，到了黑夜独行，如龙入渊，谁能防得住他？

火小邪进了张四爷大院，四下打探一番，走窗入舍，几乎摸了个遍，反倒心中一凉。这七年里物是人非，张四爷的大宅已不是以前的龙潭虎穴了，防备松懈，机关全无，显然是换了主人。

火小邪心想，恐怕那水信子刘管家不在此地，来得有些匆忙了。可一想到这大宅还有后院没去，既然进来了，就去看看也好。

可火小邪来到后院一带，远远一看，更是失望之极，那偌大的后院，已经夷为平地，荒草丛生，瓦砾遍地，灯火全无，毫无人气，根本没有当年的景象，几乎认不出来了。

火小邪不甘心，在屋顶守望了片刻，不见这片废墟中有任何异样，只好轻叹了声，返身出院。

火小邪怅然若失，有些扫兴，考虑着下一步是否去曾经与烟虫、花娘子共同与刘管家见面的小院看看，于是走走停停，身法上慢了许多。

可就在火小邪从大宅内翻出，要转向其他地方之时，余光猛然一闪，就见两条黑色人影从对面的院墙上一晃而过，似乎是发现了自己的行踪，颇有监视之意。

火小邪不惊反喜，暗喝一声："来得好！我就猜水家人不会轻易舍了此地。待我试试他们的水平。"

火小邪当作没有发觉，保持刚才从大宅出来的势头，降低自己的身手，走走停停，故意露出行踪，等着身后的人跟来。果然那两个黑色人影也不负所望，遥遥地跟了上来，而且走了一段，人数也从二个，变成了四个。

火小邪再走了一段，察觉身后的人已经有六个之多，而且身法灵动飘逸，形同鬼魅一般，这种身手，看样子是水家人无疑。

火小邪知道水家人生性多疑，绝不会直截了当地正面接触，如果耽搁得久了，他们害怕有诈，必会撤去，到时候要再找他们出来，可就难了。

所以火小邪引出六人后，便向幼年时期的耗子巷方向而去。耗子巷一带的地形，火小邪最为熟悉，而且那一带龙蛇混杂，周围是庞大的贫民窟，乃是奉天的一块烂疮，极难根治改造。

等火小邪进了耗子巷，突然做出发现跟踪之态，猛然加速而行，骤然间隐入黑暗中，不见了踪影。原本四散开尾随着火小邪的数人，见火小邪居然如此强横，刚才一路上都是伪装，大惊失色，意识到可能落入了圈套，他们也真是人物，行事异常果断，绝不犹豫，立即齐齐后退不止。

他们后撤，正中了火小邪下怀，本来是猫追耗子的局面，一下子就转变为耗子追猫，形势大变。

六人分散而逃，迅捷异常，若是直追，以这些人的手段，恐怕伊润广义出面，也未必能一举擒获。可惜他们碰上的是火小邪，火小邪借助地利，趁他们刚才一愣神的工夫，早就从一侧绕回，守株待兔。

这六人中的其中一个飞掠过一处矮墙，正要往黑暗的巷子里钻，一条黑影从街角猛然向他脚踝扫去，这人真是灵活，如此的意外，居然也能有所反应，就在被扫得跌落之时，身子竟在空中一团，滴溜溜地向前滚去，其势不减，一翻身站起，就要继续逃走。

可他刚站起身，便撞到了黑暗中一堵厚实的“肉墙”，此人低哼一声，身子向侧面一滑，竟继续要跑。可他怎么逃得了，脖子上已被绳索套住，没跑两步，就被生生拉住，拽了回来。

火小邪从阴影中闪出，寒光闪闪的猎炎刀就已经横在此人的脖子上。

火小邪低喝了声：“别动！我不杀你！”

可是话音未落，这个被抓住的人竟脖子一硬，向着刀口迎去，竟有自绝性命之意。

火小邪大惊，连忙将刀子摆开，手上猛拽绳索，生生将他拉开。

此人穿着夜行衣，同样只露出两只眼睛，但眼神却显得异常坚决，对火小邪怒目而视，只听此人嘴中咔的一响，好像牙齿被咬断一样的声音。

火小邪说时迟，那时快，一把捏住了他的嘴巴，将他按倒在地，拉紧了绳索，用膝盖压住他的手肘，不让他能够吞咽咀嚼，同时厉喝道：“你干什么！我找你们有事！我不是敌人！”

此人恶狠狠地看着火小邪的衣裳，眼中既是愤怒，又是鄙夷之色。

火小邪察觉到了什么，一把拽下自己的头罩，不假思索地喝道：“我是中国人！你别搞错了！我找水信子有事！我叫火小邪！”

此人这才微微一愣，神色趋于平静。

火小邪一直认为自己已经是日本人，谁知情急之下，“我是中国人”这句话还是脱口而出。

火小邪心中一震，但也顾不上许多，依旧不敢让此人乱动，说道：“你嘴里是不是毒药！吐出来！犯不着这样寻死！我只是打扮成这样而已！你快吐出来，我们有话好好说。”

此人呜呜呀呀地哼道：“我不会吐，但我可以……和你说话，你放手！”

火小邪说道：“我不能相信你。但你可以相信我，我现在就放你走，绝不追赶你。你记清楚我的容貌，告诉水信子，我今天晚上一直在这里等他，我是火小邪。”

此人犹豫不定地看了看火小邪，慢慢点了点头。

火小邪低喝了声好，身子陡然跳开数步开外，将双手伸平，坐在地上，意思是不会攻击。

此人见状，剧烈地咳嗽了几声，似乎把喉咙里的东西吐了出来，但依旧含在嘴里，站起身来，打量了火小邪一番，说道：“火小邪？你怎么认识水信子？”

火小邪说道：“你对他说我是火小邪，他自然明白。”

此人沉默了片刻，说了声好，身子一晃，眨眼就消失在黑暗中。

火小邪轻喘一声，自言自语道：“怎么水家人这么无情，只因为我是个忍者打扮，被抓后就要寻死吗？差点闹出一条人命！看来我对水家还是了解得太少。”

火小邪心中起伏不定，看来五大世家，他是只知其表罢了。更让火小邪难过的是，当时那人看他的眼神，那股子鄙夷之情，是从骨头里透出来的，火小邪这辈子都不曾见过……难道就是因为他是个忍者，或者说，他是个日本人？

火小邪静坐在昏暗之中，默默沉思，他开始觉得，认为自己是日本人，也许是个错误的决定……

半个时辰过后，只听四周有瓦片轻响，火小邪抬头一看，屋顶上已经站了四个黑衣人，正专注地打量着他。

“火小邪？呵呵，你找我有什么事？”从看不见的地方，传来了一丝话语。

声音传来的地方，黑不见物，火小邪感觉不到一丝呼吸之声，若不是说话声是那个方向，怎么都不像有人在。

火小邪轻念了一声好，知道来人绝不简单，必是水信子刘管家无疑。

火小邪慢慢站起，向黑暗中鞠了躬，沉声道：“我是火小邪，请问可是水信子？”

“呵呵！火小邪，就是我，刘管家，幸会啊。”黑暗中的腔调一变，又是那副管家的声调，和刚才迥然不同。

说话间，从黑暗中慢慢走出一个人来，但他并不完全走出，仍有半个身子隐在暗中。

此人穿着黑色西裤、灰白色衬衫、茶色夹克，仅从打扮来看，已是完全西化，更像个生意人。唯一不变的是，他此时的容貌、表情、腔调，依旧是在张四爷府上当管家时的那副尊荣，和火小邪记忆中的刘管家形象并无二致。

火小邪说道：“水信子，我想找你买个情报，能否找个方便的地方说话？”

水信子呵呵一笑，说道：“火小邪，你现在的身手好俊！能生擒我们的人，不简单啊。”

火小邪见水信子并不直接回答，而是谈起他的身手问题，不免心中疑惑，想这个水信子恐怕对他仍有忌讳。

火小邪说道：“水信子，我现在的确是日本忍军的少主，为日本天皇陛下效力，但今天我来找你，只是我个人的事情，与日本人无关，也没有任何日本人知道。你大可放心！我不想在此久留，相信你也一样。你若是不信我，又何必来此地见我？”

水信子依旧呵呵一笑，说道：“说得好，士别三日，当刮目相看。请随我来！”

水信子一扭身，快步就走，火小邪不敢怠慢，不远不近地跟着。

两人一前一后走了一段，便上了大街。水信子径直向明亮处走去，也不忌讳，火小邪一身忍装，哪能这样抛头露面，略一犹豫，便翻上了墙头，捡阴暗处继续跟着。

水信子既不打量，也不停留，来到夜间人力车聚集的街口，唤了辆人力车过来，坐上就走。

火小邪紧随，眼看着水信子乘着黄包车直奔灯火阑珊之处，那里乃是奉天城有名的烟花柳巷，俗称桃花街。别看此时夜已经深了，那桃花街照样是灯火通明，生意兴隆。

火小邪紧紧追着，心中暗骂道：“这些水家的人，行事真是蹊跷，简直不合常理！难道要和我在窑子里做买卖不成？”

火小邪还真是猜对了，水信子在桃花街最大的一间妓院春风楼下车，一下车就向后捋了捋头发，十分随意自然。火小邪在屋顶看得真切，水信子别看动作随意，这可是贼话里的“后院见”的意思。

春风楼的龟公、老鸨显然是认得水信子的，立即大呼小叫地迎上，将水信子请入内院。水信子也是一副老常客的样子，嘻嘻哈哈地没有个正经，哪有一丁点水家大盗的形象。

火小邪暗暗摇了摇头，正要寻路去后院，却听到大街上一阵喧哗。火小邪扭头一看，只见春风楼对面的一处妓院中，几个赤身裸体的男人追出，将一个伙计模样的年轻男人，和一个衣冠不整的女子按倒在地，乱踢乱打一气。那几个男人，只穿着兜裆布，满口日语的脏话，下手狠毒，几乎是将人往死里打，旁边尽管有龟公、老鸨、妓女、伙计、嫖客多人，谁也不敢上前阻止，只是远远地缩在一旁看着，吓得魂不守舍。

火小邪当然听出这几个赤裸男子是日本人，而且满口的话语，极尽恶毒之势，大意便是说“支那人是猪，敢冒犯日本人，打死你是活该”。

火小邪不知为何，气得脸上发烫，手已经摸到腰间的镖囊，就想几镖下去，让这几个日本败类吃点苦头。可火小邪忍了再忍，飞镖都已经捏在手中，还是放了回去，没有下手。

火小邪狠狠地摆了摆头，将心头的火气压住，不愿再看，身子一翻，向着后院方向行去。

进春风楼的后院，火小邪不费吹灰之力，等进了后院，略一张望，就见到不远处的一处黑屋的窗口有香烟的亮光闪了几闪，火小邪一看便知，这是贼道里较为常见的一长二短接头暗号。

火小邪猱身进了此屋，刚把门掩好，就听咔咔两声轻响，向屋内的大床上一看，整个床板已经翻开了一道口子，显然是个活动的床板。

火小邪也不犹豫，拉开床板，直翻而下，下面是一个高的浅坑。而火小邪刚一翻入，那床板便又自动合拢。火小邪没有工夫研究这个，一望便看到有道路斜通向下方，足够一人猫腰前行。

火小邪弯弯折折走了约百步，便见到眼前豁然开朗，光线明亮，一个地下的小池塘边，修着几间小屋，屋内灯光通明。

火小邪并不绕过池塘，而是从小池塘上的几块方石上一跳而过，直奔正前方的一个房间。

火小邪推门而入，水信子已经坐在桌边，摆好了茶具等候着。

火小邪拉掉头套，在水信子对面坐下，说道：“不好意思，刚才耽搁了一会儿，来得迟了。”

水信子为火小邪倒上茶水，笑眯眯地说道：“我就说嘛，一定是外面大街上有日本人闹事。”

火小邪答道：“是。若不是和你有约在先，我可能会教训他们一下再走。”

水信子喝了口茶，说道：“天天都是如此，日本人一喝多了，就与禽兽无异，在桃花街是见怪不怪了。”

火小邪皱了皱眉，说道：“并非所有日本人都这样。”

水信子哦了一声，好像恍然大悟一般，说道：“对对对，不好意思，我失礼了。”

火小邪不想与水信子计较，只是说道：“我看也没有哪个中国人出来阻止，哪怕是说上句话，而你们水家一样坐视不理。呵呵，只要轮不到自己，就事不关己，高高挂起，这和待宰猪羊有什么差别？”

水信子略显尴尬地一笑，说道：“也是也是！呵呵！火小邪，你既然来了，就谈谈买卖，这些国民的道理，不属于情报一类，水家人没什么交谈的兴趣。”

火小邪料到水信子不会再与他多说，拿起茶杯喝了口茶，慢慢说道：“我想买你们的情报，是一件与五行火家有关的陈年旧事，这类问题大概什么价码？”

水信子堆着笑脸，说道：“火家的陈年旧事？呵呵，这个开不了价。”

火小邪说道：“那就是说不卖？”

水信子摇了摇头，还是笑眯眯地说道：“不是不卖，而是开不了价，你可以先问问题，然后把订金付了，最终多少价钱，我们要视情况而定，如果你能提供给我们对等价值的情报，也可以分文不取。”

火小邪默默看着水信子，说道：“好。我的问题是——我的母亲珍丽，是因为什么而死的？”

水信子整个人明显地一愣，然后深吸了一口气，说道：“这个问题已经超过我的认知范围，牵扯的东西太多，似乎不是我能触碰的，除非水王大人在，呵呵，所以恐怕……”

火小邪打断水信子，说道：“我只能找水家，而且这个问题，我想让水王卖给我。”

水信子双手连摆，说道：“火小邪，我知道你为了见我费了些功夫，但你也知道规矩，不是你想怎么样就怎么样的，规矩是由水家定的。”

火小邪一张银票已经放在桌上，说道：“这是七年前，你给烟虫的银票，一千万大洋，我作为订金，无论结果如何，我都认了。”

水信子看着桌上的银票，说道：“好阔绰！但我不能收。”

火小邪哼了一声，说道：“不过七年，水家人就这么无能了吗？”

水信子笑道：“火小邪，实在抱歉，要让你失望了。”

火小邪说道：“我不失望，我知道我既然问了你，你一定会转告水王流川，你没有胆子隐瞒。”

水信子皮笑肉不笑地干哼一声，说道："火小邪，的确不能小看你啊。只是今天，我无法给你任何答复，谢了。"

水信子站起身来，又堆出一副笑脸，说道："火小邪，我送你出去。"

火小邪坐着不动，冷冷道："我要是不走呢？"

水信子笑道："没关系，我走就行了，你愿意待多久都可以。那我先告辞了！"

火小邪重重喘了一声，咬了咬牙，他也明白如果水信子这样说，是无论如何没有结果了。

火小邪喝道："慢着！你不用走，我走就是了！"

水信子眉开眼笑，说道："那好那好，我送你。你的订金，请收回吧！"

火小邪对桌上的银票，如同没有看见一般，站起身来，便向门外走去，水信子一旁相送。

只听侧屋中有女子声冷冷道："水信子，收下订金，火小邪的问题，水家接了。"

火小邪听着这女子的声音，心中狂跳不止，站住身子，向侧屋看去。

只见一个贵妇人打扮的女子，无声无息地从侧屋走出，冰冷冷地向火小邪看来。

火小邪暗呼道："水妖儿……"

水信子连忙上前几步，恭恭敬敬地一抱拳，说道："水妖儿，还是请你先请示一下水王大人吧。"

水妖儿走上前来，别过头去，不看火小邪，只是盯着火烛，淡然道："不用了！水王不同意，我也会去查，会给火小邪一个他想要的答案。水信子，收下订金！"

水信子轻轻皱眉，沉吟一声后，才颇为勉强地说道："是。"随后走到桌边，将订金放入怀中。

火小邪静立在原地，水妖儿虽说近在咫尺，却感觉异常遥远，他很想与水妖儿说些什么，可心头一团乱麻，连最初打算问水妖儿的话，也找不到头绪，不知从何说起。

火小邪只是一抱拳，说道："谢了。"

水妖儿依旧冷冰冰地答道："火小邪，你可以走了，水信子，送客。"

火小邪点了点头，也不顾水信子，径直就向门外走去。

"火小邪，既然来了，何必这么快要走？"从屋外传来男子说话的声音。

只听吱呀一声，一个风度翩翩的男子推门而入，"哗"的一声打开手中折扇，冲着火小邪和和气气地微笑着。

火小邪脖梗一硬，沉声道："郑则道。"

郑则道的突然出现，大大出乎火小邪的意料之外，比水妖儿在他临走前一刻出面接下问题更让火小邪震惊不已。火小邪立即想到郑则道能在此出现，一定与水妖儿有关，若按七年前水信子所说，这两人已经订婚成亲，现在应该早有夫妻之实了。

尽管火小邪在日本潜修七年，与雅子相处融洽，对水妖儿之事也逐渐淡忘，若只有水妖儿出现，火小邪还能镇定应对，可郑则道此时出现，顿时激起了火小邪的新仇旧恨，全身都觉得不自在，一股子怒火腾腾燃起，简直抑制不住。

火小邪虽然心中有火，却不再是幼年那样毛躁行事。火小邪冷眼看着郑则道，不动声色，只是略退了半步，运起十成的功力，全神戒备着郑则道。

郑则道倒是显得轻松自如，他走入门来，见到火小邪模样，一边缓步踱开，一边轻笑道："火小邪，真是多年未见了啊！我现在已经改名叫严道了，你若是不习惯，还是称呼我郑则道就是。"郑则道走开几步，再看了眼火小邪，一收扇子，咦道："只是故人相见，怎么看你这么紧张？你是不希望我出现吗？"

火小邪哼道："郑则道，幸会了！七年不见，你还是那么令人讨厌！"

郑则道嘿嘿一笑，并不答话，只是向着水妖儿一拜，柔声道："夫人，实在不好意思，我是见你出来与火小邪见面，我才有点忍不住。哦，是否打扰了你们？要不我先离开？"

水妖儿毫无表情地冷冷说道："是我失约在先，你要走要留，随便你。"

郑则道走到水妖儿身边，轻声道："妖儿，你我夫妻多年，你还不了解我吗？你与火小邪相见，我完全可以当作没有看见，也不会轻易现身。只是你不向水王大人问询，就接下火小邪的问题，还是有些不妥啊。更何况火小邪要问的，可能与火家有关，五行世家之间有些忌讳，你也明白的，你可不能随意为之啊，水王大人怪罪下来，你可又要受苦了。"

水妖儿冷笑道："你真的是为了我才出来的？"

郑则道斩钉截铁地说道："当然！"

水妖儿说道："那谢谢你了。我已经决定的事情，我会和父亲大人解释，你不必操心。我已经收了订金，是绝对不会退回的！水信子，送火小邪回去。"

水信子连忙喏了声，要请火小邪离开。

火小邪内心中其实想留不想走，可他也明白，留在这里一定会忍不住和郑则道冲突起来，既然早已决定不再与水妖儿纠缠在旧情之中，果断离开不失为上策。所以火小邪暗暗咬了咬牙，转身就走。

"慢着，火小邪，既然难得一见，大家可以平心静气地坐下喝杯茶再走。我是火家人，火王严烈的亲传弟子，并有机会成为下一任火王，我知道火家的事情，比水家只多不少，你不想和我聊聊？你这么走，是不敢面对我吗？"郑则道一边说话，一边走到桌边，坐了下来。

火小邪暗骂道："郑则道啊郑则道！你以为我怕你，你就错了，等我剿灭严烈的时候，会一并结果了你的小命！也罢也罢，今天注定要与郑则道纠缠，我就看看他想说些什么！还能让你瞧扁了不成？"

火小邪眉头一展，哈哈大笑，说道："既然你这么有诚意，我就不推辞了。"

火小邪一转身，径直走到桌边，坐在郑则道对面，与郑则道四目相对。

水信子见状，不禁向水妖儿看去，请求水妖儿指示。水妖儿递了个眼色回去，水信子立即会意，客气道："严道大人，火小邪，你们两位慢聊，水信子先行告退了。"

水信子说完，快步退出屋外，将房门关好，离去不表。

屋内为之一静之后，郑则道说道："火小邪，你这身打扮很俊啊。不是中土的服饰吧，想必你这几年，在异域他乡学了不少东西呢。”

水妖儿走上前来，坐在郑则道身旁，表情平静，就算外人见到，也会认定水妖儿和郑则道是一对夫妻。

火小邪控制着自己不去打量水妖儿，知道郑则道是明知故问，于是干脆地答道：“我是忍者。”

郑则道哦了一声，说道：“忍者？火小邪你学的是忍术？据我近年所知，忍术似乎是不能传授给本土的中国人的。”

火小邪冷笑一声，说道：“我是日本人。”话虽出口，但火小邪心中别扭，他在日本的时候，从不认为自己是日本人有何不妥，可回到中国，每每说出自己是日本人，想到自己是日本人时，总是胸口堵得发慌。

郑则道略显轻蔑地哼了一声，说道：“日本人。”

郑则道就这么一哼，猛地把火小邪的怒火再次点燃，声调顿时一高，喝道：“日本人怎么了？”

郑则道无所谓地说道：“火小邪，我对你这个人谈不上喜欢，也并不讨厌。只是今天听你自称日本人，我才明白，原来你这么下作！”

火小邪耳根滚烫，恨不得拍案而起，一拳将郑则道的脑袋打烂，郑则道这种不冷不热的嘲讽，比捅火小邪一刀更加难受。

火小邪的拳头捏得嘎嘎作响，厉声道：“郑则道，你留我在这，就是想找碴儿打架吗？”

郑则道哼道：“我郑则道，无论是什么样的事物，都可以接纳，谈不上喜欢，也并不讨厌。但我这辈子唯一讨厌的，就是——日本人。”

火小邪气得嘿嘿冷笑：“很好！我就是日本人，你能奈我何？”

郑则道自斟自饮一杯茶水，说道：“念在你与水妖儿有交情，这里又是水家的地盘，我不想奈何你什么。本想和你心平气和地聊聊，可我不愿与日本人说话，特别是你这种不伦不类的日本忍者，多聊一句也觉得恶心。请回吧，火小邪，我就不送你了，请便！”

火小邪轰的一声狠狠拍了一下桌面，震得桌上的茶具乱飞，叮叮当当滚了一地，那结实的红木桌面，竟让火小邪一掌拍出一道偌大的裂纹。

火小邪也不管这些，拔身而起，嗖的一声退开两步，双手低垂，蓄势待发。火小邪面色阴沉，竟看不出一丝怒气，整个人仿佛笼罩在黑色的杀气之下。

火小邪沉声喝道："郑则道，逞口舌之能，我不是你的对手，你说得已经够多了，你不是火王严烈的亲传弟子吗？今天我便讨教一下火家的绝学，看看你的手脚是不是和你舌头一样好使。"

郑则道慢慢站起，身形厚重，丝毫不乱，但他的脸却逐渐发白，变得如同打了一层细粉。郑则道说道："火小邪，你还是和以前一样不懂规矩。这里是水家的地盘，我们要较量一下，完全可以，但你至少也征求一下主人的同意。"

水妖儿好像没看见一样，冷冷说道："可以到屋外水池上去打。"

"甚好！"火小邪低喝一声，双手在头上一抹，已经戴上了黑色头套。

火小邪身子一晃，似乎化成了一道黑影，从门缝中滑出，那两扇门几乎没有打开的迹象。

郑则道看着微微一愣，脸色更白，低念道："差点小瞧了他。"

郑则道侧脸看了看依旧坐在桌边的水妖儿，问道："妖儿，可以怎么对他？"

水妖儿呵的一声笑，突然露出顽皮的表情，说道："尽全力，可以杀了他。"

郑则道也呵呵一笑，说道："听夫人的吩咐。"说着平步向大门走去，用扇子将房门挑开，稳稳地走了出去。

屋外寂静无声，哪里有火小邪的影子在。

郑则道知道火小邪就隐在暗处，他目不斜视，直直地走向池塘边，身子一跳，就跳到水池中的方石上，几个起落，已来到水池中央，站于一块方石之上，一抖扇子，"嘭"的一下展开来，喝道："火小邪，你来吧！领教你的东洋邪术！"

话音刚落，郑则道就觉得头顶上气压骤紧，破空之声隐隐传来。郑则道沉哼一声，动如闪电，大扇一挥，划出一道光影，"当"的一声劲响，铁扇骨架与利刃相交，激得火星一绽！郑则道借势一退，再往前一跳，就是杀招。可就在这火星绽放的瞬间，一道黑影滚落一旁，根本没有让郑则道碰到半分，

"咻"的一声蹦出水池，又见不到了。

郑则道心头一惊，这个火小邪竟藏在洞顶，从上而下冲击，若是不中，脚下又无根，极容易成为攻击的目标，可是火小邪一击即退，看样子只是试探而已，这番身手，拿捏得极好，好像料到郑则道会在何处挥扇相迎。

此时火小邪贴在暗中，也是不敢大意，心想道："这个郑则道，比七年前更加厉害，幸好没有轻敌。"火小邪手中拿着一把猎炎刀，并无长刀，乃是这次出来，火小邪本不想争斗，便轻装上阵，只带了数把飞镖和猎炎刀出来，如果有忍刀在手，刚才对郑则道还能试探得更深一层。

忍者所带的忍刀，和武士刀略有不同，多为直刀，同样是一边开刃，刀背厚重，便于劈砍。一般忍者只带一把忍刀，背于背后，也有像日本古代著名的忍者头领宫本武藏（他本是有名的武士，后来管理日本忍者各流派），使的是二天一流，即是双手刀，故携带两把忍刀。

而郑则道还是站在水池中央不动，暗念一声厉害，却朗声道："火小邪，你的缩头乌龟功也有大成啊！避而不见，一招就逃，可笑！"

火小邪不受所激，全当没听见，只是默默感觉着郑则道的呼吸频率和气场，这在忍术中叫"辨气道"，是快速了解敌人行为方式的一种直觉感应。修习的精通者，据说能看到人体周围的各色光芒，代表此人的运动趋势和精神状态等等。

火小邪来看郑则道，依稀能感觉到他周身有红、黑、白三色光芒交错笼罩，很难看出郑则道的弱点。

郑则道的确是个人才，他在五行地宫被伊润广义惨败之后，知耻而后勇，一日不曾懈怠，七年内已经有幸接触到了火家的水火双生术，加之他本来就是水火双生的命格，所以精进飞快。火王严烈对郑则道也是颇多教导，火家明眼人都可以看出，严烈有意将火王之位传给郑则道，只要没有人向郑则道挑战，郑则道的火王尊位便是当定了。

郑则道已初通水但却能抑九火，火微却能抑狂水，水不惧火，火不惧水的能耐，所以火小邪仅凭忍术的"辨气道"，短时间内很难参透郑则道。郑则道看上去满身都是破绽，在荣行的贼人见到这种郑则道，会以为他是"菜包”，就是非常轻松就能偷盗得手之人。所以有荣行中又有“小贼看大盗，以为不是盗”的说法。

火小邪知道这样久看下去，也不是个办法，真成了缩头乌龟。所以略一思量，舍了“辨气道”，身子一蹲，低掠而出。

郑则道当即有所察觉，却仍然全身上下火形不动，无论火小邪怎么攻击，都能及时反应，没有偏差。要知道像郑则道、火小邪这种高手过招，顶多七八招便分出胜负，哪怕错了几毫秒的动作迟缓，就可能败下阵来。两人都明白这个道理，所以准备做足，轻易不出招。

火小邪是动中有守，郑则道是静中有攻，论道理并没有强弱之差，只看个人喜好而已。

郑则道察觉到火小邪掠出，不动如山，就听扑通一声水响，池面水纹轻荡，乃是火小邪潜入水下去了。郑则道暗哼一声：“好狡猾！这火小邪所学庞杂，竟想到从水下来攻！若我还是七年前的功力，没准就要败了！哼哼！”

水波逐渐平静，哪像水下还有人在？可就在平静片刻之后，突然“嗵”的一声炸响，郑则道左侧身后水花四溅，火小邪从水中如同鲤鱼一样弹起，直攻郑则道腰侧。

郑则道眼前全是水花，加上火小邪一身黑衣，混在水花之中，动作看得并不清楚。郑则道大喝一声，身子不退反进，冲破了水花，几与火小邪撞个满怀。

“当当当”三声锐响，电光火石之间，水花降下，依旧只有郑则道一个人站立不动。

只是微微一静，马上又是“嗵”的一声，火小邪再从一侧水下跃出，这次距离略远，火小邪直冲郑则道，不再用游击战术应对。

郑则道喝道：“来得好！”亦向火小邪冲去。

郑则道穿的是彩色锦袍，持白扇，火小邪是黑衣，就见到一团彩光之中白影拉出一道道的痕迹，一团黑雾在彩光之中绞动不休，当当当当当当，啪啪啪啪啪啪，金铁交击和肢体撞击声不断，这团纠缠不休的彩光在水池上的方寸砖石上左闪右突，跳跃不定，稍一分开便马上继续揉成一团。

郑则道不愧是杀手出身，并已打定主意立毙火小邪于手中，所以招招都是三眉会成名的杀招！而火小邪相对而言，从未杀过人，所学忍术中尽管杀人技艺甚多，可火小邪并非为杀而杀，只为击败郑则道罢了，所以招式不那么狠辣，难免会落在下风。两人虽说是以攻对攻，都是火行盗法的战诀根基，表面上看着旗鼓相当，实际上斗至第五招、第六招时，火小邪已是相当吃力。郑则道六招不胜，见火小邪仍有余力支撑，也是心头微急，如果再不能杀掉火小邪，胜败就更难说了。

眨眼缠斗的六招已过，两人刚一分开，就又扑上。郑则道一见火小邪的身形，暗喝了一声好，手中大扇一摆，打了个花，似要强攻，其实有诈。就见郑则道已然手肘抬起，左袖口中一道极快的白光向着火小邪的喉咙射去，接着右袖中又是一道白光紧随。

火小邪其势未减，这道郑则道射出的袖中光使得极为巧妙，正好是火小邪能避过第一道，而避不过第二道的死角。火小邪一侧头，躲过了第一道白光，而咽喉处正迎着第二道白光而来，其势已起，避无可避！

只听“啊”的一声，火小邪一个翻身，落入水中，激得水花四溅。

郑则道袖口一收，两道白光退回袖内，郑则道闻到有淡淡的血腥气，不禁暗喝一声：“赢了！”

就在郑则道心念一松之际，就在水花中有五道微光闪起，分上中下三路向郑则道电射而来！郑则道倒吸一口凉气，这番突变委实超出了他的预料！郑则道也真是个能人，这么千钧一发之际，不仅身子急向后仰，做了一个铁板桥，还能看清五道微光的来路，大扇急拨，生生避过了三道微光，撩开了两道。

郑则道刚刚避过，大扇就向身后一撑，支住身下的方砖，不让自己跌入水中。

郑则道喝了声万幸，就要发力弹起，可眼前一黑，就见到一团黑影扑面而来，胸口被狠狠地一踹，啊的一声大叫，整个人被踹入水中，一下子乱了分寸。

就听火小邪大吼道：“杀了你！”举刀就要向水中刺去！

“住手！”水妖儿厉呼声传来。

火小邪的猎炎刀离郑则道的胸口只有半寸，却被水妖儿这一声喊生生止住。

郑则道缓住了这一缓，连连扑腾，方才稳住身形，其时已经狼狈不堪。

火小邪收了猎炎刀，连退几步，看着水妖儿方向大吼道：“为什么？他刚才差点杀了我，为什么你要救他？”

水妖儿尖叫道：“他是我丈夫！你不是！”

火小邪心头一凉，刚才得胜时的激动之情顿时被扫得烟消云散。火小邪垂下手，慢慢向黑暗中退去。

郑则道乘机跃出水面，他的衣服可不是火小邪的忍衣，有防水功能，已然是周身尽湿，行动不便了。

郑则道惨白着一张脸，喝道：“火小邪！再来！我不信你刚才能躲过！妖儿，你不用管我，我并没有输给这个小日本鬼子。”

水妖儿厉声道：“不要打了！郑则道你想死吗？”

郑则道惨声道：“不可能，我不相信，他一定用了什么妖术！”

水妖儿说道：“火小邪有火盗双脉！这个世界上，只有他能避开你刚才的一招，郑则道你输了！火小邪是故意让你有机会杀他的！”

郑则道微微扭头看向水池边的水妖儿，惊道：“什么？火盗双脉？这是什么？我怎么不知道？”

火小邪的确如水妖儿所说，等待着郑则道向他发出袖中暗器的机会，对于火小邪而言，他相信自己火盗双脉的能力，可以在千钧一发的时候，体内再生反力，将身子不合常理地拉向另一边，使得自己躲过致命一击，仅受皮外伤而已。这个秘密，郑则道绝对不知道，他以为得手，露出了破绽，这才败给了火小邪，如果两人一直缠斗下去，火小邪很难保证一定胜过郑则道。

水妖儿并不回答郑则道，只对远处没入黑暗中的火小邪说道：“火小邪，你赢了！你可以走了！你想知道的问题，我会告诉你答案的。”

火小邪没有回答，甚至没有抬头往水妖儿的方向看上一眼，慢慢地消失在黑暗中。

郑则道并没有追赶，慢慢退回到水妖儿身边，依旧面色惨白一片。

水妖儿深深看了看火小邪退去的方向，也不搭理郑则道，转身便向屋内走去。

郑则道猛然上前一步，拦在水妖儿身旁，喝道："妖儿，你让我杀了火小邪，是不是早就猜到火小邪能躲过我袖中杀招，所以才这么说话？"

水妖儿停了半步，绕开郑则道，继续向屋内走去。

郑则道不依不饶地追上去，颤声道："妖儿，我们七年夫妻，就算你不喜欢我，但总有夫妻之情，你时至今日，还要护着火小邪吗？"

水妖儿停下脚步，转回身冷冷地看着郑则道，说道："我是真的想让火小邪死，你想多了。"

郑则道上前来，脸色减缓，轻声道："妖儿，谢谢你阻止了火小邪，要不今天真的糟糕了。对不起，刚才说话口气太重了。"

水妖儿说道："我总不能看着自己的丈夫死在眼前。"说完转身又向屋内走去。

郑则道脸上有红似白，紧紧追上，一直追到屋内，见水妖儿坐下，才凑到身边，十分诚恳地问道："妖儿，我不在乎是否输给了火小邪，能听到你刚才的说话，我已经心满意足了。"

水妖儿淡淡说道："郑则道，你是想问火盗双脉是什么吧？为什么我之前没有告诉你火小邪是火盗双脉？"

郑则道轻轻啊了一声，苦笑道："是，我是想知道。"

水妖儿说道："火盗双脉是火家对体内拥有两套经脉之人所用的称呼。这种人罕之又罕，极为少见，拥有火盗双脉的人，能够从体内发出相反的劲力，做出常人永远无法实现的动作。所以火盗双脉，又称天生盗贼。如果善加引导，得以大成，可做贼王之王。"

郑则道惊道："我在火家已有十年，怎么从未听过火家讲起火盗双脉？"

水妖儿说道："其实我也只知其一，不知其二，火盗双脉，似乎是五行世家上一代人颇为忌讳的事情，天下只有少数几个人知道世界上还有火小邪这种人存在。”

郑则道长吁一声，默默点头，又问道：“妖儿，那你怎么知道火小邪是火盗双脉的？”

水妖儿看向郑则道，低声道：“你想知道？”

郑则道说道：“想，很想知道。”

水妖儿轻哼一声，说道：“既然火小邪又出现了，我也不想瞒你。我的孩子，就是火盗双脉。”

郑则道惊得全身一颤，脸上“唰”的一下再次发白，瞪大了眼睛，却目光涣散，根本一句话都说不出。

水妖儿侧过头去，悠悠说道：“我的孩子是火盗双脉，也是我来奉天前父亲告诉我的。他们两个在六岁左右动作就与常人微微有点不同，经父亲仔细考量，确定就是火盗双脉，他们能有，火小邪自然也有。”

郑则道沉吟几声，又恢复了平静，说道：“确实是人中奇葩，输给这样的人，我倒也释怀。呵呵，妖儿，我能有这样两个孩子，我更感自豪。”郑则道说着，上前抓住了水妖儿的手。

水妖儿并不避让，只是“呵”的一声笑出了声，表情也不再是冰冷冷的，说道：“郑则道，你不恨？”

郑则道态度诚恳地说道：“何恨之有？你我结为夫妻之时，我便将你腹中的孩子视为亲生骨肉，无论他们是谁的孩子。只是我希望，这个秘密能永远地保存下去，妖儿，可以答应我吗？”

水妖儿默默点了点头，说道：“我会的。”

郑则道笑了笑，将水妖儿的双手握在胸前，说道：“妖儿，我知道你为什么会接下火小邪的问题了，你也想弄清火盗双脉的事情，以免未来我们的孩子有什么不测。”

水妖儿点了点头，轻声道：“你去换衣服吧，地下阴冷，别着凉了。”

郑则道动容地说道：“不要紧。妖儿，我郑则道不才，在没有遇见你之前，从未喜欢过任何一个女子，但第一次和你相处后，便决定今生今世无论你怎么对我，也只爱你一个。我确实曾有过荒诞的野心，目空一切，以为不做出点惊天动地的大事业，枉来世上一遭，所以事事不择手段。我知道你一直很讨厌我这样的为人，但时至今日，我只想为你和我们的孩子活着，其他一切，我都可以放弃。请你不要再去想火小邪，接纳我吧。”

水妖儿脸上挂着笑容，却两行清泪流出，说道：“我明白……父亲的决定是对的，是我错了。”

此时，在远离奉天城五百里的宅子里，一个教书先生打扮的人，正走到床边，为床上熟睡的两个孩子仔细地掩好被窝，露出慈爱的微笑，轻声说道：“快快长大吧，等你们长大了，天下一定就会太平了。外公会好好保护你们的。”这个教书先生抬起头，透过窗外，看向奉天方向，双眼如两眼深不见底的潭水，不可捉摸。他，就是水王流川。

水王流川看着无穷的夜空，自言自语道：“水妖儿啊，你明白了吗？”

火小邪回到住所，见卧室的灯光还点亮着，雅子的身影透过窗户，朦朦胧胧地显现出来。火小邪心里浮起一丝愧意，轻手轻脚地进了内屋，飞快脱下自己的忍装。

“小邪，你回来了？”雅子的话语在身后传来。

火小邪吞吞吐吐地回复了一声，雅子已经走上前来，拿着一块毛巾，为火小邪擦拭裸露出来的身体。

“你受伤了。”雅子一边平静地问道，一边小心地抹去火小邪脖颈上的污血。

火小邪的脖颈处，受了郑则道袖中暗器一击，尽管只是皮外伤，并不致命，却仍然是鲜血淋漓，半个肩头已被血液染红了。

火小邪按住肩头，说道：“没事，小伤而已。”

雅子说道：“是什么人，能把你伤成这样？”

火小邪轻哼一声，说道：“是五行世家里的火家人，火王严烈的亲传弟子。”

“小邪，你没有杀了他吗？”

“我本可以杀了他，但最终没有……”火小邪披上便服，转身看着雅子，慢慢地说道，“但下一次见到他，我绝对不会放过他了。”

“小邪，请你以后不要自己单独行动了，我很害怕你遇到意外。我们第一天回到中国，就发生了这么多事情，连你都受伤了。奉天城里，到底还有多少我们不知道的事情？中国太大了，也太复杂了，我很害怕你离开我以后，我从此找不到你。”

火小邪搂过雅子，亲吻了她的额头，说道：“雅子，你放心吧，我不会再出去了！往后的几天，我们一切听父亲大人和土贤老师的安排，我想将这几年所学的忍术，重新温习一遍，养精蓄锐，等着与火家决一死战。”

雅子看着火小邪坚定的眼神，轻声道：“小邪，你对剿灭火家的态度，似乎变了好多。”

火小邪轻轻一笑，搂紧了雅子，说道：“现在，我既是为父亲，更是为自己！明天，我就要向父亲大人请战！”

夜空阴冷，黑云一层层地压在半空中，如同浓墨翻滚，隐隐的雷声传来，很快，一场豪雨降下，狂风大作，狠狠地洗刷着这座城市，似乎要把所有的过去和现在统统卷走。未来会怎么样？哪怕是命运的设计者，也纠结在对与错、罪与罚、恨与爱、进与退之间，看不破自己的未来。

五行八卦对于未来，又有一念之别，天地翻覆。现在你所处的位置、时间，所做的事情，所动的心念，周遭的事物，若稍有不同，未来便会完全不一样。

若有人百年后回头纵观历史，掌握这百年里诸般变化，定会觉得能有今日的局面，是有千千万万个巧合组合而来，随便过去哪一个巧合变化了，现在的世界都绝不相同。

所以现在的火小邪，并没有觉得自己的决定有任何不对之处。

三、烟为火因

十天之后，中华民国热河省境内，缓坡平原地带，烈日当头，晴空万里，放眼看去，直到视线消失在地平线上，也看不到半个人影。微风吹拂，草木摇曳，有飞鸟悠然飞过，发出一声声悦耳的啼鸣。大好河山，一派和平安详的景象。

可就在刹那之间，机械的嗡嗡声传来，天边的云层中，几个黑点骤然出现，编成三角队形急速飞行，拉出的白色气流，撕裂了湛蓝的长空。那是几架日本的零式侦察飞机。

这几架飞机在空中打了个盘旋，三架继续前飞，另一架则调头返航。空气中，充斥着嘀嘀嗒嗒的电流信号声。

地平线上，尘烟冲天而起，哄哄哄哄的噪声不停，好像把本来徐徐的微风也激得不安起来。烟尘中，无数钢铁怪兽贴着地面，号叫着冲了出来，大地震动，飞鸟惊散。

更多，更多，越来越多！漫山遍野，全是移动着的日本国旗和军旗、坦克、大炮、战车，无数的军人，如林的枪炮。

日本第十三、第十九特混装甲兵团，人数十万，正在向晋陕两省方向进发。

两骑彪悍的战马，从军人中骑出，直奔一个小山头，上面所乘两个日本将领，均是将军级别，一个是大将军衔，一个则是中将。

这两员将领，不带任何随从，直奔至山头，方才拉住缰绳，停在高处。

其中中将军衔的军人拿出一本小册子，翻开来一看，抬起头望了望远处，沉声道："东丸大将！我们到了！"

那大将军衔的军人，架起胸前的望远镜，细细地观看一番，说道："依田君！就是这里了，你现在可以开始调动你的部队了。千万不要让伊润大人失望！"

这中将军衔的军人，就是依田极人。

依田中将"哈依"一声，高呼道："天皇万岁！依田极人一定不辱使命！"

依田中将一拉缰绳，猛抽胯下战马，如弦之箭一般疾驰而去。

很快，就见到这一片浩大的行军区中，有三成多的部队突然分道扬镳，在一阵复杂的行军穿插中，分成数股，以全机械化运输的方式，骤然间向南疾行而去。

两个小时之后，一片丘陵地带的小山包，被突然袭来的日本大军团团围住，用密不透风形容，丝毫不为过。

只听一声炮响，一个巨大的信号弹射向天空，形成包围圈的日本士兵，与所有坦克、战车结为密集队形，里三层外三层地向前推进，逐渐缩小包围圈。

炮声震天，只要前方有阻挡视线的东西，无论灌木杂草，还是沟壑巨石，全部炮弹炸得粉碎！一只狐狸惊得从山石后跃出，只是略略露出了半个尾巴，就听日军高叫不止，随即子弹密集的如同泼水一样，直扫过去，直到把那一小片藏身之处，打成一片血雾。

不仅如此，包围圈后面几层，全部都是拖网罩地，一阶比一阶高，如同形成了一个渔网，将这座小山丘周围完整地包围了起来。

这是一次惊人的，史无前例的"狩猎"行动，日军的目标，就是在这座小小山丘上的盗贼！

此时在山丘顶部的一座不大的院落内，数个穿灰衣，系红色腰带，挂红腰牌的精壮汉子急奔而入，神色焦急。这些大汉也不言语，只是彼此看了一眼，就向内堂跑去。

等进了内堂，才看到内堂的一扇墙壁早已大开，显出一条斜向下的宽大通道来。

众人急忙奔入，再向前行，没有多远，就看到地下豁然开朗，乃是一片广大的地下建筑。这片地下建筑，足有三层之多，围绕着一个十米见方的小广场而建，而居中的小广场上，地面均用暗红的大石铺成，正中一个亮红的火字，显得极为显眼。

在小广场四周，插着红色大旗，均是红底，上面仅有一个字——“祭”。

这几个汉子鱼贯而入，神色虽急，却不敢迈开大步奔跑，只是小步快行。就算如此，依旧行动如飞。

等这些人进了正南的一间大屋，才算再度放开了手脚，一个个飞扑上前，单膝跪地，抱拳高呼道：“正南被围！”

“正北被围！”

“正东被围！”

“正西被围！”

或坐或站在这个大堂之中的人，约有三十人之多，正前方有一高台，上面端坐了一个披肩卷发、髯须、狮目的大汉，正是火王严烈！严烈下方，则坐着九堂一法的火法坛主火炽道人、博火堂堂主博景尘、辅火堂堂主辅景在、严火堂堂主严景天以及各堂弟子数人。

居于严烈身后，则垂手肃立着一人，穿着火家火云锦袍，正是郑则道。

这四个火家弟子一通禀告，大堂中一片鸦雀无声，都向火王严烈看来。

火王严烈眉头紧皱，喝道：“细细道来！”

前来禀告的四个大汉中，有一人应了声是，大声道：“是日军！番号不明！已呈四面合围之势，人数约有三万之众，坦克等装甲战车更有近两千，一共架起了六道包围圈，前方是坦克和重型机枪开路，只要稍见异常，无论土石树木，全部炸毁，不容半分阻挡，而后方架设了约一丈二的铁网，持渔网的人更是无数！这支部队正在缓慢推进，缩小包围圈，还没有攻上来的意思！他们采用密集战术，只围不攻，队形不变，我们上去一人试探……已被……炸死……”

火王严烈厉哼道：“终于找上门来了！还动用了这么多士兵！看来他们是要将我们一网打尽啊！”

有火炽道人拍案而起，大骂道：“这些日本小鬼子欺人太甚！这几年没少找我们火家麻烦，现在居然重兵合围火家祭坛！真当我们会束手就擒吗？火王大人，我火炽道人愿打头阵，使火攻杀入敌阵，毙掉日军的将领！”

博火堂堂主博景尘是个仙风道骨的道士打扮，冷哼一声，说道：“火炽，对方有三万之众，设围六层，你是想被生擒吗？身为火家一坛之主，只知道火家规矩，不知道动脑筋吗？”

火炽道人大喝道：“老尘！你这个贪生怕死之辈！三万人你就吓破胆了？”

博景尘依旧冷哼道：“火炽，你这想法和山匪土寇何异！有辱贼盗之风！”

火炽道人啊的一声大叫，怒目而视，吼道：“火家祭坛何等庄严之地，岂容日寇合围，难道你想等着小鬼子攻进来再想办法吗？”

博景尘丝毫不避，硬碰硬地说道：“火家盗众，被日寇生擒才是耻辱！我们就该避入地下暗道，先行撤离，让日寇扑空，才是正理！”

辅火堂堂主辅景在是个表情冷傲的中年女子，站起身来喝道：“老尘，此时就说避让，为时过早了吧！简直毫无骨气！”

火炽道人接口道：“辅堂主说得好。”

辅景在转头骂道：“火炽道人，但你所说杀入敌阵，简直如同三岁儿童的脑筋！”

火炽道人“唰”的一下，气得脸上通红，高声骂道：“妇人之见！臭不可闻！”

严火堂堂主严景天见要吵起来，大摇其头，站起来叫道：“大家先不要争了！我们能不能先心平气和地商量一下？”

火炽道人、博景尘、辅景在同时叫道：“不能。”

又听一声高呼，有一个灰衣大汉急奔而至，还没有跑到跟前，就“扑通”

一下跌倒在地。几个灰衣汉子连忙将他扶起，才发现此人手脚脸部都被酸液腐蚀得一片血红。

这新来的大汉也是强横，稍一平复，立即跪倒拜道："火王大人，我们的暗道内已被注入了毒水！毒性甚烈！我们好几个弟兄没跑掉，已经死在暗道里了！现在暗道已经没法用了！"

大堂里又是一片沉默。

火炽道人猛然哈哈大笑，指着博景尘喝道："老尘，你的逃生之路没有了！"

博景尘按捺不住，啪的站起，就要反唇相讥。

"都闭嘴！"火王严烈一声暴喝，震得大堂内嗡嗡直响。

众人见火王严烈发作，这才颇为不甘心地退到椅子上坐下。

火王严烈骂道："你们几个吵了二十多年，还没有吵够吗？火家早晚要毁在你们的口舌之下！都给我闭嘴！"

火炽道人委屈地说道："火王大人，我们几个吵归吵，还是一条心的，总比起尊景齐那几个两面三刀的家伙强得多。今天这个局面，我还想说是不是那几个老东西伙同日本鬼子干的好事呢！想把你赶下来……"

火王严烈骂道："放屁！火炽你现在越来越不像话了！你再敢胡说，我今天就把你赶出火家！"

火炽道人撇了撇嘴，再不敢多说。

火王严烈扫视了大堂一眼，微微扭头，对郑则道说道："严道，你说说你的意见。"

郑则道赶忙一鞠躬，上前一步，向下方说道："三位堂主，火炽坛主，各位兄弟，严道斗胆说上几句。"

郑则道开口说话，大堂里的众人倒都平缓下来，安静地向郑则道看来。

郑则道肃然道："日军突然进犯，部署严密，兵力庞大，又不急于攻击，一定是筹备良久，对火家有非分之想。我前几日与水家人在奉天，竟没有一丝一毫关于这次围攻的消息，想必此时调动，仅限于日军最高层的数人知晓，而且主谋之人，必然对火家十分熟悉。最近几年，日本忍军如同附骨之疽，对火家纠缠不休，我们虽有伤亡，好在也没有让倭寇占到太大便宜。所以依我所见，这次围攻乃是日本忍军策划，旨在一举剿灭火家主力。”

火炽道人插嘴道：“我们这里不到一百人，九堂一法，还差六位，什么主力！”

郑则道抱拳道：“火炽道人，我看是因为火王大人在此，所以才能吸引到这么多日寇前来。”

郑则道转身对火王严烈说道：“火王大人，有句话不知道当不当讲。”

火王严烈道：“但说无妨！”

郑则道说道：“谢火王大人。我看此次围攻，日寇针对的只是火王大人你一个人，而不是要铲除火家。”

博景尘在下方说道：“严道，火家若无火王，还能叫火家吗？我们与火王大人同生共死，针对火王一个人，亦是与火家不共戴天。”

郑则道说道：“博堂主，我的意思是说，日寇可能想谋求的是火王之位。”

辅景在尖声道：“日寇就算今天把我们都杀了，篡夺火王之位，能得到什么好处？火家有谁会服他们！”

郑则道说道：“日寇若能得到火王之位，只要力保火王信物不失，火家群龙无首，新火王若颁布火家不得与日寇相抗的法令，甚至是协助日寇掳掠中华，火家其他人听还是不听？”

火炽道人黯然道：“那几个老贼只怕要听从安排，特别是尊火堂堂主尊景齐，这老贼自居首堂，什么事都干得出来。”

博景尘、辅景在、严景天三人均是黯然，默然不语，大堂内气氛为之一滞。

火王严烈哈哈大笑，打破了沉默，高声道：“好了！严道，你说得很好，退下吧！”

郑则道抱拳示意，静静退开一边。

火王严烈哈哈笑道：“伊润广义啊伊润广义，你有种就来吧！我看你能奈我何！大家听了！”

在场众人无不抱拳称是。

火王严烈说道：“我们到外面观看，今晚定有人攻入！我们静观其变！

今晚我与伊润小儿不死不休，若他真有能耐胜了我，我亦会让出火王之位！保你们平安！”

话音刚落，就听上方一声巨响，震得屋顶碎屑直落。众人还未坐定，巨大的爆炸声连珠炮一样袭来，整个地下，如同筛子一样抖个不停。

再看地面之上，无数的炮弹黑压压一片向山顶飞来，爆炸的火光冲天，浓烟滚滚，这势头显然是要将这座小小的山头，夷为平地。

地动山摇，响声如雷，地下大堂中的一众火家贼人反倒安静下来，没有人呼喊，也没有离开，都是默默地或坐或立，如同扎根在地面似的，任凭周遭剧烈变化，也不动分毫。

这次炮弹攻击足足持续了一炷香的时间，方才渐渐减缓。

爆炸声刚刚一歇，就见一个全身浴血，炸得面孔焦黑的男人冲入，依旧规规矩矩地跪拜喝道："禀告火王大人，进山的所有机关全部被夷平！上面的房舍也全部损坏！包围的日军仍然在缓慢推进！"

火王严烈长身站起，狠狠骂道："伊润广义这些无胆鼠辈！我去看看！"

话音刚落，大堂外又是一声巨大的爆炸，滚滚烟尘伴随着气浪翻滚而入，众人大惊，不得不起身，向后退去。

霎时间，爆炸声又密集地响起，只是与上次不同，似乎炸弹穿破了地面，直入地下才爆炸。

大堂被震得梁段木折，大块大块的土石从上空砸落，好端端的一个厅堂，眨眼间就看不出形状。

众人向屋角边缘处退去，火王严烈怒骂道："竟用穿甲弹轰击地下！各位兄弟，我们暂退到更深处，快！火炽道人，你立即让上层的人，也全部撤下，不必硬撑！"

众人应了，只听隆隆作响，墙角一片巨大的砖石已被火家盗众揭开，露出直通向下的洞口来。火家众人鱼贯跃入，很快便悉数撤离。

火家众人刚走，一枚锥形的炮弹破顶而入，在大堂中爆炸，轰得整个房间，片片碎裂！刚才火家众人若是不走，哪里还有命在？

再看日军的包围圈中，依田中将正站在一辆卡车的顶部，用望远镜查看着轰炸的情况。

依田中将颇为满意地笑了声，撤下望远镜，大叫道：“继续攻击！第三轮轰炸准备！”

很快，天空中密集的轰炸机群飞至，一枚又一枚的重磅炸弹投下，那座小山火光冲天，几乎变成了一座钢铁炼狱。

轰炸从白天开始，一直持续到黄昏，中间只有些许地中断，也不知有多少炸弹落在这个山头上。浓烟散去之后，原本草木成林，沟壑遍布的小山丘，已成为一片焦土，足足被爆炸削下了二三丈的山头。

日军的坦克车开始整体推进，碾压着眼前的一切，一直前行到小山丘下，方才停了下来。大批日军士兵从坦克后跃出，挥舞着铁铲，开始挖沟，沟刚一挖完，就投入无数树木石块，淋上汽油点燃，数道巨大的火圈腾然而起，依旧是牢牢把这座山头困住。

日头西沉，天已经黑了，只是在这座山丘周围，还是亮如白昼，几百雪亮的探照灯射在山头上，加上无数弹坑，场面诡异的让人心头发虚。

短暂的平静之后，古怪而尖锐的哨音拔地而起，回荡在上空，一条又一条黑色的人影从日军的包围圈中跃出，从围绕山丘火圈的几个开口处蜂拥而入，这些黑影手中皆握着一把一米长短的黑色忍刀，刀光闪闪，晃得刺眼。

哨音持续不停，忽然一顿，再无声息。那些本来照着山头各处的探照灯纷纷下撤，聚在半山腰以下。光亮越强，黑暗越胜，这座山头的最上端顿时像抹了一层黑炭似的，黑黝黝的酷似一个坟头，而大批冲上山的黑影也消失不见。

未过多时，只听山头上有几人的厉声惨呼传来，让人全身直起鸡皮疙瘩，惨呼过后，又再度平复下来，听不到任何声响。

此时在颇深的地下暗道中，火王严烈等人正聚于一处石室，彼此沉默不语。

有沉重的脚步声传来，一个灰衣大汉一骨碌摔入石室内，紧紧捂着右肩，他的右胳膊已经不见了，鲜血早已染红了半边身子。

灰衣大汉顾不上疼痛，只是高声叫道："火王大人！各位堂主！忍者上来了，数不清有多少，刚才出去探查情况的几个兄弟，全部战死了！这些忍者正在寻找下来的洞口，估计要不了多久，就会发现了！"

火王严烈喝道："你快去包扎！"

有几个火家人赶忙上前把受伤者扶走，退至一旁包扎。

火炽道人见状，厉声道："火王大人，我们忍了一天了！已经被逼得退无可退了！与其等忍者下来，不如我们一起上去，与他们分个高下！小日本骑在火家脖子上拉屎拉尿，我再也受不了了！"

博景尘、辅景在、严景天等火家盗众，无不咬牙切齿，大声应和。

火王严烈见郑则道沉默不语，问道："严道，你有何看法？"

郑则道一抱拳，说道："火王大人，时至今日，避是避不过了，我们不得不与忍者一战。只是对方来势汹汹，必然是倾巢而出，我们既要获胜，又要设法逃出包围圈，所以徒儿认为，我们上去之后，先摆火锥阵，守住阵型，以守待攻，不要急于和忍者开战，火王大人可以亲自出面，喝令忍者头目出来对峙，弄清他们的真实意图，找到破绽，才可进退有度。"

火王严烈环视一周，问道："大家可有其他意见？"

博景尘说道："严道说得甚好，我们这里有六十多人，三堂一法的主要徒众皆在，足够结出四道火锥阵，能保一时不失！"

辅景在亦道："严道说得不错，要打也打个明白。"

严景天说道："我同意，火锥阵严火堂愿守外围。"

火炽道人喝道："听火王大人和火传使安排！"

火王严烈哈哈大笑，袖口一抖，两根黑乎乎的，遍布通红血脉纹路的短锥持于手中，此物正是火家难得一见的血纹锥。火王严烈喝道："好！我们准备好家伙，今天玩个痛快！"

众人齐声应了，各自准备不表。

地面之上，几个黑衣忍者正在四处游弋，寻找可以通向地下的入口。有一个忍者使忍刀一探，立即低呼同伴过来，三个忍者聚在一处，将一块大石揭开，果然看到一处断裂的石板，下面是一个洞口。正当其中一个忍者要再行试探，突然见下方红光一闪，嘭的一声巨响，一股火焰冲天而起，这个忍者没能避开，被劈头盖脸地罩住，顿时成了一个火人。其他忍者连忙后退，持刀警戒，并不上前相助。那个着火的忍者也不喊叫，只是呜呜闷哼，不断扭动拍打身上的火焰，可是火焰越拍就烧得越旺，那忍者伏地扳了几下，再也不动，一命呜呼。

黑暗中沙沙作响，数不清的忍者飞快地移动着，似乎对刚才烧死一人，毫不在意。

却听嘭嘭嘭嘭连响，四个火球从地面喷出，升上半空足足有七八米高，然后嗵的一声，炸得火团四溅，一时间将偌大的一片山头照亮。就在这片刻光亮下，只见山头各处，黑压压的一大片忍者在亮光下一闪而过，人数没有一千，也有八百之多。

突突突突突，又见一处地方，连珠炮一般的小火球四处扫射，数量不计其数，这些小火球也是奇怪，射程不远，却连蹦带跳，若碰到大力阻止，“啪”的一下就炸成一个大火球，猛烈燃烧，不见熄灭。有忍者不信，挥刀去砍，刀锋一碰，就被炸成一个火人，救无可救。

如此这般，生生地逼退了部分忍军，腾出一片空地来。

一个个的灰衣人从地下跳出，其速惊人，有的灰衣人刚一出现，还跳在半空，手中便舞出两条火龙，嗡嗡作响，噼噼啪啪火星四溅，如同活物一般，威势惊人。周围的忍者见了，知道厉害，也不敢贸然上前。

灰衣人越来越多，眨眼工夫，便占据了硕大一片空地，摆出了阵法。

此阵厉害。一共分为四层，最外层是十多个持火鞭的，头戴石棉套，身后背着四个发亮的竹筒，火鞭的一段便连在竹筒上。舞动起来，如同数十条火龙在空中游弋，火焰可大可小，空中一个弯折，便啪啪巨响，同时还有细小的火珠漫射开来，火珠虽小，烈性仍然强大，谁也不敢妄碰。

第二层是十余个持长刀的灰衣人，那些长刀与别的刀不同，通体发红，刀身有两指厚，稍一挥动，还能看到隐隐的火焰泛出，好像空气也能被点着似的。

第三层是十余个空手肃立的大汉，但手上不知带了个什么手套，腰上密密匝匝地绑着皮质囊袋，看模样也不好惹。

第四层又是十余个大汉，手持两根似木非木的长棍，棍子一段有个五指钢爪，好像一只手一样。由人缓缓调转长棍方向，就见那五指钢爪真的如同人手一样，或成二指状，或成拳状，转换之间，有咔咔机簧声作响。

阵中央，则是两人静立，一个是火王严烈，一个是郑则道。

火王严烈手中那两根血纹锥，真是神物，忽明忽暗，好像会呼吸似的，每次明暗之间，那锥上的血纹就会暴涨，好像有岩浆在其中涌动一般，发出极为耀眼的红光。

而郑则道，穿着一身火云盘绕的衣服，持扇肃立，衣服上的丝线亮光闪闪，真的很像火焰在身上燃烧似的。相比之下，火王严烈的衣服就低调了许多，只在胸前绣着火云，不像郑则道的衣服，连肩头上都是。

此阵结成，光是气势就足够惊人，外围的忍者越聚越多，却谁也不敢上前一步，只是不断游弋变换身位，监视着火家众人的一举一动。

忍者在快速地移动，这个阵法也在不断微动。四层防御所站之人，彼此从空档处交错而立，脚步微动寻找空隙，互为结守，若是有人上前，四层齐动，只怕是大罗神仙，也难逃过一击。

黑夜之中的这种火家阵法，很是耀眼，山下的依田中将和无数士兵远远看去，只见山顶一丝丝的火蛇乱窜，红光滚滚，最顶端还有舍利子一样的东西闪动，却看不清是有人操纵。所以日本军人简直不敢相信自己的眼睛，甚至不少人已经念起了阿弥陀佛，心生惧意。

火炽道人结的最内一阵，向火王严烈报道：“四道火锥阵已成！听火王大人吩咐！”

火王严烈应了一声，那火炽道人颇为不甘地补充一句：“要是九堂一法都在，结火家火烈十绝阵，定能把今日进犯祭坛的所有鬼子忍者全部干掉！妈的！”

火王严烈见阵法已成，忍者不敢上前，并不与火炽道人搭腔，只是哈哈大笑道："伊润小儿！火王严烈在此！你要是在，就快快滚出来见我！"

严烈喝完，场面为之一静，只听得四周忍者脚步声沙沙作响，却无人答话。

严烈眉头一皱，本想再喊，却从心里冒出一股子寒意。严烈立即改口大喝道："布防！"

刹那间，就听到嘶嘶的裂空之声，若有若无地划过黑暗的夜空，以火家人的眼力，方能看到有一片片、一点点的寒光从大批忍者之中飞出，冲着火锥阵而来。

那是数百枚暗黑色的十字形飞镖！

好在严烈号令及时，火家一众人等方才做好了充分准备。刹那之间，第一圈持火鞭之人双手劲挥，只见火龙飞舞，直直迎着飞镖而去。

好厉害的防御！第一圈火鞭在空中狂卷，只要与飞镖一碰，火星微溅，使得漫天均是细小的火花。飞镖被扫得乱飞，大部分袭人的飞镖被扫下。而内圈的持长刀、刀棍的人也凭空指点格挡，不是把飞镖的劲力卸掉，便是一击将飞镖引至安全之处，使得全是巧劲。

那手中不持任何武器的空手大汉，竟连手也不伸，只是脚步移动，身子微摆，便躲过"漏网之镖"。

别看火家人布阵的大部分人不显山不露水的，却没有哪个不是火性十足，身手敏捷，眼明手快，若任一个在江湖上游走，都可用大盗来称呼。

忍者这番飞镖的攻击，虽说厉害，但仍属于硬碰硬的招式，火家人最不惧怕的便是如此。

转瞬之间，这一轮镖雨被火家尽数格挡下来，未能伤到火家人皮毛。

火王严烈轻哼一声，心想道："这等水平，想攻下火锥阵还是痴心妄想。伊润广义曾是火家弟子，一直做到过以前炎火堂的右行度，不该如此愚笨。最大的可能，是伊润广义用此方法来试试阵，看看今天布阵的火家人，大概是什么级别。"

火王严烈想到这里，就听身旁的郑则道轻呼道："火王小心！"

火王严烈其实亦有察觉，手中的血纹锥向上方一指，"当"的一声锐响，就见血纹锥的尖端处，套入了一个巴掌大小的九齿飞镖正中孔洞。这飞镖比普通的十字飞镖大了一倍，更像是个飞盘，自然也沉重得多，火王严烈将此镖从空中取下，飞镖还在呼呼地旋转不止。可见能掷出此盘，从高空急袭严烈之人，腕力之大，准头之足，超乎常人。

火王严烈手一抖，那飞镖戛然而止旋转，依旧挂在血纹锥上。

郑则道一见，低声惊道："怎么？这不是我们的九齿盘吗？"

火王严烈若有所思，将此镖用手取下，掂量了一下，脸上微微抽搐，一把将此镖丢在地上，沉声道："正是九齿盘……"

火炽道人就在火王严烈下方两步开外，见火王严烈将九齿盘丢落在地，已然看清这是何物。火炽道人神色顿时一暗，竟愣了一愣，抬头说道："火王大人……这……"

火王严烈面色严肃，一挥手止住火炽道人说话："不用管！待我再问！"

郑则道似乎也明白了什么，皱紧了眉头，沉默不语。

火王严烈抖擞精神，昂首大喝道："伊润小儿，你的忍军只有这点本事？"

密密麻麻游移在外围的忍者中，无人答话。

火王严烈继续高声喝道："伊润广义，你不用变着法子来试探！今日你将我围住，我已经动了杀心！不是你死，便是我亡！你快快滚出来说话，免得两败俱伤，徒增杀孽！"火王严烈高举血纹锥，大喝道："你再不出来，我就要攻了！"

正当火王严烈要挥下血纹锥时，"呵呵！呵呵呵呵！"低沉而又充满了嘲讽之意的笑声从忍军中传出，声音虽然不大，但所有人听得无不一清二楚。

忍者们立即像着了魔似的，站住了身形，纷纷退开，闪出一条路来。

阴暗中，一团黑影缓缓走出，一直走到忍者们的最外围，猛然一亮，一团黑影中闪出一个穿着雪白和服的男子，这身衣裳，在这片黑漆漆的山顶上显得极为显眼，简直有点格格不入。

此人正是伊润广义。

伊润广义走到近前，站住了身子，直勾勾地看着火王严烈，高声道："严烈，我们又见面了！”

火王严烈骂道：“只恨五行地宫被破当日，我没能取你狗头！”

伊润广义大笑道：“严烈，不用大声吆喝，给自己竖旗！你这个无耻小人，篡夺火王之位已有多年，今日你交出火王信物，让出火王尊位便罢，可饶你今日不死，否则定要你死无全尸！”

火王严烈大怒道：“伊润广义，谁是无耻之辈，你心里清楚！来来来，你若能赢我，我就让出火王之位！”火王严烈上前一步，怒视伊润广义。

伊润广义并不接招，冷笑三声，反而喝道：“大日本帝国忍军悉数精锐皆在此地，五百忍者，三十修罗，四门奥义，你以为你们凭此几十号人，区区四层的火锥阵，能逃出此地吗？”

火王严烈喝道：“少说废话！你先与我一战！”

伊润广义还是不搭腔，依旧喝道：“你这个火王！祭坛被围，火家却只有三两个堂主在此，九堂一法何在？如此残败不堪、分崩离析的火家，你这个火王是怎么当的？大势已去，大势已去！哈哈哈！你们这些受严烈欺瞒的火家弟子，不要替严烈送死，只要你们弃了严烈，我保你们安全离开！”

没等到火王严烈说话，那火炽道人已经忍不住了，扯着嗓子叫骂道：“伊润小鬼子！你再敢蛊惑人心，今天必将你挖心掏肺！”

火炽道人虽怒，博景尘、辅景在、严景天三位居于阵内的堂主，却显得异常沉默。特别是辅景在，眼神已有些闪烁。

伊润广义听火炽道人叫骂，只是冷笑，毫不动怒，一双锐利的眼睛，不住地在火家众人身上扫来扫去，并在郑则道身上多停留了一会儿。

郑则道当然认识伊润广义，见识过他的厉害，被伊润广义一瞅，背心阵阵发凉，心中又恨又惧。尽管如此，郑则道还是眯起眼睛，十分敌视地看着伊润广义，气势上并未落在下风。

火王严烈此时心焦得很，伊润广义的来意已经说明，并非剿灭火家，而是要夺自己火王之位。伊润广义的架势，明显是不受激将，拒绝与自己一对一的比试，若让他继续这样耗下去，不仅众人难以脱困，更让自己身处被动。可事到如今，主动权在伊润广义那边，又该如何是好？

火王严烈心知犹豫不得，必须立下决断，心中一稳，便拿定了主意。

火王严烈将血纹锥举起，横在空中，高声道："四方八重，火家听令！"严烈的举止动作，乃是转守为攻，全力击杀之意。

火锥阵中，听到四方八重四字，谁会不知火王的意思？众人严阵以待，只等严烈一声令下。

"且慢！"阵中一人高声喝道，"火王三思！"

只见火家堂主辅景在一转身，向火王严烈抱拳。

火王严烈倒是一愣，火炽道人本已做好准备，被辅景在猛一阻止，顺不过气，张口便骂："你干什么？"

辅景在站直了身子，冲火王严烈说道："火王大人，景在有一句话，请我说出后你再决定！"

火炽道人喝道："老辅，你是什么意思！"

辅景在也不理火炽道人，歪嘴一笑，也不等火王严烈同意，直接说道："火王大人，我很想问问伊润广义想推举谁为新的火王，请火王大人准许！万一和火王大人想得一样，呵呵……"

郑则道心头微微一震，张口就说道："辅堂主！你是要临阵倒戈吗？"

火炽道人骂道："老辅！你说的什么混账话！"

辅景在哼道："我既不是倒戈，也没说混账话，我们是贼盗世家！贼性如此！我天生好奇，如果伊润广义选对了人，我便认了，如果不对，我要死也想死得明白！"

火炽道人大骂："辅景在！好个混蛋！"

辅景在依旧哼道："火炽，你搞清楚，我们是贼盗世家，不是什么名门正派，火家家法虽严，但哪条哪款规定我不许这么问了？"

辅景在这句话一出，顿时憋得火炽道人说不出话来，辅景在说得有理，火王之位虽尊，传承方式却与传统江湖门派不同，一定是能者居之，每次老火王退位，选出新火王时，火家各堂高手争得头破血流，乃是正常，绝非火王一人可决定。所以，质询火王心中续任的人选，只要你有胆，火家九堂一法均可进言。

而且，火王就算不肯退位，也时刻面临着挑战。谁能不动声色地把火王信物偷走，公示于众，现任火王便立即下野，毫无回旋的余地。而盗走火王信物之人，即立即荣任火王之位。可惜这种事情，在火家千百年的历史上，仅仅发生过两次。一次是成功盗走信物，刚刚出示给众人，当天便被莫名其妙地盗走。信物不知所踪，火家哗然，前任火王羞愤难当，自杀谢罪，以致生出一场乱局。火家倾囊而出，千辛万苦才追回了信物，最后火家元老出面，以火家遴选火王之法操作，再立火王，此事火家称之为“靖申之乱”；另一次是清初时，火王信物被炎火堂堂主盗走，其后稳坐了近四十年火王之位。

所以，历任火王均会费尽心思，将信物放在万无一失之处，而更多的则是随身携带，寸步不离身旁。毕竟凡是火王，都是经历无数恶战胜出，盗术实力超群之人，绝非酒囊饭袋，将信物留在身边自己贴身看管，乃是上策。

通常火王退位，都是在任的火王觉得自己年老体衰，盗术能力逐渐不济，如果再不让出火王之位，被其他人从身边偷走，一世英名难免毁于一旦，不仅退位还受人耻笑。所以火王退位，均是识时务之举。

火王严烈雄霸火王之位近三十年，无人敢轻易挑战他，实力自然强大无匹让人望而却步，而且若没有十足的把握，被严烈发现，一锥打死，更没有人会同情。只是严烈毕竟年事渐高，再炽烈的火焰也有逐渐减弱之时，考虑何时退位一事，严烈早就放在心上。严烈虽不说，火家众人也心知肚明，时候不会太久了。

辅火堂堂主辅景在这么一说，火炽道人说不出话来，火锥阵内也为之一静，众人虽然不敢妄言，也都竖起耳朵，听火王严烈要如何作答。

火王严烈面色严肃，看向辅景在，辅景在虽露出一丝惧意，目光稍微躲闪了一下，却硬挺着身板，看着火王严烈。

火王严烈眉头皱了皱，低声慢慢说道：“辅堂主所言不虚，准你一问。”

辅景在眉头一展，喝道：“尊火王法旨！”说着扭过身去，看着伊润广义，高声道：“伊润广义，你要火王大人交出信物，你可有合适的人选？说来听听！火王之位，素来只传火家弟子，传男不传女，如若不是，你大可免开金口！”

伊润广义朗声笑道：“问得好！”接着换上一副轻蔑的表情：“不过辅堂主，我以前任火家炎火堂右行度之时，你还是辅火堂的无名弟子吧？轮得到你告诉我火家的规矩吗？”

辅景在颇有城府，也不生气，答道：“是啊，我记得当年火家诛灭炎火堂逆徒时，炎火堂人人都算得上英雄，只有一个右行度溜之大吉，连个人影也没见到，后来才弄清楚，原来此人是一头倭寇。难怪难怪！”

博景尘是个半老徐娘，咯咯笑道：“景在，嘴巴厉害！”

火炽道人本来对辅景在一肚子气，听辅景在讥讽伊润广义，也不由得哈哈笑了起来。

伊润广义冷笑道：“能跟随篡夺火王之位的小人，也就只有口舌之能。”

辅景在念道：“好了好了，伊润广义，我不想和倭寇打嘴仗，刚才问你的，你要说就说，犯不着和我们拉家常，提些说不清的旧事。”

伊润广义扫了扫火家众人，表情平静如常，清晰地说道：“新的火王，乃是火家弟子，火，小，邪。”

伊润广义这番话，石破天惊，大大超出了火家众人的意料之外，郑则道反应更是激烈，上前一步，张口便喝道：“什么？火小邪？此乃火家弃徒！”

辅景在有点想不起来，喃喃道：“火小邪？”

博景尘柳眉一竖，颇为疑惑地看向严景天。

严景天紧锁眉头，思绪万千，他与火小邪的交情不浅，火小邪对他还有过救命之恩，只是听伊润广义报出新任火王的人选乃是火小邪时，还是吃惊不小，难以相信。

火炽道人大喝道：“伊润广义，火小邪乃火家弃徒，连败火徒都称不上，我看你是疯了！来来来，老子不想再听你疯言疯语，要打就打！”

伊润广义笑道：“不疯不疯，火炽道人，你好大的忘性，当年五行地宫被毁时，火王严烈可是亲口承诺，准火小邪成为火家弟子，当时你也在场。难道火王严烈的话是儿戏吗？”

火炽道人高叫道：“火小邪一个小小毛贼，就算他是火家弟子，何德何能，还敢觊觎火王尊位！可笑之极！”

郑则道冷着脸怒哼道：“伊润广义，你是用此人来羞辱火家吗？”

辅景在也想起了火小邪就是通过了火门三关，却被逐出的事情，脸色一沉，返身对火王严烈抱拳道：“火王大人，倭寇辱我火家，请你号令！”

火王严烈此时瘀气翻滚，以往旧事一一浮现，憋得心头绞痛万分。

火王严烈暗念道：“好狠啊，好狠啊，伊润广义，你竟能如此无耻地利用火小邪，将火小邪这个可怜的娃娃蒙在鼓里。大不了我舍了自己的这身皮肉，宁受五行不复之辱，也要把你揭穿。可是，这么多人在此，我若说出秘密，火家又将大乱……这，这该如何是好？”

辅景在见火王严烈神色不对，惊道：“火王大人！”

严烈这番思索，愁上眉梢，自然博景尘、严景天、郑则道、火炽道人全看在眼里。

众人心头一乱，纷纷叫道：“火王大人！”

伊润广义突然高声厉喝道：“严烈！只要你把火王信物交出，然后自刎于此地，我保证与火家相安无事，速速离开，不伤尔等一人！”

火王严烈暗念道：“也罢也罢，早年我犯的错，终该偿还，我命便该如此……”

火王严烈神色愈发黯淡，竟流露出心灰意冷的表情，毫无霸气。

郑则道“唰”一下跪拜在火王严烈面前，惨呼道：“火王大人！师父！徒儿愿与你同生共死，火王不能让给火小邪，火小邪现在是忍者身份，一旦他当上火王，火家将受制于倭寇，不能啊！”

严烈低头看了看郑则道，长喘了一口气，抬头凝视着伊润广义，突然哈哈大笑起来：“伊润广义，火小邪此等小儿，若能胜我，便依你所说。”

伊润广义笑道：“严烈，看来你注定要当一个无耻之人了。”

严烈笑道：“何为无耻？我乃堂堂火家贼王，何耻之有？哈哈哈，伊润广义，火小邪可在，让他出来。”

伊润广义朗声道：“当然在！”

伊润广义话音刚落，就见他周身白色的衣服陡然间变得乌黑，人一下子消失在黑暗中，一片浓白的烟雾霎时间喷涌而出，直直地向火锥阵压过来。

火炽道人惊得大喝：“速退！”

可是来不及了，浓白烟雾已经直逼火锥阵第一层，就听当当当锐响，不断有人闷哼，跌出烟雾之中，身上鲜血汩汩而出，乃是受重刀劈砍所致。

就听得烟雾中伊润广义的声音隐隐约约地传来：“严烈，你忘了我曾经是火家人吗？”

火锥阵也是厉害，虽受此冲击，顿时伤了几人，但阵型不失，纷纷避开锋芒。照理说，火王严烈也该后退，可是他竟矗立不动，直勾勾地看着大团烟雾向自己滚滚而来。

郑则道喝道：“火王速退！”

只听烟雾中伊润广义高声叫道：“火因为烟，火锥虽利，尤以烟灭！严烈！忍军乃烟技称绝，你今日已经败了！”

此话一出，火家众堂主无不凛然！伊润广义所说不错，以烟攻火，乃是破火锥阵最好的法门。

火王严烈依旧不动，那团烟雾已经直破三层火锥阵，冲到火王严烈身前，郑则道、火炽道人、辅景在、博景尘、严景天诸人就要冲入烟雾里迎战，就听火王严烈大喝道：“不用管！”

众人一愣之间，那团浓白的烟雾已经直冲到火王严烈面前，骤然停止，翻滚着竟不上前。

火王严烈大喝：“出来！”

浓烟中一人高喝：“严烈，拿命来。”

一个灰白色的人影从浓烟中闪电袭出，一把尖利的小刀直刺严烈面门，其速之快，直能见一线灰影飞掠而出。

此人正是火小邪，他手中所持利器，乃是甲丁乙临死前赠予的猎炎刀。

火王严烈面色一冷，竟似要生生挨火小邪一刀，一旁的郑则道大惊失色，动若脱兔，手中铁扇一舞，尖刺凌厉，直冲着火小邪颈部而去。好厉害的杀招，火小邪若不退，必中此招。

火小邪竟不退避，身子动得更快，脚下一点，不向后反向前，郑则道的铁扇，贴着火小邪后颈而过。火小邪的这番动作，激得郑则道心中猛然抽搐，和火小邪在奉天一战，犹如还在眼前，这才一个月的光景，火小邪的功力竟又能精进到这等程度。要知道贼人在行动中，如果速度极快，脚下必然缺少着力点，停顿虽难但仍有余地可行，而凭空脚下一点就突然再加快几成，若无外力协助，仅凭自身肌体爆发力，几乎没有可能。

郑则道一招既失，想再拦住火小邪已无可能，郑则道失声大叫道："火王大人！"

眼见着猎炎刀距严烈近在咫尺，严烈还是动也不动，其实火小邪也觉得奇怪，难道严烈在使诈不成？想到此处，火小邪也不免心惊，这个严烈雄踞火王之位二十多年，心机之深实难揣测，眼下不避不让，究竟是何道理？虽说火家盗术中，火形不动乃是至圣至高的法门之一，但也绝非火王严烈这样势在"中刀"，毫无反抗之意的架势。

火小邪虽说来此地之前，心中抱着必杀火王严烈之心，甚为坚决。可这种大好机会，火小邪不知为何，直视着严烈的双眼时，却心中猛然一阵酸痛，倒不是怕严烈设计害他，而是一种说不出的情绪。

火小邪心念这一番游移，不由得身子一抖，猎炎刀几乎贴着严烈喉咙而过，整个人闪开一边。

火小邪这一闪，就算是饶了严烈一命，需要再觅时机。火小邪心头暗骂："火小邪啊火小邪，你到底在糊涂什么！为何啊！"

火王严烈见火小邪避开自己，只是轻叹了一声："可惜啊！"这才缓缓抬起了手中的血纹锥。

郑则道自然没有看透，只以为是严烈手段高明，抢上一步，护在严烈一侧，大喝道："火王大人，徒儿与他一战！"

郑则道话音未落，就见一道乌光自侧上方向着自己颈部急摆而来，郑则道不愧是火王严烈亲传的弟子，手中铁扇一格！只听"当"的一声锐响，郑则道手中铁扇生生被斩出一道裂痕，震得他猛退数步。

郑则道还没回过神来，就听烟雾中伊润广义冷哼道：“与你何干！滚！”

郑则道数年前宁受胯下之辱，求伊润广义饶了自己一命，一直励精图治，勤练修为，自觉已经能够和伊润广义争斗几回合，可前段时间在奉天，当着水妖儿的面，败在火小邪手下，颜面扫地，本就气郁难缓。今天伊润广义一刀便逼退了他，视他如走狗一般呵斥，郑则道心中的委屈、难过、不服、震惊绞的气血翻滚，“噗”的一声吐出一口血。

郑则道脸色惨白，不是他受了内伤，而是他杀心暴起，意欲以命相搏，挽回自己的尊严。可说来奇怪，郑则道此时起了杀心，却是一闪即过，另一种理智将郑则道瞬间说服，要忍！要等！命只有一条，现在还不是玩命的最好时机！

所以郑则道一击退后，竟真的不言不语，不再上前，甚至摆出一副畏惧的神情。

场面略为一静，但马上爆发出来。

这回发作的是火炽道人等火家堂主，眼见着伊润广义如入无人之境，更有一个火小邪跟随着跳出来直袭火王严烈，按火家堂主们的火暴脾气，哪里咽得下这口气。于是，火炽道人一马当先，哪有什么客气话好说，再向火小邪攻来。而严景天、博景尘、辅景在三位堂主，亦心有灵犀，向着烟雾中的伊润广义合围而来。

伊润广义见火小邪一招失手后，竟暂停攻击，厉喝道：“火邪我儿，此时不攻更待何时！”

火小邪一个激灵，却还是不动。

伊润广义见火炽道人、严景天等人已经攻至，大骂道：“也罢！也罢！”

一缕火苗从烟雾中射出，在空中炸出一片花火。

铁桶一样围着火锥阵的数百忍者顿时如同波浪一般翻滚不息，无数道浓白的烟雾从忍军中射出，直向火锥阵涌来。

烟雾一接触到火锥阵，立即叮叮当当短兵相接，火家众盗和日本忍军顿时战成一团。

火锥阵内，伊润广义并没有和合围的严景天等人硬碰硬，浓烟一翻，避开严景天等人，唰的一下将火小邪卷入烟雾中，两人立即再无踪影。

火炽等人扑了个空，哪肯甘心，尽管烟雾弥漫，见不到伊润、火小邪的人，但足迹声隐约可闻，便要追去。可抬眼一看，火锥阵已经被烟雾笼罩住了大半，四处兵械相击声响成一片，已然是混战成一团。

火炽道人大骂："王八羔子！玩这种阴招！"可事已至此，众人只好舍弃追逐伊润广义，各自回阵，拼死搏杀。

伊润广义的声音随着烟雾飘荡，难以听出方位："严烈，是你害的火家再遭血光之灾，怪不得我！哈哈，哈哈哈！你输了，严烈！你是跑不掉的！"

严烈目光凝重，无话可说，层层烟雾很快弥漫而至，将严烈矗立之处也笼罩起来。

整片山头均在白烟之中，在夜色的映衬下，诡异之极。

这场在烟雾中的战斗惨烈之极，血光四溅，闷哼连连，短促的尖哨声也不绝于耳，却听不到大声惨叫的声音。两边人都是精锐，就算闷战而死，也不愿死得狼狈。所以说这场战斗是沉默的绞肉机，也不为过。

用烟来攻击火锥阵果然是破阵的有效法门，火家众盗断了联系，难守阵型，只能各自为战，却正中忍军的下怀。论单兵较量，忍者未必是火家人的对手，但是忍军的决死之心，却远胜火家人。往往一个忍者被击杀，乃是诱敌，随后的忍者蜂拥而至，也不管会不会伤到自己人，一通乱砍乱劈，宁可自折三人也不放过火家一个。这些忍者简直是拿性命当儿戏一样，有火家人战得心惊，贼性使然，夺路而逃，可是刚刚跑至烟雾淡薄一点的地方，就被等在外围的忍者用地网绊住跌倒，再被砍成碎块。

伊润广义精心准备数年，就等这一战，各处破绽，无不周全弥缝，正如伊润广义狂言："火家贼众，插翅难飞！"目前看来，的确如伊润广义所说。

火王严烈、郑则道、火炽道人、严景天、辅景在、博景尘无不陷入了苦战，这种在烟雾中作战的情况，比伸手不见五指的漆黑中更加麻烦，平生之中，从未想过会陷入这等境地。加之忍者无数无尽，杀之不绝，简直不知要这样缠斗到何时方休。

由于烟雾中彼此不明，火家人四散而战，甚至有不少火家人乱冲乱撞之时，把严烈也当成忍者来攻。严烈不愿意误伤自己人，每次都等到攻击自己的人近身之后，再做判断，所以打的全是猱身之战。

严烈击毙忍者已有四人，却听到忍者间的哨声大变，正觉得不妙，就有一个穿灰白衣服的忍者已经直袭而来。严烈也不客气，一锥将此人打得脑浆迸裂，血雾腾腾。

可严烈一闻，血腥味中含着一股子异香，绝不寻常。

那边郑则道一直和严烈不远，他杀了一个灰衣忍者，也闻到这股异香味。

郑则道不禁大叫："火王大人！血中有毒！小心！"

郑则道所说和严烈判断的一样，看来忍军久战不绝，要使出更阴毒的手段了。

严烈屏住鼻息，大骂道："伊润小儿，放毒来攻，你还要不要脸！"

白雾中立即有了回话："严烈，我要用毒，你们早就死绝！你若不杀我的灰衣毒忍，怎会有毒！一切皆是你的报应！"

伊润广义说话间，又有一个灰衣忍者举刀向严烈袭来。严烈避了两避，使分筋错骨的手段，一锥打断了这灰衣忍者的肩头，再一锥爆了忍者的脊椎。这灰衣忍者本该死绝，却怪异的闷笑一声，张嘴狂喷鲜血，让严烈措手不及。

严烈仅仅吸入了数滴血雾，便觉得手脚一片酸麻，知道已然中毒。

那边郑则道用纱巾掩住口鼻，寻严烈而来，沉呼道："火王大人！快走吧！此地凶险，我们去地下暂避！"

严烈强压着心头因毒素造成的烦闷，不愿意开口，只是闷哼了一声，随着郑则道便走。

两人一前一后，辗转跳跃，一时也没有忍者来攻。

郑则道不愧是水火双生的命格，在这种不辨方位的烟雾里，竟能通过脚下的土石瓦砾分析情报，分辨出一条通向地下的洞口来。

郑则道踹开洞口石板，率先钻入，正要迎着严烈下来。就听严烈嗯的一声闷喝，回身便击。郑则道还未开口问询，严烈已经跃入洞中。

郑则道抬眼一看，只见严烈后背鲜血汩汩而流，显然是中了一刀。

严烈面不改色，只是低喝道：“走！”

郑则道不敢再问，两人急速前行而去。

这两人刚刚走远，一条灰色的人影滑入洞内，略一辨方位，便无声无息地向着严烈、郑则道所去之处，尾随而去。

而此人，正是火小邪。

原来火小邪对火王严烈一击失手，一直心绪难平。伊润广义和火小邪聚拢之后，火小邪本想向伊润广义认错，伊润广义却避而不谈，毫不责怪，更是让火小邪惭愧难堪。

而忍军已然发动，双方混战一团，火小邪向伊润广义请命，再战严烈，伊润广义便也准了。火小邪对忍军的烟雾术，十分清楚，口中衔着一哨，无声吹动，忍者听闻，纷纷避让。

要知这哨音，在忍术中大有讲究，一曰明哨，一曰隐哨，隐哨之音，不在正常人的听觉范围内，属于一种特定的声音频率，哪怕火家练的耳力再好，若不经过忍术中的“洗耳灼术”，也是无法听到的。

忍军的行动，主要是靠隐哨，明哨大多是假，也有示威之意。寻常人看到大批忍者行动整齐划一，如同彩排过千百遍似的，让人瞠目结舌，其实都是有隐哨预先指挥的。当然，忍军对此绝对不对外承认，死要面子。

洗耳灼术，乃是用一种特质的药水，用针点入耳孔，再密闭三日，让药水腐蚀耳膜，绝不是什么享受的事情。此为日本忍军秘术之一。

伊润广义说的灰衣毒忍，亦是日本忍军的秘术之一，又称“麻相里术”，属于和敌人同归于尽的一种方式。忍者在行动前三日，会进行药浴，洗肠，服药等一系列的操作，方能保持血液带毒一日，可一旦服药不慎，或者体质问题，人会肠穿肚烂而死，十分残忍。但忍军中的忍者，均以得到“麻相里术”的机会为荣，因为死得其所，而且光荣。

火小邪用隐哨开路，摸清了严烈所在，但是他并不急于攻击，只是隐藏下来，细细听严烈的动静。几番下来，严烈、郑则道要走，让火小邪抓住机会，尾随而来。

火小邪听出郑则道下了洞内，严烈正欲入内，机不可失，火小邪拔刀而去，给的是又狠又准，再无犹豫。严烈也是奇人，就在火小邪的猎炎刀刚刚刺入肌肤时，严烈硬生生地一拧，避过了要害，未能一刀致命，但也伤得不轻。

火小邪知道严烈绝不是那么好对付的，没等到严烈抽身回击，就回退数步，避开与严烈的正面对抗。严烈断定给出这一刀的人很不简单，自己身上带毒，手脚逐渐迟钝，也不恋战，速速进到洞中，与郑则道会合。严烈算得清楚，他这一走，就算是伊润广义，也不会立即钻进洞中追击，乃是上策。

火小邪追踪严烈、郑则道而去，暂且不表，说回来严烈这边。

严烈虽中了火小邪一刀，却恍若无事，和郑则道在地下一路奔驰。严烈进来地下，倒不是指望一定能找到逃生之路，而是为了几件大事。第一是焚毁火家祭坛里的历届火王牌位，以免忍者攻陷此地后玷污先祖；第二是启动各段机关，收拢其余火家残部，做最后一搏；第三是寻到一个暂避之处，尽力解毒。

火家祭坛位于地下，说大也不大，严烈、郑则道不多久便把该做的事情做完，就是没有碰见一个火家人。严烈想到地面上火家数十人恐怕难逃此劫，不禁黯然神伤，心想若火家九堂一法均在，就算伊润广义精锐尽出，也未必是火家的对手，可现如今……严烈掩嘴微咳一声，已是满手血污，再不调息，只怕毒素就要攻心了。

郑则道是个明眼人，一见严烈咯血，心知不妙，“扑通”一声跪倒在火王严烈面前，惨声道：“火王大人，请你珍重身体！我们先去密室躲避一时，再想对策吧！徒儿愿舍命，护火王大人出困。”

火王严烈看着郑则道，呵呵低笑两声，怅然说道：“火家有今日，我对不起历代火王先祖……我心意已决，于此地同归于尽。严道啊，你从师与我已有十年，想必知道我有心把火王之位传于你……”

郑则道听到此话，心头惊喜不已，但他涕泪交流，一拜到底，呜咽着说不出话。郑则道心里明白，他人生的一大目标，很可能就要实现了！

严烈手向怀内探去，郑则道更是头也不敢抬，只等着火王将火家信物取出。

偏偏就在此时，不远处一声惨呼："火王大人！"

严烈顿时收手，侧脸一看，只见严景天满身是血，断了一条右臂，正踉踉跄跄地跑来。

严烈赶上一步要去搀扶，严景天已经跌倒在地，半跪着大叫道："火王大人，咱们快走，倭寇已经攻下来了！"

严烈喝道："其他人呢！火炽呢？"

严景天颤声道："火炽护我下来，身中数刀，只怕……"严景天这七尺男儿，哽咽不止："快走吧，火王大人！"

严景天说话间，远处利刀切割石梁机关的声音，刺耳地传来。

郑则道心里比谁都难受，却也发作不得，他上前一步，将严景天扶稳，急迫地说道："火王大人，我们快走！"

严烈眉头紧锁，此时由不得他再做考虑，三人疾行而去。

严烈领头，下到最下层，此处已经毒水蔓延，没有几处落脚之地了。

三人捡着边际而行，总算到了一扇厚重的石门前，严烈伸手在石门边一探，石门便向着一侧打开。三人速速入内，不忘将石门关拢。

可就在石门关闭的最后一刻，一道灰影挤着门缝滑身而入，刚一进入，就是几个腾跃，掠向阴暗之处，不见踪影。

这一番变化来得突然，扶着严景天的郑则道，关闭石门的严烈虽然看到，却无法阻止，生生看到这么一个人挤了进来。

石门轰然关紧，这间密室内却是鸦雀无声，在房间里明明有四个人，谁也不说话，甚至也不移动，好像所有人都是泥塑木雕，没有生命似的。

且说这间密室，乃是火家祭坛里的最下层，房间一角本有一条密道直通山外，可此时密道已经被毒水填满，入口处咕噜咕噜直冒水泡，浸没了所有低洼处。除非冒着被毒死的危险潜水而过，这里仍然是死路一条。

密室内的僵持持续了片刻，火王严烈才渐渐“呵呵呵”地闷笑起来，笑了几声之后，却又仰天大笑不止，震得屋内嗡嗡直响。

郑则道警惕地看着四周，将严景天放下，护在严烈身旁。

严烈笑声戛然而止，指着一处阴暗角落喝道：“来者可是火小邪？”

无人作答。

严烈继续喝道：“你既然是伊润广义推举的新任火王，何必学着东洋倭寇那样躲躲闪闪的！”

严烈说完，也不等人回答，一转身迈了几步，坐于大石之上，沉声道：“我命在此，你来拿吧！”

严烈猜得不错，在石门关闭的最后一刻挤入密室的，正是火小邪。

火小邪一路尾随，丝毫不露破绽，却没有寻到下手的机会，眼看石门要关闭，他也顾不了这么多，先进来再说。但火小邪进来此地，又有些后悔，严烈、郑则道两人已是不好对付，再加上一个严景天是自己的老熟人，更不愿意伤他，所以三人如果联合起来向他发难，自己连退路也没有，几乎没有胜算。

可是火小邪见严烈这样的态度，如果不是使诈骗他出来，那么就是严烈死意已决，甘心把性命交于自己手上。

火小邪思量再三，越想越觉得自己躲在这里窝囊，既然来了打定主意拼命，为何还是畏首畏尾、犹豫不决？

于是火小邪见严烈落座后，低声答道：“严烈，你不要玩什么阴谋诡计，我只想和你公平一战！生死由命！”说着一个纵身，跳将出来。

郑则道一见火小邪现身，立即像吃了大力丸一般，哪管严烈是否吩咐，脸上一白，杀意暴涨，再也不受控制，向火小邪厉攻而来。

火小邪堪堪躲过郑则道一击，心想和郑则道生死一战必不可免，也是拿定了十二万分的决心，催动全身劲力，要与郑则道对攻。

“都给老子住手！”严烈惊天动地一声大喝。

郑则道、火小邪均被这一喝吓得心头一震，不由自主地退后几步，彼此僵持。

严烈咳咳咳三声，口中鲜血翻涌。

郑则道急忙赶至严烈身旁，万分关切地说道："火王大人，请放手让小徒一战，我有把握胜他！火小邪这种不要廉耻之人，人人得而诛之！"

严烈声音疲惫："不用了，严道，你待在我身后，不得与火小邪争斗。我有一些话，要说给他听。"说罢，严烈抬头看着火小邪，又说道："火小邪，你要杀我没错，我也愿意将我的这条性命交予你。只是今天，我想对你说出以前那段难堪的往事，涉及你的亲生父母，你愿意听吗？"

火小邪倒是一愣，慢慢说道："严烈，你曾经有很多机会对我说，但为什么要选择今天？"

严烈答道："此地只有我们四人，严景天早就知道，严道是我的亲传弟子，我今天所说，他们都可以发誓，不对外人讲起。我曾经当着五行世家的人立誓，把这些陈年旧事带入黄泉……哈哈，哈哈哈，今天是我破誓之日，也就是我的死期了！"

严景天蹒跚着坐到严烈身边，只是默默流泪。

郑则道听严烈这样说话，知道以下一番话，涉及五行世家的惊天内幕，也收了一脸的杀气，退在严烈身后，不作攻击状，只是恨恨地看着火小邪。

火小邪静立片刻，事情的发展往往超出了他的想象，但面对严烈这样的话语，他还能有什么选择呢？

火小邪向严烈微微一拜，端坐在地。

严烈轻轻喘了一口气，眼神一片迷乱，思绪已经飞出了这间小小的密室……

严烈低沉地自言自语道："那是很早以前的事情了，可我回想起来，恍如昨日……"

四、火行旧密

清朝末年，民不聊生，国力衰弱，内外交困，洋人们仗着坚船利炮，早已轰开了中国国门，在中华大地上横行无忌。连普通的老百姓也心里明白，大清朝恐怕维持不了多久了。

此时在山东境地，出现了一个著名的侠盗，专门与官府、洋人作对，劫富济贫。这个大盗行踪飘忽，从来没有人见过他的真容，只是他每次作案后，均会留下一根鸡尾毛，所以民间又称他为“鸡毛大盗”。

这个鸡毛大盗的绰号尽管不雅，仍旧十分传神，只要是他犯下偷盗大案，均会从头到尾戏耍别人一番，让许多恶人狼狈不堪，颜面扫地，不仅仅是偷东西那么简单，更像个顽童一样。

所以官府、洋人对此人恨之入骨，但无论怎么努力，都碰不到鸡毛大盗分毫。最终朝廷派出了御风神捕，数次围捕此人，却屡屡被他逃脱。此人和御风神捕打了一个赌，如果他输了，就束手就擒，如果御风神捕输了，就退出江湖。这个赌是什么，没有人知道，但结果是御风神捕输了，所以御风神捕心灰意冷，真的从此退出了江湖。

鸡毛大盗名声大盛，引起了当年的火王炎尊、水王凌波的注意，火王炎尊、水王凌波亲自出面，终于寻到了鸡毛大盗的真身。这个鸡毛大盗，居然是山东烟台的一个张姓穷酸秀才，破落门第的独子，穷得已经是家徒四壁。而且此人家世清白，从没有出过偷盗之人。火王炎尊、水王凌波起初不信是他，试了他多次，才终于肯定此人是天生奇才，偷盗的本事是无师自通，关键在于他体内有一正一反两套经脉，亿中无一。这拥有两套经脉的人，便是火盗双脉。

火王炎尊再三引诱此人知晓五行世家，谁知他毫无兴趣，干脆闭门不见。直到火王想出一个主意。因为这位鸡毛大盗天生顽皮、好奇心强，火王便用火门三关的好玩之处吸引他，这才终于引得他接下黑石火令，去赴第二年的火家招徒，闯一闯火门三关。

后来鸡毛大盗克火门三关，位列第一，成为火王亲传弟子，入门火家，此为后话，暂且不表。

鸡毛大盗名震中原的时候，东北境内同样有雌雄大盗声名鹊起。这对雌雄大盗，男的自称“火厉”，女的自称“火媚”，行事张扬，专门捡难啃的骨头去啃，而且作案后必留名。民间一度传言，这两人是五行火家的弟子。

时逢乱世，当年的火王爱才，便将这两人也纳入火门三关。

这两人，便是日后的伊润广义和珍丽。

与鸡毛大盗、火厉、火媚三人同时成为火家弟子的，还有山西的一个名不见经传的小贼，这个小贼，便是日后的火王严烈。

当年的火门三关，比火小邪经历的火门三关，规模更大，人才更多。说是火门三关，其实五行世家五路贼王均在火门三关里寻纳良徒。

鸡毛大盗虽说第一关起步不顺，差点被淘汰出局，但随后两关，越是常人无法做到的，他越是驾轻就熟，最终领先第二名足足三天的时间，位列第一。真是不世出的盗术天才！

更重要的是，鸡毛大盗的能力，不仅引起了五行世家的重视，也让他结交到了几个“出生入死”的好友。这几人便是伊润广义、珍丽和严烈。

火门三关结束后，五行世家择徒，又生出变故。因为伊润广义、珍丽是一对夫妻，而且身法手段被人识破来自东洋忍术，怀疑他们是忍者身份，本该逐出火家，成为火家弃徒。这时候已经成为火王炎尊亲传弟子的鸡毛大盗站出来仗义执言，洋洋洒洒说了大段的道理，何为盗术和天下，何为人尽其用，何为天下大同等等，文采飞扬，竟就此说服了火王炎尊和九堂一法，将伊润广义、珍丽收为火家弟子。

当年的严烈虽也过了火门三关，但排名倒数，进了火家，却不受人重视，哪里赶得上鸡毛大盗的威风？只是鸡毛大盗并不是一个恃才傲物的人，与严烈关系甚好，两人分外亲密。鸡毛大盗喜欢严烈，经常与严烈修习盗术，严烈也十分努力，与鸡毛大盗亦师亦友，盗术竟能得以大进。到了最后，严烈的盗术之高，让他能够进入炎火堂，从此改为炎姓，参与争夺火王的大位。

这位鸡毛大盗，就是续任火王呼声甚高的炎火驰。

可是，炎火驰的天性，让他终究闯下了大祸。

火家动荡，九堂一法的首堂炎火堂，改为严火堂，并被贬为末席，均因炎火驰一人而起。

当年的伊润广义、珍丽两人，的确是日本忍者出身，珍丽其实是伊润广义的随从，表面上是夫妻之名罢了。这两人受日本忍军头目，也就是伊润广义的生父伊润博流的安排，来中国学习五行世家的盗术，尤其是火家盗术，是重中之重。在炎火驰的帮助下，伊润广义、珍丽进了火家，伊润广义对炎火驰十分感激，平日里与炎火驰十分亲密。可问题就出在这里。

炎火驰的幽默风趣，博学多才，让珍丽深深地迷恋，炎火驰竟也喜欢上了珍丽！

而伊润广义竟然默许了，将珍丽作为自己感谢炎火驰的礼物，但事后伊润广义每每见到炎火驰和珍丽成双入对，妒意越升越高，但他却极力克制着，终于等到了爆发的那一天。

炎火驰和珍丽的关系，火家人尽管知晓，却对这位未来的火王没有表示出任何的不满，甚至当年的火王炎尊认为，如果炎火驰和珍丽有孩子，必能继承火盗双脉，由炎火驰研究出的火家盗术将逐代精进，不至于在炎火驰退位后失传。

炎火驰的聪明和好奇也害了他，在他通晓火家盗术之后，炎火驰的好奇心开始凌驾于五行世家之上。炎火驰认为五行地宫的设置太过简单，还有提高的空间。

于是炎火驰决定做一件事，就是偷偷地挑战水、木、土、金四家。

炎火驰把他的这个决定，告诉了其他三个人，伊润广义、珍丽和严烈，伊润广义本就有此心，自然同意，严烈、珍丽虽然犹豫，却也无法拒绝炎火驰。于是炎火驰趁着天下游历的机会，四个人去偷五行世家的重宝。

然而这几家的重宝在哪里，炎火驰不得而知。但他们很快碰到了一个人，此人就是流川，未来的水王。

当年的流川已经是一个心理扭曲之人，唯恐天下不乱。流川绝顶聪明，猜出了炎火驰的想法，但他没有说破，只是挑唆着炎火驰去做这件事，并提供了许多情报。

炎火驰带着伊润广义、珍丽、严烈、流川，先去偷了木家木蛊寨中的木婴之眼，造成木家精心调理近百年的木婴失控，吞没了整个木蛊寨，老木王气得暴毙，木家各支发誓要追查偷盗之人。传说这木婴之眼，乃是用人血、男精之力镇住了木婴，历时百年才生出的一个古怪之物，能辨人心意，特别对有偷盗之心的人，感觉尤其明显。

紧接着，炎火驰又在流川的协助下，将水家千年积累的“中华水眼图”盗走。这幅中华水眼图，不仅是地下水的走向，也包括火山岩浆的脉络。图中标明的几处水眼，又称水龙眼，一旦侵扰，水火腾腾，大罗神仙也逃离不得。

金家的“万世顽铁”，是一颗天外降下的陨石，具有强烈的辐射，金家不知道死了多少人，才将这颗“万世顽铁”封住。这颗陨石，也被炎火驰盗走。金家互相责怪，内斗不休，就此分为乾金和坤金两派，两派金王甚至用自己未来的骨肉子嗣打赌。

接着，倒霉的是土家，土家的“地一迷藏”，是土家老祖宗从地灵风水中顿悟出来的绝世迷宫，厉害在于乾坤颠倒，是不可能找到出口的迷宫，只是“地一迷藏”所述，凭目前的科技实力，是不可能完成的。“地一迷藏”一夜失窃，土王只看到人影一闪。土王带着新娶的妻子田羽娘追去百里，仍然未果，土王气急攻心，跌入山崖，落个半残。

田羽娘千里追踪，真让她功夫不负有心人，找到了炎火驰等人，但炎火驰极力否认，双方不欢而散。可流川却喜欢田羽娘的模样，与田羽娘勾三搭四，竟骗到了田羽娘的春宵一夜。

流川甩掉田羽娘后，对炎火驰等人毫不忌讳，大谈田羽娘的床上功夫，十分得意。而田羽娘的执着，超出了流川的想象，田羽娘再次追上炎火驰等人，以自己的美色引诱伊润广义。伊润广义受够了炎火驰、珍丽的恩爱，按捺不住，与田羽娘颠龙倒凤数日，终于被田羽娘利用“阴风水”之术，让田羽娘问出了把柄。田羽娘自知土家之力，无法和炎火驰等人抗衡，便四处游说，鼓动金、木、水三家对火家问罪。

而炎火驰得了金、木、水、土四家重宝，潜心研究，此人旷世奇才，生生让他琢磨出一套防盗阵法，名为“罗刹阵”，有一正一反两仪变化，本为正罗刹阵，若被惊扰，则结为反罗刹阵。而且此阵利用了木婆之眼的人气感应，中华水眼图的一触即发，万世顽铁的稳定镇压之力，地一迷藏的乾坤乱局，火家水火双生术的通融交合，一旦结成，天下无盗！

不过“正反罗刹阵”的邪气冲天，逆反五行，甚至要采纳盗贼之人的血液，连炎火驰也开始觉得害怕。

炎火驰的正反罗刹阵，严烈、伊润广义、珍丽、流川悉数知晓，伊润广义留了个心眼，借东洋忍术可以克制此阵为名，说是研讨，实际记下了罗刹阵的奥妙。

伊润广义盗术虽不及炎火驰，可伊润却有一手别的能耐，就是他记性奇佳，几乎到了过目不忘的程度。伊润广义能受日本忍军所派，来中国偷学盗术，记忆力是他的先天优势。

炎火驰预感到自己闯了大祸，拿着罗刹阵与火王炎尊商议，火王炎尊听完炎火驰的讲解，大惊失色，当即要炎火驰毁掉此阵，永不准再提。

只不过，炎火驰偷来的金、木、水、土四家重宝，又该如何处理？火王炎尊犯了难。

这四件重宝，就算归还给金、木、水、土四家，对他们来说也是奇耻大辱，必不会承认失窃。既然没有失窃，哪里有归还之说？

火王炎尊召集了炎火驰、严烈、伊润广义、珍丽四人，一通痛斥之后，也不得不思考如何善后。最终的决定是，坚决不承认，并将四件重宝分散丢弃！

炎火驰去丢中华水眼图，伊润广义去丢木婴之眼，珍丽去丢地一迷藏，严烈去丢万世顽铁。众人在约定的时间内完成，返回火王炎尊指定地点，按理说应该没有差池。可是三十年后，伊润广义在东北境内建罗刹阵，应该是伊润广义在此期间投了机。伊润广义很可能没有丢掉木婴之眼，而且追上了珍丽，将地一迷藏拿走，而中华水眼图，伊润广义看过，应该记住了东北的一处水眼位置，最后是万世顽铁，伊润广义逃回日本后，十余年不在中土出现，很可能是利用日本国的科技实力，找到了类似的一块陨石。

众人心怀忐忑，与火王炎尊回到火家总部，短暂地平静数日后。金、木、水、土四行，在田羽娘的带领下，来与火家对峙。火家徒众哪里知道这里面的事情，火家与其他四行对峙，一言不合就会大打出手。

火王炎尊装糊涂，与土家田羽娘、木家黑苗、金家乾坤两王、水王密会对峙。如同火王炎尊所料，金、木、水、土四家谁也不承认自家丢了东西，但兴兵无名，所以金、木、水、土四家提出炎火驰的火盗双脉是邪火，会颠覆五行，必须处之而后快，而火王也有纵容之罪，理当退出火家，重立火王，从此隐居于世。

真是欲加之罪，何患无辞！

火王炎尊为平息这场五行动荡，思虑再三，提出炎火驰何罪之有，废掉大半盗术，逐出火家即可，不得诛杀，但自己愿承担责任，自废盗术，退隐于世。如果其他四行不从，大不了打个你死我活！

金、木、水、土四行见火王炎尊强硬，一时奈何不得，便令火王炎尊立下重誓，方才退去。

火盗双脉本不是邪火，但就因为此，邪火之说，强加于身。至于在五行世家内公示，是在严烈成为火王之后的事情。

金、木、水、土四行虽散去，火家内部的斗争才刚刚开始。

火王炎尊突然间宣布退位是其一，炎火驰放弃接任火王之位，转让给严烈。炎火堂作为火家首堂，顿时大哗。严烈是无耻小人之说喧嚣尘上，炎火堂堂主炎火威德高望重，当面斥责，炎火堂一众人等，发誓不立炎火驰绝不罢休，并威胁说出炎火驰退隐的实情！

其实严烈续任火王之位，是火王、炎火驰、伊润广义、珍丽、严烈五人商定下来的，严烈善于隐忍，个性刚强，盗术亦仅次于炎火驰，炎火驰只要退出，严烈还是当之无愧的。

岂知炎火堂的脾气上来，倔强至此。

火王炎尊只好找炎火堂堂主炎火威密议，如实讲出原委，炎火威听罢，也是惊得一身冷汗，炎火驰居然闯出这么大的祸，如果处理稍有不慎，火家将面临以一家敌四家的局面。火王炎尊、炎火威愁得一夜老了十岁，最后做出不得已而为之的决定。炎火驰盗四家重宝一事，绝不可透露，且必须扶持严烈成为火王，如果炎火堂盗众不服，只能强行压制！

于是，新火王由严烈当任一事，暂时平复。

火王炎尊自废盗术，在金、木、水、土假惺惺的惋惜声中，一去无踪。而炎火驰亦被火耀针制住，形如废人，由珍丽相伴，远至东北荒僻处隐居。实际上，炎火驰的能力超出所有人的想象，就算他身中火耀针，但他是火盗双脉，日后竟能让他自行把火耀针拔除！

严烈就任火王，炎火威也默认，火家内部本该平息。可是伊润广义又蠢蠢欲动。伊润广义自觉盗术不在严烈之下，火王等人决定新火王人选时，伊润广义就心机大动，觊觎火王之位。毕竟能够当上火王，五行地宫、圣王鼎等等火家秘密能够全盘知晓。但当年的火王尽管有些糊涂，但对伊润广义的野心还是看得清的，根本置之不理。

严烈登位后，尊前任火王嘱托，向五行世家公示邪火乱五行之说，虽未指名道姓炎火驰就是邪火之人，但火家人算是心知肚明。从此以后，金、木、水、土四家才算作罢。

伊润广义乃炎火堂右行度，严烈登位不久，他在炎火堂内挑拨造反，并编造出一套严烈阴谋挤对炎火驰的谎言。炎火堂本就不服严烈，私下密谋反了严烈，另立新火王。

好在炎火威有所察觉，及时让严烈知晓。严烈脾气急躁，炎火威刚走，就决定要抓伊润广义质问！而当时的尊火堂堂主尊火天师，早有把炎火堂打下首堂之位的念头。火家即刻内乱，尊火天师奉严烈之命，率火家各堂镇压炎火堂造反之人。

炎火堂众人多数被擒，亦有被杀之人，炎火威无法阻止，败在尊火天师和数位堂主合击之下，撒手人寰。甲丁乙是炎火威之子，侥幸得以逃生，却对火家埋下深仇大恨，不杀严烈，誓不为人。

炎火威临死之前，早有预感，便将严烈的事情写在封庞火筒中，藏于净火谷万年玄冰洞奈何墙内。

严烈虽想阻止过度杀戮，但力不从心，只好听之任之了。

炎火堂有此厄运，伊润广义本是罪魁祸首，可火家偏偏没有抓到他，伊润广义逃之夭夭，竟没有了去向。火家在中土寻找伊润广义十多年，仍然不得其踪，后来伊润广义成了日本忍军头目之后，再度出现，才明白他原来是逃回了日本，藏匿了十多年。

火家总算平息下来，整个火家之中，只有严烈一人知晓来龙去脉，但严烈隐忍不说，一瞒就是数十年。

此后，炎火堂被贬为末堂，不得姓炎，改为“严”姓，便有了严烈此名的正式由来。而尊火堂顺理成章成为首堂。

没过两三年，尊火天师亲自挑战严烈火王之位，被暴怒的严烈一锥毙命，火家从此内部分作两派，一派忠于火王严烈，另一派以尊火堂为首，对严烈貌合神离。

而炎火驰和珍丽，不问世事，倒也过得清闲自在，很快便有了一个聪明灵巧的儿子，取名为炎慎，其意为今生谨慎做人，多多克制。

严烈知道炎火驰藏身之地，时不时去探望一番，讲述自己身为火王的苦楚。在伊润广义挑唆炎火堂造反之前，炎火威也时不时到来，探访炎火驰夫妇和炎慎。

炎火驰虽甘于清淡的日子，却对身体里的火耀针很不满意，他不知道用了什么手段，自行将火耀针拔出，恢复了一身盗术。炎火驰本不想声张此事，但偶尔一次出山，碰到了一个人，正是流川的父亲，水王凌波。

凌波是何许人？当年五行世家中，最不好惹的人物便是凌波，从未有人见过他的真面目，体态千变万化，时男时女，行踪诡异。唯一能证明是水王凌波的办法，就是凌波的舌头上有一黑色记号，而且只有水家最高级别的人才知道这个记号是什么。

水家丢了中华水眼图，凌波亲自登门火家拜访，虽然凌波若无其事，轻松极了，但当天见到凌波的人，事后无不吓得噩梦数日。据前任火王描述，凌波似乎没有瞳孔，看人看久了，好像魂魄能够被凌波吸入眼睛似的。五行世家，水克火，火家最惧怕的便是水家，凌波这个样子到来，乃是不达目的，誓不罢休。

凌波见了炎火驰，只是装作路人模样与炎火驰攀谈，没用多久，凌波便看破了炎火驰的盗术已经恢复正常，火耀针应该无效了。

凌波其实是最愿意干一人挑战五行世家的事情的，岂知让这个炎火驰抢了先，对炎火驰这种天才大盗又妒又恨，眼见着炎火驰再次恢复盗术，凌波坐不住了！

凌波并没有对炎火驰动手，而是再次来到了火家，密会严烈，提出火家若是不杀炎火驰，火家将永无宁日。

严烈刚刚处理完炎火堂反叛一事不久，正无所适从，心情烦闷，听凌波要自己去杀炎火驰，顿时暴怒，和凌波大打出手。可惜严烈当年还不是老谋深算的凌波对手，没几个回合就被卸掉双锥，已然输了。

凌波放下狠话，飘然而去。

随后火家每日死一人，连死十人之后，严烈终于坐不住了，召集火家九堂一法，说是要去找炎火驰一决高下。其实严烈打定主意，宁肯让炎火驰杀了他，也不愿意受此胁迫，所以严烈此行，实际抱着必死之心。可就是因为此事，严烈妒恨炎火驰的帽子在火家扣死。

严烈带着一众火家堂主赶到炎火驰隐居之山谷，眼前的景象让严烈根本无法相信。本来一派宁静的田园风光，已是血污横流，灰烬满地，举目凋零。

严烈四处寻找，终于在一处崖壁下，发现了炎火驰、珍丽的尸体。炎火驰跪倒珍丽面前，低头顿首却跪地不倒，满脸悲戚，身上竟无伤痕。而珍丽身上，却数刀洞穿，刀刀致命，只是表情颇为平静，很是奇怪。

严烈找寻炎火驰之子炎慎踪迹，恨不得掘地三尺，也没有发现蛛丝马迹。

严烈号哭一日，按火家礼法，火葬了炎火驰、珍丽，又守了七日灵，方才退出谷外。

严烈说到此处，再度痛哭失声，惨声道："可天下人都认为我严烈就是杀人凶手，我是猫哭耗子假慈悲，火葬炎火驰是为了毁尸灭迹，寻找炎慎是想斩草除根。天下人负我，天下人误我，说我严烈不仁不义、妒贤嫉能、卑鄙小人，可我欠了何人啊！盗亦有道，何谓有道？哪里有道啊？我虽为火王，无物不可盗，却被人把良心偷了个干净！我苦啊！谁人懂我的苦啊！"

严烈似乎把多年积压的苦楚溃坝而出，一代强人，如同一个孩童一般捶胸顿足，涕泪交流，哽咽得几乎不能言语。

火小邪、郑则道、严景天均呆若木鸡，严烈所说之事，根本不在他们的想象之内。严景天是严烈的心腹，以前倒是听过严烈的抱怨，今天听严烈把几十年的真相合盘托出，也是震惊得涕泪长流。

严烈心思讲尽，双眼骤然黯淡，面色憔悴桑老，已似垂死。

火小邪更是难以相信自己的耳朵，满脑子里均是闷雷炸响，以前梦境中的种种景象，如同画片一样不断闪过。

轰隆隆一声，火小邪脑海中一片苍白……

恍惚间，有轻微但是柔和的声音从远至近而来……"慎儿，慎儿，你还好吗？”

火小邪在幻境中大叫：“你们是谁？”

“慎儿啊，你忘了吗？”

“谁？你们到底是谁？”

两个人影从一片白光中慢慢走出，一位是身材挺拔，面色温和，书生气十足的清秀男子；一位是娇柔温婉，面似桃花，慈祥端庄的女子。这一男一女深深地看着火小邪，充满爱意地唤道：“慎儿，不要顽皮了，快回家了。”

火小邪脑海中蹦出两个名字，炎火驰、珍丽，居然如此地亲切，如此地熟悉。

火小邪哀声道：“爹，娘？”

“是我们啊，慎儿，你怎么了，生病了吗？”

男子上前，将火小邪搂入怀中，珍丽更是蹲在火小邪面前，为火小邪整理衣裳，此时的火小邪，在他们眼中，似乎只是一个四五岁的孩童。

温暖，亲情，安全，快乐，让火小邪想就这么睡在他们的臂弯里。

可这种感觉只维持了一瞬间！烈火、鲜血、黑色、刀锋、恐惧、悲痛，不同的感情和暴风般卷来的画面，将这份宁静残忍地撕破。炎火驰、珍丽眼睁睁地消失在火小邪眼前。

电光火石之间，童年丧失的一切记忆都回想起来了，一切的一切！

火小邪“啊”的一声惨叫，伏倒在地。

就听到严烈剧烈的咳嗽声，撕心裂肺地高喊道：“火小邪！炎慎！你知道你是谁的孩子了吗？”

火小邪无力抬头，只是哭喊道：“我都想起来，我都想起来了！我父亲是炎火驰，我母亲是珍丽！爹、娘，孩儿对不住你们！”

严烈厉声道：“是谁杀了你父母？”

火小邪哭道：“是忍者！是忍者！火王大人，是我错了，是我错了！”

严烈怅然一笑，低声道：“火小邪，你过来。”

火小邪不敢抬头，跪着挪到严烈脚下，依旧不住痛哭。

良久……

严烈一直等到火小邪略为平静之后，才艰难地伸出手，抚摸着火小邪的头发，轻声道："火小邪，火门三关本不该逐你出火家，只是因为我在你身上看到了你父亲的影子。我在平度城头，用扰筋乱脉的重手，试出你有火盗双脉，更能确定你就是失踪的炎慎。你与甲丁乙南下净火谷，我也知道。只是我来得迟了，没能救下净火谷的一众人等。"

火小邪猛一抬头，打量了严烈一眼，叫道："师父！你是盗跖师父！"

严烈含泪点头道："是，我就是盗跖，徒儿啊。"

火小邪"啊"的一声惊叫，竟说不出其他的话。

郑则道一旁听了，全身一个激灵，脸上不住抽动，他万万没有想到，火王严烈除了他这唯一一个亲传弟子外，火小邪竟也是严烈的徒弟！

严景天定然是知情的，他挪到严烈身边，扶着火小邪的肩头，欣慰地冲着火小邪点头。

火小邪其实已经信了严烈就是盗跖，只是一切来得太突然，他眼神中依旧是不敢相信的神色。

严烈淡淡笑了一声，说道："盗跖是没有头发的，对吧，可那才是我的真容。"

严烈一伸手，将满头微卷的长发拽落，头颅之上，全是密密麻麻的疤痕，尽是灼伤，看着惨不忍睹。

严烈低声笑道："我赢了尊火天师，却被他烧秃了所有头发，哈哈，可笑啊！一代火王，竟是个满脑袋疤痕的秃子！丑陋如斯！哈哈，哈哈哈哈！"严烈大笑着，突然剧烈地咳嗽起来，满口鲜血，血色已经发黑，这是毒素入心的症状。

郑则道唰地一下长身跪在严烈脚边，哀声道："火王师父，请您不要再说话了，您的身体受不住了！徒儿愿替师父一死，请师父不要再自责了！"

严烈摆了摆手，还是说道："火小邪，拿你的猎炎刀来。"

火小邪微微一愣，不知严烈何意。严烈眼神直勾勾地看着火小邪，不容他有疑。

火小邪只好将猎炎刀奉上。

严烈拿住猎炎刀，淡然一笑：“好刀！”说着将胸前衣服一拉，露出胸膛。

郑则道惊呼道：“师父！”就要阻止。

严烈骂道：“不用管我！看好！你们，统统退后一步，我不是要死！”

三人依令而为，看着严烈。

严烈将刀尖一转，对着胸口缓缓刺入。

就在此刻，突听石门外脚步声重重，有巨力轰隆撞击，似乎有大批人马来到门外，正在设法将石门打开。

嚓嚓嚓，利刀刺入石门缝隙的声音和劈砍声连成一片，极为刺耳。

伊润广义的声音从门缝中传来：“严烈小儿，我知道你在里面！与其像耗子一样躲在地洞里憋死，还不如痛快地让我斩上一刀！”

火小邪长身而起，就要迎击。

严烈却聚精会神，嘴里轻轻地发出一声：“嘘……”示意所有人不要说话。

就在石门外大队忍者鼓噪的时候，严烈干了一件匪夷所思的事情，他割开了胸前一侧的皮肉，从身体里面取出两件血淋淋的小东西。

火小邪、郑则道、严景天三人不敢说话，直勾勾地看着严烈。

严烈将东西取出，神色一松，猛然吐了两口鲜血。

严烈用袖口将从肉中取出的小东西上的血迹擦净，原来还有一层牛皮纸在外面细细包裹着。严烈小心翼翼地打开纸包，用手指拿出两件事物。

是两枚戒指，每个戒指上有一颗银白细小的珠子镶嵌。这两颗珠子看着也奇，通体洁白，形状并不是圆形，略带棱角，里面有隐隐的暗红光华流动，却绝不外泄分毫，似乎里面珠子里有两条发光的红色小鱼游动似的。

严烈持于手中，低声喝道：“火小邪，跪下！”

火小邪言听计从，正跪在火王严烈脚下。

严烈说道：“这两颗珠子，就是火家王者的信物，一颗世代相传，一颗是从五行圣王鼎龙嘴灯中取出的火煞珠。这两颗珠子本是一对，同明同亮，是火家与五行圣王鼎联系的唯一信物。珠子亮起，则要归还一颗至五行圣王鼎，珠子熄灭，如此时模样时，则要从五行圣王鼎龙嘴灯中取出，凑成一对。

时逢乱世，圣王鼎五灯俱灭，天下动荡，所以两颗珠子均在我手中。持此信物，两件不得缺失一件，即可在火家称火王。我精心保存了数十年，今日就将火王之位让出。”

郑则道站在严烈身侧，看着火家信物就在严烈手中，却不似传给自己，心如刀绞一般，脸上有红似白，面上肌肉竟微微地抽搐起来。

而严烈、火小邪、严景天三人，却没有精力顾及郑则道的反应。

严烈咳出一口鲜血，挣扎着强打精神，继续说道：“我本想把火王之位传给严道，但今日与你相见，说出旧事，便改了主意。火王本该是你父亲炎火驰的，我不过是勉强占了炎火驰的位置，今日，我把火王之位传于你火小邪。”

郑则道突然跪在严烈脚边，眼泪横流，叫道：“师父，传于火小邪我没有意见，只是伊润广义这奸贼此行的目的便是如此！师父，他们马上就要攻占进来，我们先设法逃走，再商大计吧！”

严烈低骂一声：“严道，休要放肆！”

火小邪躬身一拜，说道：“盗跖师父，郑则道说得对！火王之位我万万受不起，你们走吧，我帮你们退敌！”

严烈伸手一抓，将火小邪的手牢牢抓住，将火家信物塞到火小邪手中，瞪大了眼睛看着火小邪，嘶哑道：“我意已决，你是不接吗？”

火小邪本可轻易挣开，可这个时候，哪里能使出力气，热泪翻涌，低头不语。

严烈哈哈大笑，将手松开，突然嘴角一撇，轻笑着说道：“火小邪，一定记得和伊润说，你已经拿到了火家信物。万万不要说我和你说过什么，你不要把信物交给他，能保你一命，保火家一脉！哈哈，哈哈哈！”

严烈仰天大笑，叫道：“火驰大哥，我来找你喝酒了！”

严烈身子一硬，竟就此气绝，魂飞天外。

纵览严烈一生，从无名小贼到火家弟子，从与炎火驰交好到同学盗术，从与炎火驰同盗四家重宝到登位火王，数十年间，严烈一直将秘密藏于内心深处，宁可背负种种不耻罪名，也隐忍不发，甘受煎熬。严烈虽不是伟人，却也称得上英雄。

火小邪手捧两颗火家宝珠，眼见着严烈死在自己面前，虽然难过得无以复加，却再也哭不出来。回想自己与严烈的往事，原来严烈才是最被误解，承受了最多委屈的人，与严烈相比，自己的所谓不公平简直不值一提。严烈虽死，痛哭流涕面对他，定是严烈最为不齿的。

火小邪忍住眼泪，紧咬牙关，手捧宝珠，向着严烈深深一鞠。

就在此时，火小邪却觉得余光一闪，一道利刀向着自己手腕切来，其速之快，简直避无可避。火小邪心头一惊，连忙沉腕，并要将两颗宝珠牢牢捏入手中。

可是还是迟了，一柄铁扇猛击火小邪手肘，震得火小邪一酸，手中的一颗珠子竟被震出手心。利刀、铁扇齐收，那颗脱出手掌的珠子被铁扇一划，弹开一边，顷刻被人收去！

火小邪本有机会避开这一招，谁曾想有人在严烈刚死的时候发难，而且算得精妙，切人手腕是假，夺取宝珠是真。

火小邪捏住剩下的一颗宝珠，急速翻滚后撤。

这边严景天狂吼道：“严道，你干什么？”

向火小邪发难之人，正是郑则道！

郑则道此番出击，虽未把两颗宝珠全部拿到，但至少拿到了一颗，仍算得上成功。

郑则道将一颗宝珠收入，已经面色惨白，严景天刚刚骂完，就见郑则道手腕一抬，一道白光从郑则道袖内射出，直袭严景天咽喉。

严景天怎料到郑则道会痛下杀手，他受伤颇重，根本没有躲闪之力，顿时被暗器刺了个正着。一管血肉被顷刻挖出，咽喉被抓穿，已经说不出话。

严景天喉头一响，怒眼圆睁，伸出手指着郑则道，满嘴鲜血狂喷，就此身亡。

郑则道“嘿嘿”冷笑两声，连往后退。

火小邪见此巨变，哎呀一声大叫，猱身而起，一把抓起严烈尸身旁的猎炎刀，向郑则道狂攻而去。

郑则道并不迎击，只是躲避，不住地“嘿嘿”冷笑。

火小邪心知如果自己急火攻心，很容易落入郑则道的圈套，步子略一放慢，厉声道：“郑则道，你以为你能活着出去吗？”

郑则道冷冰冰地边逃边耻笑道：“火小邪，你以为你是个什么东西！严烈这个蠢材竟把火家信物传给你，大错特错，死不足惜！火小邪，我当不成火王，你也别想当上火王！呵呵，呵呵呵！”

火小邪沉声厉骂道：“火王尸骨未寒，你就做出这种事情，你简直不要脸到了极点！”

郑则道尖声道：“我不要脸，你以为你就要脸吗？若不是你，火王的位置就是我的，是你伙同伊润广义来攻打火家，又一路追杀火王，一直追到此处。若不是你，严烈本能活命，却被你生生逼死！天下不要脸的人，火小邪你才是第一！”

火小邪心中一绞，这个该死的郑则道，言辞犀利，自己历来就不是他的对手，况且郑则道所说，还正中了火小邪心中最不堪的一处。

火小邪压了压情绪，冷哼道：“杀人偿命！死债死偿！你逃不掉！”

郑则道尖声大笑：“你以为我逃不掉？你觉得我像严烈那样蠢吗？”

郑则道话音刚落，就听一声巨响，那扇巨大的石门轰然而倒，激起灰尘滚滚，冲得人睁不开眼睛。一众忍者闪电而入，刹那间就摆好了阵势。

郑则道尖声高笑：“火小邪，好威风啊，日本忍军！”

火小邪再不言语，举刀便上。

郑则道跳开几步，突然高叫道：“后会有期！”说着竟“扑通”一下跳入毒水中，没了踪影。

郑则道跳入毒水逃走，又出乎了火小邪的意料。

火小邪只是一愣，管不了那么多，也跟着跳入毒水里。

毒水里伸手不见五指，水面下空间庞大，哪里还有郑则道的影踪。

毒水很快浸透火小邪的防水忍装，刺得全身剧痛，眼睛更是辣得像要着火。火小邪知道这样下去，自己是必死无疑，可眼睁睁地看着郑则道逃离，情何以堪！火小邪在毒水中哇的一声惨叫，只好跃出水面！

一众忍军见火小邪从毒水中跳出，赶忙有人毕恭毕敬地上前，拿出药水要给火小邪擦拭。

火小邪见到这些忍者就怒火万丈，一把夺过药水，反手一刀，其力极重，竟“咔”的一下把上前的那位忍者手掌切掉。而这个忍者竟不喊叫，只是双手一抱，竟跪在火小邪面前，重重点头，势在求死。

火小邪真想一刀上前杀了此人，可全身的剧痛却让他清醒，严烈死前和他说过的话一一浮现，严烈能忍辱负重三十年，自己就忍不住这一时而徒增杀虐吗？眼前，伊润广义率领忍军，自己能不能胜过伊润广义实难预料，倘若贸然行事，和伊润广义翻脸，只怕根本离不开这间密室。

火小邪收了猎炎刀，转身就走，其他忍者继续跟上，要为火小邪涂抹药水。

火小邪干脆一不做，二不休，端坐在石凳上，脱下衣裳，眼睛一闭，任由忍者给自己涂抹药水疗伤。

只听到伊润广义的声音阴沉沉地传来：“火邪，拿到火王信物了？”

火小邪甚至不动怒气，平静地说道：“信物有两件，我只拿到一件，另一件让郑则道拿走，潜水逃了。”

伊润广义呵呵一笑：“严烈……可是你所杀？”

火小邪点头道：“是！不过我胜之不武，严烈身上中毒，只与我对了三招，便自绝而亡。”

伊润广义慢慢踱步上前，也不接近火小邪，悠悠地问道：“严烈身旁这人呢？”

火小邪答道：“郑则道与我争夺火王信物，误杀了此人。”

伊润广义嗯嗯两声，走开几步，看着火王严烈的尸身，说道：“严烈彪悍一生，落得这种下场，实属他咎由自取。”伊润广义转头向火小邪看来，却见火小邪还是闭着眼睛，说道：“火邪，火家信物给我看一看。”

火小邪将手伸出，手掌一张，那枚镶嵌着宝珠的戒指赫然在手。

火小邪仅仅展示了一下，便立即合拢捏紧，说道：“让郑则道拿走了一枚，很不痛快！请让我继续追击郑则道，以解心头之恨！此物我暂时保留！”

伊润广义笑道：“你留着吧，不用给我。火家经过我们这次围剿，元气大伤，已经不成气候。只要你把这件留住，便没有新的火王。火邪，你做得很好，我们此战大胜！哈哈！”伊润广义挥了挥手，对忍者吩咐道：“把严烈尸体运走，带回奉天展示！剩下那人，剁成肉酱，弃于荒野！”伊润广义边说，边斜眼打量着火小邪的表情。

火小邪自始至终没有睁眼，也没有任何表情，只是听到这里，却突然眉头一皱！

伊润广义微微一笑，看着火小邪并不问话。

火小邪说道：“请大人开恩，另一个死者是我的熟人，火家严火堂堂主严景天，幼年时曾救过我一命，请大人将他厚葬了吧。”

伊润广义听罢，方才哈哈一笑，说道：“好！便听你的。”

伊润广义吩咐一番，数名忍者上前，用黑色绢纱将严烈、严景天的尸体裹住，移往室外。

火小邪听到严烈、严景天尸体被移走，心中虽酸楚难当，但脸上毫无表情，只是说道：“大人，我要留在此处寻找郑则道！活要见人，死要见尸！”

伊润广义哈哈笑道：“火邪我儿，辛苦你了！为父先行一步，你好好保重，我在山庄内静候你凯旋。”说罢转身便走。

火小邪站起身来，向着伊润广义微微一鞠躬，权当送行。

伊润广义上到地面，漫山烟雾早已散尽，地上残肢断臂，血流成河，迷漫着一股子血腥气味。大批忍者正在收拾残局，搬运尸体，虽然此地如同地狱，却只听到忍者的脚步声和尸体摩擦地面的身体，这份无端的安静，更显恐怕。

有一身着黑白两色服装的忍者快步迎上伊润广义，跪地说辞，大意是说双方伤亡情况，伊润广义听罢，示意忍者退下。自己一个人慢慢向最高处踱步而去，站于山顶。

伊润广义遥望天边，东边一轮红日已经露出一角，天色即将大亮。

伊润广义面色严肃，向着东边深深一鞠躬，虔诚地念道：“天皇万岁！”半晌之后，才站起身来，竟双目含泪，分外激动。

日光照耀，伊润广义的影子不正常地扭曲起来，有极低极细小的人声从伊润广义脚底传出。

“伊润大人，你就不多问问火邪？咯咯咯咯，他的话我有些信不过啊。”

伊润广义并不回答，只是默默地向下方走去。

“伊润大人，如果严烈交代过火邪什么呢？你不担心？还要留他一个人在这里？小心放虎归山了！咯咯咯咯。”

伊润广义身子不动，却见腰间一道乌光冒出，“噌”的一声，乌豪刀直插入自己的影子里。

伊润广义低声喝道：“影丸，你若再多说一句！我就把你手脚全数斩断！让你求生不能，求死不得！”

“是……伊润大人。”

伊润广义脚下的影子闪了闪，恢复了正常模样。

伊润广义收了乌豪，默默地走去，很快便没入山头的乱石中，消失无踪。

火小邪抹好了药水，换上忍者拿来的新衣服，长身而起，注视着密室中的水面。

水面已经开始微微波动，正在缓缓下降，这是忍军得手之后，开始泄水。但是以这种速度，至少还有两三个时辰，才能泄尽，完全露出地道。

火小邪静静地站着，看着水面的波纹，再不像以前一样心绪难安，反而空无一物。因为火小邪早在严烈死时，就想明白了，他应该怎么做，再也不会犹豫。

而郑则道到底是生是死？唯有这一个问题，还不时地闪动在火小邪的脑海里。

说回到半个时辰前，郑则道跃入毒水，火小邪无法追赶之后的事情。

黑压压的毒水中，没有一丝的光亮，却听到“咕噜咕噜”声爆响。一个人影从水面下猛然跳出！

这个位置还真是蹊跷，说是一个完全密闭的房间，可空间之小，还不如说是一个较大的通风管道。

跃出水面的那人一个趔趄，跌倒在地，随即惨烈地呻吟起来。他从头到脚冒出白烟，发出吱吱的皮肉灼伤声，在这个密闭的空间里，如同困兽临死前的挣扎。

一丝火苗嘭的燃起，丢向一边，照亮了这片方寸之地。

只见郑则道痛苦地嘶吼着，将自己全身的衣服全部撕烂，四处翻滚，双手不断在衣服里乱抠乱抓。

郑则道滚了两滚，手中已经多了一个瓷瓶，他略略安静，喉咙里呜呜低吼，仰面朝天，将瓷瓶里的液体倒在手中，奋力在脸上，头上涂抹。

瓷瓶里的药水似有奇效，一经涂抹，郑则道的痛苦声便逐渐低了下来。

郑则道端坐起来，手脚不停，不住地在全身各处涂抹着。可是，郑则道的头发已经脱落，脸上更是血红一片，皮肉开裂，之前好端端一个美少年，此时变得万分丑陋。只是郑则道那双眼睛，还是异常犀利，直勾勾地盯着地面，冒出野兽一样的光芒。

略略一静，郑则道颓然倒地，他嗓子里挤出一丝丝的笑声，很快变成放纵狂笑："哈哈哈，我没死！我没死！严烈你这个笨蛋！火小邪你这个废物！你们全都是笨蛋、废物！没想到吧，没想到吧，我郑则道还活着！"郑则道将从火小邪手中拿到的火家信物戒指戴在手指上，得意地端详一番，继续狂笑不止。

郑则道狂笑一气，语调又突然狰狞起来："我不会罢手的！火王是我的！是我应得的！不止火王，整个天下都是你们欠我的！都要还给我！"

郑则道咆哮着翻身而起，抄起脚边的一根铁钎，对着墙壁一阵猛凿。他绝不是发疯乱干，在他决定跳水逃生之前，甚至在火家祭坛被忍军围困的时候，就已经不断地思考逃生之法。郑则道与寻常的火家人不同，他的心思细密，更像是水家人，所以当年火门三关时，水王流川都有将他纳入水家的念头。郑则道与水妖儿成婚后，耳濡目染，对水家的情报收集能力深感佩服，所以慢慢养成他无论身处何处，都要把当地各种情报摸个清楚，各种逃生应变之法、房屋构造格局、地理结构环境等都在郑则道收集了解的范围内。

火家祭坛虽是火家重地，但郑则道作为火王亲传弟子，是有资格查看到关于火家祭坛的各种土木信息的。所以郑则道从毒水逃生，找到这处废弃的通风道，早就在脑海中计算成熟，绝不是他误打误撞。郑则道之所以不向火家任何人提起他有这些发现，是郑则道把这些发现作为他争夺火王之位的筹码，哪能轻易说出？

只是郑则道没想到，他逃走时居然付出了这么大的代价！

郑则道边凿边怒骂道："我不会像你们这么笨，死在这里！我是水火双生，我比你们任何一个都聪明，什么都难不倒我！"

随着墙壁被凿开，一股冷风瞬间灌入，一条黝黑无光的通风暗道呈现在郑则道面前，看模样已经废弃多年了。郑则道想也没想，连抓带拔，将洞口扩大，一头便钻了进去，蠕动着向前方拱去。

郑则道和伊润广义之间，还有一个惊人的秘密。

就在伊润广义烟攻火锥阵，火家和忍者在烟雾里大战不休的时候，郑则道和伊润广义有一次非常古怪的接触。

郑则道被烟雾笼罩住，看不清事物，也是与忍者力战不休。郑则道是杀手出身，杀起人来，比普通的火家人更胜一筹。可就在郑则道杀了数人之后，突然感觉一道怪力自脚底而起，拉着他动弹不得。

郑则道低头一看，只能见到一个灰蒙蒙的影子盘在脚上，不知何物！

郑则道正想挣脱，一把黑色的刀已经横在自己脖子上，这把刀郑则道一辈子都不会忘记，乃是伊润广义的乌豪！

郑则道上下被制，心头惨叹一声，本想就此等死。可脚下的影子却盘上郑则道的身子，在郑则道耳边低声道："咯咯咯！咯咯咯！郑则道，如果你不想死，可以听我的主意。"

郑则道走南闯北，也算是见过世面，可一个影子竟能和他说话，还是让他肝胆冰凉。

只听那影子低声道："只要你拿到严烈的火家信物，伊润广义大人不仅可以饶了你一命，还可以支持你成为新的火王。甚至在大日本帝国占领中国后，立你为封疆藩王。咯咯咯！你们郑家的复国梦便能实现。咯咯咯！怎么样？考虑考虑吧？”

郑则道静默片刻，缓缓点头。

那影子低笑道：“好，成交了！咯咯咯！记住啊，你要是拿不到，只有陪严烈去死了。咯咯咯！”

影子“唰”的一下从郑则道身上滑开，无声无息地消失不见。

伊润广义的乌豪也慢慢从郑则道的脖颈处退开，只见到伊润广义的白色长袍一闪，鼓动起一团更浓烈的烟雾，无影无踪。

伊润广义和影子刚走，便有灰衣毒忍向郑则道袭来，却不死命攻击郑则道，似乎只想把郑则道逼走。

郑则道何等聪明，一算局势，要想得到火家信物，必须带严烈回到地下。于是郑则道上演了一出救驾火王严烈，在前带路，将严烈引入地下暂避的好戏。

暂不说郑则道为了逃走，在地下如同蚯蚓一般乱钻，说回到火小邪这边。

火小邪在地面上足足等了小半日，毒水才全部退去。火小邪一马当先，下到地道中寻找。

倒是没费多大工夫，便寻找到了郑则道逃生的蛛丝马迹。火小邪看着狭小黑暗、几乎没有尽头的通风岩缝，郑则道居然能挤到这里面去逃走，不得不佩服他的胆识和毅力。

且不论郑则道是否已经逃出升天，就算他还在石头缝里，要想从偌大的山体中，把郑则道这条蚯蚓挖出来，近乎海底捞针！

火小邪思量再三，决定放弃寻找郑则道。不是火小邪不恨郑则道，而是火小邪不想在此事上耽搁太多时间，他有更重要的敌人，更重要的事情等着他处理。一是伊润广义，二是五行至尊圣王鼎！

火小邪对留下此地善后的忍者们略作安排，自己一个人独行而去。

庞大的日本军队还是紧紧包围着这座山头，未有一丝懈怠。若不是火小邪强行压制自己的仇恨，保持和伊润广义的关系，能否逃出这片钢铁洪流，还真是无法预料。

火小邪到了此时，一改年轻时的冲动毛躁，审时度势，进退有度，避重就轻，方称为真正的大盗！

火小邪有忍军少主身份，自然顺利出了包围圈，拉过两匹壮硕的军马，换了衣裳，跨马大喝一声“驾”，向着奉天城疾驰而去。火小邪料想，如果他日夜兼程，是有可能赶在伊润广义之前到达奉天的！在奉天，火小邪必须安顿好一个重要的人，那就是自己的日本妻子宫本千雅，宫本千雅的身子里，还怀着他的孩子……

火小邪刚走没有多久，在铁桶一样包围着火家祭坛山头的日军后方，一处饮马的小沟边，发生了怪事。一匹喝水的战马突然发疯，四处狂奔，近看才知道是眼睛被刺瞎。日军不得已，用军刺将马刺死。可战马的尸体还没有拖走，在附近又有两个日军尸体被发现，均是被人拧断了脖子，其中一人全身赤裸。

好在这批日军是精锐之师，尽管事发突然，却没有慌乱，立即断定是有人从外部入侵，于是严查死守，清点附近的人数，并禁止一切人员出入。

可一切很快归于平静，好像潜入军营杀人的刺客就此蒸发了。

殊不知，就在日军短暂的混乱中，一个人早已逃之夭夭，正是郑则道。

郑则道穿着一身日军军服，捡着沟渠之处，全力疾奔了几里路，确定无人跟随，这才全身一软，昏死在草窝中。

想那郑则道也实在能耐，强忍着全身剧痛，从暗无天日的地缝中挤出来，又在日军身后制造混乱，趁机逃脱，接着全力奔跑了几里路，还必须警惕着是否有人跟踪。若换了常人，只怕一个环节都完成不了。

郑则道昏了不知多久，却心弦未松，猛然间感觉到不对劲，“唰”的一下睁开了眼睛。

果然不出郑则道的预料，在郑则道身边，站了七八个黑衣人。这些黑衣人，只露出两只眼睛，默然地看着郑则道，也不知来了多久，竟就这么站着一动不动地打量郑则道。

郑则道低喝一声，翻身而起，抄起从日军处缴来的军刺，作势欲搏。可郑则道凝神一看，这些黑衣人的打扮和日本忍者截然不同！

郑则道又惊又喜，这种打扮的人，他与水妖儿一起时见得多了，绝对是友非敌。

郑则道“噗”的吐出一大口污血，沉声道：“来者可是水家？”

这些黑衣人并不答话，只是侧过身子，抱拳一拜，似在迎接某位大人到来。

只见从一侧缓缓走出两个人来，一个是身材修长，穿着身普通的大褂，貌似教书先生的中年男子，另一个则是一身黑衣，面若寒霜，冰山美人一般的女子。

郑则道一见这两人到来，“啊”的一声大叫，猛然跑上几步，却步履蹒跚，被乱草绊倒，摔在两人面前。

郑则道虽说摔倒，但就地一撑，向着男子跪拜，恭敬道：“水王大人！岳父大人！火家被倭寇围剿，火王严烈战死，只剩我一人逃出！”

这男人正是水王流川，而他身边的女子，正是水妖儿。

水王流川抬头望了望远处，叹道：“还是来晚了！”说罢低头看着郑则道，说道：“严道，免礼吧，一旁休息！”

郑则道如释重负，瘫软在地，他心里明白，能碰到水王流川，基本自己这条命有保了。

郑则道瘫坐在地，看向水妖儿，柔声道：“妖儿，你也来了。”说着两行泪滚滚而下，无声哭道：“我如今这样，有何面目见你……”

水妖儿毫无表情，只是走上前来，蹲在郑则道身边，从怀中取出药剂，在郑则道面颊上涂抹。

郑则道端坐不动，任水妖儿为自己上药，紧咬牙关，任凭泪水横流。

水妖儿使手绢将郑则道的泪水擦去，低声道：“能活下来，便是万幸，此药纯烈，不能近水……”

郑则道微微点头，强忍住心中哀痛，再不落泪。

其他水家黑衣徒众也凑将过来，为郑则道拭擦肌肤，上药包裹。

水王流川一直一言不发，静静看着郑则道，直到水妖儿为郑则道涂抹面颊完毕后，才慢慢踱开几步，站于土丘之上，望着火家祭坛方向。

大风凛冽，吹得水王流川衣裳飞舞，好似思绪也随风而去。

水王流川略一转头，对郑则道问道："火王信物，传于何人？"

郑则道咬牙切齿地答道："火王大人本将两枚火家信物传与我，岂料火小邪这奸贼尾随而至，半路杀出，趁我祭拜火王尸身时有所不备，夺走了一枚！忍军人多势众，我不敢与其纠缠，为保火家一脉，潜入忍军灌入的毒水中，奋力逃出！"

郑则道在怀中一摸，将火家的火煞珠戒指取出，展示给水王流川观看。

水王流川扫了一眼，低哼一声："你自己收好。"

郑则道将火煞珠收好，转头对水妖儿说道："火小邪认日本人为父！成为忍军少主！倭寇围攻火家，就是他趁着火王大人的再三忍让，刺伤了火王！才让火王大人冤死！此等不知廉耻、不认祖宗的小人，罪大恶极，火家与其势不两立！"

水王流川问道："严道，你所说可是真？"

郑则道一拜倒地，万分肯定地喝道："小婿若有半句虚言，愿受五雷轰顶之刑，天地不容！求水王大人为火家申冤！"

水王流川听了，哈哈大笑，忽又止住笑声，眯着眼睛看着郑则道，说道："好，我信你。"说罢，转身肃立，又不言语。

郑则道看了几眼水王，转头对水妖儿柔声道："妖儿，我今天这个模样，对不住水家，更对不住你，你如果不愿意见我，我可以……"

水妖儿冷冰冰地打断郑则道的话："别说了，你好好养伤，你我是夫妻，不离不弃。"

郑则道倍感欣慰，伸出手将水妖儿手握住，水妖儿微微一震，也不挣脱。

郑则道轻声道："妖儿，委屈你了……"

说话间，就听不远处的水王流川低喝一声："田羽娘，你既然赶来了，就别躲着了。"

就听土石开裂之声，从水王流川一侧土坡后，缓缓走出五个人来，打头一位女子，半老徐娘，不怒自威，正是土家田羽娘。田羽娘身后四位，分别是土家发丘神官田遥、御岭道宗田观、摸金督尉田令、搬山尊者田迟。

水王流川笑道："土家日行千里，五行居首，想必田羽娘比我们更早到这里吧。"

田羽娘冷哼一声，并不与水王流川作答，而是向郑则道走上几步，厉声道："严烈到底怎么死的？他死前说过什么？你如实讲来！"

郑则道认得这个田羽娘，虽不是土王，却实际掌握土家大事，乃土家说一不二的人物。

郑则道当然记得火王严烈所说的陈年旧事，可他怎么会说，于是郑则道恭敬一拜，慎言道："日本忍军此行，乃是杀火王，夺火王之位传于火小邪的阴谋。忍军狠毒，用毒水封了所有密道，再用毒烟围困火家祭坛，以烟雾破了火家火锥阵。火小邪是忍军少主，一直强攻火王大人。火王大人对火小邪多有忍让，却让忍军放出血液带毒的忍者，火王大人不慎吸入毒气，与我退往地下。而火小邪穷追不舍，进入地下之前，从背后偷袭，刺中火王大人后背要害。火王大人与我、严景天在地下相遇，转往密室暂避，此时火王大人已经油尽灯枯，便把火家信物传于我，大笑而死。死前只交代了火家信物的种种要旨，其余并未多说。正当我祭拜火王大人尸身时，火小邪闯入，杀严景天严堂主，夺走两颗火煞珠中的一颗！"

田羽娘大骂道："放屁！你在撒谎！"

郑则道大惊，但他能熬过种种苦难，并不会被田羽娘吓住，反而脾气一硬，同样大声道："田夫人！土家有开山遁地之能，你们出面营救，火家必有退路，可你隔岸观火，不伸援手，现在反而在质问我所说真假！火王大人死前并未说过什么对不起土家的事情，你这样不分青红皂白质问我，又是何意！"

田羽娘被郑则道这么一问，倒是一下子哑口无言。

水王流川嘿嘿笑了两声，说道："田羽娘，你太固执了。我的小婿死里逃生，拼死拿到一枚火家信物，不至于让火小邪成为火王，算是保住火家纯粹。你这样问他，不妥，不妥。"

田羽娘面色一沉，再不说话，避开郑则道的眼神。

又听一声报道的细语，有一个黑衣水家人，领了几个人来。

这几个人分为两拨，一拨人一副坐店经营的店掌柜和伙计打扮，另一拨人则是西服革履，他们显然赶得着急，均是风尘仆仆。

水王流川笑道：“木家青云客栈，金家有钱人也到了。”

店掌柜模样的人站出一步，向水王流川、田羽娘行礼，喘着粗气说道：“对不住，对不住，日夜兼程，还是来得迟了。”

另一个穿西装的中年男子也上前一步，行礼后说道：“日军封锁得很厉害，飞机也飞不得，抱歉抱歉！”转头看到伤痕累累的郑则道，又故作关切地行礼道：“哎呀，这不是火传使者严道大人吗？怎么搞的……伤这么重，差点认不出来……”

郑则道心里的憋屈愤恨，已经到了极点，回想严烈死前说的旧事，敢情金、木、水、土四家是巴不得火家被围剿，报当年炎火驰盗取四家重宝的怨恨。什么五行世家，看着都是守鼎之人，其实明争暗斗，落井下石的本事才是第一。

郑则道哇哇大叫，拔地而起，气得脸孔扭曲，大骂道：“你们看到火家有今天，是不是高兴得要死？是不是来这里看火家出丑？以五行世家之能，倭寇这么大的行动，你们会毫不知情？还要水王大人叫你们来？无耻，你们简直是无耻！”

眼见着郑则道暴跳如雷，金家、木家也不解释，只是退开一边作罢。

郑则道发了一通脾气，又哇哇吐了两口污血，方才瘫倒在地。

水王流川还是一副无所谓的表情，对木家青云客栈的掌柜说道：“木家掌柜的，火传使受忍军毒水所伤，还麻烦你们用木家灵药施救。”

木家掌柜的赶忙答道：“好的，好的！”

郑则道骂道：“我宁肯烂到肠穿肚烂，也不要木家人救。”

水王流川笑道：“小婿啊，别计较了，现在我们金、木、水、土四家，都欠你火家的。”

郑则道一听，心头一跳，水王流川厉害啊，一语道破天机，这不就是自己想要的吗？

郑则道哀叹一声，愤愤不平地说道：“可我只有火家一枚信物，辜负了火王大人的临终嘱托，我有何面目见火家人啊。”说着说着，郑则道痛苦不堪，显得自责难当。

田羽娘一旁哼道："罢了罢了！严烈总算是个故交，土家没有帮到火家解困，确实有失五行信义！火家不可无火王，严道，你既然持有一枚火煞珠，又得到严烈临终托付，土家愿助你暂列火王之位。"

水王流川跟风道："小婿心里稍安，先去青云客栈疗伤，火家那边，我会出面先行打点一二。"流川看向木家、金家，又说道："几位意下如何？"

木家掌柜的忙道："水王大人说得极是，火传使严道大人早有耳闻，本就该是火王不二人选！我们为严道大人治伤，同时派人向木王大人说明原委，请示火王之位破例操办。"

金家西装男子也抱拳长声道："田夫人、水王大人、木家掌柜说得有理，金家虽不才，也知乱局当中，理应特事特办，先扶持严道大人暂列火王之位，当是合情合理！"

水王流川看着郑则道，说道："小婿，你看如何？"

郑则道叹道："承蒙各位厚爱，但我毕竟缺失了一件火家信物，暂列火王之位也是名不正言不顺，火家经历此次惨祸，面临危局，我回火家后，仍需和火家众人商议。大家的好意，我心领了！"

水王流川笑道："火家内政，的确不宜太多干预。小婿你若在火家为难，随时可与我们商议！眼下此地凶险，不宜久留，请各位先护着严道退去吧。"

水王流川一通安排，便由水家领路，众人护着郑则道撤走，很快便渺无踪影了。

五、逆火之驰

清晨，奉天城门刚刚打开不久，南来北往的商贩行人，正在鱼贯进城。

只听嘚嘚嘚的马蹄声响起，一骑快马，绝尘而来。

马上一人，穿着夹克常服，风尘仆仆，显然是赶了一夜的路。此人虽面有疲态，一双眼睛仍然神采奕奕，一看就不是个平常人。

这匹马来得快，加上马上之人大声吆喝着让开让开，路人纷纷避让，看着快马直向关卡驰去。

此时的奉天城，早就在日军的控制下，所以内外岗哨，皆是日军把守。

关卡的日军见到有人疾驰而来，竟不减速，不由得把枪举起，紧张地用日语大叫：“站住！站住！什么人！开枪了！”

马上那人用日语高叫：“天皇御前护驾持身！滚开！”

日军一听，便明白过来，就算给他们十个胆子，也不敢阻拦。于是日军赶忙收枪，想把拦路栅栏挪开。而马上人仍不肯减速，不等路障清除，一拉缰绳，这匹马直接跳过栅栏，继续向城内飞驰。

眼见着一人一马进了城，守城日军和来往百姓还惊魂未定，看着人马所去的方向议论纷纷，好一会儿才回过神来。

驾马闯入奉天城的这人，正是火小邪。

原来火小邪离了火家祭坛，一路上越想越是心凉，他隐隐觉得，伊润广义同意他留在火家祭坛寻找郑则道，肯定有什么不对劲儿的地方。虽然火小邪设想了各种可能，但眼下别无他法，只能尽快赶回奉天，先找到雅子再说。

火小邪日夜兼程，中途跑死了两匹马，不敢稍作停留，直奔奉天而来。

火小邪进了奉天，便多留了一个心眼，一边向雅子的居所疾奔，一边留心街边的情况。只是一路行来，除了惊扰了路人商贩，倒没有察觉到任何不对的地方。

越是这样，火小邪反而越是心惊，背上直冒冷汗，手脚冰凉。

火小邪奔到自己的行馆，也不等来到正门，直接松了缰绳，双脚脱出马镫，踏着马背一跃而起，攀上墙头，单手一点，便翻入墙内。

院内正有一个穿着日本衣裳扫地的女子，见火小邪从墙头跃入，竟不慌乱，扫帚一扬，唰唰两道飞镖向着火小邪直射而去。

火小邪倒也不怕，这扫地的女子是院内的侍女，她忍者出身，功力一般而已。

火小邪一侧头便躲过飞镖，脚步不停，继续前冲，同时用日语喝道："雅子在吗？"

侍女一听，立即认出是火小邪，赶忙跪下，紧张道："少主大人！请惩罚我对您的不敬！"

火小邪也不答话，仍是闷头往内院赶。

身后侍女还是叫道："雅子夫人应该还在休息！"说着急追火小邪而来。

火小邪脚步不停，奔向内院，里外里的侍从纷纷赶来，知道是少主火小邪归来，四下恭迎。

"哗啦"一声，火小邪拉开雅子的睡房，里面所有物件齐整，只是没了雅子。

火小邪如同一下子被投入了寒冰之中，透体冰凉！

火小邪转头大喝道："雅子呢！不是还在睡觉吗？人呢！"

尾随而来的侍女们见屋内空无一人，也是着了慌，顿时跪下来一片，其中一个管事的侍女颤声道：“不知道，昨晚少夫人还在，今早来问候，少夫人还与我们说话！”

火小邪推开众人，大踏步跨出屋外，张口大喊：“雅子！雅子！”

可惜无人答话。

火小邪捏紧了拳头，骨骼啪啪作响，面孔扭曲，身子竟忍不住地颤抖了起来，火小邪心里只有一句话反复萦绕：“来晚了，我还是来晚了！”

火小邪“啊”的一声大叫，返身回到屋内，大骂道：“全部滚出去！滚出去！谁也不准进来！”

众侍从们慌忙起身退去，不敢面对火小邪。

火小邪见所有人已走，满脸焦急的神态陡然一变，冷静得让人觉得可怕。

火小邪凝神静气，在房间内一小步一小步地行走，用手一段一段连续地触摸着墙壁，慢慢用手指敲打，细细听声。一圈一圈又一圈，一直走了七八圈，火小邪才停了下来，身子一蹲，用手按在一面墙壁上。

火小邪伸出手指，在木质的墙壁上微微一抠，立即有一小块木漆被抠开，再抠几下，便现出一个小孔。这小孔好似被一根钢刺钉入后形成的。火小邪眯起眼睛，细细地在小孔周边按了按，辨出更多的信息。

这个小孔形成的时间不超过一个时辰，而且是有人大力投掷钢针，被击打改变了力道和方向后，才钉入墙内形成的。小孔形成后，被人用类似的材料修补，显得天衣无缝，若不是火小邪心细，实难发现。

火小邪再走一圈，很快又发现了几处可疑之处，有的是钢刺形成的小孔，有的则是小刀形成的划痕。按照各处痕迹，火小邪在脑海中拼出了一副连续的画面——就在火小邪来这里前一个多时辰，房间里曾有一次无声无息的激烈打斗，一人使钢刺，一人使小刀，一共用了七到八招，使钢刺的人便落在了下风。而宫本千雅，拿手兵器就是钢刺……

雅子的身手，火小邪是非常清楚的，她自幼修习忍术，忍术段位之高，仅在几人之下，而且战斗力极强，就算火小邪亲自动手，七八招想制住雅子也绝不可能，更别说雅子居然没能逃出屋外示警。就算雅子怀有身孕，有所顾忌，也不可能落得无声无息被人抓走的境地。

唯一的可能，雅子被某种法子先行制住，言语行动不便，方会如此。如果是忍术中的手段，能够不引起雅子警觉的法子，只有区区三种，一种是“八能强压”，一种是“苦菊奥义”，一种是“板山降”。可这三种法子，均属于密殿宗一系，而密殿宗的宗主，就是伊润广义，除了伊润，还有一人能够做到，就是与伊润广义亦师亦友的土贤藏丰。

这次围剿火家，土贤藏丰留守奉天郊外凉山庵，并未跟随，他如果来抓雅子，是绝对有这个本事的。

火小邪一番猜测，大概分析出个原委，眼下的这些变化，只怕是在忍军围剿火家之前就安排好了的。回想火王严烈临终前所述旧事，伊润广义此人城府之深，做人之狠毒，心胸之狭隘，远超自己的想象。想那伊润广义认自己为子，原来是一层套一层的阴谋，自己的所有行动，均在伊润广义的设计之内，自己一直在当伊润广义的棋子，这么多年竟毫无察觉！

火小邪惨笑一声，席地而坐，心如刀割，事到如今，怪得了谁人啊！若有天地道，天地道即是贼道；若有人道，人道亦是贼道；若有万物之道，也逃不过贼道！天地，万物之盗。万物，人之盗。人，万物之盗。

若不是孤儿，哪有苦寻父母执念；若不是好强，哪有火门三关之遇；若不是情仇，哪有杀灭火家之恶；若不是血肉，哪有火盗双脉传承？若不是！若不是！怪得了谁人！怪得了谁人！

观天之道，执天之行，尽矣。天有五贼，见之者昌。五贼在心，施行于天。宇宙在乎手，万物生乎身。天性，人也。人心，机也。立天之道，以定人也。天发杀机，移星易宿。地发杀机，龙蛇起陆。人发杀机，天地反覆。天人合发，万变定基。性有巧拙，可以伏藏。九窍之邪，在乎三要，可以动静。火生于木，祸发必克。奸生于国，时动必溃。知之修炼，谓之圣人。天生天杀，道之理也。

火小邪双目含泪，苦苦梳理自己胸中翻滚的怨念，良久之后，才慢慢平复下来。

火小邪长身而起，目光平静，恍若无事一般，走上几步，拉开房门。

院内的一众侍从还跪拜在屋外台阶下，见火小邪出来，连忙跪拜行礼。火小邪心知肚明，这些人里面，至少有一半人与自己貌合神离，说是服侍火小邪和雅子，实际却暗中监视他们。

火小邪淡然道："去书房看看夫人有没有给我留下书信。"

一名侍女赶忙跑去，片刻即回，果然取了封书信来。

火小邪并不奇怪，展开书信一看，只见信纸上用中文写着：

"父亲大人有要事相商。夫君若回来，亦要秘密赶来。地点可问土贤藏丰先生。盼！妻，宫本千雅。"

火小邪取出打火机，此枚打火机是俄国制的煤油火机，烟虫七年前与火小邪分手时所赠，但现代人的说话，极像zippo。这枚火机火小邪一直留在身边，很是爱惜。

火小邪用打火机将这封信点燃，付之一炬。对于这封信的真伪，火小邪已经毫不在乎了。

火小邪看着这封信烧为灰烬，这才说道："我有事外出！"说着大踏步向一侧走去。

火小邪并没有走正门，而是来到围墙边，几个抓握蹬踏，便越墙而出。

火小邪一落地，并未左右观望，只是捡着行人稀少的地方快步而行，一直走到人烟稀少之处，才站定下来，靠着一棵大树坐下，从怀中摸出一块干粮，大口咀嚼吞咽。

一团轻飘飘的烟雾从一道残墙后喷出，有人嬉皮笑脸地说道："火小邪，我当你不会来呢。"

另一个娇媚的女子声音笑道："贱男人，你是巴不得他来吧。"

火小邪咽下嘴里的干粮，缓缓站起，冲着向他走来的一男一女微微一拜，说话声音竟哽咽了："请……帮帮我……"

来的一男一女，就是火小邪的老熟人烟虫、花娘子。

烟虫还是吊儿郎当地叼着根烟，见火小邪这副样子，赶忙走上一步，将火小邪扶住。

火小邪在此等苦难的境地下，再见烟虫，心里好似注入了一剂强心药，感慨之余，更是难掩伤心绝望之情，面对烟虫，好似见到了值得依靠的人一样，什么事情都隐瞒不住。

烟虫啧了啧嘴，说道：“哎呀哎呀，火小邪，是丢了老婆了吧。”

火小邪点头道：“是……”

烟虫摇了摇头，叹息道：“你从马上跳进院子，我就给你打手势，当你没看到呢。”

火小邪说道：“我看到了，可当时我着急。”

两人所说不假，在火小邪骑马来到宅院外，打算翻墙而入的时候，烟虫正躲在一边，冲火小邪挥手招呼，当时火小邪看得真切，也认出了烟虫，但火小邪觉得事态紧急，没有工夫和烟虫先聚。火小邪艺高人胆大，便舍了烟虫，先进到内院寻找雅子。直到确认雅子失踪后，火小邪才转念想到烟虫，于是再次翻墙而出，寻找烟虫。

火小邪、烟虫、花娘子相会之地，乃是火小邪七年前在奉天时，就与烟虫约定的地点。

烟虫拍了拍火小邪，说道：“来来，先坐！”烟虫扶着火小邪坐下，才说道，“你啊，快三十岁的人了吧，怎么还像个孩子？你一进城就这么猴急地冲进去院子里找老婆，是个人都知道你害怕了。你这个做法，不是盗贼，而是侠客了。”

火小邪惨笑一声，说道：“可我又能怎么办……”

烟虫抽了口烟，说道：“我猜也猜得到你发生了什么，肯定是和日本人翻脸了，害怕他们对你老婆不利，所以急急忙忙赶来相救。哎呀火小邪，你一路赶来，都是在明处，别人如果已经准备好要算计你，你再赶也没用的嘛。现在你的心思，别人弄得一清二楚了。”

花娘子发嗲道：“臭男人，就你知道得多！火小邪赶来救老婆，你还让他不急，你这个没心没肝的，以为别人像你这么无情无义不要脸啊。”

烟虫谄媚一笑：“骚婆娘批评得入木三分，分外精屁啊！我错了，我错了！”

花娘子一乐，但又马上生气起来，一把捏住了烟虫的耳朵，叫骂道：“什么精辟？是哪个屁？你说！”

烟虫也不挣扎，任凭花娘子把自己揪起来，满脸堆着笑容，骂道："你这个骚娘们，没素质没文化害死个人，我当然是说的好话！哎哎哎哎，别使劲，骚娘们你就不能在我小兄弟面前给我留点面子，三天不打上房揭瓦了啊！哎哎哎哎，我服了，轻点，我错了，大错特错了！"

花娘子这才把手松了，对火小邪说道："小邪，你这个烟虫大哥是个无牵无挂，吊儿郎当的货色，一肚子歪理邪说，你别信他说的！"

火小邪倒是被这对冤家夫妻的嬉笑怒骂弄得哭笑不得，心情稍缓，也知道这是烟虫、花娘子的一片苦心。

火小邪喘了几口粗气，说道："可我现在六神无主，不知该怎么办，还请烟虫大哥、嫂子多多指点。"火小邪说完，左右看了看，又说道："奉天是忍军重地，我们在此说话多有不便，要不……"

烟虫哈哈一笑，抽了口烟，说道："不要紧，现在奉天城内，鬼子的高手全部出城了。至于水家人，爱听不听，不用管他们。"

烟虫从怀中摸出一个铁皮酒壶，拧开盖子递给火小邪，说道："来，先喝一大口。"

火小邪也不客气，接过酒壶，咕咚咕咚一饮而尽，辣得嗓子火烧火燎一般。这烟虫自己勾兑的酒，一如既往的既辛辣又难喝。

烟虫接过酒壶，把剩下几滴倒在嘴里，把盖子拧好，装回怀中，笑道："火小邪，多年不见，酒量涨了啊。这个忍军少主可当得不错？"

火小邪辣得直瞪眼睛，惭愧道："烟虫大哥，莫要再提忍军了……"

烟虫笑道："看来你外出一趟，经历了不少事情。"

火小邪说道："是，一言难尽……烟虫大哥，只是，你怎么在这里？"

烟虫续上一根烟，说道："记得我说过的血罗刹吗？这个防盗的阵法应该是结成了。我这几年没干别的，专门打探血罗刹和圣王鼎的下落。而最近这段时间，我一直在留意你的住所，奉天的忍军行动很难捉摸，唯一能够有些线索的地方，便是你所住的宅子。至于你这个宅子，好像是一个挺明显的破绽。"

火小邪一个激灵，说道："破绽！你是说一个钓鱼的饵？"

烟虫吐了口烟，说道：“差不多。你一个忍军少主，住在奉天城内，四周无遮无挡，警戒也不严，不少乔装打扮的忍者在你宅子里进进出出，似乎就是想要人多多留意此处。嘿嘿嘿，至少我这尾鱼是被钓住了，只是他们还没有拉线。”

火小邪看着烟虫，觉得有些不妙。

烟虫哼哼两声，又说道：“只是呢，我这种小鱼，他们也不屑把我钓上来。他们真正要等的大鱼，应该是五行世家吧！”

火小邪略略沉思，说道：“他们是想引五行世家去找血罗刹阵？”

烟虫说道：“也许吧！鬼子忍者的想法和我们中土盗贼不太一样，所做的事情，有的小题大做，有的大题小做，一会儿要不顾一切地挑战，一会儿又过于小心，反正神叨叨的，操他娘的咧，鬼子真是有点变态的，想法畸形得很。别看俄国老毛子狠，不过是大狗熊，做事直愣，反而好对付。而鬼子却像发了疯的黄鼠狼子，明明要去偷鸡，鸡要偷到了，偏不，又改成拔鸡毛吃鸡屎了。所以，对付小鬼子，不能用咱们的常理去想。头疼，头疼啊。”

花娘子亦正色道：“小邪，小鬼子最喜欢讲着大道理，去办鸡鸣狗盗的事情，你如果真的和小鬼子决裂，他们会用各种方法对付你的，你千万要谨慎了。”

火小邪说道：“我现在只想办两件事，一件是救回我的妻子，一件是和伊润广义有个了断，为我爹、娘报仇，只要能办到这两件事，我再也不想和五行世家、日本人有任何瓜葛，也不管天下是谁当皇帝，我只想离开中国，去南洋生活，当个普通人，了此残生。”

烟虫深深抽了口烟，吐了几个烟圈，看着空中的烟圈慢慢消散，才说道：“人在局中，身不由己。人心既动，万世难休啊。”

火小邪向烟虫抱拳一拜，恭敬地说道：“烟虫大哥，我知道你的意思是说我现在牵绊太多，知易行难，可是我现在，做不到像你这么洒脱，我只能努力去做，无论是否能做到，至少此生无悔。”

烟虫拍了拍火小邪的肩膀，看着火小邪的双眼，微笑着说道：“兄弟，你爹是五行不容的邪火之人，炎火驰吧。”

火小邪微微一愣，惊问道：“烟虫大哥，你怎么知道？”

烟虫笑道：“明摆的事啊，伊润广义不是你爹，你还能是谁的孩子？我的那个死了八百年的师父是谁，恐怕你也猜到了，上一任火王炎尊。若按辈分，你可以叫我声师叔呢。”

烟虫又说对了，火小邪从见到烟虫的那一刻起，就将上一任火王炎尊与烟虫联系起来，烟虫必为炎尊的徒弟，否则不可能知道血罗刹一事！

烟虫扭了扭脑袋，活动了一下肩膀，站了起来，抽了一口烟，将花娘子细腰一搂，说道：“来，我的好兄弟，咱们再去喝两杯，好多事这么多年一直憋着没讲，好好聊聊吧。”

烟虫、花娘子带着火小邪出了城，一路上烟虫、花娘子谈笑风生，丝毫不提什么有关日本人、五行圣王鼎的事情。火小邪心情始终有些沉重，并不多言，有一搭没一搭地说话，大多数的心思放在警惕是否有人跟踪、尾随的事情上面。

好在一路走来，平安无事。

只是三人出了奉天城，由烟虫领路向小路走去，似乎一时间不打算落脚。火小邪看看四下无人，这才谨慎地问道：“烟虫大哥，咱们这是要去哪里？”

烟虫答道：“哦！逍遥窝！再有一里路就到了。”

火小邪一愣，忙问道：“逍遥窝？烟虫大哥，那不是窑子店吗？怎么？”

烟虫哈哈一笑，抽了口烟，将火小邪搂住，说道：“你当奉天还是七八年前的奉天吗？以前的那个逍遥窝窑子店，早就关张了。我现在要带你去的逍遥窝，可是个好玩的地方。”

火小邪又是一愣，说道：“烟虫大哥，我现在没有心思玩乐……”

烟虫笑道：“兄弟，尽管你盗术身手厉害，在江湖游历的经验还是太少。你记得七年前奉天小鬼子抓贼吗？”

“那是记得的，奉天荣行就此被灭了。”

“以前的逍遥窝设在城内，奉天抓贼，只好转到城外来了。”

火小邪还是听得一头雾水。

花娘子娇笑一声，转头对火小邪说道：“像我们这些做贼的，属于外八行，外八行尽管大多数人瞧不起，总是还是一个属于自己的小圈子的。明面上有一个政府管理，外八行道上，还有另外一套规矩。一个在明，一个在暗。我们要去的逍遥窝，就是一个外八行聚会的地方，互通有无之地，只要能进去，倒比所有地方都安全。像奉天、哈尔滨、上海等大地方，都有逍遥窝这样的场所。”

火小邪奇道：“我在奉天当了十几年小贼毛，我以前怎么不知道？”

烟虫哼哼道：“嘿，那是你以前铃铛不够，奉天的荣行这么多人，也没有多少人有资格知道逍遥窝的。”

火小邪还真是第一次听说奉天有这么个地方，想想自己在江湖上的经历，阅历高处，直到五行世家惊天之密，低的对三教九流世俗百态也很熟悉，但唯独缺了中间烟虫、花娘子这等大盗混迹江湖的阅历。

火小邪本想再发问，却耳朵一竖，听到前方不远处的草丛中有人移动，不免警惕起来。

烟虫估计也已发现，却脚步不停。

火小邪不知道该不该提醒，正有所犹豫，就见到草丛里滴溜溜钻出一人，穿着身丐帮不是丐帮，平民不似平民的衣裳，贼眉鼠眼，一看就不是好鸟。

这人从草丛中滚出来，立即站定，也不直起腰，身手倒是不错，估计练过三十六路老鼠拳，专攻人下盘的阴招。

这人堆起一副见了亲爹的笑容，鞠躬行了个大礼，尖声尖气地叫道：“哎呀，我说我左眼皮今个跳个没完，敢情是李大爷和花奶奶大驾光临！”

火小邪见此人认得烟虫、花娘子，松了一口气，只是看着这人。

烟虫嘿嘿一笑：“滚地屁，半里外就闻着你一身酸臭味，该好好洗洗了啊。”说着手一抬，一块小金条直飞过去。

这个叫滚地屁的小子立即接住，喜笑颜开，可劲地叫道：“谢李爷爷打赏！谢李爷爷！”说着一抬头又对花娘子恭维道：“花奶奶的美色真是一天赛过一天，每次见到花夫人，裤裆都一阵阵发紧啊。”

火小邪一听，这个人说话也真够操蛋的。

岂知花娘子、烟虫根本不生气。花娘子媚笑道：“滚你娘的蛋去，哪天洗白净了，老娘让你摸摸手，让你泄个底掉。”

滚地屁忙道：“不敢不敢。”

烟虫走过去一脚踹在滚地屁的身上，倒也不使劲：“赶快带你的路！”

“是！是是！”滚地屁连声应了，“请，请……”

滚地屁正要带路，却扭头瞟了火小邪一眼，分外阴毒，就只是这一眼，却看得火小邪心头微颤。

滚地屁收回眼神，一边带路一边问道：“爷爷，您的客人是？”

烟虫骂道：“问你娘的问，老子的客人，江湖诨号火不邪！”

“是，是！”滚地屁应道，“爷爷，奶奶，小的嘴巴贱，平日里可不敢问，只是最近窝子里闹了点小事，所以对陌生人看得比较严，您可别见怪。李爷爷的客人，那肯定是信得过的，信得过的。”

滚地屁说完，又冲火小邪一拜，这次满面堆着笑容，要多亲切有多亲切，说道：“这位火爷爷，小的叫滚地屁，窝子门前带路放哨的，爷爷以后多多关照。”

火小邪沉声道：“好！”

滚地屁还是眼巴巴地看着火小邪，不知何意。火小邪聪明，这种半乞半讨的眼神他还是熟悉，上下一摸，身上除了十几块大洋外，倒拿不出什么阔绰的金银，丢几块大洋过去吧，有点寒战了，所以略有犹豫。

烟虫明白，还没等火小邪多想，又是一块小金条向着滚地屁直飞过去，叫道：“这位火爷爷的费用，全算我的。”

滚地屁照单全收，一通肉麻的感谢，屁颠屁颠地在前引路。

这几人一路行来，火小邪耳聪目明，有滚地屁带路，沿途暗哨纷纷撤开，少说也有三四十人之众。看来要去的这个逍遥窝，果然是戒备森严，常人妄进不得。

行了小半里路，算是从小道上绕出来，又是一片黑漆漆密麻麻的老树林。

滚地屁一拜，说道：“小的就送到这里，李爷爷、花奶奶、火爷爷好好玩耍。”

烟虫嗯了一声，不再搭理他，领着花娘子、火小邪就向密林中走。

绕过几棵参天古树，就见一个黑脸汉子的脑袋搁在地上，看着像是个死人。岂知这黑脸汉子听到脚步声，把两颗铜铃大小的眼睛一瞪，顿时活了过来，嚷嚷道："三位大人，请进请进。"

火小邪定睛一看，这个黑脸汉子不是只有一个脑袋，而是下半身在土里，上半身没有胳膊，是个残废。

烟虫笑道："土里黑，今个是你看门呢？"

原来这没手的黑脸汉子，叫土里黑，净是些怪名。

土里黑嚷嚷道："不干看门的活，我没手没脚的，还能干啥，要进就进，莫说废话。"

火小邪心想："敢情他不是下半身埋在土里，而是四肢全无！这么个废人，说话还挺横！"

烟虫、花娘子还是见怪不怪，由烟虫拨开土里黑身旁的一堆半人高的灌木，招呼大家入内。

三人进了灌木丛，就看到前方地上一个黑乎乎的大洞，足够两人同时跃下。

烟虫招呼火小邪道："我和你嫂子先下，你随后跳下便是。"说着一勾搭花娘子，两人轻飘飘地跳入洞中。

火小邪也听不到落地声，眨了眨眼，便跟着跳入。

这个洞颇深，降了一丈高矮，才有一铁质的滑板接着，顺着一出溜，斜向滑了一丈长短，眼前便立即大亮，人也随即跃出，正跳在一堆软垫上。

嘈杂的人声立即响起，火小邪站直了一看，好家伙，原来地下还有这等光景！

一个分外大的地洞，墙面一半是裸露的树根，一半是青石堆砌。地洞里灯火通明，里面足足有近一百号人，正吆五喝六地围着七八张赌桌豪赌。

且不说这些人赌的大小，在地上随便一看，就看到随处都是铜板，还有不少大洋。看来这些人根本不在乎这点小钱，钱丢在地上，都懒得去捡。

火小邪被这番景象弄了个张口结舌，简直不知道该往哪里看。青云客栈他不是没有去过，可比起这里，青云客栈却显得神秘有余热闹不足，若说青云客栈是神仙居所阳春白雪，这里就是俗世胜景下里巴人，来得更加真实。

烟虫走过来将发愣的火小邪一拍，笑道："这就是逍遥窝，咋，看傻了？"

火小邪喃喃自语道："奉天城外，还有这种地方……"

花娘子娇笑道："这地方才是人过的日子嘛，比什么鬼青云客栈，不知好玩到哪里去了。哎哎，臭汉子，你带小邪到处逛逛，我去看几个姐妹在不，一会儿到老地方找你们。"

烟虫拍了把花娘子的屁股，笑骂道："说好了不掺和她们的事啊。"

花娘子扭着水蛇腰，娇羞无限地说道："人家早改过自新了啊，人家是去找姐妹学几招那个，那个嘛。"

烟虫笑道："嘿嘿，要的，要的！去，学不好晚上别上我的炕。"

花娘子一脸媚笑着，冲火小邪打了个招呼，转身便走了。

火小邪还是有点发呆，烟虫将火小邪一拉，说道："走啊，先去逛逛，我给你介绍介绍，咱们再喝酒叙旧。"

火小邪跟着烟虫，木讷地一路走去。

好家伙，这个地洞远比火小邪想象得更大，洞口众多，也不知道都通向何处，反正所见之处，都是人声鼎沸，分外热闹。这个地洞里的人，大多在狂赌，有男有女，有老有少，甚至还有僧人、道士、警察、医生等不该在此地的人，或坐或立，或饮酒或聊天。只是这些人中的许多人拿着枪械兵器，眉目间露出浓浓的江湖气息，口音天南地北，估计外八行能占全了。

烟虫带着火小邪走了几步，就有一个穿着几乎于透明的旗袍女子端着一个托盘上前，上面摆着玻璃杯、瓷杯等等材质的杯子，只是杯子里面都乘着酒水。那女子上前来，妖媚地向烟虫、火小邪微笑，也不说话。

烟虫伸手从托盘上拿了两杯，一杯递给火小邪，一杯一饮而尽，放还到旗袍女子的托盘上。旗袍女子盈盈一笑，便走开了。

烟虫擦了擦嘴，对目不暇接的火小邪说道："这里有贼，有土匪，有强盗，有绿林，有老千，有响马，有黑道，有老鸨，有贩卖妇女的，有打家劫舍的，有当保镖的，有情报贩子，有酒肉僧人，有采花道士。反正啦，只要你想得到的，世人不齿的行当，这里全部都有，而且全是精英豪杰。随便一个出去，在外面都是响当当的人物。”

火小邪端着酒，忘了喝，只是问道：“烟虫大哥，为什么带我来这里？”

烟虫笑道：“第一，这里安全，第二，这里能获得我们想要的帮助，第三，这里能获得各种情报，只要你有钱，有手段，够狠，够有面子。火小邪，哦，火不邪，你在这里就叫火不邪吧。火不邪，你要知道，天下之大，无奇不有，五行世家是厉害，是外八行人人羡慕的角色，但天下不是只有一个盗家，还有各种各样的活路，当不了贼，也要想办法生存下去，讨口饭吃，于是，便有了这种地方。这个地方，才是真正的江湖，是地下的江湖，人性的江湖。你觉得我这么多行当家伙事，各种信息情报全靠我自己弄的？嘿嘿嘿，哪里哪里，很多东西，我也在这里获得。”

火小邪看着眼前形形色色的江湖人物，暗叹道：“原来我知道的这么少……”

烟虫哈哈一笑，拍了拍火小邪：“来来，先干一杯！”

火小邪举了半天杯子，烟虫一提醒，才想起来，举杯便喝，虽然入口还是浓烈的酒味，总比烟虫调配的洋酒好喝。

火小邪正想一饮而尽，却耳边响起炸雷般的声音。

“你这个死人，说好了两个月就来看我，怎么这么久才来！”这声音不男不女的，直奔火小邪这边而来。

火小邪抬眼一看，噗的一口就把满口的酒喷出来。

居然是一个满脸络腮胡子的彪形大汉，冲着这个方向疾奔而来，此人体重之大，每跑一步都跺得地面嗡嗡直震。而不男不女的怪腔怪调，正是他嘴里发出来的。

火小邪瞪圆了眼睛，吓得不知是否该躲闪，就见着巨汉直扑而来，一个熊抱，卷起“嗡”的一阵风声。

火小邪第一次被这种攻击方式吓得闭上眼睛，可睁眼一看，此人正把烟虫牢牢地抱在怀中。

这个巨汉把烟虫抱紧，从地上直接拎了起来，“女声”十足地娇声道：“你这个坏人，想死人家了！”

烟虫个头也算不矮，但在这个巨汉面前，还是像只小鸡似的。

烟虫双脚离地，手臂被巨汉牢牢抱紧，伸不出来，只好骂道：“顶天娇，放我下来！娘的个巴子的！要弄死你爷爷了！”

巨汉娇声道：“就不，就不，你求我。”

烟虫大骂：“求你个蛋蛋！你要不放我下来，老子动粗了！”

“好啊好啊，那你动粗嘛，人家就喜欢你动粗。”

“好，好……顶天娇，我求你放下我，你这样我就不喜欢你了……”烟虫还真是能屈能伸，立即口气就软了。

巨汉一听，满脸胡子的脸颊上真的飞出两朵红晕，手一松，放了烟虫。

巨汉像个羞答答的姑娘似的，巨大的身躯扭捏着，细声细气地说道：“人家要你喜欢。”

烟虫拧了拧身子，刚才被巨汉一箍，全身的骨头都快被挤碎了。

烟虫喘了几口气，伸手搭上巨汉的肩膀，拍了两拍，安慰似的说道：“顶天娇，我知道你对我情真意切，但我有花娘子了，咱们兄妹相称，也是一桩美事。下次见我，千万别这样了啊。”

这个叫顶天娇的巨汉服服帖帖地说道：“我知道的，但你说好每个月都来看我的。”

烟虫伸出手指，说道：“好！我们拉钩！”

顶天娇伸出比烟虫拇指还粗的小指头，两个人认认真真拉了个钩。

火小邪呆站在一旁，看得是瞠目结舌，胃里酸水直冒，这两个大男人勾勾搭搭的，简直是“惨不忍睹”。火小邪心里却更加佩服烟虫此人，东北四大盗之首的烟虫李彦卓，能纵横江湖如鱼得水，靠的绝对不只是盗术身手。

烟虫和巨汉顶天娇勾完手指，这才笑吟吟地转身过来，向巨汉介绍火小邪：“顶天娇，这是我的小兄弟火不邪，若论渊源，他还能叫我一声师叔。”

火小邪赶忙抱拳道：“这位大哥！幸会！”

顶天娇一看火小邪，眼睛亮了亮，十分娇羞地说道：“这位小哥长得好英俊呢，你好啊，我是顶天娇。不要叫我大哥啦，人家身子是男人，心里却是女人呢。叫我大姐吧。”

火小邪胃里翻江倒海咕咚一阵子，强压住一肚子的酸味，努力笑道：“好，天娇大姐，幸会了！”

顶天娇转身轻捶了烟虫一拳，说道：“你什么时候有这么英俊的师侄，弄得我心里直跳。哎呀，你不会……”

烟虫猛捣顶天娇一拳，骂道：“我可没这爱好！”

烟虫对火小邪说道：“火不邪，这位顶天娇大姐可是逍遥窝的二把子，许多年前的江湖第一力士就是他，真名赵霸，你听说过？”

火小邪啊的一声惊呼，赵霸这个名字在他幼年混迹奉天的时候，可是如雷贯耳，传奇一般的人物。许多赵霸的神奇巨力故事，在奉天小贼里多有传诵，偶像一样。只是从来没有见过赵霸，今天得以一见，身形是想象中的模样，就是性格……实在有点让人既兴奋又失望。

火小邪见到这等传奇人物，也顾不上细琢磨他的娘娘腔性格，叫道：“你就是赵霸！哎呀，当然知道！当然知道！从小就听你的故事！赵霸力阻火车，赵霸一脚踩断石桥，好多好多你的传奇故事。”

顶天娇赵霸的脸上又是一红，扭捏道：“哎呀，我哪里推得动火车，踩得断石桥，江湖里瞎传，全部变样子了。哎呀，羞死人了！”

赵霸这幅娇憨的模样，激得火小邪鸡皮疙瘩起了一阵又一阵，不知道再说什么才好，只是傻笑。

烟虫笑道：“顶天娇，火不邪不是外人，咱们喝两杯去，你也给我出出主意。”

赵霸拍手叫好：“好啊好啊，不醉不休啊。”赵霸铜铃大的眼睛左右一看，疑道：“花娘子呢？”

烟虫把赵霸胳膊一拉，拽着就走：“那骚婆娘去找其他浪蹄子聊天去了，不用管她。”

赵霸乖乖地让烟虫拽着便走，嘴里还嘟嘟囔囔的：“我还想着再和花娘子比试一次呢，上次输给了她，很不甘心。”

烟虫笑骂道："得了得了，五六年前的事情了，你这么大的身板，心眼咋这么小？"

赵霸哼哼道："女人妒忌女人嘛。"

这两人一路碎碎叨叨的，脚步也不停，径直往里便走，火小邪插不上话，只是默默跟着。

一路上不断有人上到赵霸和烟虫面前来问好，这两人也都是笑脸相迎，若看表现，明显是烟虫更受人尊重，也更有人缘。

三人转到一侧，正要往一个洞口内走，一声巨大的锣声响起，随即有人高声吆喝道："来路子！来路子了！"

烟虫、赵霸都站住了身子，转头看去。

烟虫说道："哦？生意还挺忙！这个点都开锣？"

赵霸笑道："莫管他们，莫管他们，一些小破事，不看也罢。"

烟虫摆了摆手，看了眼火小邪，又对赵霸说道："我这兄弟初来乍到，以前没接触过这些事，不着急喝酒，我们先看看吧。"

"也好，也好！来这边。"

赵霸大手一展，领着烟虫、火小邪向锣声处走去。

随着这声锣响，硕大的地下广场内很快安静了下来，众人纷纷停下手中的赌局，向前方看去。

广场一侧，搭有一座半丈高矮的木台，木台左右两侧均悬挂着旗幡，左幡一个信字，右幡一个义字。木台上面已经有几人负手而立，十分严肃，还有一敲锣的八字胡瘦子，提着一个打锣，高亢地喊道："来路子！来路子！聚过来！聚过来！好生意喽！"

眼看着木台下人越聚越多，这个瘦子才收了嗓子，将大锣交予一人，嘻嘻笑着走到木台边，抱拳向台下众人深深一拜，说道："各路好汉齐聚奉天逍遥窝，大路朝天各走一边，收人钱财与人消灾，生死由命富贵在天啦！"

台下众人齐齐大喝："喏呀！"

烟虫、火小邪已经由赵霸领着，在木台一侧的酒桌落座。

台上的瘦子眼力好，见赵霸来了，又是一个抱拳，冲赵霸笑哈哈地叫道：“二把子辛苦！”

赵霸娇笑一声，挥了挥手，示意瘦子随意。

台上的八字胡瘦子挺直了腰杆，从怀中摸出三个白色的信封，拿在手上，向台下的人晃了晃。台下近百号人鸦雀无声，都牢牢地看着信封。

瘦子从一个信封中抽出一张黄油纸来，抖了开来，笑眯眯地扫视了一遍，哈哈笑道：“好玩好玩！这可是好路子呢！”

台下依旧无人说话。

瘦子清了清嗓子，高声道：“奉天张记杂货大掌柜，全名张国肖，磨盘山猎户出身，占山为匪，寨名浩大，跺此人双手，赏十两金子！定金二两！”

轰的一声，台下一片议论之声。

只听得有人高声大骂：“哪个乌龟王八蛋想要老子的手！我操他大爷的！张国肖在此！有胆来拿！”

一个脸上三道伤疤，穿着一身猎装的男子拨开人群，腾腾腾走到台下，气得目眦尽裂！此人从后腰间唰唰抽出两把猎叉，比画在胸前。

台下众人自动让出一片小空地，任凭此人站在此叫喊。

这个叫张国肖的男人大骂道：“老子早已金盆洗手！谁他妈的来逍遥窝算计老子！老子双手在此，有本事的就来拿了去！”

人群中有人冷哼道：“你给小鬼子做事，砍手算是轻的！认了吧！”

随即人群中爆笑如雷。

张国肖一愣，立即涨红了脸，歇斯底里地大吼道：“哪个猪狗不如的在放屁！诬陷老子！有本事站出来说话！”

只有大笑之声，却无人站出来。

张国肖面如红纸，大吼道：“老子以前当土匪，专门和小鬼子作对，兄弟差不多死光光了，老子一条命不值钱，我兄弟们还有妻儿老小要养活，老子进城开了杂货店，赚点辛苦钱，给死了的兄弟们家里添补添补，哪里做得不对？妈的个巴子的！天地良心，老子只是给小鬼子运了点货，但绝对不是汉奸！”

人群中又有不同的声音冷哼道："少往自己脸上贴金了！"

轰的一声，人群又是大笑。

张国肖狂舞双叉，厉声叫道："那就来吧，有胆的就把路条取了！看是我断手，还是你丢命！"

人群略略一静，不少人窃窃私语起来，也有许多壮汉，冷冰冰地看着张国肖，似乎在思考能不能收拾得了他。

张国肖虎着脸瞪了一圈，见还是没有人站出来，猛然转头对木台上的瘦子大叫道："端盘的，我出十五两金子，买是谁在背地里整我！"

台上的瘦子应道："当然可以，如果没有人接这张路条，你一会儿去金桩那里，把十五两金子交了，下午开锣就报你的路子。"

瘦子话音刚落，就听人群后有一个醉醺醺的声音叫道："端盘的，刚才的路条，我接了！"

人群哗的让开一条路，只见一个脏兮兮的醉汉，提着一个酒壶，摇摇晃晃地向前走来。

张国肖一见此人，本来涨得通红的一张脸，登时变得发白。

这个醉汉一步三摇，走到张国肖面前，冲他打了个酒嗝，含含糊糊地骂道："给小鬼子做事，该杀！"

张国肖明明举着双叉，却全身发抖，竟没有还嘴之力，更别说攻击了。

醉汉从张国肖身旁撞过去，咚的一下靠在木台边，咕隆隆灌了一口酒，叫道："端盘的，路条给我，金子给我！"

坐在木台一旁酒桌上的火小邪看得真切，那个醉汉很是眼熟，就是一时间想不起在哪里见过。火小邪目不转睛看着这个醉汉，努力去想此人是谁。

旁边的烟虫低声道："怎么，你认识他？"

火小邪说道："眼熟！肯定见过，只是想不起在哪旦见过了。"

烟虫轻笑一声，喷了一口烟，说道："你的确见过，他就是御风神捕钩渐。"

火小邪心头一震，果然认出这个醉汉就是钩渐，只是他现在哪有当年的那副神采！火小邪骇然道："啊！是他！怎么他变成这个样子了？"

烟虫轻叹一声，肃然道："自从张四爷七年以前在建昌最后一次出现，从此御风神捕音讯全无，恐怕现在只剩他一个人了。”

一旁的顶天娇赵霸俯下巨大的身躯，细声细气地说道：“火不邪兄弟还认识御风神捕的人呢？兄弟果然不简单呢。”

火小邪回想到五行地宫之下，张四爷死在木家青蔓桡虚宫之内，当时周先生与十几个钩子兵还是好端端地退出了地宫，怎么出宫的路上，他们遭到伊润广义的毒手？

火小邪不再追问，默然不语，只是静静地看着那个醉醺醺，脏兮兮，说话都说不清楚的钩渐。

台上的瘦子嘻嘻一笑，冲张国肖做了个遗憾的表情，蹲下身子，将手中的牛皮纸塞到钩渐的手中。

张国肖一脸惨白，一把抓住钩渐的手腕，满头大汗地说道：“本家张兄弟，不要听他们的，我不是汉奸，发这个路子的人，一定是跟我有其他的冤仇！求兄弟放我一马，我给你十两金子，买我的双手！”

钩渐手一摆，挣开了张国肖，醉醺醺地叫道：“老子不乐意！”说罢转身便走，钻回到人群中，没了踪影。

张国肖看着钩渐离去，低头看了看手中的双叉，一声长叹之后，抬头冲着钩渐离去的方向大喝道：“冤有头债有主！你既然执意要我的双手，也好也好！我等着你！”说罢，张国肖把双叉收回，推开众人，追着钩渐而去。

人群略略喧哗了一阵，很快又恢复了平静，仍然全都仰头看着台上的瘦子。

烟虫抽了口烟，侧过头对火小邪说道：“没想到一代神捕，落到这种境界吧。”

火小邪低声道：“钩渐似乎对日本人恨之入骨。”

烟虫笑道：“确实，他现在专接杀日本人和杀汉奸的路条，就是有些失心疯了，不分青红皂白，只要沾了小鬼子，不论事情大小，都是他的仇人。”

火小邪说道：“钩渐虽然落魄，但他的身手没丢。”

烟虫说道：“他除了喝酒，就是练功和接路条，逍遥窝里没多少人喜欢他，但也没有人愿意招惹他。怎么，想找他叙叙旧？”

火小邪垂头喘了一会儿气，说道：“不必了，我愧于见他。”

台上的瘦子已经从第二个信封里掏出一张牛皮纸，展了开来。瘦子飞快地读了一遍，满脸笑容，抬头高声念道：“错字太多，我按我的意思来说。嗯嗯，大家听好了。俺贼喜欢西马庄的寡妇桂春红，做梦都想和这婆娘睡觉，对婆娘好，可是这个婆娘刚烈得很，俺调戏她一次，她差点要死。求哪位弟兄帮忙给俺说个婚事，只要事成了，一百两银子奉上。刘三棒写！”

台下顿时哄堂大笑，闹成一团。

瘦子念完，挥了挥手上的纸条，笑道：“情痴了情痴了！哪位帮个忙，一百两银子不多，也不少啊。”

人群中一阵哄闹，一个红脸丑汉被推了出来。

这丑汉抓耳挠撒，大叫道：“别笑了别笑了，俺就是刘三棒，俺娘叫俺娶媳妇，俺看上了个寡妇，有啥好笑的，钱我已经交到金桩那里了，不少给你们的。”

有个猛汉笑骂道：“一百两银子，够嫖几百个漂亮妞了！”

红脸丑汉骂道：“俺对感情专一得很！”

又有人叫道：“刘三棒，你从来没有和其他婆娘睡过吧，裤裆里那根东西好用不？要不要哥先教你怎么用啊，小心花了一百两银子，洞房时让寡妇踹你下床啊！”

又是哄堂大笑。

红脸丑汉气得跺脚：“谁再笑话俺，出了窝子就和你玩命！”

人群中虽笑得厉害，倒也没有人再出言不逊讥笑这个红脸丑汉。

台上的瘦子高声道：“安静安静，各位兄弟安静，有没有来接这个路子的？”

台下众人嘀咕成一片，一时间还没有人站出来说话。

有人尖声道：“杀人放火容易，这种给寡妇提亲做媒的事，难啊难啊！”

立即有不少人应和。

红脸丑汉大叫道："是嫌弃俺给的钱少嘛！"

"阿弥陀佛，不少，不少，老衲愿成全施主的好事。"就听到人群外围有人沉声叫道。

人群为之一静，一个消瘦干练的老年和尚走了出来，这个和尚穿着一身僧袍，却如同丐帮一样，全身缝着大大小小的布袋，花花绿绿的，很是奇特。

这和尚走上前来，对红脸丑汉微微一拜，说道："施主若想得偿心愿，老衲须与你细细商量，你只要言听计从，必能半年内成功。"

红脸丑汉忙道："大师高明，大师高明，俺信得过你。"说着转头对台上的瘦子叫道，"端盘的，端盘的，把我的路条给大师。"

瘦子伸手将牛皮纸条递于老和尚，老和尚接过，小心地放在怀中，对红脸丑汉说道："施主，请与我来。"

红脸丑汉喜不自胜，随着和尚便走，很快不见。

火小邪奇道："和尚做媒公？还真是第一次见到。"

烟虫嘿嘿一笑，说道："你知道那老和尚以前是什么人？"

"他是何人？"

"这个和尚法名断缘，是个四方游走的行脚僧，他在没有出家之间，可是天下所有男人都羡慕的一位，绰号一眼断，只要被他看上的女子，不出三日就能和他行房，而且老幼通吃。嘿嘿，传说他一生有两万个女人。"

"什么？两万个女人？那一天要……"火小邪扳着手指一算，"七八个？他怎么有这种本事？"

"断缘就是这么厉害，他不靠药，不靠钱，不靠武力，全凭口舌之能。啧啧，想想就可怕啊。幸好他当了和尚，断了尘缘，而且不收徒，不讲过往，不谈经验，打算就此终了一生，也是可惜啊。"

"女人哪会这么容易骗住啊？"

"嘿嘿，信也罢不信也罢，江湖传奇人物而已，没必要深究。"

火小邪点了点头，江湖之大，无奇不有，何必刨根问底呢，有时候知道了所有真相，未必有趣。

台上的瘦子看着和尚和红脸丑汉离开，笑嘻嘻地拿出了第三个信封，将里面的纸条抽出，可是他才抽出一个角，突然唰的一下脸都青了，立即把纸条塞了回去，不敢再看。

台下的人全部看到瘦子的表情，本来还在交谈，一下子全部闭嘴不语，偌大的地洞中，落针可闻。

瘦子拿着信封的手哆嗦起来，一侧头向赵霸看来，上下嘴皮子直打哆嗦。

赵霸是逍遥窝的二把子，即是二当家的，见到瘦子这副模样，大概明白了几分。赵霸庞大的身躯慢慢站起，盯着台上的瘦子，喝道："怕什么怕！既然来逍遥窝投了路条，就是愿意遵守规矩的。"赵霸虽说是娘娘腔，可此时声音爆发出来，男人的霸道气息显露无疑。

瘦子苦着脸，说道："二把子，是，是……"

赵霸骂道："是什么？"

瘦子说道："是，是白纹纸写的……二把子，我……我……我不知道怎么会拿到这种信封的，金桩那边没……没……没说有人用白纹纸……求求您做主，我我我不敢念……"

赵霸听了白纹纸三字，身子也是一震，沉默了片刻，方才叫道："老娘来念！"

赵霸沉着脸看了烟虫、火小邪一眼，说道："稍候！"说罢几个大步上到前来，一跃而起，跳上木台，震得木台吱嘎乱颤。

没等瘦子伸手，赵霸一巴掌将瘦子手中的信封拿来，骂道："滚一边，没用的东西。"

瘦子如释重负，退下一边，犹自擦拭额头冷汗。

赵霸将信封里的纸条抽出，果然那纸条不是黄色的，而是银光闪闪的白色，似乎是白银薄片打造而成。

所有人屏息静气，看着赵霸的动作。赵霸略略一缓，将手中白色纸张打开，瞪着眼睛看了一遍，偌大的身躯竟打了一个冷战。

台下所有人全部倒抽一口凉气，谁也不敢说话。

赵霸咽了口吐沫，缓缓抬头，喝道："谁想听！不想听的快滚！"

无人作答，却有几个胆小的猫下身子，向外逃去，不多时，竟走了有二十多人。就算走了这些人，台下仍然乌压压一片，不见减少。这些豪杰过的都是刀口舔血的日子，都有大不了一死的豪气，所以赵霸有所提示，也不为所动。

赵霸哈哈大笑，叫道："好！各位好汉，各位兄弟，竖起耳朵听好了！"

赵霸将亮闪闪的白纸一扬，高声念道："一杀绝命，二杀无情，三杀无义，四杀反复，奉天逍遥窝各位，有缘听之，实属有幸，幸既有之，祸必暗藏，无人可免，无人可避！日本忍军少主，本为汉人，认贼作父，屠戮中华，此人必杀！若遇此人，避而不杀者，肝脑涂地，杀之后快者，赏大洋……"

赵霸抬头看了看台下惊讶的众人，重重地念道："杀之后快者，赏大洋，一亿。"

台下众人顿时炸开了锅，谁也忍耐不住，大声地交谈起来，眉目之间，既有惊讶，又有恐惧，而更多的则是受到极度刺激后的狂喜。

赵霸台上大喝道："安静！没念完！"人群略略一静，赵霸又念道："凡在奉天逍遥窝内豪杰，无论听到与否，皆视为领条上路！无人可免！所押钱财，事成后必会奉上！"

赵霸双手一并，将这张白纸揉成一团，往嘴里一丢，大嘴一嚼，竟吞到肚子里去了。

台下有人厉声骂道："什么人这么猖狂，当我们是三岁小孩，随便使唤吗？"

又有人骂道："杀人可以，连订金也没有一毛，什么事后奉上，当我们是傻子啊！"

"妈的巴子，逼老子做事，老子就是不做，有本事来杀我！操他祖宗的！"

"所有逍遥窝的人必须领条上路？哼哼，皇帝老子也不敢这么横啊！"

"一亿大洋，疯了吧！"

乱骂者当然不少，更多的人则是眉头紧锁，不发一言。

这边桌上，烟虫吹出一口烟，凑在火小邪耳边，压低了声音说道："喂，你真值钱啊。杀了你给一亿大洋，真是财大气粗啊。”

火小邪端坐不动，眉头却也锁死，他心里清楚，天下能给出这么多钱的人，何止一家。不只是金、木、水、火、土五行世家，还有日本人……

火小邪沉声道：“这也太巧了吧，我一来，就有这种事。”

烟虫抽了口烟，说道：“依我看，一点不巧，我看逍遥窝这里面的人，一定有认识你的。你不来，他也不会偷换了端盘的信封。”

火小邪说道：“那现在只要指出我就是忍军少主，我必死无疑。”

烟虫笑道：“如果你是换掉信封的人，你现在会说吗？”

火小邪看着烟虫，摇了摇头。

烟虫叼着烟，望着远处，边抽烟边说道：“形势很清楚，二把子赵霸、大把子还有许多逍遥窝里的人，就算知道你是忍军少主，也不会在这里杀你。逍遥窝里不准见血，窝里的几个把头，把这条规矩看得比性命还重。坐店生意，讲的就是信义两字，如果有人敢动你，就是和逍遥窝玩命。而且，这里大多数人不怕死的，也不在乎什么一个亿，图的是一个痛快。一个亿能买到尊严吗？嘿嘿，买不到的。受一张纸条胁迫，就去当狗腿子，嘿嘿，把人看扁了呢。”

火小邪喃喃道：“大义么？”

烟虫说道：“对很多人来说，比如赵霸，这就是他们的大义，值得为之生，为之死。但是江湖险恶，出了逍遥窝，任何人都会是你的敌人，包括，我。”

烟虫转过头来，一扫一副吊儿郎当的颓废劲儿，目光异常尖锐地看着火小邪。

火小邪迎着烟虫的目光，说道：“如果我真有那么一天，有愧于天下人还浑然不觉，请你杀了我。”

烟虫哈哈一笑，脸上又轻松起来，将火小邪肩头一搂，说道：“你看你，又认真了不是，话说得这么绝干吗。”

火小邪尴尬地笑了一声，心头还是涌起一团暖意。

这边赵霸已经从台上跳下，径直走到烟虫、火小邪面前，脸色并不好看。

赵霸哼道：“烟虫，带着你的兄弟，跟我来喝酒！”说完头也不回地大踏步离去。

赵霸、烟虫、火小邪转出大堂，快步走入一个侧面的洞口，绕了几道走廊，方才来到一间密室之内。

这密室也没有什么特别之处，房间不大，一桌几椅，床榻俱全，半新不旧。

赵霸领着烟虫、火小邪坐下，自个从一侧的桌下，拎出一个长颈酒壶，提到桌子上来。赵霸大手一伸，将桌子上的一摞大海碗取下三个，摆在桌上，转头一口将酒壶塞子咬掉，咚咚咚将三个大海碗倒满。

赵霸举起一碗，喝道："先敬一碗。"说着大嘴一张，呼呼地把酒全部倒入嘴里，一滴不剩。

赵霸干了这一碗，方才坐下来，瞪着眼睛看着火小邪，嘿嘿嘿一笑，女声女气地说道："这位火不邪兄弟，你就是忍军少主吧？"

火小邪略微一惊，这个看着五大三粗的赵霸，竟能一下子辨出自己的身份。

火小邪并不惧怕，抱拳道："曾经是！我真名叫火小邪！"

赵霸哼哼道："怎么证明你现在不是？"

火小邪说道："无法证明！"

赵霸哈哈大笑，抓起酒壶又给自己的酒碗倒满。

烟虫端起酒碗，喝了半碗，抹了抹嘴，说道："顶天娇，得了得了，像吃了枪药似的。"

赵霸拿起碗一饮而尽，还是瞪着火小邪说道："我就说你这兄弟身上一股子小鬼子味道。"

火小邪同样举起碗，猛喝了一大口，硬气道："我确实受了日本忍军头目伊润广义欺骗，认贼作父，当了忍军少主，而且一骗就是七年，最近几日我已弄明白，我和日本人有不共戴天之仇。赵霸大哥，你们要是想杀我，我随时恭候。"说完，火小邪将碗中酒一饮而尽，重重地将碗砸在桌面上。

赵霸嘿嘿笑道："硬气，硬气！我喜欢！"

烟虫一副懒洋洋的模样，好像根本不当回事，说道："顶天娇，你看现在是什么情况？"

赵霸嗯了一声，伸手在脸上的大胡子里抓了抓，特的一声拔下一根胡子，捏在手指间搓动，说道：“我看是小鬼子的挑拨。”

烟虫嘿嘿笑道：“才一个亿嘛，五大贼王给得起，小鬼子当然也给得起。”

赵霸点头道：“有可能是小鬼子，想引起咱们江湖人士对五行世家的不满。”

烟虫笑道：“嘿嘿，可这个手段一点也不高明。我看归根到底，就是想让我这位兄弟在江湖中寸步难行，四面楚歌。”烟虫看了眼火小邪，又说道，“就算一亿大洋是张白条，兑不了现，总有大把的亡命之徒是愿意试试的。”

赵霸瞪着牛眼看着火小邪，哼哼道：“你小子到底知道什么？费得着这么对付你？”

火小邪微微皱眉，并不答话。

烟虫点起一根烟，抽了一口，避开这个话题，说道：“白纹纸是什么东西，端盘子的挺害怕嘛。”

赵霸说道：“上个月这种白纹纸第一次在逍遥窝出现，口气和今天差不多，逍遥窝人人有份。”

烟虫笑道：“什么路子？”

赵霸说道：“追查忍军少主的身份和行踪，瞒而不报者杀，知情者去齐斋号领钱，最少给一百两金子。”

烟虫道：“嘿嘿，齐斋号，从来不承认和五行世家有关系，其实就是金家的后代的钱庄，不分好歹，专洗黑钱。后来呢？带路的滚地屁说前段时间窝子里出了事，严查外人，与白纹纸有关？”

赵霸说道：“是！当天端盘的没把路条念完，晚上就被人宰了。”

烟虫问道：“哦？怎么死的？”

赵霸说道：“远距离打中脑袋，一枪毙命，是无声手枪。”

烟虫抽了口烟，说道：“窝子里常来常往，枪法好的人不少啊。”

赵霸唾了一口，狠狠说道：“众目睽睽之下杀的，好大的胆子。”

“没查到是谁？”

“犯案的枪倒是找到一把，其他查无所查。下手的人是绝顶的杀手，时机、退路、隐藏的手段拿捏得极好。”

火小邪插嘴道：“金家的确是用枪的高手，可是我绝对不相信是金家做的。”

赵霸很是怀疑地看着火小邪，问道：“你怎么知道？”

火小邪朗声道：“金家乾金王的儿子张潘，是与我同生死共患难的兄弟。我在日本修习忍术的时候，他一直和我联系，他是知道我的身份的。”

赵霸愣了一愣，眼前这个貌不惊人的火小邪，居然身份比他想象的更加复杂，还和金家有这种渊源。

烟虫连忙一伸手，打断了火小邪的话，说道：“哎哎哎哎，火小邪，你和五行世家的关系，还是少说为妙，说多了顶天娇要被吓跑了。”

赵霸久历江湖，对五大世家多有耳闻，大多数是皮毛边角的信息，还是第一次听涉及金家乾金王儿子的事情，颇有些吃惊，问道：“看来你和五行世家的渊源，很深啊。”

火小邪微微一抱拳，说道：“很多话不方便讲，听者无益。”

赵霸嗓音一缓，又是尖声尖气，女生味十足地说道：“当老子的想杀你，当儿子的也阻止不了啊。是不是这个理？”

火小邪听赵霸这么说，心头微微一痛，想当年他和水妖儿，也是水妖儿爱他，水王流川却要杀他；林婉护着他，林木森也要杀他；田问宁肯受家法惩处，田羽娘仍想杀他；严烈护着他而死，郑则道却一心一意想杀他。金家又能如何？潘子能说上话吗？如果让金家知道自己是造成金家乾坤决裂的炎火驰之子，拥有五行难容的邪火火盗双脉，金家又能放过他不死？

火小邪回想自己一生，居然无时无刻不在生死边缘挣扎，自己无论怎么努力回避，也逃脱不了这种命运。天生天杀，根源何在？

火小邪表情平静，心里怅然若失，如今他身处旋涡当中，处处受制，不仅五行世家难容炎火驰血脉，眼看着天下豪杰也要杀他而后快，而自己还有救雅子、杀伊润这两件重大的事情没有完成，可每动一步，似乎都会牵扯到更多无辜的人。

“赵霸！哦，还有烟虫李彦卓，呵呵呵，我猜你们就在这里。”中气十足的男人声音，从一侧传来，打断了火小邪的思绪。

三人扭头一看，一个老者走了进来。此人穿着打扮和地主老财无二，个子矮小，留着三缕稀稀疏疏的灰白胡须，若不是在这里见到，走到大街上，顶多被人认为是个乡下说穷不穷说富不富的土财主罢了。

倒不是这人长得怪，而是他这个干瘪老头，什么时候进来的，居然没有一点察觉。

赵霸一见此人，赶忙起身行礼，叫道："大哥，你来了！"

烟虫也一抱拳，笑道："大把头，多日未见，您老身体可好？"

火小邪也略略抱拳行礼，看赵霸、烟虫的样子，此人必定是这个逍遥窝的头领。

干瘪老头抱拳还礼，笑眯眯地看着火小邪，说道："这位是？"

烟虫介绍道："哦，大把头，他是……"

赵霸横竖不管地插上一句："烟虫带来的麻烦人。"

烟虫无所谓地一笑，说道："昔日的忍军少主火小邪，现在和忍军决裂了。"

干瘪老头瞟了瞟火小邪，摸了摸胡须，还是和和气气地笑道："哦哦哦，大人物啊，欢迎来逍遥窝。来来来，坐坐坐！"

四人落座，干瘪老头招呼赵霸倒酒，说了一大套客气话，烟虫和老头同样很熟，嘻嘻哈哈一通，说话也没个正经。只不过所说事情，有的显然是刻意说给火小邪听的。

话语间，火小邪才知道，这个干瘪老头名叫赛飞龙，从小练的是轻身功夫，光绪年间给雍王府当差，干得是什么呢？就是专门收买、控制黑道，搞特务活动的，属于黑白两道通吃的厉害人物。

这种人往往很少抛头露面，不是外八行里有头有脸的人物轻易不认识他，但如果提到赛飞龙的"官衔"——野校督，外八行里几乎无人不知。赛飞龙的官衔名称在史料里无从可考，正统的文书中更没有痕迹，只在人群中口口相传。

所以火小邪对赛飞龙是什么人毫无感受，也没有听说过，便是如此。

一大通插科打诨的事情说完，话题总算说回到"正事"，即白纹纸和火小邪的事情上来。

赛飞龙虽说自己从奉天城内刚刚赶到逍遥窝不久，但对逍遥窝发生的事情比赵霸、烟虫更加清楚，所以三人没说几句，赛飞龙就把目光聚集在火小邪身上。

赛飞龙捏着胡须，和颜悦色地问道："火小邪兄弟，最近这段时间，你有何经历？不妨说来听听？若不介意，把你的身世也讲讲如何？"

火小邪正色道："大把头，我的事情涉及五行世家，当说不当说？"

赛飞龙笑道："不妨不妨，五行世家虽说我不甚了解，但皮毛上的事情还是挺清楚的。我一看小兄弟的面相，就知道你本事过人，身怀各种惊天秘密，你挑你想说的说说便是。烟虫，你说呢？"

烟虫说道："行啊，有大把头赛大哥在，心里踏实！"说罢看了看火小邪，示意火小邪随意。

火小邪掐头去尾、避重就轻地把自己的过往身世，日本忍军围剿火家祭坛，火王严烈战死，火家惨败，郑则道劫走一件火家信物，自己回忆起父亲不是伊润广义而是炎火驰，赶回奉天寻找妻子不见等这些事情与烟虫、赵霸讲了。

烟虫抽着烟，眯着眼睛说道："郑则道若还活着，火王是当定了。"

火小邪不信，问道："郑则道只有一件火家信物，还有一件在我这里，两件不全，他怎么能当火王？"

烟虫笑道："火小邪，郑则道是败者，但有时候败者也是胜者。多方平衡之下，郑则道当火王虽名不正言不顺，但时局所致，必有特事特办的说法。嘿嘿嘿，这就是政治了！"

赛飞龙捻着胡须，笑眯眯地点头，表示认同烟虫的观点。

一旁赵霸心思不在谁当火王上，只是不住地唏嘘道："五行火家，竟被小鬼子围剿惨败，如果不是你亲口说，我真是不信。到底是火家太弱，还是小鬼子的忍军太强？"

火小邪说道："火家内部不和，所以此次围剿，火家人手少，而忍军是倾巢出动，加上有数万日军铁桶一样包围着火家祭坛，才落得大败。”

烟虫哼道：“小日本真舍得花本钱啊，动用数万日军！他们是势在必得啊。”

赛飞龙盯着火小邪，并不讨论火家和忍者的事情，而是收了笑容，颇为严肃地问道：“火小邪，你说你是炎火驰的孩子，可有什么证据吗？”

火小邪说道：“我在此次围剿火家之前，幼年时的记忆全部记不得，直到火王严烈临终讲起炎火驰，我方才回忆起来。记忆不会有错。”

赛飞龙轻笑一声，说道：“口说无凭。我以前做野校督的时候，见过有人会催眠和药物之术，让人产生假的记忆，所以你说你的记忆没错，我还是怀疑。”

火小邪轻轻啧了一声，赛飞龙倒是给自己出了个难题，他看了看烟虫，烟虫抽着烟，只是撇了撇嘴，没有替他说话的意思。

火小邪心头反倒一静，说道：“我是火盗双脉，我父亲炎火驰也是火盗双脉。”

赛飞龙本来一对细长眼，此时也瞪圆了，低喝道：“五行邪火，五行难容的火盗双脉！好得很，如若你不是，今天你难逃此地！来！”

赛飞龙“来”字刚刚出口，嘴里三道细芒已经破口而出，直射火小邪面门。

火小邪和赛飞龙两两对坐，距离不过三尺，赛飞龙突然用嘴巴吐出暗器，更是出乎了火小邪的意料。

火小邪只见细芒飞来，一眼便看明白是三根黑色的钢针，反倒心如止水，脑海中刹那便闪现了七八种避开细芒的对策，以他现在的身手，最简单的是仰面一躺即可避过。可就在电光火石之间，火小邪猛然想到，赛飞龙此举是考验他是否有火盗双脉的。

所以火小邪竟不闪避，头一偏避过第一针，去势已有，第二针就是抓他避开第一针的去势的，常人来说，火小邪此行为下下策，讨着挨一针去的。但火小邪的火盗双脉可不是假的，体力劲力生出另外一股，好像有人从一旁猛拉他的脑袋一下，硬生生把脖子扭了过来，避开第二针，去撞第三针。火小邪用同样的方法，避过第三针，体内两道劲力一匀，依旧端坐在原位，身子不动分毫。

就听“呲呲呲”三声响，那三根从赛飞龙嘴里射出的细针，全部扎在火小邪身后不远处的墙壁上。

尽管是电光火石之间，火小邪的动作在其他人看来，已然是匪夷所思，这种连续动作根本不是一个人独自做得出来的，好像火小邪身后有两只无形的大手，分别控制火小邪的动作，才能达到这种神乎其神的状态。

火小邪使火盗双脉避过三针，默默地看着赛飞龙，沉声道：“这样可以吗？”

赛飞龙眼睛一眨不眨，刚才的一切他看得真真切切，听火小邪说完，赛飞龙突然长身而起，“噔噔噔”连退三步，“咕咚”一下跪倒在地，重重地磕了一个头，伏在地板上颤声道：“恩人！我终于找到你的孩子了！苍天有眼，苍天有眼！”

如果说赛飞龙向火小邪突然发难，让人惊讶，这番跪拜更让人震惊。

火小邪眼见这种转变，惊得说不出话来，而旁边的赵霸早已一跃而起，搀扶着赛飞龙要起来。

赛飞龙就是不起来，只是“咚咚咚”不断地磕头，涕泪交流地号哭道：“此生无憾，此生无憾了！”

烟虫也被赛飞龙弄了个丈二和尚摸不着头脑，赶忙起身上前，唤道：“赛大哥，起来说话，起来说话。”

火小邪跟着烟虫站起，连连摆手，脸涨得通红，他这辈子不怕刀子架在脖子上，就怕这种情景，结结巴巴地说道：“赛大哥，啊啊，呀呀，你这是？”真是上前扶也不是，不扶也不是。

赛飞龙哭了半晌，方才一抹眼泪，站起身来，由赵霸搀着重新坐下，仍然不断拭泪。

众人落座，也无人愿意此时打扰他，只是等赛飞龙平复下来。

赛飞龙本就一副五十开外的样子，这一通宣泄，又似老了十岁。

赛飞龙喘了几口气，异常苍老地说道：“见笑了，见笑了，近三十年的心愿今日得偿，实在忍耐不住。”

火小邪缓过劲头，恳切地问道："赛大哥，你见过我爹炎火驰？"

赛飞龙点头道："何止见过，我还追随过他一段时间，他对我有救命之恩，再造之德。我能够苟且偷生活到今天，全靠他当年的鼓励啊。火小邪，火盗双脉乃是世所罕见，你爹炎火驰当年就是用和你同样的法子，避过我三枚口针。今日见你同样施为，恍如炎火驰再世，往日恩情一一浮现，不能自已。"

烟虫吊儿郎当地笑道："恭喜赛大哥了！嘿嘿，赛大哥认识炎火驰，怎么从来不说，瞒着我们兄弟这些年？不会你还认识我那死鬼师父吧？"

赛飞龙呸道："烟虫，你别挤对我，你什么时候对我老实说过话了？"

火小邪打圆场道："赛大哥，我对我爹的事情所知甚少，能否告知一二？"

赛飞龙看着火小邪，沉声道："虽说你相貌不像你爹，但看得久了，你确实很像你母亲珍丽。唉……我就把我年轻时那段羞于见人的事情说给你听吧。"

"哇！呜……赛大哥！"赛飞龙还没有开始说话，突然赵霸号哭了起来，捶胸顿足，泪如泉涌。

火小邪不知赵霸在闹哪一出，赶忙问道："赵大哥，你怎么了？"

赵霸哭道："我一想起赛大哥原来这么惨，就忍不住了！哇！一想就好心酸好苦痛的。"

烟虫冲火小邪耸了耸肩，笑骂道："他神经太大条，比别人慢半拍，没事的。"

赛飞龙、烟虫、火小邪三人只好看着赵霸号哭，颇为无奈。

赵霸哭了一会儿，才止住哽咽，愣神看着赛飞龙三人，问道："嗯？你们讲完了？我没听到！"

赛飞龙这才咳嗽了两声，清了清嗓子，悠悠然说道："三十多年前，大清朝危如累卵，慈禧太后和光绪帝两人行将就木，孙中山领导的同盟会在各地起事……"

赛飞龙慢慢讲述，道出了一段与炎火驰有关的过往。

当年的赛飞龙身为野校督，往来于黑白两道，对全国的局势有一番自己的见解，他清楚地认识到清朝灭亡也就是最近几年，而同盟会势大，顺应天意民心，不由得也有了造反的心意。当年天下的汉人，只要稍有学识的，的确没有几个不想造反的。

赛飞龙几番运作，很快就与同盟会取得了联系，同盟会用人之际，对赛飞龙也很器重。可是政治毕竟是政治，大清垂暮，墙倒众人推，各地军阀大鳄无不想趁机收罗势力，布阵中华，以便在清朝灭亡之后，分得一杯羹。像袁世凯这种大军阀，明里是要革命，暗地里仍然做着皇帝梦。

于是传说中的五行至尊圣王鼎被摆上了日程，成为许多军阀眼中的一块大肥肉，毕竟有得鼎者得天下之说。可是圣王鼎在哪里？传说中的五行世家又在哪里？仍然是众人心头沉甸甸的一块心病。

赛飞龙是野校督，在溥仪之父、醇亲王载沣手下当差。当时朝廷中已经基本明确，由载沣摄政，所以载沣必然是知道五行圣王鼎的下落的。赛飞龙接受袁世凯指使，密切留意载沣的动向，以求圣王鼎的蛛丝马迹。

可赛飞龙没想到，这一个可能使他扬名立万的任务，铸成了他今世的惨祸。

从载沣那里了解五行圣王鼎的下落，比赛飞龙想象中更难，用尽了手段，也没有一丝一毫的迹象。赛飞龙知难而退，本想作罢，可是这条路是没有回头路的，袁世凯怀疑赛飞龙已经掌握了情报，故而对赛飞龙软硬兼施。赛飞龙一言不慎，得罪了袁世凯，袁世凯心想既然问不出赛飞龙，别人也别想知道，准备杀了赛飞龙。

赛飞龙一家五口，除了他自己逃出，妻儿子女全数被杀。赛飞龙愤怒之极，本想与袁世凯同归于尽，可他毕竟只是一枚棋子罢了，根本不是袁世凯的对手。没等赛飞龙动手，白道、黑道两方人士，已经对赛飞龙展开追杀，不仅仅是袁世凯这边，同盟会的其他成员，也对赛飞龙不管不顾，甚至与袁世凯联手诛杀他。作为一个政治牺牲品，赛飞龙确实冤枉！但他的性命，如同草芥，谁会在乎救他？

赛飞龙好在轻功厉害，才能多次逃过劫杀，躲躲藏藏一年有余，越来越感到报仇无望。自己孤家寡人，众叛亲离，天下没有容他之地，不禁心灰意冷，不想再苟活于世了。

赛飞龙是个硬气的人，宁肯找地方自尽，也不愿被人生擒，终于有一日，被一群非常厉害的杀手围堵在荒山之上。赛飞龙死命逃出，已经身负重伤，杀手仍穷追不止。

赛飞龙半昏半醒的状态下，躲在一处破庙中，自知今日必死，哪怕拼着最后一口气，杀一个便赚一个。赛飞龙混乱之下，见有一人无声无息地走来，蹲在他身边端详，他管不了是敌是友，射出三枚口针，竟让此人用匪夷所思的法子避过，这法子与火小邪所用一模一样。赛飞龙记得真切，不由得瞪大了眼睛，不敢还手，打量此人是谁。

此人长方脸，面孔颇有棱角，但眉清目秀，神色间透着一股子书卷气，根本不像身怀绝技之人，倒更似一个晚清破落的秀才。他穿着一身灰色的长袍，不持兵器，只在腰间挂着一块红彤彤的牌子，略显特殊。

此人十分平静而柔和地问道："是有人想杀你？"

赛飞龙不知为何，一下子便被此人折服，翻滚而起，跪拜在地，颤声道："大侠，救我！"

此人笑眯眯地说道："哦！你是好人还是坏人？你要是坏人，我救你不是违背了良心？再说了，我也不是什么大侠，我是个贼，没好处的事情，不做。"

赛飞龙跪地不起，说道："我被奸人所害，家破人亡，身无长物，大侠若能救我，我今生今世愿为大侠做牛做马！"

此人笑道："我可没这个福分，什么做牛做马的，你是个人，又不是家禽。"

赛飞龙哭道："大侠，你若不救我，你还是快走吧，我命薄，不想拖累了你。"

此人还是笑道："真会说话。"

话说到此处，已有杀手破窗而入，见到赛飞龙身边还有一人，不免一惊。有杀手喝道："你是何人？"

此人笑哈哈地站起，说道："过路人。"

杀手骂道："不干你事，给老子快滚！刀下无眼！"

此人也不生气，笑哈哈地说道："哦？让我滚？你先滚一下我看看是怎么个滚法。"

杀手大怒，反正杀一个也是杀，杀两个也是杀，几人使了个眼色，一起向此人攻来。

此人的身法诡异难料，所用动作和躲避赛飞龙三道口针一样，绝非常人可以做到，就拿一个指头东戳西戳，对一人就用一招，便让杀手们丢了手中兵器。

这些杀手知道碰见了高人，根本不是对手，慌忙退去，临走时丢下狠话，说让他活不过三日。

可杀手们刚刚退出屋外，就听连声惨叫，不一会儿没了声息。有一个绝色女子走了进来，对此人责怪道："火驰，你又这样，给自己找麻烦呢！"说是责怪，还不如说是一种关切。

这救下赛飞龙性命的一男一女，正是火小邪的父亲炎火驰和母亲珍丽。

炎火驰笑道："小丽，我不惹麻烦那还是我吗？"

珍丽唾了一声，将手中一个圆盘丢了过来，炎火驰一把接过，撩起衣角，将圆盘收在腰下。

珍丽笑骂道："这个九齿盘又大又重，你还总喜欢带在身边。家里还缺精细的玩意吗？"

炎火驰拍了拍后腰，笑道："这东西吧，又能攻又能守，还能削皮切菜当菜板用，其他人不爱用，那我就用呗。哎，小丽，你没把那些人怎么样吧？"

珍丽说道："没死啊，用你的大盘子把他们拍晕了，重死了！"

赛飞龙半跪半趴在地上，看着炎火驰和珍丽嬉笑怒骂，不免感慨万千，他这辈子见过的江湖奇人不少，但像炎火驰、珍丽这般儿戏一样应对事情的，实属少见。

炎火驰牵着珍丽的手，很是亲密地按摩了一下她手腕，说道："好些吗？"

珍丽这个奇美的女子，脸上飞出两朵红晕，抽回手来，说道："还有外人呢！你总不分场合。”

炎火驰哈哈大笑，搂住珍丽的细腰，冲赛飞龙说道：“兄弟，别见怪！现在你安全了，赶快走吧。我们先走一步喽！”说着两人便走。

赛飞龙跪地大叫道：“两位恩人！救命之恩，永世不忘！”

炎火驰摆了摆手，笑道：“没事，没事！回见！”

赛飞龙心头一震，他此时涌起强烈的好奇心，张口便大叫道：“恩人，你们可是五行世家里的火家人？”

炎火驰头也没回，只是干脆地答道：“是啊！”

赛飞龙连滚带爬，赶到炎火驰身边，跪地不起，大叫道：“恩人，请容我跟随你左右！”

“不用了不用了！你自己珍重，切勿对人说起我们啊！”炎火驰笑了笑，与珍丽脚步加快。

赛飞龙本想起身去追，可是身上有伤，行动不便，再者炎火驰去意坚决，断然不会答应他。赛飞龙只好冲着炎火驰离去的方向，拜了又拜，洒泪离去。

赛飞龙本以为和炎火驰、珍丽缘分已了，谁知一月之后，又在一处荒郊野外的黑店中碰到了他们。这回他们身边，还多出了三人，一个是书生打扮的青年男子，一个是孔武有力目光坚毅的高挑大汉，另一个男人则是沉默寡言不苟言笑。

这间黑店是专门杀人劫货做人肉包子的，赛飞龙身体不便，等他察觉到的时候，已经中了黑店伙计的圈套，被绑在地下室等死。

炎火驰、珍丽等五人毁了这间黑店，救下赛飞龙，而黑店的几个匪寇，全被书生打扮的男子用奇怪的法子，张着嘴巴吓死。赛飞龙见又是恩人施救，再也不肯离去，宁死跟随炎火驰。

炎火驰这次奇怪，没有拒绝赛飞龙的请求，让赛飞龙跟随着他。他们五人很快分道扬镳，好像有极为重要的事情要办。

赛飞龙跟随着炎火驰、珍丽，一路小心谨慎，细心服侍着炎火驰、珍丽，方才知道他们的名字。原来另外三人，只有一个叫流川，另外两个都是姓炎。

半个月后赛龙飞便为炎火驰做了一件古怪异常的事情，可他立下重誓，今生不可说出这件事情是什么。但这件事的结果很清楚，炎火驰似乎得到了一件极为珍贵的物品。

赛飞龙做了这件事以后，炎火驰很是开心，给了赛飞龙一张地图，上面画着一处隐秘的山谷，让赛飞龙去这个山谷收拾打点，建屋搭舍，开荒种地，他时不时会来看看。

赛飞龙言听计从，依炎火驰嘱咐，找到这个山谷。这个山谷无名无姓，极为难找，若不是炎火驰指点，是绝对找不到此地的。山谷内百花盛开，河流潺潺，悬崖飞瀑，真是神仙胜地，世外桃源。

赛飞龙是野校督，精通五谷杂学，生存之道，花了一年光景，在谷内建了数间茅屋，开出大片良田，圈养了十多只野鹿、兔子，十足耐心地等着炎火驰大驾光临。可这一等，又是两年。

赛飞龙本以为炎火驰让他来此，只是让他避祸，空谷幽寂，寂寞难耐，赛飞龙不禁回想自己家破人亡，此仇终身难报，恩人又不来找他，便数次起了自尽的心思，甚至把坟墓都挖好了。

就在赛飞龙打算了却残生的时候，炎火驰、珍丽终于到来，使赛飞龙又有了活下去的希望。赛飞龙知道，此生此世，自己活下去的唯一理由，就是有这两个恩人。

炎火驰、珍丽来的时候，炎火驰、珍丽两人全无盗术，而且珍丽还有身孕在身，不久后即将临盆。赛飞龙无微不至地服侍两人数月，可炎火驰、珍丽就是绝口不提为什么他们盗术尽失。

数月后，珍丽生下一个孩子，起名叫作炎慎，有谦虚谨慎之意。

赛飞龙见此孩子，内心中又燃起生的希望，炎火驰何等聪明，很快看出，便让赛飞龙离开此地，重新过自己新的生活，并告知赛飞龙，袁世凯那边他已经打过招呼，应该不会再追杀赛飞龙。

赛飞龙跪谢炎火驰、珍丽夫妇，出了谷去。果然世间已经物是人非，大清朝已经亡了，袁世凯正想着当皇帝，全国各地兴兵讨袁，军阀割据，内斗不休，再也无人惦记他的死活。

赛飞龙这一走，就是五年，其间游历全国各地，看到天下大乱，民不聊生，家不似家，国不似国，哪有安身立命之处？于是五年之后，赛飞龙决定了却尘缘，回谷去找炎火驰夫妇，愿伴随着他们在谷内了此残生。

可是赛飞龙一路艰辛赶回炎火驰所在的山谷中，却发现此谷已经被火尽数焚毁，乱草丛生，毫无生气。赛飞龙大惊失色，在谷中苦寻炎火驰的下落，才终于在一片乱草中找到炎火驰、珍丽的坟墓。

整片山谷，也只有坟墓附近，还有人来往祭拜的痕迹，地上香灰纸钱，应该是一月之前留下的。

赛飞龙在山谷中号哭数日，方想起炎慎的下落，再度起身寻找，方寸之地也一一找过，就是没有炎慎的丝毫踪迹。于是赛飞龙断言，炎慎一定是没死！可炎慎只有五岁年纪，又能去哪里？能有本事埋葬炎火驰、珍丽之人，会不会将炎慎带走？或者杀死炎火驰、珍丽的对手，会不会将炎慎斩草除根？

赛飞龙害怕啊，他害怕极了！他不是在乎自己的生死，而是担心炎慎的命运，依炎火驰生前所述，他的火盗双脉是五行难容的邪火，五行世家根本容不下他的存在，所以五行世家是敌非友！天下又有几人敢挑战五行世家？赛飞龙就算想为炎火驰报仇，也无异于蚍蜉撼大树！

所以，寻找炎慎的下落，活要见人，死要见尸，便成了赛飞龙此生目标，纵然寻到天荒地老，纵然是大海捞针，也要弄个清楚。

于是赛飞龙出了山谷，重操旧业，在黑白两道间四处专营，终于让他建立起逍遥窝这样的一个龙蛇混杂之地，只求能寻到炎慎的些许下落。

斗转星移，一眨眼二十多年已过，炎慎如果还活着，应该是而立之年。所以赛飞龙追踪、了解过无数大盗、土匪、小贼、孤儿的身法，收买、打探过千百人家子女的身世，可无论怎么辛苦，这位应该身怀火盗双脉、天赋异禀的炎慎，就是渺无踪迹！赛飞龙只恨自己无能，不能一眼看出什么人有火盗双脉！

眼下，炎慎，火小邪就活生生地坐在自己面前，英姿飒爽，生龙活虎，怎能让赛飞龙不喜极而泣？

赛飞龙说完这些旧事，再次老泪纵横，掩面不能自已。

火小邪听得是满眼泪水，感慨之余，也欣慰世间变化无常！他和伊润广义反目，进了逍遥窝又被江湖令诛杀，简直是山穷水尽，可瞬然间，柳暗花明，绝处逢生，竟能见到与父母亲相熟的故人，还是逍遥窝的大把子赛飞龙！

世界真大，大的一个人如同沧海一粟，千里难寻；世界又真小，蓦然回首，故知竟在左右之间。

火小邪长身而起，冲着赛飞龙恭敬一拜，说道："赛大哥，这么多年，委屈你了！"

赛飞龙赶忙站起，扶住火小邪，嚷道："这么多年，委屈你了才是！炎慎，怪我无能！我无能！我有何面目受你一拜啊！"

烟虫站起身，鼓掌道："精彩精彩，团圆团圆，看来我带火小邪来逍遥窝，还真是来对了！"

赛飞龙冲烟虫喜道："烟虫，我这辈子算欠你一笔还不完的债了！你这个臭小子，我真是怀疑你早就知道炎慎的身份，专门来找我邀功的！"

烟虫呲道："老赛啊老赛，成人之美的事，让你嘴巴上一说，就酸溜溜的！去去去！我就是来邀功的！你说怎么报答我？嗯？"

赛飞龙嘿嘿一乐，脸上豪气一现，再不是一副苍老的模样，目光炯炯有神的喝道："来来来，今天高兴，我们喝个不醉不休！顶天娇，倒酒！"

顶天娇赵霸还在发愣，赛飞龙这一喝，才清醒过来，也不倒酒，轰隆一下站起，将赛飞龙抱住，号哭道："大哥，你为啥不早说啊！好难过啊！呜呜呜！也让妹妹我给你分担一下嘛！"

赛飞龙被赵霸抱得喘不过气，一边猛拍赵霸的脖颈，一边大骂道："松开！你这个要命的假娘们儿！"

赵霸还是不放，大脑袋在赛飞龙肩头左蹭右蹭，赛飞龙是个小个子，赵霸足足有他三倍大小，这一幕让人又好气又好笑。

火小邪、烟虫两人不禁乐了。火小邪心情一朗，端起桌上的酒壶，大声道："赛大哥！赵霸大哥！我们喝酒！"

六、火行万年

火小邪喝多了，他活了这么大，今天是他喝得最多的一次。绝对不只是因为见到父母的熟人赛飞龙，哀伤，愤怒，感慨，希望等等的感情，五味杂陈。

火小邪不知道什么时候，又是谁将他扶到床上躺下的，他既感到安全又感到害怕，既希望自己保持清醒又克制不住地想忘掉一切。就在迷迷糊糊的矛盾中，火小邪睡着了，他梦到无数的事情，从失去的幼年记忆，到他人生中的每一个轨迹，只是没有任何逻辑可寻，不知因也不知果，随性而来，随性而去。

不知道过了多久，火小邪才依稀感觉到自己的身旁坐着一个人，这个人沉默不语，只是默默地看着他。

只是感觉到这一点，火小邪就立即睡意全无，"唰"的一下坐了起来，立即做足了攻击的打算。而火小邪定睛一看，坐在自己床边椅子上的人，是烟虫。

烟虫抽着一根烟，对火小邪的反应一点也不奇怪，泰然自若地说道："睡得不踏实？"

火小邪长喘了一口气，放下心思，按着额头说道："烟虫大哥……是你啊……你来了多久了？"

“也就半个时辰。”

“哦……烟虫大哥，现在是什么时候了？”

“天黑了。”烟虫抬手看了看手腕上的钢制手表，“晚上九点。”

火小邪惊道：“我居然睡了这么久！”说着翻身就要起来。

烟虫并不阻止，说道：“这么晚了，还不如继续睡吧。”

“睡不着了。”

“那你起来要做什么？”

火小邪正穿上鞋系好鞋带，听烟虫这么一问，略略愣了愣，慢慢地坐直了身子，说道：“烟虫大哥，说老实话……尽管我知道有很多事要去做，可一下子毫无头绪，不知道从何处着手。”

“你醒酒了？刚才你醉得很厉害。”

“我头一次喝这么多……但现在我很清醒。”

烟虫看着火小邪，嘿嘿笑了声，抽了口烟，站起身来伸了个懒腰，说道：“火小邪，随我到外面逛逛吧。有些事先不要着急，越急越容易出乱子。来，随我来！”

火小邪点了点头，清点好自己随身物品，抖擞精神，跟着烟虫离去。

一路上火小邪略略问了几句，才知道赛飞龙、赵霸、烟虫和他四个人，只有他喝多了睡下，赵霸、赛飞龙打点好一切，又去忙碌了，具体去忙什么，烟虫并未告诉火小邪。

火小邪也不便多问，说了几声惭愧，再不多问，跟随着烟虫七转八绕，再次来到了逍遥窝的大厅。

白日里逍遥窝人满为患，极为热闹，晚上却显得分外冷清，偌大的厅堂内，尽管如同白日一样灯火通明，但十几张赌桌前，已经是空无一人，只是在大厅各处角落中，有三三两两的人聚在一起。有的已经喝多了，趴在桌子上酣睡，有的则十分警惕地彼此窃窃私语。

烟虫带着火小邪走到一处偏僻的角落，寻了张桌子坐下，很快便有衣着轻薄的女子窈窕地走来，给烟虫、火小邪递上酒水。好像只有这些女子，是永远保持着同样的状态。

烟虫还是给自己拿了一杯酒，再给火小邪拿了一杯茶水，打发侍奉的女子离去，将杯中酒一饮而尽。

火小邪看得出，烟虫眼神一直看着一边。

火小邪低声问道：“烟虫大哥，你在等人？”

烟虫抬腕看了看手表，说道：“是！我估计他也想见你。不着急，按规矩，他该到了。”

火小邪问道：“谁？”

烟虫扭头一笑，并不多说话，看向一旁，又看了看手表，说道：“他来了。”

火小邪顺着烟虫的目光一看，只见一个蓝衣大汉，提着一个麻袋，快步走入大厅。

烟虫伸出手指，在腮帮子处点点戳戳，发出咕咕咕的鸟叫声。那边的蓝衣大汉听了，立即扭过头来，看着烟虫，很不耐烦地皱起了眉毛。

而蓝衣大汉目光向火小邪面上一落，突然呆了一呆，露出不敢相信的眼神，脸上的肌肉明显地抽动不止，如同被火小邪吸引一样，径直走了过来。

火小邪当然看得真切，这个蓝衣大汉，正是御风神捕钩渐！他那蓝色衣服的胸口上绣着的盘云，正是御风神捕的标志！

眼前的这个钩渐，和白天见到的那个走路东倒西歪的醉汉迥然不同，精气神丝毫没有白天的颓废之处，真正对得起御风神捕钩子兵的称号。

钩渐提着麻袋，直勾勾地走到火小邪面前，方才站定，眯了眯眼睛，沉声道：“火小邪！”

火小邪缓缓站起，抱了抱拳，说道：“是我，钩渐兄弟，好久不见！”

钩渐嘿嘿嘿嘿嘿嘿地连声闷笑，竟带着无数伤感：“是啊，七年了，七年了……”

烟虫指了指身旁的座位，说道：“钩渐，坐！聊聊！”

钩渐把麻袋咚的一下丢在脚下，端坐在凳子上，他只是盯着火小邪，眼睛一眨也不眨，好像依旧不敢相信眼前坐着的是火小邪。

那麻袋一落地，便有一股子血腥味隐隐透出，而且听落地的声响，似乎是两只胳膊……火小邪记得钩渐在逍遥窝接下的路子，就是斩人两条胳膊，所以不足为奇，只是当天便把这事做成了，倒不得不佩服一下钩渐的身手厉害。

有服侍的女人端着盘子走来，钩渐也不答话，一杯又一杯地拿起女人托盘上的酒水，不管青红皂白，无论是酒是水，统统一口喝掉。女人还是笑盈盈地，看着钩渐喝完，将酒杯收拾好，快步离去。

钩渐眼中显出一股醉意，看着火小邪闷声道："火小邪，你在地宫里救了御风神捕，却不知道我们的下场吧？哈哈，我们的下场，我们的下场，哈哈……"说着说着，又惨然笑了起来。

钩渐惨笑几声，招手唤道："酒！拿酒来！酒！"

火小邪自然不知道该对钩渐说什么才好，烟虫则把钩渐手腕一拉，按了下来，嘟囔道："找你有事商量，现在没必要喝。"

钩渐机械似的一扭头，直勾勾地对烟虫说道："什么事比一醉解千愁重要？"

烟虫按着钩渐的手腕，哼了一声，说道："报仇！"然后慢慢松开了钩渐的手腕。

钩渐瞪大了眼睛，整个人也僵硬了，从嗓子里挤出话语来："杀伊润广义……"

烟虫点头道："我帮你报仇，你帮我做事。"

"你骗我！伊润广义如果能杀得掉，我早就去杀了！"钩渐怒目圆睁。

烟虫抽了口烟，指了指火小邪，说道："有他在，我们有机会。"

钩渐唰的又是一扭头，看着火小邪，半晌才说道："火小邪，我一直以为你也被伊润广义杀死在五行地宫里，今日见到你活着，我信了！你一定有办法赢过伊润广义这个奸贼！对不对！"

火小邪低声道："我自己赢不了他。"

钩渐嘿嘿嘿嘿笑了起来，不住地连喘粗气，又是苦笑，又是狂喜似的说道："我，可以，一命换他半条命，只要你能杀了伊润广义，我这条命你随时拿去！"

火小邪默默吸了一口凉气，看着烟虫，说道："烟虫大哥，我闹不明白，你的计划是？”

烟虫最后抽了一口烟，把烟头狠狠地丢在地上，用脚碾烂了，说道：“我们要去一个地方，火小邪，你愿意跟我去吗？”

火小邪毫不吃惊，反而心如止水，他一直在等待的似乎就是烟虫这句话。

火小邪问道：“去哪里？”

烟虫沉声道：“万年镇。”

“万年镇？”火小邪从未听说过这个地名。

钩渐反而喃喃念道：“长白山下，远望天池，古镇娑佑，今名万年。”

烟虫说道：“就是此地。”

钩渐皱眉道：“依山而立，跨水而建，日军的秘密要塞，历时七年修建。生人若近，格杀勿论，乃是东北境内最为凶险的地方。娑佑古镇早就不存在了，今天的万年镇，只是传言，没人知道那里面是什么样子的。”

烟虫笑了笑，说道：“钩渐，你看着嗜酒如命，该知道的你还是知道嘛，御风神捕的威风一点不减。”

钩渐沉声道：“伊润那狗贼真的在万年镇？”

烟虫说道：“至少比其他地方，更有可能。”

火小邪回国时间不长，和江湖人士接触得极少，更别说听闻过什么是万年镇了，如果是日本人修建的军事要塞，怎么伊润广义等人从来不和他提起？但一回想，伊润广义若存心想瞒住自己，实在太容易了。

火小邪沉声道：“烟虫大哥，钩渐兄弟，我本来想说，伊润广义可能在奉天郊外凉山庵，那里是日本忍军的中国总部，我们是不是先以此地为目标？长白山路途遥远，一来一回耗时漫长，我们是不是舍近求远了？”

烟虫说道：“先杀伊润和先救老婆，你先选哪个？”

这个问题问得火小邪一时语塞，这两者之间，若让他猛然一想，只是觉得先救妻儿最着急，杀伊润可以是“君子报仇，十年不晚”。但这种率性的答案，火小邪却突然间觉得，难以在烟虫、钩渐面前不假思索地说出。

烟虫见火小邪没有张口就答，便不等火小邪回答，自问自答一样说道：“杀伊润十年不晚，救老婆迫在眉睫，不救出老婆，怎么杀得了伊润？仅此而已。”

火小邪一听，心头惭愧，为什么他心里想的和烟虫差不多，却感觉说出来会完全不一样呢？

火小邪说道：“烟虫大哥说得是……我确实是想先救我妻儿……”

钩渐低喝道：“火小邪，只要你真心杀伊润，其他事情我也愿意帮你！刚才烟虫说得对，不救你老婆，怎么杀得了伊润！”

火小邪咬了咬牙，问道：“烟虫大哥，雅……”想到有钩渐这个恨日本人入骨的人在，火小邪改了口：“雅……我老婆千雅难道会在万年镇？”

烟虫淡淡一笑，抽出一根烟，打着火点上，抽了两口，啵的吐了个烟圈，漫不经心地笑了笑，对火小邪说道：“你觉得你父亲发明的正反罗刹阵，要用什么开阵？”

火小邪乍一听，尚未觉得什么，这只是一个未知的问题，可是一阵寒意从脚底板渐渐升起，一种极为不祥的预感几乎在瞬间弥漫了全身。

火小邪头皮一麻，热血上涌，血气冲得眼前漆黑一片……

火小邪狠狠地激灵了一下，将这股血气压住，颤声道：“是血吗？”

烟虫不置可否，抽了口烟，淡淡地说道：“关于这个罗刹阵，世界上清楚的恐怕只有四人，一个是我的师父炎尊，一个是你的父亲炎火驰，还有一个就是伊润广义，当然还剩下一个知道不少皮毛的……就是我。”

火小邪问道：“罗刹阵就在万年镇里？”

烟虫叼着烟，微微颤动着身子，看着像是点头，却不完全是，所以烟虫说道：“我的把握只有五成，记得几年前我们在张四爷后院下看到的那些贼人了吗？”

火小邪点了点头，而钩渐一听张四爷这三个字，眼睛骤然瞪圆了：“怎么，你们进去过？”

烟虫答道：“去过，而且我知道，很多被抓的贼，被运到万年镇附近去了，从此杳无音信。大概是都死了吧……”

钩渐一口钢牙咬得嘎嘎作响，低骂道：“小鬼子！操你们祖宗！”想当初，钩渐可是御风神捕中的高手，专门与贼人作对的，时至今日，竟也站在了盗贼这边。

火小邪说道："伊润广义想用罗刹阵守鼎，万世不能盗走。我明白了，烟虫大哥，时不我待，我愿和你一起去万年镇走一趟！一探究竟！"

钩渐抱拳道："愿与两位同生共死。"

钩渐嘿嘿嘿一笑，堆出一副嘻哈的模样，摆了摆手，说道："不急，不急，急不来的，想进万年镇，必须有十足的准备。"

钩渐喝道："要人有人，要命有命，逍遥窝大把的豪杰！"

烟虫笑道："人不在多，而在于精。"说着，烟虫喷出一口烟，冲一旁叫道："骚婆娘，偷看够了就过来吧。"

只听嘻嘻嘻的娇笑声传来，花娘子带着一个同样美艳的女子，水蛇一样扭了过来。

那美艳的女子走到烟虫身边，看也不看火小邪、钩渐，一拧身子，就坐在了烟虫的怀里，娇滴滴地说道："哥哥，你用不上人家，是不是就不想我啊。"

烟虫搂着这美艳女子的细腰，一脸坏笑地说道："柳桃，嫂子若答应了，我就娶你做小的，好不好？"

花娘子唾了一口，笑骂道："柳桃你这个浪蹄子，滚起来，小心姐姐我发飙。"

这个叫柳桃的女子摆了个不愿意的神情，摸着烟虫的脸颊，磨磨蹭蹭地站起来，哼哼道："姐姐，柳桃好羡慕你哦。"

柳桃一起身，花娘子就钻到烟虫怀里，坐在烟虫腿上，得意地说道："气死你这个浪蹄子。"

柳桃扭了扭身子，笑而不语，一转身看着火小邪和钩渐，脸上春光无限，要多风骚就多风骚地唤道："两位哥哥，小女子名叫柳桃，哥哥们要多多爱惜我哦。"

烟虫骂道："柳桃，别扭你的大屁股蛋了，浪得水响了！坐下坐下，说正经事呢。"

柳桃这才娇笑了两声，挑逗似的摸着钩渐的肩膀，又故意碰了碰火小邪的身子，才软弱无骨地坐在火小邪身旁。

烟虫哼哼两声，问花娘子道：“骚婆娘，你那边的事有没有问题？”

花娘子勾着烟虫的脖颈，说道：“有柳桃这个浪蹄子帮忙，事已经成了。”

钩渐一直对柳桃没有好脸色，不悦道：“烟虫，你葫芦里卖的什么药？柳桃是奉天最大的窑姐，专门拐卖良家女子当妓女的，什么事要求她？和她做事，我心里别扭！”

柳桃立即呦呦呦几声，媚媚地笑道：“钩子爷，你和我还没做过事呢，怎么会别扭？再弯的丝瓜，让妹妹我坐上一坐，也能捋直了呢。”

钩渐闷哼了一声，并不搭理柳桃，只是看着烟虫。

柳桃见钩渐不理他，一反手勾上火小邪的肩膀，丰满的胸部紧紧贴着火小邪的手臂，冲火小邪耳边吹了口兰花气，笑道：“这位哥哥一看就知道厉害着呢，不像你装模作样的，哼！”

火小邪收了收身子，耳朵已经发烫了，说道：“得罪得罪，姑娘你不要作弄我。”

烟虫嘿嘿嘿坏笑几声，说道：“能靠近万年镇的方法，的确要靠柳桃出面。钩渐，你也不要多心，柳桃找来的人，全是破鞋，打小就是裤裆里不肯空着的主，没事没事。”

柳桃说道：“你这个坏男人，得了便宜还总卖乖，世界上要不是你们男人，哪有小妹这个行当？”

花娘子伸出手指戳了下柳桃的额头，骂道：“浪蹄子，正经说话，你答应我三天把姑娘找齐，有谱没谱？还有，放开他。”

柳桃白了白眼睛，松开了火小邪，软绵绵地说道：“放心吧，小鬼子的开裆裤里是什么操行，我比自己手指还清楚。”

火小邪松了口气，问道：“烟虫大哥，我们这一行，去几个人？”

烟虫数了数手指：“我，你，大把子，二把子，骚婆娘，浪蹄子，钩渐，还有些娘们，没了！”

钩渐心急，问道：“何时动身？”

烟虫把烟嘴向空中一弹，说道：“三日后。”

六日之后，夜，长白山脚下一处山口，一辆黑色轿车和两辆箱式卡车晃晃悠悠地开了过来。

三辆车绕过一处弯角，再开了一小段，就立即有数道探照灯划开夜空，指在汽车上。三辆汽车立即乖乖地停了下来，不再前行。

大喇叭叽里呱啦地吼叫起来，非常生硬的中文：“停下！接受检查！”随后又是日语念了一遍。

前面的小轿车车门打开，一个穿西装的男子和一个穿和服的女子快步走下，向着车前小跑而去。

在强烈的探照灯下，一群衣着笔挺的日军，荷枪实弹围了上来。

西装男子和和服女子被探照灯晃得睁不开眼睛，只是不断鞠躬，男子用日语叫道：“我是坂本鬼次，我是坂本鬼次！”

围住的日军中一个军官这才哈哈笑了几声，用日语骂道：“鬼次郎，你又来晚了！”说着一挥手，探照灯的灯光渐渐暗了下来，一众日军也把枪口微微移开，略略放松了警惕。

穿西服的名叫坂本鬼次的男子赶忙上前，冲着军官恭敬地鞠躬。

军官本是一脸严肃，突然露出了淫笑，拍着坂本鬼次的肩膀问道：“姑娘们？在后面？”

坂本鬼次连声道：“在，在！两卡车的姑娘！精挑细选的。大佐，我介绍一下，她是奉天城最红的妈妈桑，柳桃！这次她亲自选的姑娘！绝对能够满意！”

坂本鬼次一招手，身旁那个和服女子立即上前，向军官鞠了一躬，娇滴滴地用日语说道：“山本大佐，我记得您，一年以前我服侍过您，我是柳桃。”

军官眯起眼睛一看，和柳桃一对视，回想了一下，立即喜笑颜开，奔上一步：“柳桃小姐！记得！记得！那一夜实在销魂，你来了真是太好了！”

柳桃借势贴近了军官，大腿微抬，直接顶上了军官的命根，身子微微晃动，娇声道：“山本大佐，你还能记得小女子，太荣幸了！我天天想着你呢，你什么时候再来找我呢？”

军官被柳桃这恰到好处又隐蔽的撩拨，弄得是心花怒放，大手一搂，直接摸到了柳桃的屁股上，说道：“军务繁忙！柳桃小姐原谅。”

柳桃娇笑道：“那我来找你了，你高兴吗？”

“当然高兴！”

“我还带了很多姐妹，我亲自挑选的。”

“哟西！”

一旁的鬼次郎见亲热得差不多了，插过话来：“大佐，你看，我们应该怎么办？”

军官故作正经地咳嗽了几声，退离柳桃几步，大手一伸，说道：“拿来！”

鬼次郎连忙从怀中摸出一张纸，递给了军官。军官展开一看，见上面几行人名，数个签章，便放了心，将纸张拿好，回头叫道：“放他们进来！”

其实后面的一众鬼子兵早就按捺不住，盯着柳桃丰满的胸部直吞口水，听长官一声令下，跑得比兔子还快，手脚极为麻利地将路障移开，打着手势让车辆入内。

柳桃见路障已经挪开，冲军官一鞠躬，甜甜地说道：“山本大佐，我们安顿下来了，你一定要来找我哦！”

军官笑得屁股开花，连声道：“肯定，一定！请！”

鬼次郎和柳桃快步回到轿车上，将车门关好。鬼次郎才长喘了一口气，飞快地抹了一下额头的冷汗，用夹生的中文说道：“柳桃，这次是我最后一次帮你。”

柳桃伸出小手，一把握住鬼次郎的裤裆，娇声道：“最后一次？”

鬼次郎支吾道：“不是，不是，柳桃，太危险了，真的是太危险了。”

前面开车的司机低低地说道：“鬼次郎，这次一百两黄金给你准备好了，你不用担心。我觉得你还要继续帮我们几次，下次二百两，再下次四百两，如果还有下次，就八百两。这样你就有足够的钱去海外，潇洒地过一辈子了。”

鬼次郎面露难色，但是柳桃手劲加重，鬼次郎也不挣扎，更不敢挣脱，只好说道：“我会考虑，我一定会考虑。”

司机嘿嘿坏笑一声，说道：“鬼次郎，你的命在我手上，记清楚了。”

“是，是的！”

这位司机，竟是烟虫李彦卓乔装打扮的。

三辆汽车缓缓前进，驶过了戒备森严的岗哨，慢慢前行，大批日军端着枪，守在三辆汽车左右两侧，护送着一同向前。

车辆没有行使多远，便到了一处空地，空地一边，无数营房灯火通明，许多重车辆和工程机械分散在四处，说是个大工地，又不尽然。穿过营房再往前看，是一片无边无际的山脉，山峰直插入黑色的天幕中，高不见顶。

有掌旗的日军打着旗语，指挥三辆汽车移入空地，那位叫山本的军官也已走来，站在车辆一边同另几个军官窃窃私语，并出示了鬼次郎提交的文件。几位军官讲着讲着，都露出了淫笑。

鬼次郎、柳桃、烟虫依次下车，依次向山本大佐和其他军官行礼，山本大佐叫道：“鬼次郎，动作快点！”

鬼次郎赶忙答应了，招呼后面卡车上的司机，纷纷下来了几个，其中一个副驾驶，身材矮小，形象猥琐，似乎害怕得手足无措，眼睛都不敢抬。但是细看才知，此人乃是大把子赛飞龙装扮。

烟虫、鬼次郎、柳桃与赛飞龙等人一道，赶到厢式货车后面，打开了车厢，拉出了梯子。

就听到车厢里全是女子的抱怨声，一阵杂乱之后，便有浓妆艳抹的女人，提着行李，依次从车厢中下来。看这些女人的言行举止，一看就知道她们全是欢场上的妓女。

整整两车厢的妓女！这些妓女，有的是中式打扮穿着旗袍，有的是西式洋装，有的是朝鲜装束，有的则是日本和服穿戴，甚至还有两三个金发碧眼的外国女人。

随着这些艳色女子下来，旁边的营房窗口处立即挤满了人头，全都是日本军人，垂涎三尺地观看。可是随着几声责骂，两声哨响，窗口处的人立即不见。

一个个女子纷纷下车，挤在一堆，不少女人已经开始搔首弄姿，勾搭着四周守卫的士兵，那些士兵猛咽口水，恨不得脱光了就冲过来禽兽一番，只是这里的军纪很是严明，虽然心痒难耐，也无人敢造次。

一个穿和服的女子下到车下，烟虫正好接着，两人对视一眼，烟虫忍不住地飞快闷笑一声。那和服女子白了烟虫一眼，牵着烟虫的手，扭扭捏捏地下来，在烟虫耳边低声骂道："烟虫大哥，咱们是不是玩得有些大了，我这样的……"

烟虫骂道："闭嘴！记住装女人，说日语！"

原来这穿和服的女子，竟是火小邪装扮的……火小邪也算是"凄惨"，脸上涂了厚厚的一层白粉，化了浓妆，戴了假发，隆了假胸，涂了指甲油，喉结也被围巾巧妙地掩饰住，猛一看，还真是一个别具风情的窈窕淑女。

火小邪一下车，赛飞龙便也过来，将火小邪接了过去，早有柳桃一旁等着，娇滴滴地召唤一声，让火小邪站于自己身旁。

烟虫继续接人，随着火小邪之后，下来一个非洲黑人女子，肤色之黑，近乎炭，黑夜之中，光看到两只雪亮的眼睛。居然还有黑美人！看来柳桃这次的确花了功夫。

烟虫把这黑人女子接下来，重重地拍了一下她的屁股，这"黑美人"身材高大，穿着兽皮制成的奇装异服，对烟虫的一巴掌，没有任何反应，只是身子微微抖了抖，突然侧过脸去，在烟虫耳边用男人的声音，压低了嗓子厉声骂道："你妈的巴子的！你等着。"

这黑美人是谁？不是别人，乃是御风神捕钩渐乔装。

车内各色女子下完，就见到一个身材极为庞大的"婆娘"，背着一个能塞进三四人的大包裹，穿着一双红色的高跟鞋，从车上咚地跳了下来，震得地面乱响。

这巨人似的婆娘，穿着中式女子衣服，烫着卷发，涂着艳红的嘴唇，满脸厚厚一层胭脂，看着倒是白白净净的，两只铜铃大的眼睛，瞄着眼线，打着眼影，半个指头长的假睫毛忽闪忽闪的。此婆娘相貌虽丑，形态惊人，却有豪乳一对，简直要撑爆了胸前，大乳沟深不见底。要说她是男人假扮的，可她脚下踩着一对巨大码的高跟鞋，而行动仍然便捷；背着一个大包裹，举手投足之间，却比女人还羞涩做作。

这"大婆娘"的出现，引得周围日本人一阵低声惊叹，而这婆娘笑盈盈的，扭着自己成吨重的屁股，花枝招展地向旁边的日本人飞吻不止，发出娇媚的叫声："嗨！嗨！帅哥！"

火小邪和这个婆娘同一车下来，他一路已经忍了许久，才不至于呕吐出来，慢慢也就习惯了。因为这个婆娘，就是逍遥窝二把子，顶天娇赵霸。

话说赵霸得知自己能名正言顺地装成女人，招摇过市的时候，兴奋得一天一夜没有合眼，立即把自己的胡子、胸毛、腿毛刮了个干净，然后将自己珍藏的女子衣裳全部拿出来试了一遍，连脸上的妆容也是自己画的，没让柳桃、花娘子帮他。再说赵霸的大胸脯，的的确确是真肉，这是柳桃、花娘子教他的法子，生生给挤出来的，因为赵霸胸肌巨大，而且脂肪肥厚，若按柳桃她们的法子，的确能得到这对"豪乳"。赵霸打扮停当，高兴得连路都走不了，又是一天一夜不睡，在镜子前端详，挤眉弄眼，卖弄个没完。

原来此行，就是利用万年镇外镇守的日军好色，有派驻慰安妇的习惯，这才有了合适的机会混进来。本来钩渐、火小邪坚决反对打扮成女人，特别是钩渐听到自己要装成黑人女人，更是抓了狂，打死不从。后来让烟虫和火小邪说服，理由很简单，就是钩渐的模样，只能装成黑人才好蒙混过关，而且日本人不会找黑人睡觉，大可放心。

起初火小邪也担心不已，自己打扮成日本女人的样子，他勉强可以接受，但万一日本人拉自己上床，怎么可能忍得住？掩饰得住？可烟虫拍着胸脯担保，只有火小邪暴小鬼子的屁股，绝对轮不到小鬼子暴他，绝对安全。于是火小邪一咬牙，才同意下来。

这种邪门歪道的办法，也就烟虫这种人想得出来。

其实火小邪还不清楚，烟虫观察了万年镇接近七年，对万年镇的险恶程度，心知肚明。别看借柳桃之手，玩的是下作之事，但在当时而言，正是最好的办法！

柳桃见所有人全部下来了，招了招手，一个美艳得让人心痒的性感尤物，妆容是风尘绝代，媚眼迷人，穿着一身合体的紧身洋装，更是曲线毕露。她盈盈走到柳桃面前，冲柳桃一笑。

柳桃娇声说道："姐姐，你还是这样好看。"

此女正是花娘子。

花娘子风骚地笑道：“妹妹，若不是做事，我家贼汉子不让这样打扮了。”

柳桃勾着花娘子的手，真的像拉皮条似的，领着花娘子来到山本大佐和一众军官面前，介绍道：“各位长官，这是我以前在杭州认识的好姐姐，花仙儿，这次她来帮我带着姑娘们侍候。长官们多多关照啊！”

花娘子娇羞无限，又一副淫荡成性的模样，勾勾搭搭地用日语说道：“长官们好。嗯……”

山本大佐等日本军官，见花娘子的美色比柳桃青出于蓝，更有几分成熟女性的魅力，心里那个高兴，如同喝了蜜一样。

山本大佐叫道：“花小姐真是个美人！”

一个日本军官在山本大佐耳边低语道：“依田大将一定会喜欢！”

山本大佐一听，连连点头！

原来火小邪与黑三鞭在奉天见过的依田极人，多次大难不死，从五行地宫中和宁神渊二教授侥幸活命后，一直辅佐着伊润广义，剿灭火家一事，是依田极人率兵，修建万年镇，同样是他主持。依田极人能如此卖力，当然受到伊润广义的重视，所以剿灭火家，逼死严烈后，依田极人立即从中将升为大将，可谓仕途顺风顺水。

此时依田还没有回到万年镇，招来这些妓女，不仅仅是兵营里慰安之用，还有给依田开庆功会的淫乱用途。

宁神渊二教授呢？他当然也狗命长得很，好端端地活着，而且就在万年镇里做顾问，与依田极人一同监工万年镇的修建。

且说火小邪、钩渐、赵霸三人伪装成女子，混在妓女堆中，柳桃、花娘子与管事的山本大佐等军官介绍认识以后，回到妓女前，分成两组，领着便向里走。

这片日本人的营房，没有一扇门是冲着院子的，因为按照军事防御用途建造，要想进营区，必须从一侧的岗哨通过。

那位山本大佐等一众军官，尽管心痒难耐，规矩还是做得一丝不苟，守在岗哨处，一个个地检查妓女的证件。

所有人都必须持有奉天警备厅印制的通行证，上面有照片、姓名、年龄等信息，加盖数枚公章，一样都不能少，否则禁止入内。

所有此行的人士，人手一张通行证，须在岗哨处一一比对之后，方能进入营区。

烟虫李彦卓的身份是司机兼杂务，大把子赛飞龙是账房兼医师，烟虫的身份还好理解，跑堂的龟公，赛飞龙相对比较有趣。其一是帮妓女们收钱的，钱不能交到妓女的手里，明码实价，不能给妓女小费，以保证统一的“服务质量”；其二的医师，说白了就是弄各色春药和补品的，保持妓女的持久“作战”能力。

这两个行当，在旧社会的窑子里，属于必备的角色，所以柳桃带着，并没有什么奇怪的。

烟虫本来就一副吊儿郎当的模样，装流氓很有一套，眼睛一挤，露出坏笑，活灵活现，一身的淫贱劲，说他不像都没有人相信。赛飞龙那就更出彩了，他这副尊荣，山羊胡眯缝眼，瓜皮帽一戴，说穷不穷说土不土，装也不用装，十足就是。

所以烟虫、赛飞龙两人，加上柳桃、花娘子，轻而易举就蒙混过关。

略微麻烦的是火小邪、钩渐、赵霸三人。

一众妓女一个一个地过关，火小邪跟着低头走着，来到岗哨前，山本大佐正等着查证件。火小邪戴着手套，老老实实把证件递给山本，山本低头一看，扭头对候在一旁的柳桃问道：“她是日本女人？”

柳桃笑道：“父亲是皇军。”

山本似乎对和他个头一般高矮的火小邪挺有兴趣，看着火小邪轻蔑地问道：“你会说日语？”

火小邪只好憋着嗓子哈伊了一声，一肚子的火气，如果不在这里，估计早就一刀把山本捅死。以前火小邪对日本军人没有好感，但至少也不太讨厌，可是时至今日，火小邪觉得这些日本皇军，简直是十恶不赦之徒！

山本似乎对火小邪这种回回避避的模样很有好感，哈哈大笑着对柳桃说道：“不错！很害羞，柳小姐物色得不错。”

山本把火小邪的证件塞还给他，手一挥，示意火小邪进入。

火小邪强忍怒火，点了点头，踩着木屐，哒哒哒地走入。

接下来是赵霸，这个假婆娘挺着大胸，直逼山本大佐面前，山本若是不退，脸就能埋在赵霸的胸前。

山本略略退了一步，皱起了眉头，对柳桃说道："柳小姐，这个是……"

赵霸眼睛一瞪，把证件硬塞进山本怀中，气愤不已地嚷嚷道："怎么，觉得我不好看？"

柳桃盈盈一笑，贴着山本大佐耳边低语道："别看她粗，她可是打屁股的高手！全东北也找不出第二个比她更懂行的了！"

山本恍然大悟，连连点手指头，说道："柳小姐，你这个坏姑娘！"

柳桃所说，一般人是难以明白的，打屁股是什么意思？原来日本军人里，有不少人生性变态，喜欢"臀爱"，就是裸体趴在一个健硕的女子腿上，装作孩童，让这个女子打屁股，据说是让他们能够怀念起年少时母亲的责罚，以解思乡之苦。能享受这项慰安服务的，一般士兵还没有资格，只有军官和有特殊功绩的人才可以。

山本看了看赵霸的证件，手一挥，放行！

再轮到钩渐，本来最让人担心，因为他对日本人恨之入骨，纵然千番叮嘱，他可不是烟虫这样能屈能伸的大盗，只怕掩饰不住。

但现在的钩渐是个黑人女子，本来就是异邦人士，黑乎乎的脸上，配上奇装异服，加上是黑夜，纵然做任何表情，也是奇奇怪怪的。

那山本大佐看着钩渐的照片，照片上的人脸只有两只眼睛最清楚，不禁翻起眼睛瞄着钩渐。钩渐气不打一处来，张口就骂："操你妈的八字的小龟毛。"

别急！钩渐绝不是愚蠢之人，他骂是骂，却是抖搂着舌头骂的，听起来只是叽里呱啦的一阵鸟语。

柳桃在一旁解释道："她说，照片上就是她。"

山本大佐觉得有理，点了点头，把证件丢还给钩渐，手一挥，放行！

于是这般有惊无险，烟虫一行混入了军营，接近了万年镇。

一众人进了军营，对他们的守备便放松了许多。

早有准备好的慰安妇营房等着他们的到来，休息之处是七八间大房，慰安之所则是另一排平房，用简易的木板隔成了几十个小房间。

有日本老妇前来，领着柳桃、花娘子张罗，将火小邪等一众妓女，先安置在大房中休息，再去慰安所的小房门上，一一张贴姓名。

如此收拾一番，才算停当，等一切收拾完，夜也深了。

那日本人做的是苟且不伦之事，但颇为讲究，看着挺正儿八经的，若不是事先告知，不明白的人看了，也许会以为是慰问演出。

火小邪、赵霸、钩渐一个屋子，与烟虫、赛飞龙同住，且不说火小邪心急，钩渐简直是坐立难安，不得不靠在墙边直喘粗气，紧闭双眼，用来缓解情绪。

夜深人静之后，柳桃、花娘子才进到屋里，关上了房门。

钩渐迫不及待地一跃而起，低声道："怎么办？"

柳桃轻轻嘘了一声，和花娘子上前，示意众人围坐，方才看了看花娘子，低声道："姐姐，做婊子我行，偷东西我可不行了，你说你说。"

花娘子低声道："我借着办事的机会，大概摸清了这一带的情况。这里的防备果然很松，只在前后左右有四个哨岗，其中北边那里，靠近一处乱石岗，沟渠纵横，容易藏身，是我们往来这里的绝佳选择。不过，有一点很奇怪，除了我们这个院落外，四周的地面上均有一种甜腥腥的味道，越往外越浓烈。这个味道我在进营区的时候就闻到了，一直判断不出是什么药物。"

火小邪轻轻吸了一口凉气，说道："嫂子，可是有点像薰衣草种子的味道？"

花娘子立即答道："你这么一说，倒确实像。"

火小邪点头道："这种味道一般人闻不到，连我也不行，多亏了嫂子。"

烟虫说道："怎么？"

火小邪说道："这应该是日本忍军密殿宗的一种忍毒，叫朔婆糯多，意思是镇守之香，是用在皇宫内院里的一种防盗术，密殿宗会在皇宫内遍洒这种药水，如果有外人入侵皇宫，因为没有服用过化解药物，擅自经过散药之处，身上的味道会被日本岛上一种叫巴儿花的狗闻出来。"

烟虫轻轻一笑："怪不得我最近几年想进去，总是没进去多远，就被土狗撵！原来是这么回事！"

赛飞龙说道："我记得清朝内宫中，曾经有一段时间用过一种名为猫乱叫的药物，异曲同工。后来皇帝老子和妃子觉得这种法子太吵，怕内宫中有人利用这种药物造反，给禁了。"

钩渐说道："我也有此耳闻。"

柳桃说道："怪不得烟虫哥哥，非要用这种下三烂的法子混进来。"

烟虫说道："可是现在的问题还没有解决，我们这里离万年镇还有小半里路，总不能先去把所有土狗找出来杀掉。火小邪，你学了七年忍术，可知道怎么化解？"

火小邪皱了皱眉，说道："如果我妻子在，她肯定有办法！她曾经和我说过，我记得不是很清楚了！容我想想。"

钩渐有些着急道："火小邪，明天小鬼子就要找我们上床了！今晚要是没有办法，我们迟早是露馅！"

柳桃说道："钩子爷别急，我们至少有今晚和明晚两个晚上的时间，明天小鬼子是抽签排号，我们淋浴净身，后天才接客呢。如果两个晚上还不行，我最多还能再争取两天两晚，就不得不找借口让你们离开了。"

赵霸说道："火小邪如果想不出化解的办法，我们岂不是寸步难行，无功而返？"

众人的目光一下子落在了火小邪身上。

火小邪自从刚才说完，一直在努力回想，见大家望了过来，沉吟一声，慢慢说道："我只记得是一种香水……好像还是西洋法国的什么牌子。"

柳桃抖擞一下，娇笑道："呵，说不定我有呢！"说着快步起身去一旁，取了自己的小皮箱，打了开来，里面琳琅满目，竟有二十瓶形状各异的香水。

柳桃指着箱内说道："我就有收藏法国香水的爱好，总是随身带着我最喜欢的，正好呢！"

花娘子笑道："浪蹄子还挺顶事。"

柳桃娇声道："妹妹除了勾搭男人上床，就这点乐趣。"

烟虫示意了一下火小邪："火小邪，你看看。"

火小邪已经在寻找着。法国香水的瓶子，称得上玻璃工艺的杰出作品，每个瓶子都有自己独特的样式，越是昂贵的香水，瓶子做得越是花哨。

火小邪一瓶一瓶地提起来观看，众人默不作声，让火小邪仔细挑选，不便打扰。赛飞龙并不闲着，自觉地来到窗边，为众人放哨。

火小邪挑了两轮，才握住了一个造型最为简单的瓶子，说道："可能是这个！抱歉，实在记不清了，当年我妻子向我示意了一下，我对这种东西没有兴趣，所以只看了几眼，没有多多打量。"

烟虫坐直了身子："还是风险太大，只能有人先去试一试。"说着，把目光投向了柳桃。

柳桃微微一笑，很是豪爽地说道："这种事，当然我出面最好了！我借口去找山本大佐亲热亲热，找理由走点弯路，看看是什么效果？嘻嘻！"

花娘子有些抱歉地说道："妹妹，委屈你了，一来就让你丢了身子。"

柳桃笑道："姐姐客气什么，我早晚要和山本那颗花生米大小的东西做做事。再说，你们是打小鬼子哦，妹妹敬佩得很呢，我没什么太大的本事，便用这副臭皮囊来做点贡献。东北军不争气，一枪不发就跑了，我这个做窑姐的小婊子，身子脏，心里可比他们爱国的。"

赵霸有些哭腔地说道："柳桃妹妹，我若是女子，我愿意换你去。"

柳桃拍了拍赵霸："姐姐，下辈子你就有机会了。"

钩渐向柳桃抱拳一拜，说道："柳桃，以前说话刺人，你别见怪。"

柳桃连忙嗨了一声，说道："别介别介啊，多大点事，又不是抢鸡蛋。不说了不说了，我这就去了。"

柳桃笑吟吟地拧开瓶盖，给自己身上打点了香水，挥了挥手，说道："大家等我的信。"说罢，扭着腰肢开门出去了。很快，便听到门外一侧柳桃和日本老妇说话，脚步声渐渐远去。

火小邪本想说几句感谢柳桃的话，但他忍住了，甚至没有看着柳桃离去。火小邪心里并不好受，因为他突然觉得，柳桃这个被人瞧不起的窑姐，看似放荡的身躯下，却有一个让他自愧不如的灵魂。

柳桃走后，众人沉默了半晌，火小邪才低声说道："希望，就是那一瓶！否则……"说着轻轻摇了摇头："惭愧！"

烟虫轻笑道："不要担心，柳桃很会应付男人，她去打个前哨，对我们都好。"

火小邪说道："如果对我们的好，是建立在牺牲其他人的基础上，情何以堪？"

烟虫看着火小邪，慢慢说道："有时候，牺牲是无法避免的。"

花娘子也凑过来，柔声道："小邪，你不用自责，柳桃不会觉得委屈的，放心好了。"

赵霸向火小邪身上挤了挤，搂着火小邪的胳膊说道："小哥哥真是心思柔软呢，总是替人着想，姐姐我好喜欢你这样的。"

火小邪也挣不开赵霸的胳膊，早年在奉天流浪，混迹荣行的事情不住地在脑海中闪现。火小邪虽然做贼，该耍横的时候必须耍横，该无赖的时候一定要无赖，但他时时刻刻都关心着自己的几个小兄弟。如果幼年的时候，说火小邪心思柔软，火小邪一定不爱听，这不像个男子汉，可是今天，火小邪真的发现自己虽然倔强好胜，内心中还是有一块异常软弱和敏感的地方。为了救自己出张四爷的大院，老关枪三人宁肯冒着被炸死的危险，也要点燃炸药；被张四爷抓捕，浪得奔不顾一切地去救瘪猴，而让火小邪逃走。每每想到这些，火小邪都是一阵阵地难过。火小邪身边，的确很多人都在默默地牺牲着……

火小邪尴尬地笑了笑，说道："赵霸大哥，不要作弄我了。"

火小邪说到此处，身子却一个激灵，隐隐约约听到了什么。火小邪连忙一摆手，示意大家不要说话，身子微微伏低，闭目仔细地一听。

众人虽说与火小邪相处时间有限，但也清楚火小邪的身手五感乃是第一，顿时全部屏息静气，不敢妄动。

火小邪听了小半会儿，才说道："不远处有地震……很奇怪的地震，咚……咚……咚……，一下一下的，很有节奏……现在又没有了。"火小邪抬起头来，看着烟虫，不解道："像心跳……"

烟虫摇了摇头，说道：“我不清楚，我那死鬼师父并没有和我说过这些。”

赵霸说道：“我怎么一点没有感觉到？”

火小邪说道：“非常地微弱，我的听力和体感比一般人要强，你们可能察觉不到。”火小邪头一抬，眼睛往外一撇，又招呼道：“现在有人要过来了！”

果不其然，就听脚步声从院外传来，走入了房中，又沿着走廊一路向火小邪他们所住的屋子走来。

这下所有人都听得真切，蹑手蹑脚地纷纷回到自己的床铺，躺了下来。

不多时，就有敲门的声音，咚咚咚，有老妇人的声音，用非常蹩脚的中文问道：“请问，睡了吗？打扰了，非常抱歉！”

花娘子在床上向几位打了个手势，意思是她来应付，你们别动。

花娘子把头发弄得略微蓬乱，走到房门边将门打开，门口正站着那位日本老妇。

老妇一见花娘子，客客气气地鞠了一躬，脸上的表情却有几分傲气，蹩脚地说道：“柳，小姐，她说她很好，要晚，回。你们，先休息，不等她。”

花娘子客气道：“知道了，谢谢你！”

老妇还是鞠了一躬，说了句日语晚安，退后两步，走了开去。

花娘子用余光向门外瞟了几眼，并无什么异样，方才退了回来。

不一会儿，火小邪等人陆续爬起，再次凑在一块。

花娘子很是高兴地拍了拍火小邪的肩膀，甜声道：“柳桃是说香水有效！”

赵霸问道：“她传话回来，并没有坠子话啊。”

花娘子说道：“姐姐，你这就不知道了，柳桃和我曾经都是玉兰门的弟子，而且娼妓在接客的时候，彼此之间不方便传话，通常只做记号，叫作胭脂记。视情况不同，会把记号做在袖口、后领等不宜察觉又合情合理之处。所以，我看到刚才那老妇的袖口上有胭脂记里的果成记，那就是柳桃给我们的信号。”

赵霸说道：“做窑姐的有这么多讲究？”

赛飞龙接过话来，说道：“胭脂记是玉兰门的暗号，京城里八大胡同的红袖门，也用这种类似的记号，约定不同，若不是门内弟子，很难看懂。”

烟虫说道：“福建茶农之间的茶号，用茶叶说话，更是讲究。可惜，嘿嘿，失传了。”

火小邪第一次听说这种离奇的传话方式，不禁也点头道：“看来盗家的啜黑，囤语，响里滚，不过尔尔。见识了！不过……话说回来，刚才那个老妇，我觉得不对劲儿。”

烟虫问道：“怎么说？”

火小邪说道：“我从第一眼见到她，就觉得不对劲儿，刚才她鞠躬时不经意地两指交叉，让我看出来，她过去一定是个忍者，只不过是级别非常低的忍者。”

烟虫轻轻吸了口凉气，微微皱眉。

花娘子亦有些奇怪：“忍者？”

火小邪说道：“甲贺流的低级忍者，是侍女级别的，本事很低微，但甲贺的忍者是终身不二的，就算不做忍者，也很清高，除非是有命令，要求她伪装，她是绝不会做服侍慰安妇的事情的。除非她真的是无意做了刚才那个姿势，让我误会了。不行，烟虫大哥，我们先不要着急行动，我必须去看看她到底是什么人。如果有忍者混在我们这一带，还没有察觉，会非常麻烦。”

烟虫听罢，点了点头，说道：“也好！火小邪你千万小心。”

火小邪说道：“烟虫大哥放心，我和各种级别的忍者打了多年交道，只要我不存心暴露行踪，还是很有把握避开他们的。”

众人信得过火小邪，都无异议，让火小邪先去打探一番，速去速回。

烟虫等人在火小邪的床铺上做出有人睡觉的假象，火小邪也终于把一身的日本女式和服脱掉，露出一身的忍装，十分地贴身。这套忍装是雅子专门为火小邪缝制的，材料质地十分的考究，属于忍装中的极品。原来忍者的服饰，有“内毫”和“外衣”之分，能有火小邪这种“内毫”贴身穿着的，都属于非常高级的忍者。

火小邪露出这身忍装，不禁向钩渐等人十分歉意地说道：“我这身的确是忍者服饰，大家不要见怪。”

钩渐低声哼道：“为我所用，不妨事！你这衣服不错，有机会应该给我们一人弄一套才好。”

火小邪哑然一笑，倒也安心，抖擞抖擞了手脚，花娘子为他拉开房门，火小邪立即如一条游鱼似的，滑门而出，瞬间就无声无息地不见了踪影。

花娘子不禁暗赞一声：“好身手！”

火小邪这几日来，一直束手束脚的，特别是今天穿着身女士和服，颠簸了几个小时才来到这里，要多难受有多难受。现在终于可以大展手脚，真是战龙入海，浑身使不完的力气，舒坦极了。

火小邪出了屋子，就如鬼魅一样，四下穿行。火小邪自知责任重大，行动虽速，却没有丝毫大意，悄无声息地把所有可能有异的地方检查了一遍，结果是一切太平。

火小邪也觉得奇怪，如果日本老妇人是甲贺的忍者乔装，怎么附近一带一点儿忍者的气息都没有？莫非是自己过于谨慎了？看来最终还是要去老妇人的居所监视一番，才能定论。

这处院落说大不大，说小不小，那日本老妇人的房间，便在妓女们所住的一排平房最顶角处，稍稍拐了个小弯，并不在一条直线上。这种房间布局，对盗贼来说，是最容易得手的，因为进可攻退可守，藏身之处还多。

火小邪见老妇人的房间还亮着灯，径直摸到窗下，做了个身法，倒挂上梁，贴在窗沿最上方，向屋内看去。

屋内简陋得很，也没有什么家具，一床一桌三个木柜几把凳子，一览无余。有汽油灯摆在木柜上，虽不甚明亮，但对火小邪而言，已经足够。那老妇人正盘腿坐在床上，摆弄着针线缝补一件衣服。火小邪看得真切，这件衣服不过是日式常服而已。

火小邪细细打量了一番，没有任何异状，而且那老妇人仔细地缝补，一时半会儿没有起身的意思。这样一直盯下去，想来不会有什么结果，火小邪正想放弃，另寻进屋探查的手段，未料到那老妇人突然仰头发了会儿呆，似乎想起了什么事情，放下缝补的衣裳，翻身下床，穿上木屐，走到房门边，拉开房门，就这么快步离去了。

火小邪不敢犹豫，身子一翻，先上了屋顶，举目一望，那老妇人拿着电筒，向为慰安妇们准备的“接客”处走出，看样子一时半会儿不会回来。

火小邪知道这是个大好的机会，侧身挂下屋顶，用手一推窗户，竟随手而开，显然是没有插上的。火小邪倒是愣了一愣，他本以为还要花点工夫，谁知这么简单。

眼下并未有更多的选择，就算是有人故布疑阵，请君入瓮，也必须进去看看。火小邪在窗外监视的时候，其实已经把屋内的每个角落全部细细查看了一遍，微至发丝都没有放过，的确应该是安全之地。

火小邪依旧怀着十二万分的小心，从窗外溜了进来，将窗户掩上，以极快的速度，奔至木柜前，用手指微微压了压柜门，沿着缝隙摸了一遍，没有异状，这才打开。

柜内除了几件日常的衣物和杂用的事物外，并无异常，火小邪于是乎将其他柜子，全部查了一遍，还是如常，任何与忍者有关的东西，统统没有。

火小邪又赶至床边，检查床铺，顺便将老妇人放在床上缝补的衣服提起来看了一看。

可只是这一提，火小邪的心却猛然狂跳不止，整个人如同五雷轰顶一般，动弹不得！

并不是有机关启动，衣服也没有毒，而是这件衣服本身！

这是，雅子的衣服！

火小邪之所以这么确定，仅是因为衣领内侧，绣着的一朵梅花！有九个花瓣的梅花！而且这种九瓣梅花，天下只有雅子一人会缝成这样。火小邪与雅子夫妻相处多年，雅子的所有衣物上，均被她亲手缝上梅花，绝无遗漏，而且绣工如同一个人的笔迹，用针密度，线头转接，深浅粗细，大为不同。

这件衣服，就是雅子的，绝无第二人！

火小邪连喘粗气，全身微微颤抖，他本以为此行未必能找到雅子，雅子去向不明，万年镇只是有可能的地方之一。谁知踏破铁鞋无觅处，得来全不费功夫，雅子必定在这里的某个地方！

老妇人可能是甲贺忍者的谜也立即解了，她能为雅子缝补衣服，是甲贺忍者的低级侍女无疑！她甚至有可能见过雅子，知道雅子身在何处。

火小邪眼中含泪，他多想现在就追出去，将那个日本老妇人抓住，逼问出雅子的下落，可一想起还有烟虫、花娘子、大把子赛飞龙、二把子赵霸等身陷此地，如果自己恣意妄为，极可能陷他们于重重险境之中。

火小邪拳头捏得啪啪作响，极力压住自己的情绪，冷静下来，慢慢把衣服放好，归于原状，返身退向窗边。

火小邪打开窗户，向着雅子的衣服深深看了两眼，怅然地暗暗说道："雅子，我会来救你，你等我！要保重！"

火小邪不愿耽搁，火速回了烟虫他们所在的房间。

烟虫他们等得也是焦急，火小邪一回来，便纷纷起身，将他围住。

烟虫眼力敏锐，一下子便看出火小邪有心事，先止住心急火燎的钩渐问话，低声问道："小邪，你是不是找到了什么？"

火小邪低声道："没事……我已经出去查了一圈，还进了日本老妇人的房间，她的确是甲贺忍者，级别很低，但她没有危险……"

烟虫问道："小邪，我们是一条绳上的蚂蚱，同生共死，你有心事，不妨说出来。"

花娘子亦说道："小邪，你一定是见到了什么，你眼下的妆有点花了……你是哭了？"

火小邪惨然一笑，抱了抱拳说道："谢谢大家关心，唉……我在那老妇人房间里，见到了一件衣服，是我妻子的……她在这里……"

大把子赛飞龙喜道："这是大好事啊！一举两得！"

钩渐、赵霸也连连点头。

花娘子同样喜道："小邪，你妻子有下落了，应该高兴才是啊。"

火小邪轻叹一声，说道："我应该高兴，可我不知道为什么，感觉很糟糕，好像……"说到这儿，火小邪说不下去了。

烟虫说道："怕有诈？"

火小邪默默地点了点头。

烟虫嘿嘿一笑，说道："但小鬼子应该没有想到，我们来了这么多好手，又是用这种方式。小邪，放松点儿，有时候无巧不成书！"

烟虫话虽这么说，众人心里还都是略微一沉，各怀心思，半晌无人言语。

花娘子说道："柳桃也应该回来了。"

花娘子说得不错，柳桃正在赶回住所的路上，她一路上有士兵领着，虽说还是笑颜如花，却显出几分憔悴，头发也略显凌乱。

柳桃来到住所院门口，谢过送行的小军官，那小鬼子还不忘偷偷在柳桃屁股上摸了一把。柳桃并不反抗，只是轻轻捶了小军官胸脯两下，惹得小军官心花怒放。好在这个小鬼子知道柳桃是山本大佐的女人，不敢再放肆，只好眼喷欲火地看着柳桃离去。

柳桃进了院内，念了几声日本老妇人的名字，那老妇人便急急忙忙地赶出来，客客气气地恭维了几声，说道："我烧了热水，柳桃小姐可以去洗洗了。"

柳桃笑道："好啊，谢谢妈妈，我先回房拿点换洗衣物，看看姐妹们睡下了没？"

闲言不表，柳桃轻轻松松回到了烟虫他们的房间，房间里静悄悄的，所有人已经睡下了。柳桃知道这全是假象，故意骂了句给门外的老妇人听："嗨，睡得这么快！"

老妇人也不愿意久留，说道："柳桃小姐还有什么吩咐，叫我就好了。"

柳桃支支吾吾，把老妇人支走，走了几步，筋疲力尽地坐在床上。

只是略略一静，很快床上的众人都翻身坐起，凑到柳桃身旁。

花娘子问道："怎么样？"

柳桃说道："看到我的胭脂印了吗？"

花娘子点了点头，说道："看到了，大家还是等你回来。"

柳桃说道："火小邪的香水有用，我去找山本的时候，路上借口小解，绕了点儿远，果然看到有两只长得丑丑的土狗，被小鬼子用绳索牵着巡逻。这两只土狗嗅了嗅，没什么反应，牵狗的小鬼子好像觉得挺奇怪的，盘问了句我是谁，其他鬼子说了我的身份，他们才放心，可能是觉得我和山本的关系，理应服用过解药吧。”

烟虫笑道：“不错！浪蹄子办得好。”

柳桃微微一笑：“哥哥能夸奖我，心里舒坦得很呢。”

一旁花娘子却眉头一皱，很是关切地问道：“浪蹄子，你受伤了？”

柳桃一愣，马上捂住自己的脖颈，无所谓地娇笑了一下，说道：“山本那个畜生是个变态，床上没什么本事，就是突突突的时候，爱咬人，和疯狗一样，真气人！”

花娘子气得骂道：“柳桃，你怎么不早说，这个畜生，睡了我的妹妹，还干这么恶心的事情！哪天他敢离开这里回奉天，看我不把他那根脏话儿烤熟了喂猪！”

柳桃连连摆手：“别啊姐姐，这个畜生被我制得服服帖帖的，以后还用得上他呢，阉了可惜哦。好了好了，各位哥哥，花姐姐，我赶着去洗洗，外面那老婊子看我不顺眼，我如果不去洗，辜负了她的好意，她可要刁难我们的。”

柳桃说完，冲大家娇滴滴地笑了笑，从床边拿起自己的小包，摆了摆手，低声道：“哥哥们，今晚剩下的事，妹妹就帮不上了啊，你们小心哦。”

众人很是敬佩地向柳桃抱拳，目送她离去。

柳桃走后，众人听了听外面没什么动静，这才由烟虫说道：“现在是十二点，我们分成两组，第一组，我、花娘子和火小邪，向正北方探路！第二组，大把子、二把子、钩渐，留守屋内。第一组先行动，凌晨两点返回！第二组等我们回来以后，再商议下一步。”

钩渐嘀咕道：“什么，我要等两小时？不公平吧！”

烟虫拍了钩渐一把：“钩渐，先出去的最危险，我、火小邪、花娘子都是盗贼出身，探路比较擅长。而且，钩渐你还有重要的任务，给我们传信号。”

高手之间安排任务，几句就能说明，无须多讲。所以烟虫挤了挤眼睛，钩渐就明白了，说道：“对！对！御风神捕的东西！”说着，钩渐从怀中拿出几个弹弓一样的三叉铁，这三叉铁长得奇怪，一端不是皮筋，而是嵌着一块长方形的似木似金的硬片。

钩渐分给大家，说道：“烟虫，你们记得基本口诀了吗？”

钩渐给出的东西，是御风神捕的一项无声无息通信的绝技，张四爷在山西王家堡抓青云客栈的贼人，在五行地宫中追踪火小邪等人时，就用过这个玩意，端的是独家专利，绝无仅有。若用手指扣动这块硬片，硬片弹性十足，一扣一放，硬片来回震动不止，可就算这样激烈的震动，却没有一点声音发出。其余手持这三叉铁的人，便能够收到频率一模一样的震动，彼此之间若明白震动的暗号，就能隔空通信，无人能察觉到。

日本忍军的“隐哨”，便与御风神捕的这项技术差不多。

烟虫拿过三叉铁，弹了几下，果然见到其他人手中的三叉铁全都无声无息地震动起来。烟虫的这个暗号是说：知道了，傻瓜！

钩渐当然知道，但他不好发作，只是黑着脸哼了哼。

烟虫笑道：“好玩意！科学上说，这叫共振吧？”

钩渐并不回答，严肃地说道：“烟虫，御风神捕之所以叫御风，便于此物有关，千百年传下来的绝技，什么科学不科学的，我搞不懂！三叉铁传信的有效距离是一里，你可不要跑远了。”

烟虫说道：“一里范围，足够！钩渐，谢了！”

钩渐叹道：“抓贼的与做贼的合作，还拿出看家宝贝，世道真是变了！”

一旁的大把子赛飞龙赞道：“怪不得御风神捕神出鬼没，配合得天衣无缝，好像心灵相通似的，原来有这个东西。”

钩渐哼道：“要不然烟虫这个奸贼，怎么非拉上我入伙！你们别弄坏了，这个世界上，就只剩这么几把了！”

众人商量停当，从顶天娇赵霸的巨大包裹里，取出夜行衣物。这些衣服藏得巧妙，全是缝在衣服夹层内，不撕开衣物，是断然发现不了的。

烟虫、花娘子、火小邪换好衣裳，在身上抹了能破解忍毒朔婆糯多的香水，与钩渐、赛飞龙、赵霸挥手告别，依次溜出屋外，几个起落蹿行，便消失在茫茫黑夜之中。

七、初露狰容

黑漆漆的一片营地，数盏探照灯不断在天空中划过，地面上更是陷入一片沉沉的黑暗中。虽然地面上不见大片灯光，警戒级别仍然相当高。就算夜如此深了，巡视的军人仍然是数不胜数，而且彼此遥望，互为照应。

如果是寻常的贼人，想穿过这片守备森严的地方，简直是寸步难行，可眼下三人，烟虫、花娘子是成名多年的大盗，经验极为丰富；火小邪更是不世出的盗术天才，精通火行盗术和日本忍术，久经磨炼，手段高明。三人彼此合作，如虎添翼，这样的地方，对他们而言，只算是有惊无险。

烟虫、花娘子、火小邪三人从沟渠处出来，烟虫每见到一处哨岗，便会略停片刻，弹动三叉铁，给钩渐等人发回信号。火小邪尽管没有像钩渐那样，记住很多的暗号，大概也明白，烟虫是把各处的情况传回去，以便大把子赛飞龙绘图。

大把子赛飞龙身为野校督，是个杂学的奇人，绘制地形图，是他的拿手本事之一。钩渐翻译，赛飞龙绘图，赵霸放哨，这守房的三人和在外的火小邪三人，一内一外，倒也相得益彰！

烟虫、花娘子、火小邪三人走走停停，大约用了一个小时，才从警戒最严密的地区溜出。穿过数道铁丝网，出了这片地区，立即感觉压力顿减，日军巡视的人数少了足足九成，三人撒开腿前行，也无所顾忌，好像这里属于严密包围中的一片真空地带。

这么走了大约小半里路，前方的高山黑压压地横在了面前，拦住去路，而且全是陡崖断壁，好像是平白无故地从地下升起似的，很是突兀。

火小邪他们要爬上这片山崖，并非难事，可他们并未这么做，只是由烟虫发回暗号，沿着山崖再向前探路。

果然是山重水复疑无路，柳暗花明又一村，穿过一片石岗，眼前豁然开朗，一个古老的村落显露出来。这片村落，临山而建，有五六十间房屋，却全无人气，目光所及全是黑乎乎一片，只有几盏微亮的马灯，在各个地方点缀着，如同鬼火一般。村落后方，有一条上山的道路，倒是开阔，很明显是有人重新修理过的。沿着上山的路，向山上看，道路曲曲折折的，一小段以后就全部被山崖、巨石、林木掩蔽，根本不知道通向哪里。

烟虫、花娘子、火小邪三人俯下身子，打量了一番，既无守卫，也听不到任何声音，鬼城一样。

烟虫低声道："恐怕这就是万年镇了！如此重兵把守的地方，居然这么破败，奇怪！"

花娘子说道："看房舍的样式，许多房子都是明朝末期的风格，相当古老，但大部分地方，看得出一两年前还住过不少人，不是完全被废弃的村落。"

火小邪凝神静气观察了半天，也是毫无查获，不禁说道："唯独上山的道路，是人来人往的地方，有些车轮印，明显还是新的。"

烟虫说道："我们先不着急上山，这里距离钩渐他们，已经有近一里路了。"

烟虫话音刚落，就听到有吱吱呀呀的车轮滚动声远远地传来，三人赶忙俯下身子，屏息静气地观望。

果然有一辆硕大的平板车，被两个破衣烂衫的男子吃力地拖着，从村落临山的一角转出来。平板车上堆得满满当当，小山似的，用破布盖着，看不出下面是什么东西。

拉着平板车的两个人，步履沉重，几乎是一步一停，分外吃力地拖动着，如果有一阵风吹来，估计能把他们吹倒。

两个拉车人走到村落一角的马灯处，把马灯取下，挂在车身一侧，又向前拖了一段路，已经逐渐靠近火小邪他们所在之处。

火小邪他们动也不动，心如止水。

两人把车一停，哆哆嗦嗦地走到车身边，将上面的破布拽下。

破布下的情景，把火小邪的心揪得剧痛，他简直不敢相信自己的眼睛。

花娘子更是身子微微颤动起来，烟虫用手一搂，轻轻拍了拍花娘子的腰侧，安慰着她，才让她逐渐平静下来。

车上是十几具一丝不挂的尸体，一层一层地摞起来，摞得像小山一样。而这些尸体，竟然不全是死人，还有几个人的手脚露在外面，不住地抽动。

两个拉车人行尸走肉一般，将车上的尸体一具一具地拽下来，拖到车头，直塞进地面上的一个黑乎乎的洞口中，就听咚咚咚咚，皮肉重击山壁的声音，大概落入了几十米深，才再无声息。

原来那地上黑乎乎的洞口，竟是一个天然的地坑，若不是把人丢进去，根本看不出来有如此之深。

两个拉车人丢下一人，又去拽下一具尸体，谁知那尸体下了地，居然颤抖起来，极为无力地呻吟："我……不想……死，求求，你们……"

拉车人不理不顾，哪管这人是死是活，只是机械地把人往洞口处拖去。

火小邪气得脸上发烫，身子微微一动，烟虫一把按住，低喝道："干什么？"

火小邪咬牙切齿道："我受不了！让我去……"

烟虫加重了手劲，盯着火小邪低喝道："你就算救了一个，你还能救多少？这些人根本活不了，救下来也是一死！现在不是发善心的时候！"

火小邪暗叹一声，心想烟虫说得没错，不禁低骂一声："这些畜生！草菅人命！"

烟虫紧紧抿着嘴，低低喘了一口气，说道："你看那两个拖尸人的胸前衣服上，有油漆喷上去的日本重工标志和编号，他们全是东北的劳工。现在我们知道了，这个看似鬼城一样的万年镇，黑暗处有人在秘密地工作！而且不是一两百人，很可能是成千上万的人！"

火小邪说道："烟虫大哥，我知道我们现在该去哪里看看了。"

"你的意思是？"

火小邪说道："那两个拉车人，从哪里来的，我们就到哪里去。"

烟虫、花娘子对视一眼，烟虫默默点头，说道："好！就听你的。"

火小邪不等下面的两个拉车人把所有尸体丢入坑中，便起身离去，他实在是不想再看不把人当人的场面。火小邪绝不是胆小，而是幼年的时候，没有几个人把他当人看，一抓住就往死里打，所以火小邪当年最大的愿望，就是人活着能够有点尊严和平等。

火小邪一马当先，在前面带路，烟虫、花娘子紧随其后，避开抛尸的地方，从村落的另一侧绕了过去。

村落里死气沉沉，鸦雀无声，许多房门还是大开着，杂物丢得到处都是。看上去，这个村落的居民是突然间被人强行驱逐，根本不让人有收拾东西的机会。火小邪他们沿着墙根，快步向前，一路上倒是另有发现，就是这个村落里的几条主要街道，还是有人来人往的踪迹，街道上并没有积满尘土，甚至还有人打扫的迹象，一些杂物、垃圾被有序地清理到一边堆放。

火小邪三人不想在村落里耽误太多时间，避开有可能被人监视的去处，脚步不停，横穿了整个村落，一直来到另外一头。此处，便是两个拉车人最开始出现的地方。

沿着地上的车轴印，绕过一道巨石垒成的山头，立即有一股恶臭扑鼻而来，熏得火小邪三人赶忙掩住鼻息。抬头一望，前方的山崖下，一个透出微光的大山洞，赫然入目，那股子恶臭味，显然就是从山洞里面传出来的。

火小邪三人停下脚步，躲在一旁，看了山洞周边一圈，并没有发现任何警卫。烟虫说道："全是死人的臭味，而且臭味是从山洞里吹出来的，这个山洞可能通向别处。"

火小邪招呼了一下："烟虫大哥，我们走！"

烟虫说道："稍等！"说罢转身对花娘子说道："里面肯定比较晦气，骚娘们你别进去了，你在外面等我们，顺便望个风！除非特殊情况，你别来找我们。我们去去就回啊，乖！”

花娘子抓着烟虫的胳膊，说道：“臭男人，我没事的！死人我见得多了。”

烟虫搂了搂花娘子的肩头，笑道：“得了吧，每次你见到死人，晚上都要做噩梦，抓得我全身是血。这次你去了，晚上万一一使劲，把我命根抓爆了，我可不干！”

花娘子骂道：“死不正经的！”花娘子骂归骂，脸上的柔情却溢于言表，紧紧靠住了烟虫。

烟虫搂紧了花娘子，笑道：“乖哦！听话哦！我不在别跟野人跑了哦！”

花娘子捶了烟虫一下，骂道：“去吧去吧！我还等着野人来找我呢！”

烟虫这才笑眯眯地把花娘子松开，对火小邪说道：“小邪，走！”

火小邪有点犹豫地说道：“烟虫大哥，要不你也等我……”

烟虫拍了拍火小邪，说道：“什么话，走啦！”说着已经跨出一步。

火小邪只好起身，与烟虫一道，向着山洞急速行去。

烟虫赶了几步，猛一回头，见花娘子还待在原地痴痴地看着他，眼中含泪，不禁洒脱地冲着花娘子笑了笑，挥了挥手，继续前行而去。

火小邪、烟虫两人没有遇见任何障碍，直入洞中，洞内恶臭更胜，远远的有盏灯亮着，很是昏暗。

两人没走几步，火小邪便站住了身子，眼前所见让他一阵阵难过。

山洞并不是很大，但在洞口几步远的地方，两侧贴着洞壁，横七竖八地全是尸体，乱七八糟挤成一团一团的，赤身裸体。同样有没有死的人，冻得缩成一团，在地上不住抽搐，痛苦呻吟着。不仅是呻吟，还偶尔在深处传来声嘶力竭的惨叫声，乃是人痛苦不堪，死之前竭尽全力所为。

火小邪低低地骂了一声，不忍细看。

烟虫比较冷静，眉头紧皱，拉了火小邪一把，说道：“往里去！”

两人强忍着胸口恶气，从死人堆前迈过，再向里走，又是没走几步，就听洞内轰隆隆地作响，似乎有什么重物，沿着一个管道滑下。

烟虫、火小邪两人避开一边，向前望去。果然，在洞内点着微弱灯光的地方，还有两个穿着破烂衣衫，行尸走肉一般的男子，正在搬动尸体。轰隆隆的响声越发巨大，就见一个一人宽大的铁皮管道内，滚出一具赤身裸体的男子，咕咚一下，摔在地上，一动不动，看来已经死了。

那两个活着的男人，似乎见怪不怪，走到滚下来的尸体旁，拉着手脚，吃力地把尸体拖到一边，丢麻袋一样丢在死人堆里，然后又去搬动其他的尸体。

火小邪见此情景，低声骂道："看来这个铁皮管道，是通向上面的！专门丢死人下来。"

烟虫点了点头，说道："那个铁管子里面风力不小，依我看，上面的空间巨大。"

火小邪说道："我钻进去看看，说不定是一个捷径。"

烟虫一把拉住火小邪，说道："不要去！现在不要急！这里还有活人，我们不妨先问一问。"

火小邪想想也是，现在急躁不得，今天的任务主要是探路，还不到决战的时刻。

两人商量停当，避开前方，由烟虫领着，在死人堆中寻找。

不用多久，便找到一个活人，但扶正了脸颊，已经目光涣散，根本无法言语。

这样找了三四个活着的，才算扒拉到一个还能不住眨眼，尚有神智的。

烟虫取出一个小袋，抽出几根烟丝，塞到这个人的鼻孔中，低喝道："使劲吸！"

那人似乎听见，抽搐着吸了一口，竟一个激灵，颤抖着睁大了眼睛。

烟虫掩住他的嘴，低喝道："我们是中国人！你听得见我说话吗？"

那人看着烟虫和火小邪，虚弱地点了点头，两行泪已经滚下。

火小邪看不下去，微微偏过头去。

烟虫问道："你能说话吗？"

那人点头。

烟虫又问道："你是东北人？劳工？"说着松开了手。

那人呻吟一声，只是虚弱地说道：“求你们，杀……杀了我！我受不了了！求……求你！”

烟虫拍了拍这男人的脸，说道：“我会帮你！但我也想救更多的人，你回答我！”

男人啊啊了两声，算是答应，挣扎着说道：“我……是劳工……被小鬼子骗来的……兄弟们，都快死光了……你救不了他们……”

烟虫问道：“怎么说？为什么救不了？”

男人挣扎道：“山里面，修了个宫殿，里面，小鬼子，养着个厉鬼，没人可以靠近，一靠近，就会死……杀了我，求你们，逃……逃吧……”

烟虫紧紧捏住男子的后脖颈，加重了手劲，刺激他保持清醒，继续问道：“里面有忍者吗？”

“有……有……很多……他们，不会死……”

“你来这里多久了？”

“好久，好久了，忘了有多久了，我们，不能出来……”

“丢你下来的那个铁管子，通向哪里？”

“不……不知道，山里面，很大……很大……我，我受不了了，求你们，不要再让我说话了，杀了我，求……求你！”

烟虫加了把劲，可这个男人已经油尽灯枯，全身剧烈地颤抖起来，张大着嘴巴，拼命地呼吸，满嘴只有一个字：“痛……痛……痛……”

烟虫见状，知道问不下去了，说了句抱歉，双手一搓，“咔”的一声轻响，将他的脖子拧断。

这男人似乎得到了解脱，身子一软，魂归天外。

火小邪没想到烟虫会突然杀了他，本想阻止，却已经来不及。

火小邪低喝道：“大哥，你……”

烟虫也不看火小邪，只是看着男子的尸身，默然道：“他活着，比死了更痛苦，我不是杀他，我是帮他。火小邪，谁也不想杀人！”

烟虫站起身来，又对火小邪冷冰冰地说道：“你去看看这个洞还有没有其他出入口！我在这里找找，还有没有活的。一会儿这里见！”说着猫下腰便走。

火小邪心里微微一颤，烟虫这个冷冰冰的表情，他还是第一次见到，不过，火小邪也能感受到，烟虫并没有一点责怪他的意思，而是烟虫心中，满是浓浓的悲凉。

这个洞，是个死洞，准确地说，一半以上的面积，是人工开凿出来的。火小邪就在洞内两人的眼皮子底下，把洞内摸了一圈，确实没有其他出路，方才退了回来。

烟虫已经在原地等着他，不过嘴上却多了一根没有点着的烟，奋力地吸吮着。

烟虫见火小邪回来，挤出一丝笑容，招呼道："先出去吧！"

两人也不再多言语，快步溜出这个山洞，还恰好碰见刚才拉车的两人慢腾腾地回来。只不过，以烟虫和火小邪的身手，他们就算刻意要找，也是发现不了的。

烟虫、火小邪与花娘子重聚，花娘子显然是等得焦急了，一见烟虫回来，一头就钻进烟虫的怀中，如胶似漆。

花娘子说道："臭男人，我真有点着急了！生怕洞里面太深，不知道多久才回来。"

烟虫脸上已经恢复了嬉皮笑脸的神态，笑道："骚婆娘，一会儿不见我就难受啊？"

花娘子并不掩饰，说道："今天不知道为什么，见不到你就是心里发慌。"

火小邪尽量躲在一旁，不去打扰他们，看烟虫、花娘子如此恩爱，想起雅子还在伊润广义手上，生死未卜，不免有些难过。甚至，火小邪想起来水妖儿，想起了在净火谷中，他曾经与水妖儿的海誓山盟，更是有种说不出的滋味。

烟虫可能察觉到火小邪的尴尬，松开了花娘子，对火小邪说道："嗨！我没个正经，和你嫂子腻歪惯了，你可别见外啊。现在……" 烟虫抬腕看了看手表："我们该回去了！"

三人不敢耽搁，轻车熟路地往回便赶，刚刚重新进了警戒森严的地带，火小邪感到别在自己腰内侧的御风神捕三叉铁开始激烈地震动起来，不同以往。

当然，烟虫、花娘子同样感受到了，三人立即停下，藏于角落。

烟虫将三叉铁取出，计算着震动的频率，猛然眉头一皱，低喝道："住所来人了！人数很多！可能是大人物！让我们速回！"

三人都大吃一惊，现在刚好是凌晨两点，照理说不执勤的都已经熟睡了，怎么突然有这么一出？眼下别无他途，只能速速赶回。

三人用尽了一切手段，竭力往回赶去，三叉铁发来的信号还在不断地传来。

"来了几十人！有大官！"

"进门了！有枪！"

"正在院内问话！"

"院内有警戒！"

"灯全亮！"

……

先不说火小邪这边，且回去看看慰安妇的住所到底发生了什么。

那片住所，所有电灯包括宿舍内的已经点亮，院子里荷枪实弹地站了几十个日本士兵。不多时，只见从慰安所门口，由日本老妇人带领着，山本大佐和数个军官，围在一个趾高气扬的日军大将身旁，从慰安所走出。

这位日军大将，正是火小邪的老熟人，依田极人！他同时是万年镇军事要塞的日军最高负责人！

依田极人其实刚刚十万火急地赶回了万年镇，不知道他哪根神经抽风了，不去休息，而是马不停蹄的，首先来看慰安妇！

依田极人似乎对周围的安排很是满意，走了几步以后，转过头看了看妓女们所住的宿舍。山本大佐赶忙上前解释，这是何地，说着说着，渐渐目露淫光，手舞足蹈。山本大佐这个无耻混蛋，竟向他介绍着花娘子乔装的花仙儿！

那位日本老妇人也已经走出来，正在门口和一位书记官打扮的日本军官讲着什么，说了几句，两人都点了点头。

书记官向依田极人跑去，鞠躬汇报了一番。

依田极人笑了笑，由书记官领着，向宿舍方向走去。

分散在各个寝室休息的一众妓女，本来睡得安生，却被突然点亮的灯光和吵闹声惊扰，大部分醒了过来，不住地发牢骚抱怨着。

老妇人已经急急忙忙地跑进走廊，重重地敲着柳桃她们所住的房门，大叫道："柳桃小姐，柳桃小姐！"

没敲几下，就见柳桃衣衫凌乱，慌慌张张地跑来开门，问道："怎么了，妈妈桑？"

老妇人叫道："我们的最高长官依田大将来视察，请你们全部起床！"

柳桃并没有把门全拉开，而是堵在门口，惊讶道："这么晚了，都睡下了，怎么不早点通知？"

老妇人很是生气地尖声叫道："你是来赚钱的，快叫你的妓女们起床！"说着竟一把拉住柳桃的手腕，要把柳桃拽出来。

柳桃知道烟虫、花娘子、火小邪三人还没有回来，心里着急，若是平常，以柳桃的手段，放倒这个凶巴巴的日本老妇只是眨眼的工夫，可今天，越动手只能越糟糕！必须想出其他的办法！

柳桃虽然一身冷汗，但她在欢场上也见过世面的，既不生气，也不着急，只是一甩手把老妇人的手挣脱，双手一叉腰，酸溜溜地说道："姑娘们都没有穿衣服！这么狼狈也见不得人啊！让你们的长官等等！"

老妇人没想到柳桃敢这样旁敲侧击地顶撞她，不由得声音提高八度，尖声骂道："不行！立即起来！起来！"

柳桃哼道："妈妈桑，我不是不起来，你总得让我打点打点吧！"

柳桃身后，还有赛飞龙，这人是个老江湖，野路子比较多，听柳桃和日本老妇人有些僵持，在柳桃身后嚷嚷道："柳大姐，我赶快去叫人都起来，至少去洗把脸，把尿撒了！"

柳桃一听，立即会意，附和道："你去叫吧！"

赛飞龙称了声是，侧身钻出，立即在走廊里用破锣一样的嗓子号道："姑娘们，贵客来了，穿好衣服，收拾收拾，迎客了！要夜尿的，快去快去！小心哪个军爷带你走，拉一裤子！"赛飞龙一边大叫，一边跑着用手砸门。

寝室里妓女们怨声载道，也不敢违抗，纷纷爬起来，又是叫又是骂。女人们若是闹起来，和一锅炸了窝的麻雀似的，更有几个大大咧咧的女人，穿着半裸的褂子，披着件衣服，披头散发地推门出来，向着茅厕猛跑。

柳桃见状，反倒安了心，双手一摊，对日本老妇人说道："妈妈桑，人都起来了，做妓女的就这个样子，床上好管，床下不好管。"

日本老妇人见一下子炸了锅，也没有办法收拾，只听到走廊一头日本军人已经咚咚咚地走过来，不敢在此地纠缠，瞪了眼柳桃，一路小跑着向入口处赶去。

依田极人虽说是个杀人不眨眼的刽子手，但他和其他日本的高级将领一样，有个毛病，就是"当婊子还要立牌坊"，很要面子，故作清高。他本来由山本大佐领着向寝室处走，却听到里面女人的叫声闹成一片，不禁眉头一皱，止住了步伐。

山本大佐一见，吓得屁股一紧，赶忙鞠躬，念道："依田大将，对不起！"

依田极人哼了一声，并不理他，但站在依田极人身边的书记官却不客气，上前"啪啪"就是两个大耳光，斥责道："有必要弄这么大动静吗？"

山本大佐吃了个哑巴亏，一点不敢反抗，只是不住地点头哈腰，心里那个怨恨。明明是依田极人突然到访，把他从被窝中叫出来，使他根本没有时间去通知，妓女们被吵醒，吵闹喧哗，关他什么事。

书记官打完山本大佐两个耳光，正器宇轩昂地要再度斥责，却听到依田极人冷哼一声："放肆！"这一句话立即将书记官抽了个激灵，神态瞬间转为"奴才罪该万死"的模样，"哈伊"一声，低头认罪。

依田极人身旁一个军衔颇高的魁梧军官，啪的反手一掌，抽得书记官一个趔趄，骂道："你，去让女人们闭嘴，安静待着！"

山本大佐心里偷着乐，暗暗叫爽，日本人全是这个操行，嘴上不敢说，实际一肚子脏水。

书记官正点头哈腰地要离开去找那日本老妇人，老妇人却已经赶来了，连连鞠了几个躬，却好像不是很害怕依田极人，说道:“依田将军，真是对不起，支那的女人们粗野得很，请您原谅。”

书记官赶忙上前，拉住日本老妇，低声道：“和我进来，让她们安静！一个房间，一个房间地先检查一下！快点！快！”

书记官拉着老妇就走，一路牢骚道：“只是让她们起床，没让她们跑出来乱吵乱跑，怎么弄成这样？”

日本老妇道歉：“对不住！对不住！有个瘦男人，好像是她们的医生，敲门叫嚷了几句，就都出来了。”

“混蛋！”

书记官、日本老妇赶去宿舍，远远地就看到柳桃正穿着身便装，披着条大纱巾在走廊上等着他们。大把子赛飞龙则陪在柳桃身后，十分恭维地看着书记官和日本老妇。

此时在房间里的钩渐、二把子赵霸正急得冒汗，钩渐玩命地弹动三叉铁，告知火小邪、烟虫、花娘子情况危急，就要顶不住了。可烟虫那边石沉大海，一点回馈都没有。其实这也怪不得烟虫，他们三个奋力赶回，哪有时间停下来回复？

柳桃和赛飞龙能挡住书记官和日本老妇多久，钩渐实在不敢奢望。而钩渐更担心的，是他看到的那个日本大将依田极人，同样是他的老熟人！在五行地宫里，周先生带着钩渐他们，差点就宰掉依田极人，后被伊润广义的忍军将御风神捕诛灭，双方的冤仇不共戴天！

何止钩渐，哪有人会想到，依田极人竟在这个不早不晚的当口上来到这里？如果让依田极人踏足进来，以他的眼力，钩渐、火小邪均是他化成灰也认识的人物，难保不会发现蛛丝马迹！

柳桃、赛飞龙同样心里明白，眼下只能是能拖一时，是一时了。

所以，柳桃看着日本书记官和老妇急匆匆地跑来，细腰一扭，迎了上去，一步就软倒在书记官的怀里，娇滴滴地抚摸着书记官的胸口，用日语说道:“这位大人，里面还在换衣服啦，稍等一下好吗？我是带她们来的妈妈桑，我叫柳桃。”

赛飞龙跟着满脸笑容，一个劲地点头哈腰，极尽恭维之能事。

柳桃这一个发骚，一般男人是顶不住的，怎么也要磨蹭着说几句，可书记官哪里敢这个时候缠绵，他后面还有能要他命的依田板人等着。

所以书记官一把将柳桃推开，闷声叫道：“安静！安静！所有人回寝室！立刻！”

柳桃不依不饶，还是往书记官怀里钻，甜腻腻地说道：“大人，女孩子小解，还要提上裤子，不像男人方便的。”

书记官不愿再与柳桃纠缠，绝不答话，挣脱了就走。

柳桃和赛飞龙递了个眼色，柳桃突然跺脚用日语尖声叫道：“说好了今晚上让我们好好休息的！哪个混蛋非要这么晚折腾我们！老娘不干了不干了！我们明天就走！”

书记官听了，可迈不出步子了，柳桃好大的胆子，张口就是哪个混蛋……这不是直接骂依田极人吗？

书记官惊得愣了一愣，立即回过神来，顿时瞪大了眼睛，凶相毕露，大骂一声“八嘎”，一转身，抡圆了胳膊，巴掌狠狠地向柳桃脸上抽去。

“啪”的一声脆响！

书记官打得手掌发烫，盯着一看，赛飞龙正蹲在地上捂着脸“哎呦哎呦”连声，刚才那一巴掌，竟没有打到柳桃，而是让赛飞龙抢上一步，结结实实地挨了一记。

书记官凶性大发，见没有打中柳桃，上前一步，又抡起胳膊，继续要打柳桃。

赛飞龙跳将起来，死死抱住书记官的胳膊，号道：“有话好说，有话好说，还是打我，还是打我！”

书记官比赛飞龙高大得多，对赛飞龙又打又踹，就是挣不开赛飞龙，简直是气急败坏，咆哮如雷。许多妓女也听到走廊里有人挨打，慌慌张张跑出来，站在门口张望，不一会儿就站满了人。

书记官见被人围观，更是拉不下脸来，反手一抠，把皮带上的佩枪拿出来，顶住了赛飞龙的脑门，骂道：“松开！打死你！”

赛飞龙抱着书记官不撒手，还是叫道：“长官，是我们错了，是我们错了！”

柳桃见状，上前拽住书记官的胳膊，泼妇一样骂道：“当婊子的也不是好欺负的！你开枪，你开枪！”

日本老妇人知道这次闹得大了，无奈之下，只好上来拉扯柳桃，四个人拧成一团，书记官也开不了枪，就这么混乱地僵持着。

“八格牙路！”就听走廊尽头一声大喝，一个魁梧的日本军官走了出来，大声斥骂，这人就是刚才打了书记官的日本军官。

书记官一见有长官来了，赶忙松手，向前几步，连忙鞠躬，口中念道：“这些支那婊子要无赖！”

魁梧的军官哼了声，骂道：“滚回来！”

书记官哪敢有个屁放，夹着尾巴灰溜溜地向他走了过去。

原来柳桃撒泼骂人，声音颇大，依田极人可是听得真切，脸上青一阵红一阵，眼露凶光，看模样要大开杀戒。幸好陪在他身边的魁梧军官及时在依田极人的耳边低语了两句，依田极人才压住了火气，竟一转身，就要离去。

依田极人一行人快步退出了寝舍，就听到里面越闹越欢实，依田极人实在忍不住，便与魁梧军官叮嘱了两句，让他回去喝止。

所以这一劫才略有缓解。

柳桃、赛飞龙总算松了口气，心却放不下，如果再次强令她们必须穿戴好后，迎接视察，还是逃不过，只好祈祷烟虫、火小邪、花娘子尽快赶回了。

柳桃见书记官、日本老妇离去，回身招呼着走廊里的妓女：“没事了没事了！你们继续收拾，把衣服穿戴整齐了！”

有的妓女颇为畏惧地问道：“柳桃姐，刚才不会得罪了日本人吧？”

其实柳桃对此很担心，她在奉天是个大窑姐，没少干接待日本人的淫乱事情，知道日本人心眼极小，睚眦必报，这回让日本人吃了个闭门羹，没准能想出什么恶毒的主意来收拾她们。在日本人的地盘上，还是军事要塞里，无疑是羊入虎口，稍有差池，很可能连逃跑的机会也没有。

柳桃定了定心，故作镇定地叫道："没事！没事！我和负责我们的山本大佐很熟，连累不到大家的！放心吧！"

一众妓女们还是嘀嘀咕咕，心怀不安地四下回房，继续收拾去了。

妓女们刚刚回屋，就见柳桃所住的房门拉开，里面快步走出一个女子。柳桃、赛飞龙定睛一看，正是花娘子！

柳桃一见花娘子，差点眼泪落下，小跑几步，一头扎在花娘子的怀中哭道："姐姐，刚才吓死我了！"

花娘子已经换了衣裳，轻抚着柳桃的后背，低声说道："妹妹，姐姐回来晚了！"

赛飞龙赶忙上前，招呼着大家先回房间。

房间里，烟虫、火小邪已经回来，烟虫的衣服已经换好，而火小邪披着日本和服，半边脸的粉还没有打好。众人见赛飞龙他们进来，赶忙迎了上去，仅剩身高马大的二把子赵霸，还在窗口监视。

赵霸返身打了个手势，意思是人已经走了。

果不其然，大院里依田极人被人簇拥着，向外走去，不像再有返回的意思。值守士兵和日本老妇，站在门口鞠躬，恭送依田极人远去。

众人这才纷纷长出了一口气。

钩渐一抹头上的冷汗，把黑色的妆容抹去了不少，说道："妈的！头一次急成这样。幸好你们回来了，他们也走了，要不然……我他妈的已经打算杀鬼子了。"

烟虫幸灾乐祸地笑道："尝尝提心吊胆的滋味也不错嘛！"

花娘子拍打了烟虫一拳，骂道："有个正经没有！我们差点害死了柳桃他们，你还说风凉话。"

烟虫嘿嘿坏笑两声，不再说话。

火小邪抱拳说道："我们三个赶回来的时候，正好碰见日本人往里面进，院子里守卫森严，窗口左右全是士兵，一时间竟没有太好的法子进屋。幸好你们拖延了一会儿时间，多亏了花嫂子对房屋熟悉，我们才得以从屋顶爬入。”火小邪说着，抬头看了看天花板，果然有一块木板，还没有完全掩上。

赵霸抬头看了看，嘀咕道：“这么大个缝，你们都能钻进来，若是我这趟跟你们出去，真要卡在屋顶上了。”

大家看了看赵霸的体型，哑然失笑，刚才的紧张情绪，一并化解。

花娘子笑骂道：“别贫嘴了，火小邪，先把你的妆化好，钩渐大哥，你的脸上妆也花了！不知道会不会再回来呢！”

众人点头称是，分头忙碌。

不用多时，那位日本老妇人的木屐哒哒哒而来，很快便走到门前。

柳桃听到脚步声，走向门相迎，却听到老妇人“咚咚咚”敲了三下门，气急败坏地骂道：“柳小姐！今晚你们就好好地休息吧！”说完又急匆匆地走了。

柳桃追到门口，把房门拉开，向着老妇人叫道：“谢谢妈妈桑，祝你晚安！”

老妇人头也不回，只是哼了哼，不愿搭理柳桃，快步离去。

柳桃冲老妇人做了个鬼脸，退回房内，娇滴滴地在门上一靠，媚媚地说道：“没事了，没事了！”

众人轻声鼓掌相庆，共渡了这次难关，大家均惺惺相惜，觉得感情增进了许多，一齐开心不已。

在火小邪那个时代，凡是江湖成名人士，无论是烟虫、花娘子这种贼人，还是赛飞龙、赵霸、柳桃这种绿林好汉，只要诚信合作，彼此信任，并不会计较个人所谓的得失，也绝无埋怨，生死与共、祸福同担，一人败则全局输，无怨无悔，此为顶尖江湖人士追寻的信条之一！亦如贼盗之间的合作，本事强者居前冲锋掠阵，承担风险；稍弱者尽其能，尽心竭虑，勇当后盾；一言既出，退让躲避，谁下刀山谁入火海，无须争辩礼让，免得耽误了大局。

火小邪这次一路与烟虫等人走来，确实受益匪浅，好好地学了一课。

众人高兴之后，当然不会忘了正事。赛飞龙从床铺下取出一张图纸，图纸上密密麻麻画满了图案，赛飞龙指着图纸说道：“这是我根据烟虫兄弟发回的信号，绘制的路线图。”

火小邪低头一看，居然画得八九不离十，几乎如赛飞龙跟随着他们亲眼所见一般。

火小邪赞道：“赛大哥竟能画得这么详细！”

赛飞龙摸了摸胡须，笑道：“哪里，是烟虫兄弟“小套叨”信号发得好，简明扼要，一通百通，大凡要塞布防之内，无外乎那么几种格局，烟虫只要发回关键周边情况，加上钩渐能估出信号远近，所以我能大概猜个八九不离十。嘿嘿，老朽虽然不才，画图的本事，在中国还能排得上号。”

赛飞龙此言不错，在贼道和江湖道上，打探消息、了解地形、掌握布局，最终绘制地图，都是必备的功课。通常是又会画图，身手又好的人去完成，但这种通才却不好找，戒备森严之处，就有点捉襟见肘了。贼道里有九鸣八鸣之说，讲的是什么呢？举个简单的例子，一个身手好的人，进了大院，蹲在屋顶上打量一番，然后学乌鸦叫，呱呱呱，呱呱，院外的人大约能猜出里面的布置，这是说，里面是三个院落，左右两厢，主厅二层，两院侧门。再换个叫法，蛤蟆叫，咕咕，咕咕咕咕，那是说里面是一进一出的厢房，中庭行人，后院两分的意思。如果再学的是蟋蟀叫，吱吱吱吱，吱吱吱，最后拖个长音，讲的则是巡防，意思是固定哨一个，巡哨从西向东绕行，十分钟一圈，彼此观望。

像火小邪他们见到的那个废弃的古村落，在烟虫的信号里也就两小段而已，但赛飞龙画出来，街道、房屋、方位简直是八九不离十。

这种发简单信号，描述较多信息的方式，江湖里叫“小套叨”，贼行里则叫“九鸣八鸣”，规矩五花八门，有专门描述村庄的，有专门描述街道的，专门描述深宅大院的，但法则近似。其实追根问底，还是一个规律，中国的村庄街道宅院，甚至大的自然环境，布局最多百十种罢了，说句“像前门大街”或“县府大院”，就有个基本差不多形象。同样的法则还有文书速记，满篇画得龙飞凤舞，看不懂的人云里雾里，懂的人却能够一字不漏地事后重新誊写出来。

火小邪虽然盗术的身法在这一行人已经无人能及，可这些所谓的江湖“旁门左道”，还是掌握得甚少，精通得更是不多，所以见赛飞龙画得如此详细，颇为惊讶。

钩渐、赵霸、烟虫、花娘子、柳桃几人倒不奇怪，他们年龄实际都比火小邪大出不少，最年轻的柳桃看着二十出头的芳龄，实际也快四十岁了。这些人少说也在江湖上打滚了三十年，彼此间又认识，所以不足为奇。

赛飞龙摊开图纸，一一指点咨询，烟虫跟着一一解说，不多时已把错误之处一一更正过来。

烟虫叼起一根烟，也不点燃，看着图纸哈哈笑道："好啊！第一步便成了！"

就在烟虫他们商量下一步的行动时，远在要塞深处的一处地下密室，又是另一番景象。

依田极人和一直陪伴在他左右的魁梧军官，带着刚才抽了赛飞龙一记耳光，灰溜溜地离开的书记官，一行三人，步入这间密室。

这间密室十分明亮，很是宽敞，屋内空无一物，只在顶头的一面墙上，写着一个巨大的朱红色忍字。在忍字下方，摆着一张软榻，塌旁焚着熏香。

依田极人、魁梧军官脱下鞋子，小步快行到软榻前，盘腿静坐，也不说话，似乎在等人。而那位书记官，显然是第一次来到这里，有点手足无措，不知该如何是好，但他又不敢四下张望，只能跪坐在依田极人身后不远，垂头不敢多动。

依田极人等了一会儿，就听到一侧有人用日语说话："依田大将，你回来了？"

依田极人赶忙一个点头，恭敬道："我回来了！伊润大人！"

无声无息地，从一侧的阴暗处缓缓走出一个穿一身雪白和服的中年男子，步履稳重，气势之强，卷得屋内似有冷风乱窜。这位男子，正是与火小邪决裂的伊润广义。

伊润广义不紧不慢地盘腿坐在软榻上，将闭着的眼睛睁开，问道："安全吗？"

依田极人朗声答道："非常安全！"

伊润广义哼了声，说道："丸田少将，去做你该做的事。"

那位魁梧的军官毕恭毕敬伏拜在地，念了声喏，长身而起，一转身，向书记官走来。

书记官不明所以，只感到不妙，可他刚刚露出惧色，已经被那位叫丸田的魁梧军官一脚踹倒在地。还没等书记官求饶叫唤，丸田一把捏住了书记官的嘴巴，止住他发出声音，另一只手一抖，竟从袖口内弹出一把手指长的银针，飞快地在书记官脖颈处刺了一下。

随后，丸田收针回袖，捏着书记官的脖颈一挤，挤出了几股血液，这才罢手，松开了书记官，转身回到依田极人身旁，盘膝坐下，冷冰冰地看着书记官。

书记官本以为自己要死，却只是浅浅地刺了自己一下，不知何意。书记官哪里敢说个不字，慌乱无比地翻身坐起，跪在地上，以头磕地，全身哆嗦，不敢抬头，嘴里含糊地支吾着什么，一个字也说不出来。

伊润广义、依田极人、丸田三人不动声色，只是看着这位书记官。

书记官跪了一会儿，突然心跳加速，快到无法抑制，他再也按捺不住，哎呀一声，扑倒在地，双手捧住自己的胸口，不住地伸腿蹬脚，脸憋得通红，再这么折腾几下，喉头一响，直翻白眼，竟这么扭曲着五官，死了。

伊润广义等三人看着书记官死在眼前，脸上没有一丝一毫的表情，如同看到一只苍蝇死去罢了，无足轻重。

伊润广义说道："他早已中毒，本来四天后才发作，结果让丸田给催发出来，心脏骤停而死。依田大将，你看得出是谁给他下的毒吗？"

依田极人微微点头，歉意道："不知道。"

伊润广义又问："那么，安全吗？"

依田极人重重地答道："非常安全！"

说回到火小邪这边，烟虫等人对着地图，再做分析，整理出了一条较为安全的道路，依路线行走，可避免很多麻烦，相对安全得多。

烟虫、火小邪、花娘子三人又将此趟出去的所见所闻，说与众人听，讲到劳工惨死的洞穴时，钩渐已经是咬牙切齿，后槽牙嘎嘣直响，厉声骂道：“操他们祖宗的！不拿中国人当人！”

其他众人，也是义愤填膺，诅咒日本小鬼子不得好死。

烟虫止住众人的发泄，低声道：“现在山上的情况不得而知，如果等一晚上，没有人上山，只凭我们，恐怕今晚也探查不清楚，抛尸洞里通向上方的管道，倒是一条捷径！只是……”

钩渐低喝着打断了烟虫的话：“既然有捷径，那我们就从那里进去，进到山里面看看，小鬼子养的是什么鬼！”

赛飞龙阻止道：“钩渐，你先听烟虫说完。”

烟虫笑了一笑，说道：“那条管道明显是一个破绽，按贼道所说，是一个‘假门空’，专门让你觉得这里守备薄弱，又能直通要害之处，引君入瓮。钩渐，你们御风神捕防盗，是不是也用过这种手段？”

钩渐一听，倒是愣了愣，烟虫所言不虚。御风神捕是防盗和抓贼的专家，皇家御用，这一点道理还是明白的。钩渐的性子本不是这么急躁，他在张四爷手下做事的时候，深得张四爷重用，考虑问题很是周到，但是自从御风神捕被忍者所灭，钩渐流离失所，孤苦伶仃，深居简出，事事不顺，总是心中烦闷得很，一来二去，便有些做事愣头愣脑，不计后果了。

钩渐暗念了声惭愧，再不言语。

顶天娇赵霸哼哼两声，用手比画了一下大小，说道：“烟虫你说的那个管道，我能钻进去吗？”

烟虫笑道：“能啊，妹妹，刚刚好。”

赵霸这才放心，呵呵傻笑两声。

火小邪一直在静静思考，听烟虫、赵霸说完，突然灵机一动，轻轻拍了拍大腿，乐道：“烟虫大哥，我倒有一个馊主意，不知道好不好用？”

烟虫哦了一声，说道：“火小邪你说来听听。”

火小邪看了看赵霸，说道：“就是要委屈赵霸大哥！”

赵霸叫道：“不怕委屈，不怕委屈，你说，你说！”

火小邪眨了眨眼睛，说道：“堵上！”

“堵上？”烟虫一笑，其他人也向火小邪看来。

火小邪继续说道：“对，堵上，只要赵大哥钻进去，在接近最上方的隐蔽处，将尸体接住，不用七八人，里面的抛尸的人必能发现！”

烟虫说道：“然后山里面的人会下来查看，你便能一路尾随，查明山上的布置？”

火小邪说道：“正是！山内空气不流通，肯定不便堆尸，如果堵了，从上方下去，是很难疏通的，只有下来。我们有御风神捕的宝贝，能打信号，只要不被人发现，由赵霸大哥进入管道，等人下来的时候，及早通知，让赵大哥撤出，就能让下来查看的人回去，我一路尾随上山，应能有不少收获！”

众人听火小邪说完，面面相觑，这种法子，理论上竟是完全可能的。

烟虫咂了咂嘴，笑道：“这法子真是邪！用赵霸接尸，把管道堵上，诱人出山查看，嘿嘿，火小邪，亏你想得出来！”

火小邪问道：“可行吗？”

烟虫伸了伸大拇指，挑着眉毛，点了点头，说道：“我们条件足够，我只要吹几口烟，就能让洞里拖尸体的几个人神不知鬼不觉地睡着，而且随时让他们醒来。下面的事情，交给我好了！火小邪，你打算让谁跟着你去？”

火小邪说道：“我一个人去吧！”

赛飞龙哎了一声，说道：“小邪，这次我和你去，我虽然老了，轻功还没有丢，足够跟得上你，而且我能绘制地图，地形过目不忘，必然能帮到你。”

火小邪想了一想，抱拳道：“那谢谢赛大哥了！我们两人同去，彼此也有个照应！”

烟虫说道：“我看可行！那就这样吧！”烟虫抬手看了看手表，已近凌晨三点，烟虫说道：“马上就三点了，我们时间不多，五点之前，我们必须返回！”

赛飞龙说道：“今晚若有机会进入山内，我们是进去一探究竟，还是不进？”

烟虫说道：“今晚时间不够，我们只能浅尝辄止，有机会也不能妄动！”

众人点头应了。

火小邪想到雅子可能就在此地，还是问道："烟虫大哥，如果明晚还是不行，撑到后天晚上，也不行，我们该如何？"

烟虫说道："今晚如果不行，我们明天就离开这里！"

"明天？离开？"火小邪一愣。

烟虫拍了拍火小邪的肩头："对，离开，现在我们已经知道用香水破解忍毒的办法，也掌握了这里部分的地形，离开后再伺机返回，藏在山里，那就时间大把，不急于一时了。"

火小邪默默点头，他知道烟虫说得对，可总是有些不甘心，千辛万苦来到这里，雅子有了下落，也想出了进入山内的办法，可是有机会不能行动，而且只待一晚上就要走了？伺机返回，什么时候才能返回？

烟虫似乎看出火小邪的心思，看着火小邪的双眼，说道："火小邪，我们还有柳桃，还有柳桃的二三十个姐妹，我们早点一走，她们才会安全。"

火小邪说道："烟虫大哥，你也看到了，山里面死了多少人，我们大费周章来到这里，是要一探罗刹阵的究竟，罗刹阵一日不破，伊润广义一日不死，就会有更多的人葬身此地。"

烟虫轻哼一声，笑嘻嘻地看着火小邪，说道："火小邪，你是怕你妻子死？还是想破罗刹阵，杀伊润广义？"

火小邪耳朵一烫，仍然反问道："不杀伊润广义，怎么救得了我妻子？怎么破得了罗刹阵？"

烟虫还是笑嘻嘻地，说道："如果你妻子获救，你根本就不在乎罗刹阵是否存在，也不在乎伊润广义什么时候死吧。"

火小邪耳朵烫得像要着火，避开烟虫的眼神，紧闭双唇，一言不发，房间里的气氛顿时为之一滞。

花娘子连忙低声道："哎，哎，不要争了……"

"不对！"火小邪眼神一下子犀利起来，死死地盯着烟虫，低喝道，"你说得不对！"

烟虫并不避让火小邪的双眼，与火小邪对视着，撇着嘴角，似笑而非笑地说道："火小邪，你要是擅自行动，不听指挥，那我们今天晚上，哪里也不要去了！明天一大早我们就走，我已经决定了！而且，我明白地告诉你，你要是乱来，会害死我们所有人！你必须牢记！”

火小邪丹田之内火苗乱蹿，若不是脸上扑着一层白粉，脸都涨红了。烟虫从来不曾命令似的说话，也从没有这么认真过，而火小邪对烟虫一直十分地佩服和尊敬，甚至以烟虫为自己追求的生活目标，但烟虫这些话，还是让火小邪受不了，心里憋闷极了。火小邪活了这么大，最讨厌的就是别人看不起他，为此他恨过、怒过、哭过、消沉过、挣扎过，现在说什么会害死所有人，会乱来，难道烟虫也觉得自己很差劲吗？

火小邪嘴角抽动，慢慢地说道：“烟虫大哥，我不是个笨蛋，就算我一定会死，我也不会连累大家！”

赛飞龙显然是站在火小邪这边，脸色同样一沉，斥责道：“烟虫，火小邪是为大家着想，你说的是什么话！做大哥的必须骂你几句！火小邪的命，就是我的命！他若死，我也不会独活！”

赵霸左右看了看，犹豫了一番，还是站在了赛飞龙这边，说道：“烟虫，你说话是有点难听哦，不像你啊。”

钩渐这时候反而沉默起来，呆呆地出神。

花娘子有些生气，骂道：“赛飞龙，赵霸，我家贼汉子说错了什么？大家是我家汉子召集来的，他顾全大局，哪里不对了？”

柳桃沉不住气，慌张起来，说道：“哎呀哎呀，怎么吵起来了，不用在乎我们这些不争气的娘们儿，我这趟来，已经把脑袋押上了，只要能灭了小鬼子的什么破阵，杀了鬼伊润，救出火小邪的老婆……嗯……我说完了……”

烟虫做了个怪相，耸了耸肩，双手一摊，痞里痞气地说道：“呐，没行动之前就内讧了啊？吵一吵也好，越吵越清楚。来，继续继续……”

众人谁也不说话，纷纷避过头去，只留烟虫一个人嘻嘻哈哈地左看右看。

半晌之后，才有人低声说话。

“对不起，烟虫大哥，刚才是我不对……我一切都听你的，请你，不要见怪……”说话的人，正是火小邪。

火小邪当众服软，一时间没有人回应，争论本由火小邪而起，事主已经道歉了，赛飞龙、赵霸更没有什么好说的，大家面面相觑，气氛不尴不尬。

好在柳桃还算是个局外人，见此状况，赶忙打了个圆场，给大家下个台阶：“呵呵，呵呵，其实大家都对，没有什么你对我不对的吧，都为了事情好嘛。嗯，是不是？”

烟虫嘿嘿一笑，伸手过去拍了拍火小邪，笑道：“刚才说话重了点，忠言逆耳，良药苦口。”

火小邪悠悠然一笑：“烟虫大哥，你训斥得对，我一直以来，确实有些私心。下面怎么安排，烟虫大哥尽管吩咐，我绝无二话。”

烟虫看着火小邪的双眼，沉默了片刻，才呲的一声轻笑，说道：“好，火小邪都这么说了，那我就踏实了。”

一直不吭声的钩渐此时终于开口，说道：“那么，我们接下来，该如何？”

烟虫环视一下众人，赛飞龙、赵霸这两个刚才站在火小邪一边的豪强，也并无异议。这两人一个是忠于火小邪，一个是忠于大把子，只要火小邪没有问题了，他们自然应允。

烟虫说道：“按照火小邪的计划，我们分兵两路，一路是我、花娘子、顶天娇赵霸三人，去抛尸洞中做事，另一路是火小邪、赛飞龙、钩渐三人，里外照应，及时联系。柳桃留守此处，若有意外，能逃则逃，生死在天。”

众人点头应了，只有花娘子微微皱眉道：“贼汉子，我们不妨把柳桃带上，留她一个人在此，只怕万一有变，她连退路都没有了。此行若不是她，我们哪里进得来？”

烟虫挤了个大小眼，为难道：“柳桃媚功一流，但是身手……跟着我们，只怕……”

花娘子怒道：“贼汉子，你刚才和火小邪争的是什么？你是怕柳桃拖累我们吗？她是我同门师妹，她的身手我比你清楚！”

柳桃忙道：“姐姐，姐姐，我从小就不喜欢练功，的确手脚笨了。”

花娘子转头一瞪柳桃，骂道：“闭嘴，姐姐我说话你听着！你能给那个日本老太婆下胭脂印，下得清楚，就说明你还不至于笨到哪里去。”

柳桃吐了吐舌尖，不敢再说话了。

烟虫琢磨了一下，说道："也好，柳桃，你和你姐姃花娘子一起，一路上必须听我的招呼，不让你说话的时候，一句也不能说。"

柳桃见烟虫准了，笑脸如花，嗯嗯嗯连声便答应了。

话不多表，众人抓紧了时间打点，对准时间，看好地图，火小邪等三人先行出发，烟虫随后带着花娘子、赵霸、柳桃尾随而至。

火小邪、赛飞龙、钩渐三人，都是身手了得，一路东躲西藏，加之火小邪已有先前一去一回的经验，很是顺畅。而烟虫、花娘子、赵霸、柳桃四人，一个身材巨大目标明显，一个久疏盗阵不甚灵巧，所以很是有些别扭，好在有烟虫这等东北第一大盗在，指指点点，拿捏精准，尽管走得险象环生，处处惊心，也算有惊无险。

说来就这么几句话，不就是带着赵霸、柳桃两个盗术不精的人吗？其实这一行人，唯有烟虫能带着他们两人，若没有烟虫在，纵然是两个火小邪、三个赛飞龙，也未必能办得好。在贼道中，最麻烦的就是带着"生瓜"做事，第一解释、指挥起来费劲，第二身体是别人的，让他三秒上墙五秒过沟，左脚踩哪儿、右脚踩哪儿就算说得明白，却不见得"生瓜"能够做到。

烟虫之强，就在乎此人是相当好的"师父"，既有耐心，又有决心，更能细心。烟虫说是个独行大盗，也不是任何时候全靠自己的，偷俄国老毛子的东西，他收买的"生瓜"不在少数，很多时候必须带着"生瓜"前往，"教人做贼"算是烟虫的一门手艺。

说些烟虫的往事，他曾经指挥一个从没有偷过东西的门童，自己并不在现场看着，仅仅是教唆了三天，便让这个门童自己操刀，从哈尔滨俄国警备局里偷了一件国宝出来，谁都以为是大盗干的，哪有人想得到是门童这种小儿？那么是烟虫喜欢"唆使"人犯罪？绝非如此，想那个门童小儿，本来家境优越，存有国宝一件，价值连城，让真正的坏人盯上，串通俄国老毛子强抢了他家，俄国人性子粗，得手了还不甘心，把门童追上来哭喊的家人几记重拳，生生打死了几个，这才落得小门童孤苦伶仃。烟虫也是喜欢这小门童，同情他背负大仇却不能得报，如果自己去偷再送给小门童，不是不行，而是不像自己的风格，所以才会让小门童自己发誓，自己去偷，自己去藏，方能让这小门童树立信心，暂解一些冤仇之恨，还能落得个安全。

所谓大盗，大盗不坏，坏的全是那些贪婪之人，若不是贪婪之人把别人的珍贵之物据为己有，哪会引来大盗？若世间人没有自私自利之心，又哪会有大盗？

闲话不表，说回来火小邪、烟虫这边。

两路人马，一共七人，总算越过警戒最严的区域，在废弃的万年镇旁聚首。

柳桃已经是累得气喘吁吁，脸色惨白，这一路她可算是领教了什么叫险中求胜。若此时让柳桃随便说话，她一定会哭喊："我宁肯当婊子让男人骑，也不想这么遭罪了。不过，不过，好过瘾！刺激，我喜欢！"博君一笑罢了，真要有人听柳桃这么说就瞧不起她，最好自抽耳光。

烟虫见柳桃累得够呛，伸出大拇指，向柳桃比画了一下，表示对柳桃刮目相看。柳桃见烟虫夸奖她，脸上一红，压力骤减，晃着胸脯就要往烟虫怀里钻，被花娘子一把抓住，狠狠地白她几眼，方才止住她的浪劲。

众人见了，倒也轻松不少，如此高压的情况下，还有点"闲情雅致的小插曲"，倒不失为一种极好的舒缓方式。高压之下，人的行为会不能随心所欲，多有失常，西方生理学上有"目的性颤抖"一说。而早在这些科学名词没有传到中国之前，贼道上早就知晓，越是做贼做得高明，越要减压，越要淡然，心若无物，旁若无人，去偷而不想偷，宝物在前，信手拈来，方称得上有点层次的盗术境界。

火小邪在净火谷受盗跖，也就是隐忍几十年冤屈的火王严烈传授盗术，身手锻炼虽重，炼心更是为上，便是如此。

只是，现在的火小邪，心中却做不到盗跖要求的平静……火小邪并不是忘了自己这么多年炼心的重要性，而是他实在无法完全淡定下来，雅子的身影似乎就在眼前，怎么也挥之不去。

但火小邪掩饰得很好，似乎平静得如同一块地底深埋的石头，一丝一毫的波动也不存在。

烟虫见众人状态不错，事不宜迟，聚拢了大家，低声吩咐了下一步的安排。

众人无不点头，互相打了个手势，便又分成两组，依次散去。

火小邪带着赛飞龙、钩渐，向山上摸索而去。山路虽然曲曲折折，但并不难走，许多地方都是人工修整过的，也见不到什么警戒、防盗的措施，所以没用多久，三人便来到一处视线开阔之地，向上可以观察道路，向下能够打探到抛尸洞的附近情况，称得上绝佳之处。

这地方并不是火小邪发现并确定的，而是大把子赛飞龙。这个老头看着平庸，肚子里确实有几把刷子。

要论腿脚，赛飞龙可以说仅次于火小邪，若不是他年纪大了，有些腾跳踩踏的能力，只怕比火小邪还要强。赛飞龙毕竟是轻功的高手，修炼的路子尽管和火小邪不同，一个是盗法，一个是武功，归根到底还是异曲同工。

再者，赛飞龙此人对地形的把握能力，也让火小邪佩服，他能够从树木长势、山石纹络、风势潮气等自然状况中大致地推测出周边的环境，像火小邪他们找到的这个地点，就是赛飞龙说左前方必有高崖，三人拨开林木，过去一看，果然如此，明明没有看见，还有这等精准，想来只有五行中土家人可以做到。

怪不得赛飞龙几十年前当任野校督，下九流、外八行中有点档次的人听他名字如雷贯耳，并能够受命去寻找圣王鼎的蛛丝马迹，端的是靠本事吃饭，没有半点虚的。

钩渐呢？他似乎完全恢复到在御风神捕时的状态，沉默寡言，很讲纪律，落在三人最后，也不急不慌，前后均能照应。火小邪、赛飞龙打前站，他就在后面警备观望，甘当绿叶，绝无争功卖弄之心。每每停顿，钩渐均会急速用三叉铁给烟虫发信号，一丝不苟。

三人藏于高崖边，钩渐如常给烟虫发了信号，很快就得到回应，钩渐喜道："烟虫、顶天娇得手了！"

火小邪心想他们才上山来没一会儿工夫，不禁略惊道："这么快？"

赛飞龙低声笑道："不奇怪，烟虫做堵人窗户、封下水道这类歪门，是他最喜欢的，都是眨眼的事，天下只怕没有比他更快的了。我十多年前认识他，他在哈尔滨就走了一圈，大中午的，便把小鬼子银行的锅炉堵了，那次可闹的……嘿！"

"啊！？怪不得烟虫大哥愿意听我的，他早有主意。"

"小恩公啊，不要妄自菲薄啊，他未必能想到的，他是歪门，你是邪道。你别看他没五没六的不正经，其实心软得很，就连杀鸡他也不愿意，还特别怕死。"

"怕死？不会吧？"

"嘿嘿，说笑了，不当真，他是惜命，他听到有人说什么二十年后又一条好汉，脑袋掉了碗大的疤，就会嘲笑说是笨蛋二百五说的话，他怕死。嘿嘿，贼嘛，会算计得很。"

火小邪哦了一声，若有所思。

这边钩渐本来一直在打信号，这时却猛不丁地插上一句话："堵上了！让我们留心了！"

赛飞龙哼哼道："顶天娇也算有点出息！好啊！"

三人再不言语，聚精会神地向上观察。

不用多时，只见原本黑漆漆的半山腰，一道明亮的探照灯骤然射出，刺破如墨一样的夜空，几乎像把天空割成两半似的，横扫着向火小邪三人头顶上方掠来。

火小邪、赛飞龙、钩渐立即伏低了身子，屏住了气息。

八、逆火难调

巨大的探照灯灯柱，卷着一股热浪，从火小邪三人的头顶上翻滚而过，并未停留。探照灯扫了两遍，方才停了下来，直至半山腰的山路。

未过多久，就听到突突突的马达轰鸣声，探照灯很快跟着突突声移动起来，没有听错的话，应该是一种马力颇大的履带式汽车。

钩渐不敢怠慢，给下面的烟虫发了信号。

十几分钟后，在探照灯的照耀下，一个巨大的机械怪物出现在火小邪上方的山路上，仔细一看，是一辆全身铁甲包围的、方方正正的装甲车。两盏水桶粗细的车头灯，将一路上照得雪亮。

火小邪暗骂道："出来人就出来人，还这么兴师动众！"火小邪骂归骂，心头也是暗喜，这个大铁壳子，不仅到处都是可以攀爬之处，履带下方空空荡荡的，藏四五个人都没有问题。

这辆铁壳子车，还真是为爬山路设计的，尽管笨重，但是拐弯过坎，比汽车强了不少，履带一转，就能转弯，而且横冲直撞，也不怕开得快了翻覆。

十几分钟后，这辆装甲车便驶到了火小邪近前，轰隆隆地继续往山下行去，车辆前后左右，并不见人。钢铁的大壳子里，只是前方有两个观察孔，侧面有两个机枪口罢了，至于里面坐了几个人，无从知晓。

钩渐如约告知了烟虫消息，烟虫回了个好字，便不再表。

火小邪爬到山崖边，看着装甲车驶到藏尸洞前，从里面下来了三四个人，向洞中走去，一路骂骂咧咧的，隔得太远，火小邪耳力虽好，只能听出车上下来几个人，是日本人，至于叫骂的是什么，则听不清楚了。

又过了不多时，那几个日本人拉扯着四个搬尸的劳工，在洞外一阵拳脚，那四个劳工不敢反抗，只是抱成一团，任他们踢打，哭喊着告饶。

打了一阵，那几个日本人觉得晦气，啐了几口，便纷纷登上装甲车，骂骂咧咧地关上车门，向山上返回。

钩渐手中的三叉铁再度无声地震动，钩渐仔细辨明了，低声说道："烟虫说成了，他们现在安好，让我们小心跟上这辆车，能进山去则进山，切勿勉强。"

火小邪、赛飞龙均点头应了，火小邪挥了挥手，三人悄然起身，向山路一旁摸了过去。

火小邪三人匍匐在路边，那辆装甲车已然慢慢驶来，火小邪低声道："赛大哥，钩渐，刚才我看得清楚，车底下是绝好的藏身之处，我找机会钻进去，你们如何？"

赛飞龙说道："我没有问题！"

钩渐也连连点头。对付这种情况，三人都绰绰有余。

眼见着装甲车驶过身边，半山腰的探照灯射到车头前方照路去了，时机大好。火小邪身子一纵，悄然腾起，尾随着装甲车跑了几步，抓住车后杠，身子一侧，贴住车身，便滑入车下。火小邪从车下探出半个头，招手让赛飞龙、钩渐跟上。

赛飞龙、钩渐也不迟疑，紧随而来，赛飞龙轻功好，顺利进入。钩渐做这种事相对较少，略显吃力，上了一次没有成功，第二次火小邪帮忙提了一下钩渐的脚踝，让他也钻了进来。

这辆装甲车车底下，可比普通的牛车马车抓手之处多了，而且离地颇高，腾挪并不吃力，只需留心颠簸时，避开地面隆起的石块。

借着探照灯时不时扫来的反光，火小邪安置好赛飞龙、钩渐，贴着最外侧，向前后观察着动静。

装甲车轰隆隆开了半晌，便停了下来，外面灯光明亮，还有不少人来回走动。

火小邪听得懂日语，装甲车上有人叫道：“下面没事了，开门吧！”

只听吱嘎吱嘎的铁门声响，几声吆喝过后，装甲车再次启动，向前开去，外面的灯光也随之一暗，应是探照灯关了。

装甲车便径直驶入一个偌大的隧道中，火小邪略略一看，只见两扇巨大的铁门，让几个日本军人推着关上，然后退去一旁的房间，见不到人了。

火小邪念了声好，探出半个身子，左右一看，只见这个隧道乃人工开凿而成，洞壁上每隔几步点着一盏不明不暗的小灯，沿路到处都是木箱杂物，堆得满满当当，装甲车刚好能够通过而已。

火小邪暗笑一声，看着固若金汤的一座山中要塞，竟有如此多的漏洞，两边的木箱杂物，简直是专门为贼人藏身准备的。

火小邪向车底的赛飞龙、钩渐打了个招呼，手上一松，落在地面。装甲车浑若无事地继续向前，哪想到带进来三个贼人？

火小邪跟着车后走了几步，接应了赛飞龙、钩渐两人，向车边一侧打望一眼，全无监视，便一挥手，领着赛飞龙、钩渐奔了出来，藏在一摞木箱之后。

有火小邪这等眼观六路、耳听八方的大盗领头，加之火小邪是忍术高手，隧道里没有巡视，对火小邪而言，简直是无人之境。

火小邪横穿竖插，就这么大摇大摆地尾随着装甲车走了一路，便见装甲车扑哧喷了口黑烟，停了下来，这条隧道，便也到头了。

装甲车上下来数人，很是疲劳地伸手蹬脚，走向一侧，打开了隧道一侧的铁栅栏门，落了锁，脚步声踏着楼梯，逐渐远去。

火小邪正想跟上，却见车头处突然绕出一个戴帽子的中年男人，拿着扳手，弯下腰在装甲车履带上敲打，不时地伏底了身子，看看车底下的情况，似乎是这辆装甲车的司机。所幸火小邪他们并没有等到车停稳了才下来，要不被这人发现，也很难办。

这个司机当然是一无所获，伸了个懒腰，向火小邪方向走来。

火小邪见此人睡眼惺忪，知道他没有什么危险，只是回身向后侧赛飞龙、钩渐打了个安静的手势，便蹲稳了身子，静止不动。

那司机就连连打着哈欠，从火小邪身边走过，目不斜视，竟毫无察觉，摇摇晃晃地向隧道入口处走去了。

火小邪也是艺高人胆大，换一般的小贼，只怕要拉拉扯扯，腾上跳下，不找东西盖住自己，或者跳出来把司机打昏，哪能安心？岂知越是这样，越容易被人发现。

司机一走，隧道里很快鸦雀无声，再无人迹了。

等火小邪、赛飞龙、钩渐三人再聚时，钩渐的脸还是白的，直指自己的胸口。见火小邪示意能够说话，这才憋着劲喘了一口气，低声道："我觉得我真是做不了贼……刚才心脏快跳出来了，幸好大把子按住我。"

火小邪轻笑一声，说道："刚才那人的精神头，只要你不挡住他的路，不大叫大嚷，只怕他都发现不了的。"

钩渐赞道："盗术高明！御风神捕败给你们这些大盗，服了。"

火小邪又笑道："这个啊，就是躲着不动不吭声，我十岁在奉天偷东西的时候就会了，不是盗术高，而是他没想到会有人。"

钩渐啊了一声，低念了一声惭愧，再不言语。

火小邪也不多说，抬头听了听，说道："这里声音四通八达，四处没有响动，一时半会儿来不了人，两位放心。"说罢走到有人出去的铁栅栏门，摸了摸栅栏门上的锁头，轻轻叹了口气。

赛飞龙凑过来问道："怎么？难弄？"

火小邪说道："不是难弄。"说完，那锁头已经"啪"的一声开了。

赛飞龙略有吃惊道："开了？"

火小邪点了点头，手一翻，手中的一跟黑色铁丝已经别入腰囊中。要说火小邪身上的工具，主要都是烟虫七年前所赠，火小邪这些年来，一直珍藏着，随身携带。要说有什么物件？一把指甲剪似的银色铁器，齿口锋利，能剪断细钢绳；两根别在一块的黑色铁丝，烟虫曾用这个东西开锁；一个钢制的柴油打火机，上面刻满了俄文，猛一下打开能听到“叮”的一声悦耳的脆响；一根黄褐色的短粗香烟，闻着有股子甜腻腻的味道；一个拇指宽的钢戒指，狠狠一捏，能弹出一个锋利异常的小刀片；一朵绢花，拿在手中一点味道没有，但一碰到正中的花蕊，就香气扑鼻；一块黑蛇皮的护腕，上面别着两根烟虫上铁板墙用的钢刺。

火小邪便是神不知鬼不觉地用黑色铁丝，瞬间开了铁栅栏上的锁头，速度之快，赛飞龙根本没有注意到火小邪是怎么弄的。

其实对于火小邪来说，开这种普通的弹子锁，无论大小，都和有钥匙在手一样，根本没有难度。火小邪十多年前当小贼的时候，就知道该怎么开，只不过要多花点工夫，现在他到了这种级别，身手已成，不费吹灰之力。

火小邪是有些失望的，本以为进到山里，每前进一步都要大费周章，谁知现在的摆设，几如儿戏。

火小邪开了锁，也不愿等，两手一脚齐上，一并用力，铁栅栏门连嘎吱声响也没有，很是听话地开了。

火小邪看也懒得看，招呼赛飞龙、钩渐入内，返身关门，落锁。

一道通向下方的宽敞台阶，摆在了眼前，不过十多级，尽头处透出半明半暗的光亮，似乎是有一个硕大的空间。

虽说火小邪瞧不起这里的防盗措施，但火小邪并不会大意，许多厉害的防盗阵法都是这样，前面轻而易举，让你放松警惕，但骤然间就会冒出极厉害的手段，打你个措手不及，更能立竿见影，事半功倍。

所以火小邪保持着十分的认真，缓缓地下了楼梯，前面的空间越发宽敞，可就在走下最后一级台阶时，地面微微地震动了起来，并且震动逐渐加强，似乎有什么大东西向火小邪这个方向疾驰而来。

火小邪念了声小心，没有贸然出去，只是用手扶着墙壁，细细地感觉着震动的频率。的确有东西过来了，块头不小，而且越来越近！

火小邪心里生疑，大山里面怎么会有这样的动静？这种震动，连赛飞龙、钩渐也感觉到了，赛飞龙眉头一皱，低声道：“怎么像是火车？”

火车！火小邪心头念道，于是他再也不愿意等，一转身，探出身子去，眼前的情况让火小邪吃惊不小，外面硕大的空间，竟是一个山中间简易的火车站，一条铁轨黑黢黢地横在不远处，远处铁轨通向乌黑一片的隧道，震动声正是从隧道里传出来的。

赛飞龙、钩渐也随着火小邪探出头来。

钩渐一见，实在有些忍不住，低骂道："小鬼子的！竟在山里面挖了条火车隧道！他们到底要干什么！龟儿子的！"

不用片刻工夫，一声尖锐的汽笛响，隧道内一片亮光，嗡的卷起一阵冷风来，哐朗朗哐朗朗，空哧空哧，一列袖珍型的火车，车头只有普通火车的一半大小，真的就摇摇晃晃，从隧道里冒出，开了过来。

这辆袖珍的火车还没有开到站，便从站台里跑出七八个日本兵，外加五六个拖着板车，穿着灰色制服，消瘦虚弱的中国劳工。

那列火车慢悠悠地停了下来，车还没停稳，便有几个穿着白大褂的日本兵吆喝着从车厢中跳下，拉开了车厢铁门。

随后，便见到一具一具的劳工尸体，从车厢里如同麻袋一般抛下，站台上的日本兵连打带踹地指挥着中国劳工搬运上板车。

站台上有日本兵和火车上下来的白大褂说话，火小邪离得不远，听得真切，乃是用日语在说："还有没有？"

"最后还有一车，没有几个了。"

"今天这些劳工死了这么多？真是麻烦啊！"

"请再坚持一下，今天马上就结束了，辛苦了。"

"你也辛苦了。"

如此这般搬了半晌，丢下了三十多具尸体，那辆火车才长鸣一声，重新发动，驶出了车站。看来这辆火车，是专门从山内的某个地方，搬运尸体之用。

站台上的中国劳工和日本兵们，将尸体全部装上板车，这才慢腾腾地推着板车离去。

很快，这个不大的站台再次死寂一片。

火小邪听这些日本兵说话，对中国劳工的性命充满了轻蔑的口气，好像他们运来的并不是人，而是一具具动物的尸体似的。火小邪恨得牙痒，却也不好发作，他最初回国时，还以为中日两国人民相处还算融洽，今日所见，算是给火小邪彻底地上了一课，这些日本人简直是禽兽不如，什么中日友好，全是糊弄无知百姓的谎言。

事已至此，容不得火小邪多想，观望了站台周围的形势之后，火小邪果断地招呼身旁的赛飞龙、钩渐两人，向站台内疾奔而去。

这个站台端的是很小，一个站台，三个门洞，便是全部。火小邪依着刚才搬尸的板车离去之处，进了站内。走过一道人工开凿的滑坡，便是一个偌大的天然山洞，山洞里点着许多半明不暗的灯泡，显得极为阴森。

好在这个山洞只有中间一小块地方经过人工开凿，较为平整，周围一圈，依旧是怪石嶙峋，高矮参差不齐，灯光不能照见的阴暗之处，数不胜数。

火小邪略作打望，便带着赛飞龙、钩渐从山洞一侧攀上，迂回着走了一小段，来到了山洞的侧上方，低头一看，山洞内的景象一览无遗。

山洞中间，一堆一堆的尸体，正在由十几个中国劳工剥去外衣，赤身裸体地拖到一个三人宽的金属管道前，丢了下去。想必，这里就是连接抛尸洞的管道上方了。只是那金属管道两侧，有两扇厚重的半圆形铁板，似乎是能够合拢，掩盖住洞口的，看铁板的分量，如果盖上，想从管道里破坏铁板钻出，可不是一件容易的事情。

在山洞一侧，还有一个火炉，里面烈火熊熊，从中国劳工尸体上剥落的衣服，便都投入这个火炉之中焚毁。

另有七八个日本人，戴着口罩，分散在各处巡视，还有三个对着金属管道的机枪位，各有一人把守。这些值守的日本人似乎也累了，除了两三个还算精神，其他的哈欠连天，无精打采。

火小邪见这样的防卫，倒不仅有些犯难，如果只是攻城拔寨，以他们三人的身手，想神不知鬼不觉地撂倒这几个日本人，并不是难事。可现在，目标还远在大山深处，前途不明，如果下手制住日本人，难免会打草惊蛇，不管手段多高明，要不了多久，也会被人发现。

火小邪还在思索，果然钩渐有些忍不住，凑在火小邪和赛飞龙耳边低声道：“一共十个小鬼子，我们各分三个，咔，做掉他们！”

赛飞龙摆手道：“你杀了他们有什么用？我们的目标不在这里！”

火小邪点头称是，扭头问钩渐道：“钩渐，你能和烟虫他们联系上吗？”

钩渐拿出三叉铁，晃了两晃，摇头道：“可能是我们进山太深，一点信号也收不到！”

火小邪微微皱眉道：“烟虫大哥他们一定很着急。”

三人沉默不语，纷纷思量下一步该怎么办。可这赛飞龙、钩渐两人并不是贼，一时间没有主意，仍然向火小邪看来。

火小邪看着满洞的尸体，突然间灵机一动，冒出了一个邪门的主意。

火小邪低喝一声，将赛飞龙、钩渐两人招来身边，低声耳语，赛飞龙、钩渐听着，又是吃惊，又是感叹。

不过多时……

山洞里本来就沉闷，只听到搬运尸体的声音，可平地里一声怪叫，震得洞里嗡嗡乱响。所有日本人被吓了一跳，纷纷向怪叫处看来。

就见到一具穿着短裤的尸体，不知道怎么，从尸堆中蹦了出来，怪叫连连地绕着山洞乱跑，径直向山洞旁边的乱石中爬去。

这可把洞内的日本人吓了个够呛，他们知道这些劳工尸体，并不是全部死了，有的还剩下半口气，怎么会有人临死之前，还有这么大的力气？

但劳工“诈尸”，还要逃走，这可是一件大事，一众日本人哪里还顾得上许多，纷纷向这具诈尸的劳工追去。而山洞里的劳工，一个个惊讶无比，哪里还记得要做什么，全部停下工作，向着日本人追逐方向看去。

那个“诈尸”的劳工，一路怪叫，身形尽管笨拙，却不断向上攀去。日本人歇斯底里地大叫，半包围地向他追去，可是说来奇怪，明明就在眼前，几乎能拽着他的胳膊，可就在刚刚摸到他的皮肤，他便泥鳅般地一拧，又跌跌撞撞地挣脱开，跑了开去。

追赶诈尸劳工的日本人来不及开枪射击，下面观望的日本人又没有好机会射击，怕伤了自己人，所以日本人尽管叽里呱啦大叫打死他，就是一枪不发。

可这诈尸的老兄，又跑不远，笨拙得要命，爬石头总是吊在半空，怎么蹬也蹬不上去，但日本人一靠近，他就爬上去了。而且，他一会儿跑到明亮的地方大声怪叫，一会儿又钻到阴暗处不见人影，让追逐他的日本人气得哇哇大叫，可就是奈何他不得。

就这样折腾来，折腾去，足足有近十分钟光景，洞内一片大乱之际，灯光闪了两闪，一下子全部熄灭。这下连一直呆若木鸡、观望这场猫抓耗子的好戏的劳工们，也惊恐地乱叫乱嚷起来，就听到有人大叫："跑啊！"

马上便有劳工，争先恐后地摸着黑，跌跌撞撞向唯一有亮光透出的洞口方向跑去。

机枪声立即哒哒哒地响起，枪火的亮光，照得洞内闪成一片。

又有人大叫："不跑了，不跑了，趴下趴下！"

一众劳工便都抱着头趴下，一动也不敢动。

很快数盏手电筒的光亮点起，日本人端着枪，大声吆喝着从各处聚拢，有几个已经堵在了洞口处，严阵以待。

洞内再次安静下来，仅仅片刻工夫，原本熄灭的灯光再度亮起。

日本人筋疲力尽，全身大汗，再也没有了睡意，只是一个个不住地大喊大叫，用枪口顶着趴倒在地上的劳工，让他们立即站起来，清点人数。

等日本人清点完人数，一个不多，一个不少，又赶忙命令劳工，清点地上的尸体数量。另一个日本人，端着枪小心翼翼地继续攀上洞壁寻找，不用多时，便在一处很是显眼的半高处，发现了一具尸体，已然死绝。

就在山洞里忙乱不堪的时候，山洞外的车站一旁黑暗处，几个人已经聚集在了一起。

除了火小邪、赛飞龙、钩渐外，还多了三个，正是烟虫、花娘子和顶天娇。

火小邪只穿着一条内裤，从赛飞龙手中接过衣服，七手八脚地穿好，这才哑然一笑，喘了口粗气。

烟虫上上下下地看着火小邪，说道："火小邪，你装尸体？"

火小邪说道："是，是我。"

烟虫摊了摊手，说道："真有你的。"

赛飞龙捻着胡须，赞许道："小恩公真是足智多谋，料事如神！"

火小邪谦虚道："还要靠赛大哥、钩渐大哥配合得恰到好处。"

刚才到底发生了什么？说来还十分曲折，简而话之，原来火小邪安排的事情是这样的：

火小邪脱掉衣服，所有物件，由赛飞龙打包携带，自己仅穿了一条内裤，偷摸着混到尸体堆中躺下，等待时机发作。火小邪怪叫着装作尸体诈尸而起，吸引了日本人的注意，追逐而来，赛飞龙则四处寻找电灯开关位置，找到以后，并不着急，继续等待。钩渐从另一路攀岩而走，一直爬到了管道上方，拿出三叉铁实验信号，钩渐此行的目的，就是寻找能够和抛尸洞里的烟虫等人联系上的位置，果然如钩渐所猜，管道上方可以联系上。于是钩渐赶忙给烟虫发信号，让他们立即从管道里爬上。烟虫收到信号，连忙带着花娘子、顶天娇爬上，直到管道口时，听钩渐指示，并不出来。钩渐向赛飞龙打招呼，人已经上来，于是赛飞龙用细铁丝制造了一次电线短路，让山洞内的灯光全灭。一片大乱之际，烟虫等三人借着黑暗一片，及时钻出。钩渐一边带路，一边起哄大叫，怂恿劳工逃跑，更是乱成一团。于是烟虫、火小邪等六人，全部进了山洞。灯光再亮之时，众人已经守在洞口，随时等候逃出洞外。

以后之事，不说也罢，这几人趁着日本人忙乱不迭之际，由火小邪断后，纷纷从洞内跑出，藏于站台上的铁轨一侧。

至于那具日本人后来发现的尸体，是火小邪趁着灯光熄灭的时候，扛过去的。

于是，日本人被结结实实地玩了一把，还在庆幸没有惹出大乱的时候，已经有六个人神不知鬼不觉地进了山洞。

火小邪这种招数，难怪赛飞龙称为邪道，装尸体玩诈尸，恐怕只有火小邪这种脑子想得出来。好在，这个计划尽管邪门，但实施起来并不困难，天衣无缝，没有任何痕迹可寻。几个人各自发挥的作用恰到好处，火小邪的身法高超，大巧若拙，适合带着日本人兜圈，还不至于被抓到；赛飞龙本事很杂，寻找电路电源，轻功又好，行动较快，当仁不让；钩渐遵守纪律，做事一丝不苟，该传信号，该叫嚷时绝不犹豫。如此三人，便能成此大事。

火小邪见众人聚齐，心中高兴，但一点人数，还少了个柳桃，不禁问道：“柳桃呢？”

烟虫答道：“她要吓死了，我把她藏在下面，等我们回来。”

火小邪一想，柳桃不来是明智之选，带着她进洞，不知有多少麻烦，烟虫的选择，英明之极。

只是烟虫说完，环视了这里一圈，说道：“这里是哪里？怎么还有火车道？”

火小邪低声道：“只怕我们离目的地，还有很远，不过有火车道，我们沿着火车道一路寻去，必有收获。烟虫大哥，现在由你指挥，你看下一步我们该如何？”

烟虫微微皱眉，看着深邃的火车隧道，说道：“山里面远比我们想象得更加复杂……我们虽然进来了，但更加麻烦了。”

火小邪惊道：“怎么？”

烟虫说道：“我们辛辛苦苦的，却钻到了一个笼子里面，可鸟在哪里，一点线索也没有。我们的时间不多了，进来容易，出去更难，所以，我们只能沿着这条火车道，向前走一段，走到哪里，就是哪里，然后，必须撤走了。”

火小邪有些心急道：“如果走了一段，什么都见不到，也撤走？”

烟虫说道：“对！我们能到这里，已经是成功了一大步！如此巨大的山中要塞，想摸清楚门路，只能改日。”

火小邪心头暗骂了一句改日，脸上微微抽搐了一下，强忍着没有说话，只是微微把头扭开一边。

赛飞龙说道：“烟虫，你是不是太过小心了？如果前行没有发现，我们也要灰溜溜地离开，太儿戏了吧！”

烟虫瞟了瞟赛飞龙，说道：“大把子，我们是来做贼的，不是来当好汉的，如果你不同意我的，现在我们就撤出去。”

赛飞龙还想说话，火小邪一把抓住了赛飞龙的胳膊，低声道：“赛大哥，我们听烟虫大哥的安排，一切以他为准！先抓紧时间，前进吧！”

赛飞龙把话咽了回去，微微白了烟虫一眼，闭口不语。

烟虫懒得搭理赛飞龙，问火小邪道：“尸体全是火车运来的？”

火小邪点头，指了指方向：“从这边来的。”

烟虫向隧道内望了望，俯身摸了摸铁轨，铁轨还是温热的。

烟虫拍了拍手，站起身说道：“我们去火车来的方向，大家跟上我，快走！”

一行人打起精神，由烟虫带路，快步向伸手不见五指的隧道内走去。

这条黝黑的隧道，似乎没有尽头，众人再好的目力，也无法在没有丝毫亮光的地方健步如飞。好在有铁轨引路，众人只需踩着铁轨间的枕木前行，才略有安慰。

如此这般走了近十分钟，火小邪心算了一下距离，仅走了不到半里路，若是一直这样走下去，何时才到尽头。而烟虫又再三强调，不管是否有发现，时间一到，必须回头。火小邪心里难受，他强烈感觉到雅子在这座山中的某处，可想要相见，竟如此之难。

随着无边的黑暗，火小邪的心情越来越焦躁起来，总觉得丹田之内一股恶气，纠结淤积，连个发泄的管道也没有。

众人也都沉默，只是跟随着前面一人的脚步声，不敢掉队，所以压抑的隧道之中，只能听到机械的脚步声和低低的呼吸声。

顶天娇有些忍住不了，他性格像女人，但作风泼辣，如此魁梧巨大的身材，憋在这样的地方，实在让他难受。顶天娇低骂一声：“妈的巴子，要憋死老娘了！烟虫，我这里有火绳，点上吧！”

烟虫冷冰冰回了一句：“不能点！我们一点火，就等于暴露！”

花娘子口气烦闷地说道：“顶天娇，你再忍忍！”

俗话说得好，救命稻草总是出现在临死的那一刻，就在顶天娇抱怨之际，火小邪眼睛里却突然感觉到了一丝光线，尽管微弱异常，但也让火小邪依稀看到了周围模糊的景象。

火小邪心头一喜，低声叫道：“前面有光了！”

烟虫目力不及火小邪，尚没有感觉到，但听火小邪这么一说，也不由得喜道：“小邪，你带路！”

火小邪借着极为细微的光亮，快步超过了烟虫，独自在前方带路，果然越向前走，光亮越盛，逐渐让所有人都看到了微光。众人无不压低了声音，高兴得哎呀哎呀哼叫，脚步不由得加快了起来。

穿过一个弯道，光亮更胜，不远处的隧道边，悬挂着一盏豆大的灯光，虽说毫不起眼，但让众人欣喜若狂，纷纷随着火小邪向前疾奔而去。

等跑到灯光前一看，众人心头又是一冷，电灯是真的，但孤零零的一盏，用电瓶驱动，除此以外，前方的隧道还是一片无尽的黑暗。

顶天娇赵霸当场骂了娘，气呼呼地往地上一蹲，不肯起来了：“妈的！做贼做到这个份上了，黑咕隆咚地钻来钻去！我们明明带着火绳，却不能点，何时是个尽头！早知道这样，还不如让老娘我捏死几个小鬼子，大战一场，拼个你死我活痛快了！”

烟虫连连皱眉，他丝毫不埋怨顶天娇说丧气话，这样走下去，连他自己都想骂娘了。

烟虫抬腕看了看手表，从他们钻进隧道，到走到这处灯光所在，已经过了近三十分钟，连烟虫也没有料到，竟在这种毫无价值的地方耗费了这么长时间。

烟虫问赛飞龙道：“大把子，你看这隧道还有多长？”

赛飞龙看着黑暗处，皱眉道：“这里的空气流动缓慢，恐怕距离通风之处，至少还有一二里路程。”

烟虫又抬腕看了看表，啧啧了两声，说道：“真是考验耐心啊！”烟虫抬头看了看众人，又道：“时间不多了，我们最多再向前走半里路，就必须返回，各位有什么意见？”

顶天娇赵霸立即叫道：“值得吗？大把子说还有一二里路好走，我们走个半里，顶个屁用啊！”

烟虫看向火小邪，火小邪默不作声，钩渐、花娘子、赛飞龙同样沉默。

烟虫摸了摸下巴，又望了众人一眼，这才说道："回去吧！多留点时间，我们出山！"说着，烟虫便拔腿向回走去。

花娘子、顶天娇立即跟上，随后是钩渐，只有火小邪站在原地，表情冰冷。

赛飞龙轻拍火小邪一下："小恩公，先回去吧。"

火小邪这才默默地点了点头，尾随着赛飞龙离去。

其实火小邪并不害怕黑暗，他在净火谷被盗拓磨炼盗术的时候，曾经有近一个月时间，被盗跖关在地洞里，与潘子两人生活在无穷无尽的黑暗中，食不果腹，潘子差点就发疯了，好在两人互相鼓励，熬了过来，从此火小邪再不怕黑。

火小邪的憋闷，和摸黑走隧道无关，哪怕再让他走一天一夜，火小邪也无所谓。火小邪烦的是现在所有的事，不受自己控制，有烟虫领队，有大把子赛飞龙这个长辈，甚至二把子顶天娇发牢骚，自己也不敢责怪。

火小邪落在队伍最后，越想越难受，恨不得大吼一声，自己一个人单干算了！可是，没有理由，没有机会，没有点燃他怒火的那一颗火星，就只能这么淤积着，淤积着……

默不作声走了一段回头路，情况却陡然有变。

铁轨轻微地震动了起来！

赛飞龙立即俯身在铁轨上一听，当即喝道："前面有火车来了！冲着我们这个方向！"

众人全部站住，不再行走，默默感觉着火车的到来。

有风流动起来，有火车咔咔作响的声音，有逐渐强烈的震动，有越来越强、由远到近的光亮，是一辆火车迎面而来，绝对不假！

火小邪不知道为何，一下子兴奋起来，扒着赛飞龙的肩头，越过众人，直赶到烟虫身旁，飞快地说道："烟虫大哥！有火车！我们可以扒上火车，捎带我们去目的地！太好了！太好了！"

烟虫听了，却露出尴尬的笑容，答道："火小邪，我知道你着急，但是，真的没有时间了！我们再耽搁下去，天一旦亮了，会非常麻烦！小邪，等等，下次我们还能回来！"

烟虫所说，如同冷水浇头，火小邪的耳根立即就滚烫起来，喉头发咸，几乎要当场发作。可是火小邪还是忍了！他只能忍！只能忍！

火小邪微微颤抖着，淡淡地说了声好，头也不回地退下一边。

火车的气息已经近在咫尺，车头灯的雪亮灯光，照得隧道内一片通明。这个隧道，虽说是人工开凿，但仅限于铁轨这一条路，隧道四壁，依旧是凹凸不平，处处是断裂的巨石。

烟虫等人早已闪开一侧，躲在灯光所不及之处，避让着这列火车。

火小邪同样默默地躲闪在一旁，直勾勾地看着这列火车通过眼前。

火车悬挂了十多节车厢，车头之后，是一节铁皮闷罐车厢，紧接着又是一个铁皮车厢，全都黑漆漆的，但是在这列火车的中间，却有一节与众不同的车厢，有七八个窗户，透出灯光来，竟是一节硬座车厢！

当火小邪看到这节车厢的时候，不知为何，心脏激烈地跳动起来。一个车窗闪过，又一个车窗闪过，再一个……就在第五个车窗闪过火小邪面前时，一个熟悉的身影出现在窗口！

火小邪看得真真切切，窗口边呆坐着一个女子，双眼无神，穿着日式和服，秀发盘在脑后，坐着一动不动，好像是个木头人一样，但她是活着的，火小邪坚信！

因为，这个女子，就是火小邪此行的目的，与他共度七年时光，怀有他的孩子的结发妻子——宫本千雅。

火小邪不敢相信自己的眼睛，一下子呆若木鸡，脑海里电闪雷鸣，嗡嗡乱响。刚才那个坐在窗边的女人，就是自己的妻子宫本千雅，千真万确，绝对不可能看错！

眼见着这列火车驶过身旁，逐渐远去，火小邪就这么突然被点燃了，丹田之内的淤积之火腾腾翻滚，一发不可收拾，使得全身燥热难当，此时的火小邪，脑海里只剩下一个字：追！

火小邪几乎是横着身子，闪电般地跃上铁轨，疯了似的向火车追去。

烟虫本躲在火小邪之后，刚才车厢里的那个女子，烟虫也看到了，所以烟虫心里一个冷战，立即觉得不妙，火车刚刚驶过，他就跳将出来，站在铁轨之间。

烟虫的预感是对的，火小邪已经疯了一样跳出来，要追赶火车，正和烟虫撞个满怀。

烟虫闷喝一声，牢牢地抱住了火小邪。

火小邪哪里肯让烟虫止住他，手腕一翻，立即使出了火家盗术中的绝学绕筋乱脉的手法，捏住烟虫的麻筋，发力一抖。烟虫吃不住这招，当即被火小邪甩脱，眼看着火小邪向前疾奔而去。

烟虫再也顾不了许多，厉喝道："火小邪，你站住！"

火小邪根本不听，依旧发力前奔。烟虫紧追不舍，继续喝道："你不觉得奇怪吗，这也许不是巧合！站住！"

烟虫的声音传到火小邪耳中，直刺脑内，火小邪一个哆嗦，脚步戛然而止！

烟虫已经追上，双上抓住火小邪肩头，大声道："那女人是你的妻子？"

火小邪能够感受到火车越走越远，心里简直如同火燎一般难受，尖声答道："是！"

烟虫紧紧抓着火小邪，再喝道："她为什么早不来晚不来，偏偏这个时候来？你有没有想过，这可能是引君入瓮的一个圈套！你是鱼，她是饵！伊润广义一直在等着放出这个饵的机会！"

火小邪冷哼一声："她不是你妻子！"

花娘子、赛飞龙、顶天娇、钩渐四人围了过来，刚才火小邪、烟虫所说，他们听得真真切切。这四人只是围在烟虫身边，谁也不敢插嘴。

烟虫低喝道："你要去追？"

"是！"火小邪斩钉截铁地答道。

烟虫有些怒道："你知道你这样会连累大家吗？"

火小邪抿了抿嘴，说道：“我知道！但，对不起！你们走吧！这就是我的命！”

烟虫手抓得更紧，他明白了，火小邪的脾气一直忍着憋着，刚才那个窗口里的女人，就是点燃火小邪这个炸药桶的那一丝火苗，现在的火小邪，很难说服。

烟虫另一只手，悄然摸向腰间，他必须使出不近人情的手段，先制服火小邪。

可火小邪是谁？这时候的火小邪，敏感得如同一只受惊的狡兔，还没有等烟虫准备好，火小邪的一只手翻上来，一把就捏住烟虫的手腕，两指发力，直捏烟虫的筋络深处。发力之大，毫无情面可讲。

烟虫疼得“哎呀”一声，就这么硬生生地让火小邪扭过手来，半跪在火小邪面前。

火小邪的表情平静得可怕，盯着烟虫的双眼，缓缓地说道：“我是火小邪，我就是我，我是个五行难容之人，烟虫大哥，你最好不要管我，从此桥归桥，路归路，告辞！”

说着，火小邪把手一松，唰唰唰连退三步，脚步加快，继续向着火车离去的方向追去。

烟虫握着疼痛难当的手腕，啊的轻叫一声，却再也喊不出火小邪的名字。花娘子赶忙跪下身子，搀扶烟虫，低念道：“没事吧？”

烟虫摇了摇头，黯然说道：“没事！”

烟虫身侧的赛飞龙此时突然说道：“烟虫，不好意思，火小邪若是死了，我也不能独活，我随火小邪去了。”说罢身子一腾，绕过烟虫，直追火小邪而去。

顶天娇微微一愣，立即叫道：“大把子，等我！”竟也拔腿追去。

剩下钩渐一人，脚步动了动，差点便也追了上去。

钩渐急道：“烟虫，怎么办？”

烟虫站起身来，满脸焦急地看着火小邪、赛飞龙、顶天娇离去的方向，紧紧地攥住了拳头，他的眼神中，满是无奈和痛惜！

烟虫低声念道：“我们，走吧……”

火小邪紧追前面的火车，片刻不停。

那辆火车直行的速度虽快，但是每每到转弯之处，就会大大地减慢速度。所以火小邪追了一阵，便已经追上了火车。

火小邪纵身一跳，便攀上了火车的最后一节车厢，换了两把手，便登上了车顶。

虽然火小邪没有回头看，但他很清楚地知道，身后有两人跟着他追来，不用回头，只听脚步声，火小邪便知道是赛飞龙和顶天娇赵霸。

所以火小邪上了车顶，并未向前，而是转身回望，果然看到赛飞龙在前，顶天娇在后，两人急奔而来。

火小邪看着赛飞龙焦急的神态，心头一热，见火车已经转过弯道，正在加速，不由得将手伸出，低喝道："快！"

赛飞龙赶上几步，攀上火车，就着火小邪手一拉，便翻上了车顶，随后顶天娇玩命似的跳起，也不管能不能抓到什么，直接地向车厢上撞来，他身体巨大，刚才这一番奔跑，让他已经有点吃不消了。

好在有火小邪和赛飞龙在，火小邪足尖一钩，半个身体向前，硬生生地把顶天娇胳膊捞住，才让顶天娇缓了一口气，抓紧了车厢上的把手。

顶天娇上了车顶，三人匍匐下来，互相望了几眼，颇为感慨。

火小邪虽然倔强，但见到赛飞龙、顶天娇不顾一切跟上来，还是感动异常，低声道："两位大哥！你们其实不用……"

赛飞龙立即打断了火小邪的话："小恩公！别说见外的话，我们生死同命。"

顶天娇亦道："是啊是啊，既然来了，就要干个痛快！"

火小邪点了点头，感动道："谢两位大哥，前方凶险难料，我们小心行事！随我来！"说着，三人匍匐着向前爬去。

其实这个隧道，十分狭窄，仅能刚刚好通过一辆火车，所以车顶距离隧道顶，只有不到一尺高矮。那隧道的顶面也不是平坦的，开山凿石而成，凹凸不平，还时不时有尖锐的巨石凸出半尺长短，和车顶只差毫厘，就算人匍匐在车顶，仍有被这些凸起的石头刮中的危险。

火小邪三人，只能紧贴着车顶，向前趴去，若遇到凸起的巨石，还必须立即翻滚着躲避，所以三人爬行的速度，并不很快，而且相当地惊险，若不留神，让上方的巨石撞上，必然要被撞下车去。顶天娇身体厚实，光脑袋就比火小邪大了一圈，所以对他来说，最是危险，火小邪担心顶天娇，所以一直陪在顶天娇身旁，引领着他向前爬去。

火小邪此时倒不着急，他知道雅子在车厢里，必然有大量忍者看守，现在如果贸然去救，就算能救出来，还是继续被困在这片不知远近的漆黑隧道里，既然如此，不如等着看清些形势，火车到站以后，再看雅子的去向。

三人爬过了最后一节车厢，又上了第二节车厢厢顶，好在这些铁皮车厢内没有任何人，不然还有些麻烦。

等三人在第二节车厢顶趴好，又逢火车转弯，车速大减。

火小邪耳朵一竖，眉头一皱，冲赛飞龙、顶天娇低喝了声："有人来了！"

火小邪回头一看，就见到最后一节车厢边缘处，有一只手一把攀了上来，随后一个身影一翻，滚上了车顶。

火小邪全神贯注，看清了来者，不由得心头一震，那上来的人，竟是烟虫！

怎么，烟虫、花娘子、钩渐也跟来了？

不出火小邪所料，烟虫刚上来车顶，立即伸手，一前一后拉上两个人来，正是花娘子和钩渐！

烟虫三人趴好，这才抬起头，向火小邪望来，看他们的样子，显然是追了很久，已经累得气喘吁吁。

烟虫和火小邪遥遥对望一眼，烟虫撇着嘴，一边喘着粗气，一边痞里痞气地冲火小邪笑了一下，并不说话。

火小邪低哼了一声："你……"也不知道该说什么，心中说不出的滋味。

赛飞龙、顶天娇也已回头看到了烟虫、花娘子、钩渐三人，赛飞龙不冷不热地说道："烟虫还是跟来了！"

顶天娇喜道："好啊，好啊！人又齐整了！"

火小邪不看烟虫，爬转过身子，说道："赛大哥，赵大哥，没准烟虫追上来又是想阻止我的，我们先上前去，走！”说着，率先先前爬去。

赛飞龙言听计从，立即跟上，顶天娇还有些不解，犹豫了一下，才跟上了火小邪。

烟虫见火小邪并不等他，而是继续向前，淡然笑了一下，也招呼着花娘子、钩渐向前爬去。

花娘子有些生气道：“我们追上来帮他，他这是什么意思？真是翅膀硬了！”

烟虫说道：“哎，骚婆娘少废话了，小邪他自尊心强，一定还记恨着我刚才阻止他呢！估计他正想着，我是不是追上来，想继续拦着他。”

花娘子低骂道：“火小邪空有一身本事，年龄也不小了，平时挺有大盗风范的，怎么关键时候还像个小孩一样冲动！由着性子乱来，对这种人，苦口婆心根本没用！”

烟虫拉了拉花娘子，低喝了声小心，三人避开一块洞内凸起的巨石。

烟虫说道：“别说了骚娘们，我知道你对火小邪是恨铁不成钢，现在多说无益，我们小心点，尽快追上火小邪吧。”

花娘子轻叹一口气，不再说话。

烟虫、花娘子、钩渐三人，奋力爬行，向火小邪、赛飞龙、顶天娇三人追去。

火小邪知道烟虫三人在后面紧紧追赶，他说不出为什么，很害怕见到烟虫，因为实在不知道说什么才好。刚才他独自离队，对烟虫下了狠手说了狠话，还逼着烟虫半跪在地，想想真是不近人情，做得太绝。可火小邪又想到雅子就在眼前，生死悬于一线，哪容得半分耽搁？就狠下心肠，如果烟虫再敢阻止他，照样会辣手无情。

想着想着，火小邪放慢了前进的速度，既然不急于对雅子施救，干脆等烟虫上来，说个清楚也好，省得牵肠挂肚，扰乱心绪。

于是，火小邪、赛飞龙、顶天娇三人上了第三节车厢车顶，便停了下来。

烟虫见火小邪停下等他，也不犹豫，加快速度，径直向火小邪他们爬去。

烟虫爬得近了，和火小邪只有两节车厢间的间隔，便停了下来，两人对望一眼，烟虫还是一笑。

火小邪忍不住，咬紧了牙关，问道："烟虫大哥，说了桥归桥，路归路，你还是回去吧，还有柳桃，还有其他人要救！"

烟虫淡淡一笑，说道："事已如此，有错也挽回不了。牺牲已经在所难免，我既然拦不住你，但也不愿意见你自己去送死，便由我最后帮你一把吧。"

火小邪心头一热，强压住自己的情绪，可眼眶还是红了。

火小邪半晌不语，猛一发力，向烟虫伸出手去，叫道："烟虫大哥，相信我，我们会赢的！"

烟虫哈哈一笑，把手伸出，牢牢地握住了火小邪的手，说道："我希望是我错了！大家小心！"

火小邪第一感觉到，烟虫的手，原来是这么温暖而有力。

火小邪一行六人，再度重聚，众人心里明白，已经没有回头路可走了，要么弄清这个巨大要塞的秘密，要么救雅子出来，至于能否全身而退，倒是没有太多考虑了。

火小邪一行人爬过第三节车厢，雅子所在的车厢便在前方第五节，只间隔一个车厢。但火小邪爬到这里，却不再前行，他趴低了身子，在车身上默默听了许久，才抬头对身后的烟虫等人说道："下一节车厢里，有七八个忍者，全是高手！我们贸然爬过去，必定会被发现。"

紧跟着火小邪身旁的赛飞龙说道："那该怎么办？火车行驶得这么快，我们无法从其他地方飞过去。要么，从车底爬过去？"

火小邪说道："绝对不可。前面车厢，底面是木制的，孔隙甚多，应该是专门防止有人在车底爬行的。"

赛飞龙奇道："你怎么知道？"

火小邪说道："如果不是木制的，我也听不出里面有七八个人。"

赛飞龙点头称是。

火小邪回头说道："大家先不要动，我下去再看一眼。"说着，火小邪身子往下一挂，竟如同壁虎游墙一样，滑到对面车厢的一侧去了。

见火小邪离开，烟虫冷不丁插上一句话：“大把子，你是不是很难受？”

赛飞龙一愣，当即问道：“什么？我难受？我难受什么？”

烟虫嘿嘿一笑，说道：“大把子，你年纪大了，一路折腾下来，你扛得住吗？”

赛飞龙有些微怒，低声骂道：“烟虫，你是瞧不起我？”

烟虫还是嘿嘿一笑，说道：“没有，没有，我是关心你。”

赛飞龙哼了一声，骂道：“莫名其妙！你照顾好你自己吧。”

烟虫还是说道：“大把子，我怎么感觉你对这里挺熟的啊？”

赛飞龙又是一愣，脸上有些挂不住了，厉声道：“烟虫，你到底什么意思？我看你才有古怪！什么我熟不熟？”

烟虫嬉皮笑脸说道：“大把子，别着急别着急，我就是随口瞎说瞎问。我是听你刚才说，火车速度快，没有地方过去，便想哪儿就说哪儿了。”

赛飞龙尖声道：“废话！这里的地势摆得一清二楚！”

烟虫连连摆手，表示歉意，避开赛飞龙的眼神。

赛飞龙气哼哼地瞪了烟虫一眼，扭过头去。

烟虫无声地哼了一声，向脚边一看，花娘子正看着他。烟虫飞快地向花娘子眨了下眼睛，扭过头来，浑然无事。

火小邪还在前面车厢一侧，紧贴着车皮聆听里面的动静，这时火车突然汽笛长鸣了一声，骤然加速。

火小邪赶忙稳住了身子，侧头向前望去，火车进入了一个下坡直道，正在以惊人的速度加速前行。

火小邪不愿在此久留，一侧身，又攀了回去，再度来到车顶。

火车的速度还在持续地加快，并且隧道分成两轨，火车一头扎进一个宽敞的洞口，拉响了汽笛，震得隧道里嗡嗡巨响。

风速凛冽，火车进入的新的隧道在逐渐地扩大，最后一阵破空之声炸响，火车竟从隧道里钻出，驶入了一个巨大无朋的山中洞穴中。

这个洞穴如此之大，如此之深，前不见边际，上不见顶，下不见底，火车就急速行驶在这个山洞的洞壁一侧，盘旋着一直向下加速，好似要钻到无边的深渊中似的。

众人紧紧贴着车厢内，双手牢牢抠住边缘，若是松动，人就会被甩将出去。

就这样再开了一段，热浪翻滚而来，山洞最深之处隐隐有红光翻滚不止，并不时地听到扑哧扑哧，水火相遇发出的爆燃蒸腾之声。那不断涌来的热浪，竟是热腾腾的水雾升起而造成的。

如此邪门怪异的地方，有一列火车沿着洞壁狂奔，实乃常人不敢想象的景象。

那火车还是没有丝毫停留，也不知是否盘绕这个巨洞走了一圈，汽笛再鸣，嗡的一声，一头扎入另一个隧道之中，随即开始减速。

众人不敢妄动，还是牢牢地抓着车厢不敢松手，这时一盏又一盏的灯光沿着隧道亮了起来，前方更有大片的光亮明晃晃地透出。

火车速度减慢，并开始一长一短地鸣响汽笛。

说话间，这列火车从隧道里钻出，驶入了一个空旷无人、灯光通明的广场。

众人生怕有人看到，谁也不敢起身，只是侧脸看去。

这个广场，乃是一个说不清、道不明的所在，广场面积有一个足球场大小，地面平坦，全用整齐的方石铺成，平滑光亮，在灯光的照耀下，明亮生辉。广场上方大约十米高处，则是天然的山洞顶壁，怪石嶙峋，晦暗难明。

偌大的广场，举目看去，竟没有一个人值守！也没有任何一处掩蔽的防御之所！举目之处，就是一片空旷。

火车咔嚓咔嚓的进站声，在这个广场内不断地回响，空洞得让人脚板心发凉。

火小邪等人大气都不敢出，冷汗已经微微冒出，这等景象，比密密麻麻的防御更加让人担心。

火车渐渐停稳，“呲”的一声出了一口蒸汽，便动也不动了，好像已经熄火，再不前进了。

火小邪前方的车厢内，便开始有人走动和低声说话的声音，“哗啦”一声，铁门开启的声音，接着是密集的脚步声，有许多人从车厢里走出，踏入了广场。

凡是踏上广场之人，马上又闭口不语，甚至连呼吸也停止了似的。一片死一样的沉寂中，一个火车司机，七八个穿着武士便装，四个手无寸铁的白大褂医生，两个穿着灰色忍装的忍者，步入了广场。在这些人中间，有一个看着憔悴虚弱的日本女子，低着头，被他们紧紧包围着，默默地小步行走。

火小邪这次看得越发真切，那队伍中的女子，就是雅子无疑！

这一群人，虽说无声无息，但走得飞快，两个灰衣忍者一前一后，所有人连东张西望的警戒都没有，只是笔直地向广场尽头处走去。

火小邪忍住了，倒是顶天娇躁动起来，极低地骂了声“妈的”，就要抬头。

火小邪一把将顶天娇按住，不容他妄动。

火小邪不是不着急，而是他很清楚，这样空旷、无遮无掩而落针可闻的广场中，他要想追上这支队伍还不被发现，是根本不可能的。雅子被人紧紧包围着，而且模样是全无精气神，极可能被人用药物制住，全无反抗的能力，不然以雅子的身手，要想逃脱出来，完全可以办到。

押着雅子的一行人笔直向前，而广场最边缘，宽大的一面墙上，只有唯一的一个进口，无人看守，也没有门锁，就是空空洞洞的，任人随意进出。雅子等人走入其中，很快没有了踪影。

火小邪还是没有行动，他用眼神告诉所有人，谁也不要动弹，更不要出声，一切听他的号令。

火小邪闭上双眼，将五感提到最高，一丝丝地感受着这里。没有多余的声音，没有异常的气味，没有明暗的变化，没有温度的升降，没有些许的震动，什么都没有，实在太平静了，平静得让人不敢相信。

不知道过了多久，火小邪才睁开眼睛，低声说道：“这里什么都没有，我们可以走了。”

烟虫低声喝道：“慢着！这样的地方，明显就是让我们进去的。”

赛飞龙哼道：“那你要这里一步一岗才好？”

烟虫不搭理赛飞龙，只是对火小邪说道：“小邪，再三思！这里的情况，已经不在我们想象的范围内了！”

火小邪点了点头，还是默默地半蹲起身子，看着远处雅子离去的山洞，说道：“我不能不去了，如果谁觉得害怕，请留在原地。”

说着火小邪挪了几步，一闪身，便贴着车厢，翻落广场站台。

赛飞龙很是轻蔑地瞟了烟虫一眼，爬起身来，翻落下方。紧接着，是顶天娇赵霸，钩渐看了烟虫一眼，随之而下。

烟虫干脆和花娘子站起身来，烟虫紧皱眉头，从车顶一跃而下，快步追上火小邪，拉住火小邪胳膊，沉声道：“火小邪，你一定要一意孤行吗？这是个圈套！是个圈套！我们回去吧！你要听我一句！”

火小邪转头看着烟虫，压低了嗓子说道：“烟虫大哥，你要随我来就随我来，请你不要……”火小邪声音突然提高了八度，“指挥我好不好！”广场里回声乱响，火小邪的话回荡了许久，才归于寂静。火小邪这一高声讲话，连烟虫都愣住了。

火小邪一把甩脱了烟虫，没等到回声消散，就沿着广场边缘，飞快地向雅子离去的洞口跑去。赛飞龙、顶天娇、钩渐三人，紧紧跟随着火小邪，也向前跑去。

花娘子走到烟虫身边，关切地说道：“我们，还去吗？”

烟虫惨然笑了笑：“哪怕我死，也要火小邪活着，只有他，只有他能够破解这个野心滔滔的巨阵……我的路，快走到尽头了。”

花娘子一下子落下泪来：“贼汉子，还有其他可能吗？”

烟虫笑道：“没有了……亲爱的娘子，我们，去吧，去看看这个天下无盗的罗刹阵吧。”

花娘子伸出手，紧紧地握住了烟虫的手，目光坚定地看着烟虫，缓缓地点了点头。

两人携手，向火小邪追去。

九、罗刹初成

火小邪从跨入雅子离去的那个洞口开始，他的血便不自觉地沸腾了，好像有人在呼唤他，一会儿是父母亲的声音在叫他慎儿，一会儿是严烈在叫他火小邪，一会儿是伊润广义在叫他儿子，一会儿是雅子在叫他小邪，还有更多更多的声音在叫他，有笑声，有哭声，有责骂声。

连火小邪也不知道自己到底怎么了，他全身滚烫，眼冒金星，脑海里充斥着各种杂乱无章的画面和声音，可这一切的一切，反馈在火小邪的心中，却有几个大字挥之不去：我，是，个，贼！

火小邪内心里大喊着：“我不是贼！”

但越是这样抵抗着，越无济于事，命运注定了你，是无法抗争的吧。

火小邪的脚步已经停不住了，尽管脑海中乱成一片，但他的神智无比清醒，他清楚地明白，自己为什么要来到这里。他不想偷什么圣王鼎，他甚至不关心罗刹阵，他只想要回自己的尊严，自己的家，自己的妻子，自己的孩子。

他必须面对伊润广义，他不想逃避，如果这是阴谋，那就来吧，无论是生，是死……

漫长的道路，在脚下延伸着，没有机关，没有封锁，什么都没有，安全得如同摇篮，如同在安详的河边散步，随便你来，随便，既然你有这个勇气。

火小邪、赛飞龙、钩渐、顶天娇跑入了一个空无一人的大厅。

便没有路了。

火小邪不相信这里没有路，他让赛飞龙等人靠墙站着，自己一步一步地踏着砖石，向大厅的正中心走去。

“我的儿子，你来了，欢迎你来。”空荡荡的大厅里，突然响起了声音，是伊润广义的声音。

火小邪并不觉得奇怪，他甚至没有举目四望，他站在原地，回答着：“我不是你儿子，伊润广义，你骗得我好苦！你出来！”

“可是我在离你很远很远很远的地方，我的儿子。”

“住嘴！”

“哈哈，是严烈对你说了什么吗？你这么确定你不是我的儿子？”

“不用我师父严烈说，我也想起来了！我的父母亲是炎火驰和珍丽！”

“严烈在骗你，你的记忆也在骗你，难道，我不像你的父亲吗？火小邪，你宁肯怀疑我对你的感情，也要去相信那些虚无缥缈的东西？”

“呵呵呵，呵呵呵！收起你的谎言吧。”

“现实，许多人宁肯把美好的现实丢掉，也要去捡起过去的悲伤。你真让我失望……火小邪。”

“不要再装了！是你杀了我的父母！”

“笑话啊笑话啊！”伊润广义的声音突然严厉起来，“是我救了你！要不是我，你早就死了！如果你真的记得的话，在你很小的时候，是谁把你从冰冷的河水中抱起来，是谁杀了要你性命的忍者？是我！是我伊润广义！”

伊润广义说得没有错，火小邪清楚地记得，在他落入水中，躲过了忍者的追杀后，有一个穿着黑色衣服的忍者，将其他人斩为两段，并伸手要拉住即将坠入瀑布的他。只是当时火小邪害怕了，没有勇气伸出手，这才坠落了下去。

这个画面清楚地在火小邪的脑海中闪现起来，那双眼睛，对，那双眼睛，就是伊润广义的眼睛。

火小邪有些呆滞了，他一时间不知道该怎么回答。

伊润广义的声音又柔和了起来："是的，你记起了吧。回来吧，我的孩子，回到我身边来，我还是那个疼你爱你的父亲，你还是那个开朗聪明的孩子，我的好徒弟。你只是做了一场噩梦罢了，现在，噩梦醒了，一切又回到七年前，你第一次喊我父亲的时候。"

七年前，当火小邪认伊润广义为父亲的时候，火小邪是真心的，他真心诚意地哭了，没有任何勉强地，喜悦地接受了伊润广义这个父亲，而后在日本的七年修炼，伊润广义含辛茹苦地培养着火小邪，严厉而又慈祥，多少次火小邪因为修炼忍术负伤，都是伊润广义一点点为火小邪涂上药膏，细心地讲解失误之处，鼓励着他，给他信心。

火小邪闭上了眼睛，哽咽起来，抽搐着，颤抖着，他无声地哭了，没有一滴眼泪。火小邪对伊润广义，是有感情的，而且，很真挚、很厚重。

站在一旁的钩渐按捺不住，大声呵斥起来："火小邪，你不要听这个小鬼子胡言乱语！你忘了你当初，是怎么立誓要杀伊润广义这个奸贼吗？"

火小邪缓缓地抬起头，无助又无望地说道："伊润广义，你给了我一段好时光，我很希望一切都没有发生过……"刹那之间，火小邪目光又锐利起来："但你为什么要骗我？为什么要让我去杀我师父严烈？为什么不敢见我？为什么要带走雅子？你出来啊！出来啊！"

伊润广义的声音半晌没有传来。

"唉……"伊润广义一声叹息，"火小邪，你想听一个故事吗？"

"你说！"

伊润广义便缓缓道来了这么一个故事：

"很多年以前，我和我的妻子珍丽，隐姓埋名来到中国，目的就是成为中国五大贼王的弟子，于是，我们到处偷窃，终于吸引了贼王们的注意。我们两个，很艰难地通过了火门三关的试炼，成为火家的弟子，但我们并没有公开夫妻的身份。

"当年，和我们同时成为火家弟子的，有一个天生的盗术奇才，就是你所谓的父亲炎火驰。他这个人表面上和蔼平易，内心里却充满了欲望，他对自己得不到的东西，永远不会放弃，会用尽一切手段来偷到手。

“炎火驰喜欢上了珍丽，但珍丽爱的是我，并不是他，只是炎火驰穷追不舍，并威胁要说出我们日本忍者的身份，把我们赶出火家，不得已，珍丽委身于他。炎火驰得到了珍丽，却并不珍惜，他的欲望是永不能满足的。他的注意力，很快转到了五大世家的重宝上，他要证明自己是贼王之王，就不仅要偷到五大世家的重宝，还要再研究出一套无人可以盗走的防盗阵法。

“于是，炎火驰带着我、珍丽、严烈上路了，虽说一路坎坷艰难，还是真如他所愿，将水、土、金、木四家的重宝偷到了手，并研究出了一个血腥邪恶的罗刹阵。

“炎火驰本以为大功告成，得意扬扬地打算在他荣登火王之位后，公布一切，当上贼王之王。谁知四大世家找上门来，要求处死炎火驰。炎火驰担心自己的实力，尚不能与四家公然为敌，便想出一个法子，用火家火耀针自废武功。这其实是他的缓兵之计，炎火驰知道自己有办法自行将火耀针拔除，当时，五大贼王都知道，火家的火耀针是没有办法自行拔除的，所以炎火驰愿意自废盗术，成为废人，对于五大贼王来说，比直接杀了炎火驰更痛快。

“为了掩人耳目，炎火驰编出一套他和珍丽如何相亲相爱的谎话，好像他的所作所为，都是为了讨珍丽开心罢了，自己并没有什么野心。那可怜的珍丽啊，她为了保护我，为了我们大日本国的神圣使命，只能再度委曲求全，被废了盗术之后，和炎火驰待在一起，被他困在一个山谷中，生下了炎火驰的孩子。这个孩子，便是你火小邪。

“几年之后，炎火驰以为避过了风头，自行解开火耀针，意图自立门派，东山再起。结果被当年的水王凌波发现，水王凌波知道炎火驰的厉害，仅凭自己恐怕解决不了炎火驰。不知道凌波为什么会做出这种选择，他东渡日本，找到了我的义父商议，由日本忍军出面，诛杀炎火驰，开出的条件很诱人，事成之后，他说出五行地宫所在，让大日本帝国得到中国半壁江山，同时说服土家支持日本国。

“权衡之下，我义父与天皇陛下商议，便答应了水王凌波，并派我出面指挥这次行动。

“我见到你火小邪时候，我知道你是珍丽的孩子，珍丽的孩子，就是我的孩子，所以，我偷偷地想让你活下来，但你跌下山崖后，下落不明。

“我义父责怪下来，让我背上了一个永世也甩不掉的影人。

“水王凌波也不守信，借口炎火驰的孩子可能还活着，便不告诉我们五行地宫的地点在哪里，无影无踪。

“当年，大日本帝国占据中国的战略已定，如箭在弦上，不得不发，只是没有拿到圣王鼎，还不敢草率行动，于是我们大费周章，终于将圣王鼎拿到，这才安心。

“可我们左思右想，担心五大贼王，尽管他们都说不在乎圣王鼎是谁的，可这些大盗，所说的话能信几成？于是，我借着当年强行记忆下来的罗刹阵布阵之法，以及没有丢弃的木家重宝木嫛之眼，在万年镇重建此阵，用来保管圣王鼎。

“火小邪，这就是我的故事。”

火小邪听完伊润广义所说，嘿嘿嘿连连冷笑：“伊润广义，你真是会编！我师父火王严烈死前所说，与你完全不同！五大贼王，我都见过，绝不是你描述的模样！”

伊润广义口气依旧平和：“火小邪啊，五大贼王是个什么货色，炎火驰、严烈又是个什么货色，说出来给你听了，你明白了吗？你所谓的父亲炎火驰，伙同严烈，实属不折不扣的奸贼，无耻之徒，这样的两个人，欺名盗世，从不敢说句实话！

“严烈是你师父？我看也像！他教你的盗术，你和我说过，虽然精彩，却是一不留神便会发疯或者死去，要不是你火盗双脉，第一年你都熬不过去，必然死了！用心如此险恶，他可是真的为你好？仔细想想啊火小邪，严烈此人，乃是炎火驰的狗腿子，占火王之位，让火家分崩离析，将你赶出火家之后，又拿重手试你经脉，你要不是命硬，碰上了甲丁乙，早就死于荒野了。

“五大世家、五大贼王，个个是阴谋钻营的小人，你要当他们是英雄好汉，那就大大的错了！中国人贼性难改，全是这些所谓的五大世家，五大贼王败坏纲纪！

“怂恿人自私自利，只顾小家而弃大家，贪财恋物，争名夺利，舞弊逢迎，妒贤嫉能，混淆美丑，据物推高，私定贵贱，篡改良方！哪个不是五大世家在暗中捣鬼？

“金家之财，据说有世界的三分之一，中国内战，倒卖军火，中日战争，横行敛财，有改良生计的发明，从不共享，还私吞智慧，毁人不倦，可有一分一文为了百姓民生？土家之气，凡是中国风水宝地，全是土家编造内定，稍有不从，便毁你祖坟，断水封路，倒梁裂楼，耗尽国家钱财，大施土木，土家最擅于此事；水家之情报，拿人把柄，买卖恩怨，凡是国家内耗，必有水家添乱；木家之毒，捣乱常理，滋生恶毒，培养邪物恐吓四方，售卖药方，不为救人，只图人受此药所蛊，从而依附于木家的其他药物，中药本好，被木家改得面目全非，夸大所谓奇方异草之能；火家之力，纵容贼人遍生宇内，凡是跳出他乾坤圈的，都用所谓招徒或杀或降，毁善良之物囤积居奇，故设偷盗防盗，挑唆人铤而走险，到处传授盗术，让人有不劳而获之能。

“火小邪，你自己比比，自己想想，是在我忍军痛快，还是相信贼王们的花言巧语？”

火小邪依旧冷笑道：“伊润广义，你说得周全，其实破绽百出！我倒是问你，你敢回答吗？”

“好！我有问必答！”

“净火谷是不是你下的杀手？”

“是，是我！这些人争权不成，余恶不绝，还想杀你火小邪，死有余辜。”

“御风神捕退出五行地宫时，是不是你诛杀了他们？”

“是，是我所为，但是御风神捕先对我动的杀心！”

“山下的洞中，有无数中国劳工的尸体，是不是因此阵而死？”

“是，要想成就大事，死亡是必需的，就算这里的十万劳工全部死绝，与我大日本帝国的大事来说，也是不值一提。”

“你根本没有把中国人当人吗？”

“我和你说过，现在的中国人是支那人，早已没有中国人的血性，如此劣等，还敢自称中国人？迟早一并屠尽！由我大日本帝国优秀子民，世上独存的中华遗脉，来再建中华。”

“好狠毒！什么友好，全是谎言！”

“历史是由谎言构成的，所谓真相，只有胜利者有资格评判。”

“你以为永远镇守住圣王鼎，就能稳守天下，万世万代吗？”

“天皇陛下和我，都觉得能。天皇万岁！大日本帝国万岁！”

火小邪连骨头都气得酸痛，全身骨骼格格作响，紧紧握住了双拳，很多的疑问，都在伊润广义道貌岸然、禽兽般冷血的回答中，一一解决了。

现在，火小邪只想从伊润广义口中，亲自求证。

“雅子是不是你早就安排好，围攻火家之后，就把她绑走？”

“不错，是我。”

火小邪怒吼道：“你认我为你的儿子，养我七年，是不是因为我能开启罗刹阵？”

伊润广义沉默了片刻，突然呵呵呵呵呵地长笑起来。

火小邪骂道：“你说啊！”

伊润广义止住笑声，一字一顿地说道：“是！这是最重要的原因，不过……”

“所以雅子也是你故意留在我身边的！”

“呵呵呵呵！”

“所以你教我忍术，也是为了罗刹阵！”

“呵呵呵呵！”

“我会来到这里，你很早就算计好了的，是不是？”

“呵呵呵呵呵呵！是，全都是！”伊润广义的声音一震，有点歇斯底里起来，“火小邪，你全部猜对了！”

火小邪猛然一回头，直勾勾地看着大把子赛飞龙、顶天娇、钩渐三人，这三人本站在一边不敢言语，火小邪这么一看，赛飞龙立即一个激灵，不自然地抽了抽脸颊。

火小邪恶狠狠地看着赛飞龙，尖声道：“大把子，你一直在说谎对不对？我们来到这里，你早就在与日本人联系对不对？”

赛飞龙脸色惨白，连连摆手道：“小恩公，你别激动，我我我……”

伊润广义阴冷冷的笑声响起：“赛飞龙，你做得很好，若不是你一直和我们联络，火小邪不知道什么时候才能到这里。”

赛飞龙彻底慌了，手足无措地说道：“火小邪，你不要听他胡说！”

二把子顶天娇其实对伊润广义刚才的长篇大论，一句也没有听懂，他完全云里雾里的，但说到大把子赛飞龙是日本人的奸细，他惊得下巴都落到地上了。

顶天娇大叫道：“大把子，你……你……你怎么？”

钩渐一言不发，连退几步，和赛飞龙保持着距离。

伊润广义继续冷笑道：“火小邪，你现在才看出来吗？逍遥窝中江湖诛杀你的路条，是赛飞龙的杰作，是为了让你安心。你们装成妓女混入要塞，赛飞龙早就向我通风报信，人数多少，什么打扮，我一清二楚，甚至你们什么时候进来的万年镇，进到这个山洞，赛飞龙也一一传递给我。”

赛飞龙惊叫道：“伊润广义，你不讲信用！”

伊润广义冷笑道：“火小邪，我还告诉你一件事，你父母亲所在的山谷，和净火谷一样，只凭忍者是很难找到的，是赛飞龙给我们带的路。呵呵呵呵呵！火小邪，你知道了吧，你以为你最可信赖的人，却是害死你的人啊！”

顶天娇已经号哭了起来：“大把子，你为什么，为什么啊？”

赛飞龙慌乱了一阵，听伊润广义把自己老底揭穿，反而恢复了冷静。

赛飞龙尖声大笑，厉骂道：“伊润广义，我一辈子精明，竟能相信了你的鬼话，与你合作！”赛飞龙骂完，却身子一抖，头也不回地向洞口处跑去。

赛飞龙不愧是逃跑的高手，故意甩下狠话，突然逃跑，让人措手不及。

赛飞龙钻进洞中，刚跑了几步，迎面一股子浓烟喷至，赛飞龙猝不及防，猛吸了一口，立即觉得胸口恶心，闷哼一声，捂着嘴向后一退。

没等到赛飞龙退去，一枚钢花穿破浓烟，直刺赛飞龙面颊！

赛飞龙不愧是野校督，如此凶险的局面，他竟然身子一猫，避开了这枚钢花。可他没料到，他一蹲之时，一只大脚从浓烟中踢出，正中他的面门，将他结结实实地踢中，整个人被踢得飞起，咕隆隆再次从洞口跌入大厅。

赛飞龙在地上滚了两滚，抽搐了一下，再也不动了。

“喂，大把子，正开着联欢会，你急急忙忙走什么啊？”嘻嘻哈哈的声音从洞口传出，随即一个嘴上叼着烟卷，吞云吐雾，勾着个艳色美女的男人，大摇大摆地走了出来。

除了烟虫、花娘子外，还有何人？

烟虫旁若无人地走到赛飞龙身边，用脚踹了一下赛飞龙后腰，一蹲身，从赛飞龙后腰间解下一个不起眼的黑盒子，用力一掰，那黑盒子便开了，里面红光闪烁，竟有一套发报的装置。

烟虫看了两眼，啧啧连声：“他奶奶的，还真想不到有这种东西。”说着，将这套装置随手丢到一边，摸着赛飞龙后脑勺叫道：“大把子，刚才走路滑了一下，踢到你了吗？真不好意思啊！”

顶天娇在一旁号哭：“烟虫，大把子他，他居然……”

烟虫伸出手嘘了一下，说道：“大妹子大妹子，我刚才全听到了，别哭了啊，乖。”

正说着，钩渐直冲了上来，手持利刀，就要向躺倒在地的赛飞龙脖颈处刺去。

“当”的一声，一把刀架住了钩渐的利刃，钩渐扭头一看，竟是火小邪不知道什么时候，走上前来。

钩渐怒骂道：“火小邪，此人该死！我们全被他骗了！”

火小邪将钩渐的刀慢慢拨开，看了眼烟虫、花娘子，说道：“我知道的太晚了。”

烟虫轻轻摇了摇头，说道：“火小邪，这事怪我……”

火小邪打断了烟虫的话：“烟虫大哥，我欠你的恩情，下辈子还你吧。”说罢转身往大厅中央走去。

烟虫喝道：“火小邪，你做什么？”

火小邪并不答话，走到大厅中央，将刀子丢下，膝盖一弯，重重地跪在地上。

火小邪狠狠地磕了三个响头，挺直了身子，高声道：“伊润广义，你在吗？”

“呵呵，我在。”伊润广义的声音，慢悠悠地响起。

“我从来不愿意求人，但我今天求求你，求求你！我的性命，你拿去吧，我只求你放了雅子，放了烟虫大哥、花娘子、二把子、钩渐。只要你放了他们，我立即挑断我双手双脚的经脉，随便你处置。”

“哦？”

“我，求你！”火小邪沉重地说道，再次重重地磕头，额头上已经一片鲜红。

一只有力的手，拉住了火小邪。

烟虫叼着烟，制止了火小邪，并不与火小邪说话，只是抬着头喊道：“伊润广义，久仰大名！我是烟虫！能讲几句话吗？”

“哦！我知道你。”

“我说伊润广义大人，你好像忘了一件事情。”

“哦？”

“你大概知道我师父是谁吧？炎尊！炎火驰和严烈的师父，我是他不争气的最后一个徒弟。我师父这个老东西，临死之前，憋不住罗刹阵的事情，和我说了，所以我略知一二。”

“嗯？你知道什么？”

“我师父说过，罗刹阵开阵，要用火盗双脉之人的鲜血不错，只是取血之人，必须怀有贼念，才可以真正开阵。火小邪如果这样，毫无偷东西的欲望，只怕他的血，嘿嘿嘿，不好用啊！”

“笑话！烟虫，你那师傅炎尊所知的，可有我一半多吗？”

“那说不定，炎火驰说不定骗了你呢？让你只知其一，不知其二，白辛苦一场。”

伊润广义倒是一下子沉默了。

烟虫也不着急，使劲拉起火小邪，说道：“小邪，你就算死了，他也不会放我们出去的。”

火小邪双眼无神，只是长叹一声。

伊润广义沉默了片刻，方才沉沉地说道：“烟虫，你是想骗我吗？”

烟虫笑道：“我们是你手掌里的蚂蚁，骗你什么？再说了，你花了这么大的精力，劳师动众修的罗刹阵，连让我们看一眼的勇气也没有？是怕我们今天给你破解了？对了对了，就算我们破解了，对你不是更有好处吗？你说是不是？”

“哈哈哈哈，烟虫，烟虫，不愧是名震东北的第一大盗，素闻你行事乖张，玩世不恭，今日一见，果然不假，聪明，聪明啊！”

“看来罗刹阵现在还没有什么作用，就等着火小邪这一味药啊？”

“哈哈哈，笑话笑话，罗刹阵何须全部开阵，才可防盗。”

“那就这样吧，伊润广义大人，我们打个赌？”

“打赌？”

“放我们进去偷一下，以雅子为赌注。”

“怎么赌？”

“你把雅子放在罗刹阵里，我们去偷雅子出来，若能偷出来，你就成全了火小邪夫妻相见，若我们偷不出来，火小邪刚好给你开阵，你留雅子一个活路？你看如何？”

“哦……这个赌局好像不公平啊。”

火小邪虽说心里悲愤，但烟虫的话听得一清二楚。火小邪心里一片清明，知道烟虫所说，乃是决心搭着全部人的性命，来搏上一把，不禁斗志再起，抬头喝道：“伊润广义，念在你我父子一场，我愿以身试阵！”

伊润广义机械般地大笑了起来：“哈哈哈哈！那我们就赌这一场吧！火小邪，你要是能破解现在的罗刹阵，救出雅子，便随你们去，绝不伤害你们半分，若是不能，你们便全部化作血沫，死在阵中吧！”

烟虫大喝道：“好！不愧是日本忍军的头领，气度非凡！那么，让我们进阵去吧！”

“好，好，你们稍等……”

伊润广义的声音逐渐远去，再无一丝一毫的声响传来。

花娘子走了上来，拿出绢纱，给火小邪擦额头上的鲜血，说道：“不要流血，如果你的血这么珍贵，一滴也不流给他们。”

火小邪惭愧道：“烟虫大哥，嫂子，你们真的不该再帮我了。”

烟虫一边抽烟一边坏笑道：“咱们多少见个世面再死吧，你的苦肉计是好招，我这个死猪不怕开水烫，也是好招。只是你不愿意带我玩？”

火小邪叹道：“是我连累了你们。”

“什么话？”烟虫不接这个话茬，转头对还在泪如泉涌的顶天娇叫道，“二把子，我说大妹子，赛飞龙还没死呢，把他拖过来啊。哎，钩渐，别想着杀赛飞龙了，咱们先聚过来。”

顶天娇一把鼻涕一把泪地把昏死的赛飞龙拖到火小邪、烟虫这边，钩渐不住地骂道：“烟虫，火小邪，赛飞龙这种通敌卖国之人，留着何用？”

火小邪说道：“先不要杀他，他也许还知道什么。”

烟虫也点头道：“不问问他到底怎么和伊润广义勾搭在一起的，还挺不甘心咧！”

顶天娇还是哭得山石乱颤：“大把子，你为什么，为什么，呜……”

花娘子安慰一句：“二把子，唉，天娇妹子，别哭了，让小鬼子笑话啦。”

顶天娇强忍着，总算停止了哭啼。

就听见轰隆隆、噶嘎嘎各种声响，这个大厅墙壁，砖墙一段一段地开启，露出无数个小门来，里面有穿着各色服饰的忍者，手上结着各式法印，无声无息地走了出来。那些忍者足足有四十多人，密密麻麻地围在大厅周围，站得笔直，谁也不发一言。

烟虫猛抽一口烟，轻声道：“火小邪，怎么，这是要先和我们打一架？”

火小邪环视一圈，说道：“全是日本忍军最高级别的忍者，但他们结着法印，不是来找我们打架的，而是恭送我们的。”

只听到一声响亮的忍者嘞诺灵咒，乃是镇压恶灵之意，一面墙壁整齐地后移，显出一个方形的大洞，洞内深处，有一片青色的光芒闪烁不停。

随着洞口打开，大厅里一众忍者们纷纷念起了嘞诺灵咒，低沉压抑。

无色无味无风无震动无温度，洞内深处，仅有那片青光闪烁着，五行地宫内有的那种玄奥、神秘、暴虐、迷乱、镇压之气，在这个洞内没有一丝一毫的存在，平静而安详，似乎在鼓励着你前进。

可这种绝无仅有的防盗感觉，还是拉紧了火小邪、烟虫等人的心弦。

随着响亮的嘞诺灵咒，火小邪深深看了一眼洞内，目不转睛地说道：“我们走吧！”

烟虫点头示意，转头吩咐顶天娇道：“把大把子背上，带他一起进阵！”

顶天娇应了，将大把子赛飞龙背到背上，抹了把眼泪，抖擞起精神。

火小邪、烟虫、花娘子、钩渐、顶天娇赵霸，全神贯注，由火小邪打头，稳步向洞内走去。

这是条平缓、干燥、光洁的通道，笔直地直通斜下方，青色的光芒一直在眼前闪烁着，似乎在引领着众人的方向。

众人默不作声，彼此保持着适当的距离，向前走了大约半里路，青色的光芒突然消失，一片柔和的光亮升起，不冷不热，亦不刺眼。

众人再向前走了一步，便走出了这个通道，眼前顿时一片白光泛起。

好在这片白光并不刺眼，众人眯着眼睛一看，眼前竟是一片无边无际的镜面！

而这片镜面，并不是玻璃的，而是一层细而柔韧的沙子上，泛起的一层薄薄的水膜。脚踩上去，地面略有弹性，水膜随着脚面下压的压力，竟退回到沙子内，所以踏脚上去，鞋底只是一层潮湿，绝不会湿鞋。

光不知道是从哪里透出来的，偌大一片的镜面上方，是一片天空一样的淡蓝色，看不到是否有顶，也看不出上方是由什么东西组成的。

只有火小邪他们刚刚走进来的地方，能看到发着微光的，洁白一片的砂岩墙壁，只不过向上再有十米，便都隐藏在上方的天空蓝中，不见踪影。

如果这里不是伊润广义口中的罗刹阵，一定会被认为是人间奇景，似乎天地相连，倒映呈辉，人如同走在天地之间，又仿佛在碧波如镜的水面上踏水而行，美得不可言状。

众人见了，不由得有些发呆，所有人心中想象的刀山剑海、毒火猛兽、杀人机关，全不存在，怎么会是如此平静安详绝美之地？

众人不知方向，只是心中突突激跳着向前走去，走了二十余步，烟虫猛一回头，却看到进来的那个通道已经隐藏在淡淡的天空蓝中，见不到了。

烟虫轻喝一声：“大家停步！”

众人略略站定，也发现了自己处在这片根本不知东南西北的地方，前无出路，后无退路。更糟糕的是，刚才走过的脚印，也在眨眼间，被水膜覆盖住，根本看不到一点痕迹。

所以，众人连前进的目标在哪里，也不知道了，有些发傻地站在原地。

钩渐念道：“糟了！我们似乎被困住了！现在该去哪里？”

花娘子微微喘气，说道：“天下竟有这样美妙，却又说不清道不明的地方。”

顶天娇瞪大着眼睛，东张西望，大口大口地呼吸着这里的空气，说不出话。

烟虫抬起手腕，剥开手表上的一个小盖子，里面有个指南针，正如同陀螺一样转得飞快。烟虫说道：“这里有异常庞杂的磁性！虽说微弱，但足以让我们迷失方向了。”

火小邪依旧盯着前方，说道：“这里不可能是无边无际的，我们无论往回走或者往前走，是一定能够摸到墙壁的。能够摸到墙壁，就一定有出去的办法。”

烟虫“啪”的一下，把手腕上的指南针合上，从怀里掏出一根烟点上，吞云吐雾起来：“往前走吧！雅子一定在这里的某处。”

众人都是硬汉，既然进来这里打赌，便没有临阵而退的打算。

只是大家不知道，到底这片看似无边的“水面”就是罗刹阵，还是罗刹阵位于这片“水面”的某处？

众人踏步向前，缓缓又走了百余步，再次停下，左右看去，毫无变化，这片美景虽美得不似人间，可美丽得异常单调，无论怎么行走，就像原地踏步了一百多下似的。

烟虫不禁笑了，哼哼着骂道：“这是个什么意思？伊润广义想让我们先散一天的步，让我们平心静气吗？”

火小邪也觉得这么走下去，不是个办法，便问道：“烟虫大哥，你师父炎尊死前，说过罗刹阵大概的样子吗？”

烟虫答道：“我那死鬼师父，也从来没有见过罗刹阵的样子。他只告诉我，罗刹阵是个无人可盗之地。”

花娘子说道：“空无一物，本来就什么都没有，自然是无人可盗？”

烟虫说道：“如果罗刹阵只是一个虚张声势的空阵，犯不着让伊润广义如此煞费苦心。”

火小邪看了眼背在顶天娇身后的赛飞龙，说道：“烟虫大哥，麻烦你把赛飞龙弄醒，兴许他来过这里。”

烟虫念了声有理，走到顶天娇身侧，从袖口处捏出一点粉末，塞进赛飞龙的鼻孔里，花娘子、钩渐上前，纷纷抽出利器，以防赛飞龙清醒后反抗。

烟虫笑了笑，摆手说不用，然后把赛飞龙的脸扶正，“啪啪”两个大耳光抽了过去。

赛飞龙哼了两哼，悠然转醒，他刚刚恢复神智，先是愣了愣，但马上回过神来，全身一个激灵，从顶天娇背上跃下，拔腿就跑。

钩渐立即要追，烟虫拦住了钩渐，叫道：“大把子，你有本事跑掉吗？”

赛飞龙跑了十余步，也发现这里乃是个无边无际的“水面”，连方向都没有。赛飞龙听烟虫这么一叫，便站住了，紧张地看了几眼，叫道：“烟虫，你这个混蛋！玩什么阴招？这里是哪里？”

烟虫摊手道：“罗刹阵！”

赛飞龙看了看脚面，那层水膜和镜子一样，将自己照得一清二楚。

赛飞龙愣了愣，哼道：“这里就是罗刹阵？”

烟虫坏笑一声，说道：“那你觉得是哪里？”

赛飞龙骂道：“我怎么知道？”

烟虫说道：“赛飞龙，你害了我们一路，把我们害进了这个防盗阵法里，没想到你也进来了吧。”

赛飞龙拧着眉头，骂道：“废话少说！你们想要如何？告诉你们，我赛飞龙不是这么容易死在你们手里的！”

顶天娇又哭了起来：“大把子，你为什么啊？你多少给个理由吧，如果你真的帮了小鬼子，那妹妹我只能和你恩断义绝了。大把子，求你解释一下吧！”

赛飞龙骂道：“哭个屁！要不是我，逍遥窝早就被端了多少次了！我就是帮了日本人，怎么的？来杀我啊！”

火小邪大喝一声：“赛飞龙！”

赛飞龙与火小邪对视一眼，立即避开眼神，气焰顿减。

火小邪喝道：“赛飞龙，我不想知道你到底骗了我什么，我就问你，你到底来过这个要塞没有？”

赛飞龙抬起头，长长地叹了一口气，说道：“我来过！”

火小邪喝道：“你到底见过我的妻子没有？”

赛飞龙点了点头，说道：“见过，我见过她两次，最后一次，就是在你们和伊润广义说话的那个大厅里。”

“然后呢？她去了哪里？”

“墙壁上开了一个四方大洞，由伊润广义和一群忍者带着，进洞去了。其他的，我一概不知。”赛飞龙抬起头，有些恳求似的看着火小邪，“火小邪，我是对不住你……”

“别说了！”火小邪愤然骂道，转过身子，再不愿看见赛飞龙。

烟虫低声道：“火小邪，赛飞龙的确不知道什么。我们暂不妄动，先仔细想想，该如何应对。”

火小邪望着前方，说道：“这里没有其他的办法，我只能期望一件事。”

烟虫问道：“是什么？”

火小邪没有回答，向前走了两步，深吸了一口气，突然竭尽全力地大吼起来：“雅子！你在哪里？我是小邪！我来找你了！你听到了吗？我是小邪！”火小邪一边大吼，一边向前走去。

烟虫听火小邪突然高声喊叫，微微愣了一愣，但马上会意过来，花娘子刚好靠将过来，烟虫一把搂住，冲花娘子欣慰地笑了笑，跟随着火小邪走去。

钩渐收了利刀，狠狠瞪了赛飞龙一眼，紧随而去。

顶天娇还在垂泪，一边走一边看着呆立在不远处的赛飞龙，说道：“我们走了啊，走了啊，大把子，你不要跟着我们了，你想办法走吧。希望你洗心革面，知道错了，然后能不能找个地方，自我了断了啊。我怕我以后会亲自动手杀你啊……呜呜呜呜。”

顶天娇边哭哭啼啼的，边跟着火小邪他们走，赛飞龙站在原地，见到所有人消失在天空蓝的色彩中，突然一股强烈的恐惧感涌来，撒腿追去。幸好有火小邪的大吼声引路，赛飞龙奋力追赶，才终于看到了顶天娇等人的身影。

赛飞龙并不上前，只是保持着十步左右的距离，紧紧尾随。

火小邪一路吼着，直至声嘶力竭，也不放弃。

烟虫听火小邪嗓子都喊破了，有些不忍，本想伸手制住火小邪，让花娘子一把拉住，轻轻摆了摆手，示意烟虫随便火小邪去叫好了。

烟虫知道花娘子是一片好心，便也罢了。

火小邪吼的心里洼凉一片，如果雅子在这里，如果她还有一丝清醒，应该能听到他的呼唤，火小邪坚信这一点。火小邪自小倔强，绝不认输，今日哪怕他喊裂了声带，永不能说话，火小邪发誓也要坚持下去。

火小邪最后大吼一声，精疲力竭，“咕咚”一下，跪倒在地，双手伏地，大口大口地喘着粗气。

烟虫俯身过来，低声道：“要不要换一个人帮你喊喊试试。”

火小邪摇头道：“不行的！声音千万不能杂乱了。雅子可能是被一种叫朽木令的忍毒制住，五感迟钝，类似于行尸走肉，要想唤醒她，除了独门的解药，就是我一遍一遍地呼唤她。”说着，再次站起身来，继续大吼道：“雅子！我是小邪！你听到了吗？”

火小邪的嗓子已经嘶哑了，每喊一声，都拉扯着喉咙巨痛，其他人都知道火小邪已经到了喉咙撕裂、失声不语的边缘。

花娘子紧紧抓住了烟虫的衣袖，垂下泪来，低声道：“救救火小邪吧！菩萨啊，请你救救火小邪吧！”

烟虫轻轻地抚摸着花娘子的额头，搂紧了花娘子。

火小邪再喊了两声，突然停下了脚步，伸手一挥，示意所有人停止。

果然，火小邪的耳中，听到了非常非常细微的声音，从远处传来："小邪，小邪……你快走吧……快走吧。"

火小邪一个激灵，腾起了希望的熊熊火焰，继续大叫道："雅子！雅子！听到了吗？我是小邪啊！你听到了吗？继续说话，你继续说话啊！"

隐隐约约的声音传来："小邪，你不能过来，快走吧，快走吧，我求求你了。"

火小邪已经辨明了这个声音的方向，顿时健步如飞，想这个方向小步跑去，每跑几步，就努力地大叫道："雅子！你继续说话，不要停啊！不要停啊！"

雅子的声音也越发得清晰起来："小邪，小邪，小邪……你不能过来，不能过来，不能过来……"

火小邪再也不喊叫，他已经看到一个淡淡的身影，从天空蓝的色彩中透了出来。

火小邪闷喝一句："大家跟上我！"说着，向着这个身影疾奔而去，眼见着，雅子的身影越来越清晰！

雅子双手被悬挂着，吊在一个木架子上方，双眼无神，只是颤抖着双唇，一遍又一遍地重复着："小邪，小邪，不要过来，不要过来……"

火小邪哪管这许多，大步流星地直冲而去。

眼见着，距离雅子只有十步之遥，突然感觉到地面极为微小的一震，一面铁墙拔地而起，瞬间的速度，就升高得看不见顶端了！

火小邪戛然止步，回头一望，竟不见了烟虫等人！

再看这扇铁墙，上不见底，两边不见边际，也不是埋在沙子里的，竟像是浮在沙子上的那层水面上的。

火小邪伸手一碰铁墙，冰冷无比，浑无生气，连接缝也没有一个。火小邪狠狠敲打了铁墙一下，闷声作响，火小邪竟听不出来有多厚！那就是厚得惊人！

火小邪隔着这扇铁墙大喊："雅子！雅子！"可是，再没有声音传来。

火小邪简直不知该怎么办才好，他最不愿意出现的情况发生了，火小邪最担心的便是有一道无边无际的铁墙，横在面前，阻挡住自己的去路。

火小邪奋力推了推，铁墙丝毫不动，可就这么一推，却感觉到身后又是一震！

火小邪回头一看，这回他惊得有些脚跟不稳，竟然又有一道几乎一模一样的铁墙拔地而起，两扇铁墙把火小邪夹在了中间！

更糟糕的，这样的两扇铁墙，竟开始缓缓地合拢！

火小邪哎呀一声大叫，伏地就挖，可是挖开一片沙子，立即就被周围的沙子填上，好像自己在水中捞月一样，根本是徒劳无功！

两扇没有边际的铁墙移动得很快，无声无息地向火小邪夹来。火小邪闷吼一声，双手双腿一蹬，撑着两面铁墙就向上腾去。

可是，两面铁墙的距离越来越近，越来越近，而火小邪急速地腾上了十多米，还是不见铁墙的顶端。

渐渐地，两扇铁墙把火小邪牢牢地夹住，火小邪清楚地感觉到，自己的骨骼正在一寸寸地被压扁，胸腔即将崩裂，脑袋也被铁墙夹住，整个头颅剧痛无比，这无比庞大的力量，很快就会把自己夹成一块肉饼。

就在火小邪觉得自己马上就要完蛋的时候，他天生的一种求生欲望，让他体内的另一道经脉运动了起来，奋力地抵抗着两面巨墙的夹击之力。火小邪一口鲜血喷出，他最后只觉得自己的第二套经脉之力直冲脑海，便眼前一黑，什么都不知道了。

火小邪睁开眼睛的时候，他下意识地动了动，他觉得他应该死了。怎么，他现在眼中的光芒是阎罗殿里的火把吗？

再过了一会儿，火小邪才发现，他眼前正晃动着一个打火机的火苗。

火小邪一声号叫，坐了起来，疯了一样地上下乱摸，说道："我没死！我没死！我记得我已经要被铁墙夹死了！"

烟虫把打火机啪的一下合上盖子，抓紧了火小邪，急切地问道："火小邪，你醒醒，清醒一点，你怎么了？什么铁墙？"

火小邪颤抖着说道："你们没有看到吗？啊？两扇看不到边际的铁墙，向我夹过来，一点先兆也没有，我根本逃脱不掉！"

烟虫有些纳闷："没有啊？火小邪，你到底看到了什么？没有铁墙啊？是不是你的幻觉？"

火小邪直喘粗气，说道："幻觉？不可能！刚才发生的是真的，是罗刹阵的防盗阵法！不可能是幻觉！"

烟虫使劲摇着火小邪，说道："一定是幻觉！火小邪！你刚才跑得太快，我们差点没有追上你！等我们追上你的时候，发现你站在原地，手舞足蹈，好像在爬什么东西，好像在喊叫什么，却没有声音！然后你直挺挺地跌倒在地上，昏迷不醒，就只是几秒钟的时间！"

火小邪双手在地上一按，沾了些沙子上的潮气，奋力地搓揉着脸部，总算让自己从刚才的临死体验中恢复了一些，略微平静。

火小邪的心脏还在不住地跳动，但比刚才好多了，火小邪咽了几口，方才说道："我最担心的防盗手段，就是两扇没有尽头的铁墙将人夹成肉饼，刚才居然发生了……"

烟虫、花娘子等人面面相觑，他们有些不明白火小邪在说什么。

火小邪哎呀一声，翻身而起，继续叫道："雅子，雅子！你听到了吗？"

雅子细微的声音，依旧从不远处传来："不要，不要过来，小邪，你不要过来……"

这次连烟虫他们都听到了。

火小邪站直了身子，异常冷静地说道："盗即是不盗，盗即是不盗！"说着，向前慢慢地一步步走去。

雅子的身影渐渐地出现了，她虽然是双眼无神，面色憔悴，但并不是刚才火小邪见到的样子，被吊在木架上，而是独自一人跪坐在一个小垫子上面，微微地低着头，眼睛直勾勾地看着小邪这个方向，不住地念叨着："小邪，不要过来，小邪，不要过来……"

火小邪硬下心肠，雅子就在眼前，他怎么能不靠近？

火小邪心中再度升起救走雅子的念头，却同时生出另一种畏惧之心，如果再碰到一次铁墙夹击，该如何是好？

"火小邪，别动！我想起来了！"赛飞龙大喊道。

赛飞龙这一喊，生生地把火小邪喊得停下脚步。

赛飞龙追上来，并不靠近，只是语无伦次地尖声叫道："所有中国劳工，都是全身没有任何伤痕死去的，有的人好像是被剑刺穿而死，但根本没有伤口！有的人好像是被冻死的，但根本没有冻伤！我见到过一眼他们死的样子，真正的样子！并不是你们在抛尸洞里见到的尸体模样！所有死去的劳工，我们在抛尸洞里，看到的劳工尸体，都是被人重新扳直了身子，看着好像是病死的罢了！"

赛飞龙话音刚落，突然顶天娇疯狂地手舞足蹈起来，他的动作，像在躲避着什么，惊恐万状，在天空中挥拳猛击，最后竟抱着头蹲下来，好像在承受什么东西的重击似的，就这么几秒钟的时间，顶天娇眼看着就要翻白眼了。

赛飞龙与烟虫、花娘子、钩渐、火小邪五人，顾不上什么恩怨，立即围拢上前，拼命拉扯顶天娇，但是顶天娇直吐白沫，根本无法控制。

"打昏他，打昏他，打昏他……"雅子极为虚弱而又急促的声音响起。

火小邪回头一看，想也没有想，冲着顶天娇脖后一记重击！

顶天娇哼也没哼一声，昏倒在地。

"快跑，快跑，快跑！"雅子急促地低声叫道，"罗刹阵，罗刹阵，会唤醒你……最……最不想见到的东西，最害怕的东西，最不能破解的防盗术，所有的，所有的想象，会在你的脑海里变成现实，你们会在自己的想象中，杀死自己……快，快跑……离开我，离开我……"

火小邪大吼一声："不！"

可是，就在火小邪一声大吼后，脚下的"镜面"却闪了两闪，突然发生了变化。

一片绿油油的草地，疯狂地长了出来。

视野顿时开阔起来，天空、地面，非常地真实，火小邪所在之处，竟变成了一片无边的草原。有微风徐徐地吹来，吹来泥土的芳香；有飞鸟划过天空，发出动听而悠扬的鸣叫；有一朵朵的白云，在天空中慢慢地漂浮着；有远处翠绿的山麓，开满了各色的鲜花。

这里……这里是……

火小邪睁大了眼睛，飞快地四下一看，雅子竟然在不远的草地上，依旧是双眼无神地跪坐着。

火小邪大叫道："这是不是我的想象？雅子，你也看到了吗？我能看到你！"

雅子急促地说道："是的，我也看到了……"

"这……这是我的想象……"有人沉声说话。

火小邪扭头一看，只见烟虫不知道什么时候突然出现在身边，眼睛一眨不眨地看着远处，而烟虫身边，是略显惊慌的花娘子，再有几步开外，则是满头大汗，不知所措的赛飞龙。

火小邪大声道："怎么回事？烟虫大哥！你是真的吗？"

烟虫慢慢转过头，也有点疑惑地看着火小邪："那你是真的吗？"

花娘子已经持了钢刺在手，大声道："我们是不是见到了同样的景象？一片大草原！"

赛飞龙跑上几步，尖声叫道："是，一片绿色的草原！还有鸟，还有云，还有风！怎么回事？这，这不是假的！"

火小邪背上冷汗直冒，弯腰拔下一根青草，质感是如此的真实，连断掉的茎叶中流出的汁液，也能闻到一股青草的香味。

所有人都弯下身子，抚摸着这片草地，没有任何的迹象能够证明，眼前所见的一切不是真实的。

但是赛飞龙又大叫起来："钩渐呢？为什么看不到钩渐？他去哪里了？"

火小邪立即注意到，钩渐的确不见了。

烟虫此时身子却微微地颤抖了起来，颤声道："这是我的想象，糟了！大家小心！"

说话间，一股强烈的风席卷而来，刮飞了天上的云朵，这股风卷着无数的断草，向火小邪他们刮来。

烟虫大叫道："小心啦！那些草会伤人！"

话音未落，一条断草竟如同飞针一样，向着火小邪面门直刺过来，火小邪双手一格，将这根草拨开，却觉得这根草硬得如同铁片一般，震得手发痛！

更多的断草好像被风指挥着一样，在空中翻了翻身，通体变得笔直，一根根如同离弦之箭一般，铺天盖地向火小邪等人袭来。

众人拼命格挡，躲避，就算火小邪这等身手，也无法从密如豪雨一般的草箭中全身而退，很快，火小邪除了面部，整个身体，全被扎满了断草，鲜血横流。

烟虫、花娘子、赛飞龙三人更糟，不仅被冲散分开，连脸上也刺满了断草，如同血人。花娘子支撑不住，跌倒在地。

疼痛感是真实的，这些柔软的草叶，竟有这么大的威力，根本不是真实的世界可能发生的情况。

火小邪狂吼一声，不自觉地催动体内第二套经脉，那股异样的劲力，直冲头颅内，震得自己脑海内一片红光，什么都看不到了。

红光一闪而过，火小邪再能看到事物的时候，什么都消失了，火小邪又回到了那片“镜面”的世界。如同火小邪最早遭遇的铁墙一样，一回到“镜面”的世界，全身没有受任何伤，连疼痛感也立即消失了。

一旁的烟虫正紧闭双眼，在一片虚空之中，极力地挥舞着双臂，一边怒吼道：“火小邪，打昏我！快！”

火小邪的第二套经脉之力一松，“唰”的一下，骤然间又回到了那片噩梦般的大草原上，草箭铺头盖脸地袭来，疼痛感依旧真实无比。

火小邪硬生生地用后背挡住草箭，直冲烟虫，烟虫也奋力向火小邪跑来，他的双眼，已经被刺瞎了。

火小邪调转刀柄，向着烟虫脖颈处奋力一击，烟虫“啊”的一声闷叫，跌倒在地。

大草原的一切，在眼前突然暂停了下来，接着，慢慢地消失了。

烟虫正扑倒在火小邪脚下，他同样毫发无损。

赛飞龙还在闭着眼睛，野兽一样地号叫着挥动双臂，火小邪大吼一声：“赛飞龙，安全了！”

赛飞龙这才停止下来，惊愕无比地看着眼前的一切，检查了一遍自己的身体，安全无恙，这才咚的一下跪倒在地，大口喘气，惨声道：“我以为我一定会死在那片草原上。”

离赛飞龙不远，花娘子缓缓地爬了起来，同样发现自己并无异样之后，立即向烟虫跑来，将烟虫抱起，抚摸着烟虫的脸颊：“贼汉子，贼汉子！你没事吧！”

火小邪站起身来，说道：“嫂子，烟虫大哥是昏倒了，他没事。”

花娘子却哭了起来，抱着烟虫摇晃着说道：“贼汉子，你说你要带我去草原，去过与世无争的生活，但为什么会是这样……为什么你脑海中的草原，这么危险？”花娘子将脸颊贴上烟虫的面孔，哭了几声，突然流着泪又笑了起来：“我知道了，我知道了，你是怕我们去不了了，对不对……”

火小邪心里难过，努力平静了自己的心思。

火小邪调整了自己的气息，口观鼻，鼻观心，让自己心若无物，只是看着地面上自己的倒影，平静地问道：“雅子，你在吗？”

雅子还在不远处，她低声回答：“我在。”

火小邪问道：“为什么我们所有人都看到同样的景象？”

雅子艰难地说道：“现在的罗刹阵，有许多的变化，它既能让每个人看到不同的景象，也能让所有人看到一样的景象，它会选择想法最强烈的人，将这种想法变成真实，来防盗。现在的罗刹阵，是设在每个人的心里的，无论你是多么厉害的大盗，你在罗刹阵里，都必须面对自己的挑战。”

“我发现了，我只要在临死之前，催动体内的第二套经脉之力，自己将自己的大脑封闭，就能解脱出幻境。雅子，我想到带你出去的办法了。”

“没用的，火小邪，这里还有其他人清醒着，你可以控制住自己，但你控制不了他们。”

“我可以让他们都暂时昏迷！等把你送到安全的地方后，再回来救他们。”

“不可能的，我所在之处，是罗刹阵的中心。我只要离开这里半步，罗刹阵就会把任何想法无穷无尽地放大，只要人活着，就会被罗刹阵捕捉到，如果你坠入昏迷之人的想法里，比任何事情都恐怖，没有时间，没有光明，是一个什么都没有的地方，只能等死……”

“那……只有杀了他们……”

“是的，只有，杀了他们……”

火小邪全身冰凉，他脸上的肌肉跳动着，心中一片黑色的火焰在慢慢地升腾。

“杀了他们，救出雅子。”这句话在火小邪的心中浮现出来。

赛飞龙、花娘子两人在旁，火小邪、雅子的对话他们听得真切。而火小邪的眼神变化，也让他们看在眼里。

火小邪转过头来，冰冷地看着花娘子和赛飞龙，眼中杀意闪烁。

赛飞龙一个冷战，突然厉声道：“火小邪！你想干什么？”

花娘子并无惧意，反而微微一笑，继续把昏迷不醒的烟虫抱在怀中，只顾着低头看着烟虫，满眼是爱恋之情。

赛飞龙已经怕了，他知道真的动起手来，必然不是火小邪的对手，于是飞快地左右四顾了几眼，慢慢向后退去，寻思着逃跑的办法。

赛飞龙同时叫道：“花娘子，这个畜生动杀心了！你还不与我联手？”

花娘子摇了摇头，还是不说话，只是按压烟虫的人中等穴道，试图将烟虫唤醒。

说来奇怪，火小邪打昏烟虫的这一下，并不很重，要按常理，花娘子不需费什么工夫，就可以弄醒烟虫，可是这回，无论花娘子如何努力，烟虫却没有醒来的迹象。

赛飞龙见花娘子不搭理他，狠狠呸了一声，又看了眼不远处，同样人事不省的顶天娇，突然哈哈大笑道：“火小邪，我知道你厉害，但是你杀了我们四个，还是没用，因为钩渐不见了！你想救你的日本老婆，就必须再把钩渐找出来杀了！”

火小邪杀心虽在心头萦绕不散，却并没有立即动手之念，相反他低头一看，正看到“水面”倒映出来的自己，面目狰狞，哪里像是自己？

火小邪心里猛然一个激灵，一股子愧意涌起，将他刚才的杀心冲淡。

“我竟会想杀了花娘子他们！”火小邪心里怒吼道，“用别人的性命，来换我和雅子离开此处，我做不到！”

火小邪紧紧闭了几下眼睛，将心中的暴虐之气压住，转头对雅子说道：“雅子，杀了他们救你，我做不到……”

雅子低声道：“这几个中国人的性命，这么重要吗？”

火小邪点头道：“很重要！”

“比我还重要吗？”

火小邪呆了一呆，他根本没有想过，雅子居然会说出这样的话。

火小邪缓缓说道：“雅子，你很重要，但我不能对不起他们。”

雅子眼角慢慢垂下一滴泪来：“我知道了，小邪，你快走吧。”

火小邪摇了摇头，说道：“我不会走的，雅子，如果我们两个只有一个人能活下去的，我会选择让你活下去。”

雪亮的猎炎刀，便被火小邪拿在了手里。

火小邪说道：“雅子，我现在能想到的唯一办法，就是用我的血，开启罗刹阵，满足伊润广义的愿望。”

雅子见火小邪竟要自尽，身子剧烈地颤抖着，一下子扑倒在地，尖声道：“小邪！你不能这样！谁也不知道罗刹阵得到你的血之后，会是什么样子！”

火小邪惨然一笑：“我没有办法救你，我输了，雅子，只要你能带着你肚子里的孩子活下去，我这一生便值了。”

火小邪说完，手起刀落，刺向自己的手腕动脉。

“住手！”一声大喝响起。

这一声大喝，让火小邪的刀尖微微一颤，偏了半分，但一注鲜血还是汩汩流出。

鲜血坠落在地面上，立即渗入沙子内，地面上一道明显的血线，竟被一种强大的吸引力吸引，向雅子所在的方向射去，然后分散成网状，消失不见。

火小邪并没有管这些，侧头一看，只见烟虫圆睁着双眼，奋力地挣扎起身，不顾一切地大吼道：“住手！火小邪！”

火小邪还是举着手腕，并未止血，冲着烟虫同样大声道：“烟虫大哥，罗刹阵用我们的想象防盗，我自己是根本无法打败自己的！烟虫大哥，是我连累了你们！你们走吧！”

烟虫颤颤巍巍地爬起来，努力地稳定着自己的脚步，向火小邪奔来，厉吼道：“就是因为世界上的人有畏惧之心，才会容忍邪恶猖獗！罗刹阵就是利用了这点，才成为无人可盗之阵！”

烟虫一把抓住了火小邪手腕，止住火小邪的鲜血，继续吼道：“火小邪，你不能认输，这个世界上，你是唯一能破解罗刹阵的人，我们都可以为你而死，你必须活下去！”

火小邪被烟虫这样声嘶力竭地一顿骂，竟有些愣了，无以作答。

花娘子赶上前来，掏出丝巾，为火小邪包扎伤口。

猛然间，地底一阵巨大的震动传来，好像有一面大鼓被重重地擂响，只是声音被完全隔绝了。

这种无声的震动，激得“水面”泛起了无数道涟漪，而这些本该平整扩散的波纹，竟也被雅子所在的地面吸引了过去。这种震动，火小邪曾经在要塞里感觉到，果然是罗刹阵发出的。

烟虫见状，瞪着火小邪双眼吼道：“你不记得了我曾经说过吗？罗刹阵如果得到了你的血，会从正五行罗刹阵变为逆五行罗刹阵，是个比现在的罗刹阵更加邪恶的防盗阵法！连你的父亲炎火驰也不知道是什么样子！”

火小邪的鲜血一停止流下，剧烈的震动持续了三次，便突然间又恢复了平静，刚好烟虫把话说完。

火小邪愕然道：“是完成了吗？”

烟虫紧张地喝道：“不知道！可能你刚才流出的血还不够。”

这时雅子的哭声传来：“小邪，你不能死……”

火小邪的眼泪唰的一下涌出眼眶：“雅子！”

雅子不住地颤抖着，坐起了身子，深情地看着火小邪，又是温柔，又是抱歉，又是惋惜地哭啼道：“小邪，我骗了你七年，但我是真心地爱上了你。可我是个忍者，我有我的使命，我不能为了爱你，就像你说你不能为了爱我，而杀了其他人救我一样，放弃我作为一个忍者的信仰和使命。我怀了你的孩子，是伊润广义安排的，可当我知道我终于有了你的孩子以后，我是多么地开心。我身体里有你的精血，所以，我应该可以替代你开启罗刹阵，这样你就不用死了。可我无法说服伊润广义，他不放心我的血能够替代你，他还是要利用我，骗你来找我。小邪，如果我们两个，只能活下去一个人，我只会选择，让你活下去。”

雅子说着，慢慢抬起手来，她的手腕，正有大股大股的鲜血涌出。鲜血一接触到地面，整个地面，立即发出一阵吸吮似的隆隆之声。

火小邪本来被雅子先前所说，惊得目瞪口呆，她是否骗火小邪七年，火小邪根本不在乎，但对雅子所说的为了忍者的身份、信仰和任务，宁肯放弃所爱，却让火小邪更觉得五雷轰顶一般。

眼见着雅子手腕上的鲜血流出，火小邪胸前一苦，脑海中一片无边无际的烈火，让他根本没有了理智。

火小邪大叫一声：“雅子！”拼命向雅子跑去。

可雅子所在的地面，骤然隆起，托着雅子向高处升去。

火小邪拼力向上爬，可沙面光滑无比，根本没有任何发力之处，连火小邪这种身手的大盗，也爬上一步，滑下一步。

更糟糕的是，火小邪此时所见的景物，又是无比真实的幻觉！火小邪所爱的雅子，正在一座通红的熔炉之上，一条条赤红的铁水从雅子脚下流出，火小邪必须忍受煎烤之苦，紧贴着滚烫的铁炉爬上。

火小邪在幻境中，双手已经被灼烂了，露出了森森白骨，可他却野兽一样地吼叫着，绝不放弃！越是这般执念，这铁炉便越难爬上，也越发滚烫。

雅子勉强向火小邪露出一丝温柔的微笑，低声道：“小邪，快走吧，这是罗刹阵里唯一逃走的机会……我爱你，小邪……请你一定要活下去……”雅子抬起头来，非常满足地肃然道：“天皇万岁……大日本帝国……万岁……”便头一低，垂下手去，雅子的手接触到地面，立即如同坠入水中，被沙子完全包裹住了，一片血红的沙子，如同旋涡一样，旋即扩散开来。

火小邪号叫不止，涕泪交流，眼见着雅子死在自己面前，简直如同千万把刀同时刺入自己的心脏一样，无比地疼痛和难受。火小邪只是想到，雅子死了，这个世界上他唯一的亲人没有了，自己活着还有什么意义呢？

火小邪心中一片灰暗，那座钢铁火炉的幻觉也立即消失不见。

雅子被隆起的沙堆托向半空，吸吮声戛然一停，整个沙堆急速地向下地面沉降下去。这种沉降之力，如此地强烈，竟把火小邪从沙堆底部击出五米开外。

一种绞裂声再从地面下升了起来，整个地面再次剧烈地震动起来，一个以雅子所在地为中心的巨大沙漏顷刻间便形成了。

火小邪眼中一片灰暗，向着这个沙漏处蹒跚地冲去，他已经有些癫狂了。烟虫、花娘子见状，知道火小邪想去寻死，奋力赶上，可还是晚了一步，火小邪已经一个倒栽葱，跌入这个逐渐扩大的沙漏里，低吼着雅子的名字，向下滚去。

烟虫、花娘子一把没有拉住，眼睁睁地看着火小邪逐渐远离。沙漏中心，正有一个黑漆漆的洞口，不断地吞噬着一切，并渐渐地扩大着。

火小邪如同木头人一样，头朝下地顺着沙漏的流动，毫不挣扎地滑落而去。

烟虫看了花娘子一眼，吼道："火小邪的心智已经迷糊了！你在这里接应！我去救他！"说着一跃而下。

花娘子啊的一声大叫，根本来不及阻止烟虫，便见到烟虫冲了下去。

花娘子见这种根本没有逃生可能的巨大沙漏，心如死灰，竟不听烟虫的嘱托，也向下爬去，拼命地伸出手，竭力叫道："贼汉子！"

烟虫几个翻滚，从这个沙漏中直扑火小邪而去，一把抓住了火小邪的脚踝。

烟虫大吼道："火小邪！醒醒！"

可火小邪睁着眼睛，双眼无神，整个人竟似痴傻了一样。

烟虫见火小邪毫无反应，心急如焚，拖着火小邪就要向上爬去。可这种巨型的沙漏，哪里好爬？

烟虫奋力蹬了几步，连身子也站不起来，就被强烈的力量直拖着向下滑去。

花娘子也已经从上方滑到烟虫面前，不由分说地将烟虫的手腕牢牢握住，尽管如此，三人依旧一起向下方滑去。

烟虫见花娘子也下来了，急得大叫：“你下来干什么？”

花娘子叫道：“你若是死了，我也不想活了！”

烟虫喊道：“哎呀，你这个骚娘们！我死了你活着，你还能初一十五给我烧烧纸钱吧！”

花娘子叫道：“我不管，就算到阎王老子那里，我也不准女鬼勾搭了你！我就要陪着你！”

两人一边贫嘴叫嚷，一边奋力稳住下滑的速度，可是，两人无论如何努力，也上去不了半分。

烟虫暗暗想道：“他奶奶的，今个还真是无计可施了！”

沙漏中心的黑洞，如同食人的巨口，发出呜呜的低鸣声，眼看就要吞没三人。

说时迟，那时快，就见沙漏上方，一道亮光向着烟虫电射而至，有人大吼道：“接着！”

烟虫顾不了这么多，伸出左臂，那道亮光在烟虫胳膊上一撞，打了弯，紧随其后的绳索便缠上了烟虫的手臂。

烟虫大喜，手臂一盘，更是把绳索绕紧，仔细一看，竟是一把御风神捕的三爪钩，再一抬头，果然看到钩渐正站在沙漏边缘，紧紧拉着绳索。

有这道绳索帮助，烟虫、花娘子、火小邪三人下滑速度立减！差之毫厘地停止在沙漏最下方黑洞的边缘。

钩渐狂喝道：“抓紧了！千万不要松！”

烟虫也喊道：“钩渐！谢了！”

烟虫一手抓着火小邪的脚踝，一手紧拉着绳索，花娘子也腾出手来，一只手帮烟虫抓着火小邪，一只手紧紧盘着绳索。

烟虫得绳索助力，发力前行，让他和花娘子蹬上来几步。可是不好，这个沙漏的范围还在扩大，钩渐不得不向后退去，以他一人之力，已经渐渐吃不消了，脚下不稳，竟也被拖着要跌入沙漏中。

钩渐满头大汗，有些耐不住，只是奋力支撑。

烟虫见状，心头叹了一口气，大叫道："钩渐，支撑不住了就松手吧！"

钩渐咬着牙关不松手，可烟虫、花娘子、火小邪三人之重量，还是拖着钩渐慢慢向沙漏边缘滑来。

烟虫长叹一声，叫道："钩渐！松手吧，你不松手我就松手了！"

钩渐摇了摇头，既不作答，也不松手。

就在钩渐要被烟虫三人拖入沙漏的一瞬间，一股子力从绳索处涌来。

钩渐扭头一看，上来帮忙的竟是赛飞龙。

赛飞龙不看钩渐，只是叫嚷道："我们一起出去！我们一起出去！你们别死！"

有赛飞龙助力，局势立即又稳定了下来，烟虫、花娘子大喜过望，借着绳索之力，再向前努力爬去，渐渐离最下方的洞口远了几步。

如果继续这样下去，不用多时，烟虫、花娘子必能带着火小邪从这个沙漏中爬出。

可事与愿违，就当众人都觉得生机再现之时，就听到沙漏下的那个黑洞中一声怪兽似的闷哼，地面如同被人狠狠地抖了一下，不仅黑洞口猛然增大了一倍，沙子的下滑速度也顿时快了数倍。

众人猝不及防，被震得齐齐跌倒，顺着湿滑的沙面，猛地向下滑去，其速飞快，毫无挣扎之力。

烟虫大骂一声："操他祖宗……"业已无计可施。

来不及松开绳索，烟虫、花娘子带着火小邪，三人已经直落黑洞之中。

烟虫本想着这次是死定了，可他们刚笔直下坠了一尺，绳索却一紧，生生将他们拉住，不再下坠。

接着，巨力沿着绳索涌来，三人如同小鸡一样，被绳索直拖出洞中，并顺着沙漏壁不断向上。

烟虫看不到是谁，只是叮嘱花娘子："抓紧了！"

绳索上行得飞快，不用多时，就被拉出了沙漏。

烟虫见脱了困，立即拉着花娘子起身，将火小邪架起，撒腿便跑。

再看绳索一端，是顶天娇的庞大身躯！怪不得有如此巨大的力量！

原来昏迷不醒的顶天娇，本来和烟虫一样，一直醒不过来，但随着雅子以自己的血开阵，沙漏形成，震动不断，顶天娇才算是悠悠转醒。

顶天娇一醒，正看到钩渐、赛飞龙两人拉着绳索，跌倒在地，向沙漏中滑去。

顶天娇知道大事不好，翻身而起，简直是横飞过去，一把抓住了绳索的最末端，接着，顶天娇大吼连连，使出自己全身的力气，拖着烟虫、花娘子、火小邪、钩渐、赛飞龙五人，出了险境。

若不是顶天娇这种角色在此，就算烟虫生出十个脑袋，也难逃沙坑灭顶之灾。

烟虫、花娘子架了火小邪，与顶天娇、钩渐、赛飞龙会和，也来不及道谢，只是紧张万分地叫道："大妹子，你背起火小邪，我们快跑！"

顶天娇刚刚苏醒，就遇到这种惊人的变故，本来还有一肚子问题没问，见烟虫这种表情，还敢问个什么，一把拉过火小邪，背在后背上。

一行人谁也不敢多说什么，只是拼力沿直线向前奔跑。

烟虫猜测得不错，就在他们刚刚跑开没有几步，整个地面就和炸开锅了似的，波浪似的翻滚起来，呜呜呜的怪叫声不绝于耳，脚下的细沙不断地向众人后方滑去。

就见到一道圆弧形的沙陷边缘，紧紧追赶着烟虫等人，若是怠慢了一步，被沙陷追上，就永无脱身之日了。

那本来如同画境一般绝美的景色，也翻天覆地地变化，地面且不说，上方原本如同天空一样看不透深远的天蓝色，也渐渐退去，换成一股子暗灰色，并且越来越清晰！

原来整个上空，遍布着一种暗灰色的藤蔓！那片天蓝色，是这片藤蔓形成的。至于为何，谁人能知？

烟虫等人疾奔向前，因为天蓝色退去，目力可及远处，便已经开到了这个庞大山洞的墙壁，可是这样不顾一切地奔跑，哪里还记得原来进来的入口方位？

眼下沙陷有蔓延至整个地面之势，若是直奔向前到了洞壁，再沿洞壁寻找入口，只怕是来不及了。

烟虫这点想到了，但是没有其他的办法，正犹豫间，就听钩渐大喝道："跟我来！"说着跳到队伍前领路。

烟虫虽说不解，却也问不得所以然，只是看着钩渐的背影，生出一股浓浓的陌生感和信服力。

赛飞龙嚷道："钩渐，你知道方位吗？"

钩渐冷言骂道："不信我就滚！"

赛飞龙吃了个哑巴亏，他这时更没有勇气离开队伍，只好跟着钩渐，众人一道发力狂奔。

钩渐领着大家疾奔，果然看到远处洞壁上，有一道暗灰色的光芒透出，不是入口又能是哪里？

众人将将好迈入洞口内，烟虫扭头一看，惊得心中发凉，沙陷已经袭至入口处，偌大的洞穴已是一个无底的深渊，倘若晚了半分，哪有命在？

众人略略放慢了脚步，本想着喘口气，山崩地裂之声传来，这个隧道竟然摇晃了起来，沙石坠落，裂缝如同渔网一样不断开裂！

钩渐喝道："只怕连山石也要陷进去了！快跑！"说罢领着大家继续向前狂奔。

原本进来的隧道并不长，但这样剧烈地摇晃，众人连脚步都站不稳，跌跌撞撞地奔出这条隧道，来到忍者目送他们入阵的大厅时，隧道已经全部崩塌。

好端端的一个大厅，此时也已是面目全非，地面开裂，碎石无数，大厅顶部的方砖还在不断地砸落。

众人稍稍定神，就听到大厅内随着砖石崩裂之声，伊润广义的大笑声也断断续续地传来："你们竟……跑得出来……恭喜……罗刹阵已经……成了……圣王鼎……连我也拿不出来了……你们能跑多远就……多远吧……不过……外面还有……等着你们……看你们……有没有运气……跑掉了……哈哈哈……哈哈。"

伊润广义这番话说完，便被刺耳的山石崩裂声掩盖住，再也听不到他的任何声音了。

赛飞龙面红耳赤地叫骂道："伊润广义，你不得好死！"

而此时，被顶天娇背在背上的火小邪，"噗"的一口污血吐了出来。

火小邪艰难地说道："放我下来，我要回去……"

火小邪挣扎了几下，顶天娇不好拦他，由着火小邪从背后滑下。

可是火小邪落地，却全身酸软无力，手脚丝毫不听指挥，瘫软在地。

顶天娇赶忙搀扶，让火小邪用手支开，唤道："我要去救雅子！"

再说烟虫、花娘子、钩渐、赛飞龙四人，从进入大厅，听到伊润广义说话开始，便在四处寻找出口，可是原本进来的通道，却被一块从上方降下的巨石堵得水泄不通，显然是忍者们在撤离此处时，人工降下来，意在困住火小邪等人的。

眼看着从原路出去，并不是太好的办法，烟虫等四人便分散开，分头寻找出路。

烟虫扭头一看，正看到火小邪瘫倒在地，竟要自行爬开去，便快步赶来，不由分说地将火小邪拉起，喝道："火小邪，你还要去哪里？"

火小邪不住地翻着白眼，痛苦不堪地说道："我要回去……"

烟虫骂道："火小邪，你清醒清醒！你到底怎么了？你妻子已经陷入罗刹阵去了，里面是万丈深坑！你这个样子，回去也是找死！你听我说一句，只要我们能离开这里，你还有报仇的机会！"

火小邪张着嘴巴，瞪着眼睛，大口地喘气，却说不出话来。

烟虫将火小邪架住，问道："你能听清我说什么吗？"

火小邪点了点头。

烟虫说道："那你怎么不能动弹？"

火小邪喉头啊啊两声，说道：“不知道，我的手脚，不听使唤，脑袋像要爆炸了。”

烟虫嚷道：“可能是你受罗刹阵影响太深！”

烟虫猜得不错，从火小邪在罗刹阵中，拼命想去救雅子未果之后，火小邪的脑海里便乱成了一锅粥，行为动作全部受限，故而跌入沙漏之后，也如同木头人一样动弹不得。直到火小邪被顶天娇背离罗刹阵，进入大厅之后，才稍微好转了一些。

火小邪只是不能行动，却能听能看能记，所有发生的一切，全部被他看在眼里记在心里，不会有误。

火小邪继续坚持，嘴上不软：“我不能走，不能就这么走！”

烟虫骂道：“刚才我们差点全陪你死在罗刹阵里，你还要再害死我们一次吗？就算你想死，也要死得其所！振作起来！你的命比我们都值钱！”说着，再不搭理火小邪，将火小邪拖开一边。

火小邪垂头不语，他记得刚才烟虫、花娘子拼命在沙漏里救他，毫厘之间，就会和他一起跌入沙漏底部。火小邪并不是傻子，他只是不能接受雅子为他而死，而他无力施救的事实，他也明白，他这个样子回去，同样无力回天。

烟虫一番毫不留情的责骂，倒把火小邪骂得清醒了一点，不由得悲从心来，深叹自己空有一番本事，却不仅束手无策，还总是连累别人。

两行泪顺着火小邪眼角流下，苦涩难言……

火小邪此刻的心情，又有几人能够理解？

十、火脉迟滞

大厅的震动越发激烈，一侧的地面也开始慢慢倾斜，好像地底已经被完全撕空，有巨大的引力，要将一切吞没似的。

钩渐的举止动作，再不同以往，动作之快，如同闪电一般，不用多时，已经让他在大厅四周墙壁摸了一圈，并锁定了一处地点。

钩渐大叫道：“顶天娇，来，发力撞此处！”

顶天娇正陪着烟虫在一起，听钩渐召唤，不由分说，大吼一声，横着肩头便向墙壁撞去。轰隆一声，那面砖石的墙壁，硬生生让顶天娇撞出一个大洞，里面一股骤风暴起，卷得灰尘四散。

钩渐还是异常地冷静，探头向里面看了一眼，便叫道：“通了！大家速进！”说着一猫腰，如同灵狐似的钻入洞内。

钩渐自从再次出现，他的能力让人大为吃惊，简直换了一个人似的，不仅行动迅速，而且指挥果断坚决，判断准确，赫然成了无可争辩的领军人物。

这时候，众人虽然觉得钩渐奇怪，谁也来不及细想他是怎么回事，便都听从钩渐指示，依次钻入破裂开的墙壁中。

虽然墙壁里的密道，破裂得几乎看不出原来的样子，好在并未堵死，众人连滚带爬，费劲全身解数，终于来到尽头。探头向下一看，外面正是那片空无人迹、宽阔平坦的站台广场。这处密道果然隐秘得很，进出口竟在广场上方的岩壁夹缝中，看着只不过是一小条凹陷之处。若无人告知，在广场上，就算你仰头观看，也未必能一眼能看出来。

此处离地面不过三人高矮，钩渐身先士卒，从高处跃下，紧接着是赛飞龙、顶天娇。火小邪离罗刹阵越远，身子便越能听使唤，到了这里，已经能勉强地站起了。

烟虫将火小邪放下，由顶天娇接住，便和花娘子一前一后地跳落至广场上。

偌大的广场上，依旧是空无一人，只是地面不住地震动，洞顶的碎石不断地落下，已经铺满了整个广场。而且，震动越发激烈，地面就和筛子一样，碎石一直不停地弹跳翻滚。

看样子，这个广场也不是安全之处，由罗刹阵引起的惊人地陷，正在逐渐地接近。

众人在广场上聚齐，钩渐又要带路离开。烟虫赶上一步，要抓住钩渐的肩头，钩渐没等烟虫碰上自己，身子一扭，滑开了几步。

烟虫喝道："钩渐，你到底是什么人？"

钩渐冷笑道："我还是那个钩渐！"

烟虫问道："你绝对不是！你用三爪钩的手法，绝不是御风神捕！你救我们的时候，就已经暴露了！"

钩渐哈哈大笑："烟虫啊烟虫，不愧是炎尊的最后一个徒弟，确实有过人之处。好吧，我的确不是钩渐，我一路伪装，和你们进来，就是想亲眼看看罗刹阵的究竟。"

烟虫质问道："那你到底是谁？"

钩渐哼道："烟虫，你是想跑还是想继续和我聊天？如果你能活着离开这里，自然就知道我是谁了。"

"他是水王流川……"

烟虫一转头，见是被顶天娇搀扶的火小邪在说话。

火小邪直勾勾地看着钩渐，说道：“天下只有水王流川，愿意干这么吃力不讨好的事情，而且一路上毫无破绽！”

钩渐阴森森地笑了几声，并不作答，只是转身便跑，叫道：“你们跟上来吧！若是死了，可不要怪我没有帮忙。”

赛飞龙大吼道：“等等我！”说罢拔腿便追。

烟虫和火小邪递了个眼色，火小邪点头认可，烟虫便招呼一声，帮助顶天娇一起，架住火小邪，紧追着钩渐而去。

火车铁轨上，那辆火车早已无影无踪。

钩渐跃下站台，一言不发地向着隧道内跑去，众人紧紧跟随，刚跑了几步，地面如同橡皮一样弹跳了一下，广场上发出惊天动地的轰鸣声。

众人扭头一看，就见整个广场，如同波浪一般翻滚着，从远处开始下陷，下陷的速度极快，似乎只要眨眼的工夫，就能袭到面前。

这种景象，常人见到只怕吓得连脚步都迈步出去，好在烟虫等人，都经历过刀下舔血的日子，虽然震惊得心中狂跳，还不至于乱了方寸。

片刻迟疑之下，众人便发狂似的，纷纷向隧道内跑去。

这个隧道并不长，几十步后，便跑了出来，眼前又是那个火车曾经驶过的浩大山洞。这个山洞也不再如进来时那样平静，洞底的烈焰熊熊而起，喷出万丈火苗，但火苗一起，便又马上退下去，一股同样高矮的水柱紧接着喷薄而出，卷着水汽，弥漫开来。如此一会儿火，一会儿水，若不亲眼所见，实难相信天地还能造化出如此水火相生之处。

不用片刻，所有人身上全被热乎乎的水汽浸湿。

奔出隧道之后，钩渐并不停步，用手一指旁侧，大喝道：“顶天娇，把那辆车安放在铁轨上！”

顺着钩渐所指方向，果然在隧道旁的岔路上，倾倒着一辆铁轨人力助动车，这种车在当时那个时代还是常见，即是一块平板车上，有一根铁杆，只需用人力上下压动铁杆，即可在铁轨上行驶。

顶天娇算是服了这个钩渐，赶忙上前来，爆出巨力，生生把铁轨车这个大铁疙瘩翻起，放置在铁轨上。

钩渐吩咐道："赛飞龙，检查机械！若是不能动，我们必死无疑！"

赛飞龙"嗷"的一声，奔至铁轨车旁，上下检查，突然露出一副苦瓜脸，说道："一个轮子，少了一根铁栓子！怎么办？怎么办？"

钩渐看了一眼，异常冷静地说道："烟虫，把你的入墙钉拿来！花娘子，你的钢刺！给赛飞龙！"

烟虫、花娘子一听，也不犹豫，立即拿出来递给赛飞龙。

赛飞龙正急得一脸是汗，加上水雾笼罩，简直是满头大汗淋漓，接过烟虫的入墙钉和花娘子的钢刺，急急忙忙就塞进铁轨车的栓道中，又叫道："不能固定！天啊天啊！"

钩渐手一扬，那把三爪钩丢在赛飞龙脚边。钩渐喝道："用上这个！"

赛飞龙拿起三爪钩，抓耳挠腮地大叫："怎么用？怎么用？怎么才能用？想啊！想啊！"

钩渐冷哼道："赛飞龙，弄不好我们全部都死！"

赛飞龙猛的一敲脑袋，突然欣喜若狂地大叫道："有了有了！"说着把三爪钩往地上一磕，三爪钩立即张开，再往轮轴上一塞，三爪钩嗵的一下合拢，正好将钢刺等物牢牢卡住。

赛飞龙叫道："成了成了！但不知道这样能支撑多久！"

钩渐唤道："大家上车！"说着跳上了铁轨车。

众人纷纷登上铁轨车，不用指挥，顶天娇已经握住铁杆，玩命地上下摇动起来，铁轨车嘎嘎响了几声，行驶了起来。

铁轨车驶出没有几米，身后轰隆隆的塌陷声，众人跑出来的隧道已经完全崩塌，山壁正在开裂下陷。

钩渐大叫道："顶天娇！快！"

顶天娇吃奶的力气也用出来了，双手上下翻飞，和风火轮一般，催动着铁轨车如同离弦之箭一样向前驶去。

顶天娇这个只有蛮力，并不灵活的巨汉，一路上躲避哨卡，钻洞过坎，多少是个累赘，可罗刹阵发动以后，众人一路逃命出来，却发挥了关键作用！若不是顶天娇在，恐怕仅以烟虫他们，纵有三头六臂，少了顶天娇的力气，也无力回天。

顶天娇一边号叫，一边压着铁杆，铁轨车行得飞快。身后的铁轨却支撑不住，如同面条一样纷纷从铁道上脱出，像一条大蛇似的凭空乱摆。从远处看，钩渐、火小邪这些人所在的铁轨车，好像是一只耗子在猛窜，后面有一条大蛇紧紧地追赶，随时都可能追上，将钩渐他们一口吞掉。

烟虫、赛飞龙不敢闲着，见顶天娇力气稍减，两人便同持铁杆另一端，为顶天娇分担一二，车速便一直没有减慢。

火小邪有心无力，只好匍匐在地上，紧抓车身，不让自己飞出。

花娘子是女儿身，同样无力插手，也只能半跪在地，紧张不已地抓住车边铁栏杆，向后观望。

至于车头，钩渐把持着方向闸，眼睛一眨不眨地看着前方。

众人如此竭力，还是逐渐赶不上身后铁轨路面坍塌的速度，眼看着铁轨扭曲而成的“大蛇”，就要吞没这辆孤零零的铁轨车。

眼看着塌陷的铁轨就要追上来，就听钩渐在车头头也不回地大吼道：“再加快！快！”

顶天娇怒号一声，脖子上青筋暴起，双臂一振，手臂足足又粗了半圈，一边嘶吼一边用尽全力按压铁杆。

铁轨车猛然再度加速，钩渐双手紧紧握着方向闸，继续大吼道：“再快再快！”

顶天娇鼻子里两股鲜血喷出，这是他最后的爆发力，连他也不知道能够支撑多久，反正不玩命也难逃一死。

铁轨车快得简直要脱离开铁轨，就听钩渐大吼道：“大家抓稳！”说着钩渐猛然一掰方向闸，推到尽头，牢牢按住。

铁轨车受不了这种突然转向之力，嘎嘣一声闷响，竟从铁轨上脱了出来，冲下铁道，向着崖壁撞过去。

众人无比惊慌地大叫，可就在一瞬间的工夫，钩渐将方向闸再度拉起，压向另外一边，这种反作用力引得铁轨车整个地转个了圈，拉出一条弧线，生生打了个弯，“哐”的一声，绕过了那段山壁，直接撞进凹陷在山壁内的一个洞口。

这个山洞，藏在山壁的一个弯折之处，不在目力所及的范围内，只有通过时才可能看见，但如果看到时再想进来，必然晚了！而钩渐竟能提前预判，拿捏好时机、速度、方位，一蹴而就，不差分毫，这本事简直是匪夷所思。

铁轨车几乎是横着车身，撞进了山洞，山洞显然是人工开凿出来的，地面平整，纵深颇远。火小邪他们所在的铁轨车，就如同弹珠一样，在山洞中咚咚咚连撞了七八下，才嘎吱一声，慢慢翻覆了。

钩渐、烟虫这些好手，早就在车速略减之时，跳将下来，毫发无损。火小邪虽说行动吃力，跳下铁轨车的能力还是有的，加上车速已经不快，跳下来一个翻滚，也是不伤分毫。

尽管终于安全了，但除了钩渐以外，所有人均被刚才那一番让人窒息的险境，惊得脸色发白，连走路也走不太稳，更是说不出话来。

唯有钩渐，如同没事人一样，背着手走了几步，四下张望了一番。

说来奇怪，这个山洞尽管也微微地震动着，却比先前一路逃离出来的地方，轻缓规律许多，似乎这里已经到了地陷崩塌的边际。

烟虫缓过神来，站直了身子，继续搀扶住火小邪，向钩渐走来，问道：“这位不知姓名的钩渐先生，你怎么知道这里有个山洞？”

钩渐冷笑一声：“你们和我一起坐火车进来的，你们只顾着看风景，我却在一路记忆各个细节。学着点吧！想当真正的大盗，你们还差得远呢！”

花娘子也问道：“这位先生，多谢施救，能否不要再扮成钩渐的样子，让我们一睹真容？”

钩渐骂道：“放肆！你这个丫头，要不看你还有点用，又和烟虫是一对，我早就一脚把你踹下车去！减轻负担！”

花娘子听钩渐说话如此不客气，有些微怒，让烟虫轻轻拉了一把。

烟虫低声道：“他是贼王级的身手，好生了得，若真是水王流川，可是我们的大救星。”

烟虫说是低语，实际还是让钩渐听得清清楚楚，这马屁拍得不动声色，再是孤傲之人，听来也受用得很。

果然，钩渐冷哼几声，口气略略一缓，说道：“我自己可以出去，但带着你们这些废材，呵呵，就难说你们的生死了，你们最好听天由命，求自己家祖宗保佑吧！”

火小邪并不说话，看着眼前这个陌生的钩渐，心中是疑云密布，水王流川的确有这种本事，细密的分析能力，超强的记忆力，算计精准，易容伪装，不露声色，而且神神秘秘的，可水王流川既然愿意屈尊伪装成钩渐，他又为何，非要如此？难道以水家之能，还要借助别人，才能进来罗刹阵吗？或者说，钩渐本来是真的，水王流川早就混入山中，半路上把钩渐换掉了？可是听现在这个钩渐所说，好像他从头到尾便一直跟着。

一旁赛飞龙、顶天娇两人互相搀扶着走过来，他们同受此劫，暂时忘了赛飞龙投敌一事。

赛飞龙颤声道：“先生，大人，我们是安全了吗？”

钩渐答道：“远远没有！”说罢一挥手，又道：“想活的跟我来！谁不听我的招呼，敢擅自行动，我立即一刀杀了！”

众人没有异议，跟着钩渐便走。

火小邪闷笑一声，说道：“钩渐先生，你有这等本事，为何来帮我们？”

钩渐嘿嘿冷笑，头也不回地答道：“我又不是你火小邪，我想看罗刹阵开阵，不跟着你这个蠢货，难道还去求伊润广义？朽木不可雕也！实话告诉你，赛飞龙做伊润广义内奸一事，我早就知道，但我就是不想说，若骗不了你火小邪进阵，我岂不是白忙活一场？呵呵呵呵！”

火小邪说道：“那罗刹阵已经开了，你也亲眼看到了，可有破解之法？”

钩渐沉默片刻，慢慢说道：“果然是炎火驰自己都害怕的邪阵，现在看来，恐怕就连伊润广义也没想到是这种后果，圣王鼎，也许永远拿不出来了。”

烟虫说道：“如果小鬼子也拿不出来了，那天下岂不是再没有皇帝？”

钩渐冷笑道：“没有了圣王鼎，那也不该有五大世家了！从此贼道横行天下，大盗万世不绝，世家之贼王坐上帝王之位。哈哈哈，此事很有趣啊！很有趣啊！是不是？是啊！不是啊？你说怎么不是？”说到最后，这个钩渐竟像是自问自答了。

烟虫叫道：“若是伊润广义还是有办法取出圣王鼎呢？五大世家是不是还要归附在日本人手下？”

钩渐冷笑几声，再没有说话的意思，快步便走。

众人再无话可说，赛飞龙更是抢上前几步，紧随在钩渐身后。

这条山洞颇深，好在每隔十余步，均有一盏电瓶灯亮着，将道路照得清楚，十分好走。

众人默默无语，跟着钩渐一路前行，眼看着前方有大片的亮光透入，知道已经快到了尽头，脚步略略放缓。

只是缓缓走了几步，就听钩渐低喝了一声：“让！”

寒星点点，裂空之声猛然响起，十几枚飞镖从前方乱射而至。

众人连忙躲避，那些飞镖击中墙壁，划得火星四溅。隐隐有人声从前方传来，脚步声也逐渐清晰，应该有不少人守住了洞口。

紧接着，机枪声也突突突地鸣响了起来，两道火舌，正在疯狂地向洞内射击。

钩渐冷哼道：“早该如此！”说罢也不搭理其他人，身子向墙上一纵，竟爬到了洞顶，整个人贴在洞顶上，倒着身子向前方爬去。

火小邪、烟虫、花娘子避于一处，火小邪施展不了身手，急得额上冷汗直冒，念道：“洞外有忍者，但只是一般级别！”

烟虫问道：“他们怎么发现我们的？”

火小邪说道：“这里回声颇大，可能是顶天娇脚步沉重所致。”

烟虫说道：“看来洞外守卫的人，有格杀勿论的命令。”

烟虫双手捏了捏拳头，对花娘子说道：“骚娘们，今个我们要大开杀戒了！”

花娘子娇媚一笑：“杀小鬼子不算破杀戒！我们杀个痛快！”

烟虫蹲起身子，从怀中摸出一根烟，一口咬掉烟头上的一个铁塞，这根烟便浓烟滚滚，燃烧了起来。烟虫拍了拍火小邪肩头，说道：“火小邪，你躲在这里，不要逞能，我和你嫂子去助那个钩渐一臂之力。”

火小邪动了动手脚，还是麻木得如同木桩一般，知道自己行动不得，便点了点头，说道：“小心！”

机枪声震耳欲聋，烟虫对对面一侧的赛飞龙叫道：“赛飞龙，你他奶奶的还不戴罪立功？想当缩头乌龟啊？伊润广义可不会留你一条狗命！”

赛飞龙一听，苦着脸一笑，转头对顶天娇说道：“我先去了，你先养养精力，说不定杀出这里后，还要用你的力气。”说罢一猫腰，和烟虫打了个手势，跳了出去。

烟虫、花娘子、赛飞龙三人，不愧是好手，这种程度的攻击，根本无法阻止他们，只见他们已经东躲西藏地向洞口钻去。

这时候，机枪声突然一停，就听到洞口处哇哇惨叫连声，乱枪阵阵，均是凭空射击。

烟虫他们一听，知道是先行一步的钩渐已经得手，更是加快了步伐，向外疾奔而去。

烟虫刚从洞侧钻出，便一张嘴，嘴里浓烟滚滚，一下子覆盖了一片空间，烟虫叼着烟，烟不离嘴，如同吞云吐雾一般，噗噗地不断喷烟，很快，洞口一侧，便被浓烟笼罩，伸手不见五指。

洞外的忍者正如火小邪所说，均是些低级别的忍者，尚没有资格参与围剿火家一战。忍者本来也是以烟技著称，谁料到洞里出来的人，竟有一手连他们也目瞪口呆的喷烟绝技，一下子反应不过来，心生惧意。

可这些忍者均是不畏生死之徒，尽管害怕，武士道的玩命精神还在，纷纷大叫着，举着忍刀，向烟雾中扑来。

烟虫的确是大开杀戒，进来一个忍者，他就杀一个，绝不留情。花娘子和烟虫成双成对，早和烟虫心有灵犀，熟悉在烟雾中作战，并和烟虫配合得天衣无缝。花娘子在认识烟虫前，杀人的手段便很高明，自从进入罗刹阵后，面对非人力可抗之力，一直憋屈得无以复加，眼下能杀日本倭寇，实在让她痛快不已，所以花娘子手中一根长针，如同看不见的急雨，一刺之下，全是要害。

钩渐更是神奇，他连躲也不躲，哪里人多他就往哪里钻，如同一条泥鳅，一钻到人堆里，就连人影也看不到了，好似隐形了一样。日本人慌乱寻找间，一个个被利刀一刀夺命，哪怕只剩下最后一个人，还是找不到钩渐所在，就被钩渐一刀从后面宰杀。

接着是赛飞龙，他是野校督，杀人阴毒得很，从他将杀人武器备在口中就可见一斑，他从洞中钻出后，也不主动去寻找人，专门在阴暗处游走，挑想逃跑或者吓得半死之人动手，同样干净利落，一刀一个。

且说洞外是个什么地方？乃是一个颇为大型的仓库，存储着许许多多的工程物资和装备，到处都是废弃的木箱、铁轨、枕木等物，这些东西堆放在仓库里，如果是一般人在这里动起手来，可能觉得磕磕绊绊得很不方便，但对钩渐、烟虫、花娘子、赛飞龙来说，真是绝好的地形。

守备在仓库里的，本有四五十个荷枪实弹的日本兵和十多个忍者，他们在洞口布下层层防御，本以为大罗神仙也不能轻易冲破。谁知他们碰见的人，远超他们的想象，特别是钩渐从洞顶跃下，如同鬼魅一样连杀两个机枪手，并混在人堆里找也找不到，下手狠毒，刀刀致命。

这些低级忍者和日本兵，哪里是他们的对手，彪悍的十几个忍者逐渐被钩渐、烟虫、花娘子一一宰掉以后，剩下的日本兵早就吓破了胆，丢盔弃甲地向后方逃窜，结果一路逃，一路被赛飞龙一个个暗算掉。

不管怎样，总有一两个漏网之鱼，得以逃脱。

等火小邪、顶天娇被花娘子唤出山洞时，仓库里日本人早已尸横遍地，鸦雀无声了。

钩渐站在高处，厉声道："我们行踪已经暴露，必然有增援赶至！这里不过是个缓冲地带！若是遇见伊润广义的忍军主力，我们凶多吉少！不要耽搁，我们快走！"

钩渐话音刚落，警笛声大作，仓库里数个红色的警报器，疯狂地旋转鸣叫起来，红光闪闪，亮成一片。

随着红色警报响起，众人刚刚有所松弛的心思再度紧绷。钩渐所说不错，此处要塞正是应了那句“易进难出”！

谁人敢在此迟疑？

火小邪在山洞中等候的时候，便已经想明白了，雅子已死，既成事实，已然无力回天。眼下必须逃出此地，留住性命，以图后续，才不枉此番磨难。所以火小邪求生欲望使然，驱动身体，跟着众人奔跑起来，可他腿脚仍然麻木不堪，没跑几步便就跌倒在地。火小邪心头火急，自己到底是怎么了，竟成了一个累赘！不由得气得大吼一声。

烟虫早有准备，一把将火小邪拉起，低声道：“不要紧！”

火小邪很是愧疚地看了烟虫一眼，惭愧道：“烟虫大哥……”

烟虫轻轻一笑，念了声：“走了！”说着，便扶着火小邪前行。

钩渐依旧在前领队，向前寻去。

这个仓库说大不大，没多久便到了尽头。尽头处，已有一重大铁门牢牢锁紧。

钩渐看了一眼，很是轻蔑地哼了一声，似乎从手中抖出了一个东西，用手在门锁处一摸，门便咔嗒一声开了。

赛飞龙、顶天娇率先跟至，协助钩渐将铁门拉开。

众人钻过铁门，跑过一段走廊，便进了一个三层楼高矮的大厅。

大厅共分三层，呈井字形，四周一圈，布满了房间，全是大门紧闭。大厅正中间小广场，有数部起重机安置着，看样子是要将一层物品起吊到三层所用。

日本人混乱的吼叫声还在从各个地方传来，却不见人影，显然这个大厅出口众多，日本人正在纷纷撤退。

火小邪等人正在大厅三层处。钩渐扫视几眼，便顺着石梯急跃而下，两个腾跳，便下到了一层。

赛飞龙紧随而下，刚一落地，就见到从一个角落，有三个黑色人影急窜而出，并立即分散开，成合围之势。

赛飞龙一看，吓出一身冷汗，这是三个黑衣忍者！

这三个忍者的身手，显然比守在仓库里的那些忍者功力高出不少，进退有度，目露杀气，一直奔到赛飞龙身边几步开外，才纷纷双手一搓，数枚飞镖电射而出。

赛飞龙“啊”的一声大叫，立即就地十八滚，堪堪避开这一道攻击。

而黑衣忍者不去找钩渐，也不去袭击其他人，似乎就锁定了赛飞龙这个目标，他们一击不中，立即缩小了包围圈，从背后抽出忍刀，明晃晃的刀锋便向赛飞龙砍来。

火小邪正在二层处，看得清楚，忍者们的此种战法，叫三人杀阵，一般会迅速锁定一个对象，若不将目标杀死，绝不会后退。如果说守仓库的那些忍者是一段忍者，那现在合攻赛飞龙的，便是四段的忍者，已有参与围剿火家的资格。

赛飞龙被这番急攻弄得狼狈不堪，好在他是个逃跑的高手，轻功不错，避开了第一次攻击后，便连翻带滚地爬到吊车处，暂避锋芒。

赛飞龙暗骂一声脏话，飞快一看，竟看到钩渐正跑向远处，根本没有回来搭救他的意思。

三个忍者的利刀不闪不避地直接向赛飞龙躲避之处砍来，“当”的一声锐响，劈砍吊车钢梁火光四射。如果是中国的武林人士，哪有明明见到人躲在钢梁后，还不收力地硬砍过去的？这些忍者当真是脑子迟钝了吗？

而火小邪看在眼里，知道这种战法恰好是忍者大巧若拙之处，别看他们发疯似的砍劈，似乎眼中只有敌人，不顾周围的环境，恰恰是这种视若无睹的横蛮之力，最有机会将赛飞龙这种人砍死。

果然，第一个忍者砍上钢梁，锐响之余，仅仅砍出一个缺口，却把赛飞龙吓得后退一步，第二个忍者便有了机会，立即补刀上来，直刺赛飞龙胸口，赛飞龙一侧身躲过，却耳边风紧，第三个忍者的刀锋已经劈头盖脸地砍至。

如若换在平时，给赛飞龙一点时间准备，这三个忍者就算这样急攻，还未必一下子能制住他。可赛飞龙完全被打了个措手不及，又只想着逃命，气势上矮了半分，不免深感处处被动，施展不得。

眼看第三个忍者的忍刀就要砍在赛飞龙脑门上，赛飞龙还真是个死不了的泥鳅，竟口中一扁，“噗”的吐了口浓痰出来。想那赛飞龙专门练的是口中针的功夫，尽管此时口中无针，但喷吐之力远胜他人。这么一口痰比刀子还快了半分，正中忍者的眼睛上。

那忍者可能以为是什么暗器，略一愣神的工夫，刀子偏了半分，生生让赛飞龙从刀锋旁挤了出去。

正当这个忍者收刀，要将眼睛上的浓痰抹去，就感觉到一股刚烈之气涌来，没等他回头，就被一记西瓜般大小的拳头砸中脑袋，哼都没能哼出一声，就被击得横飞出去。

这一拳好大的威力！那忍者的脑袋虽未被打爆，脖子却被打断了，飞在半空时，就已死了。

原来顶天娇紧随着赛飞龙，他身材庞大，行动上比赛飞龙慢了一步，见到赛飞龙被围，危在旦夕之间，才让他终于抓住一个机会，从台阶上猛扑过去，结结实实给了一个忍者一拳。

另两个忍者见自己的同伴被一拳揍飞，生死不明，只是微微愣了一下，便口中沉声念着号令，避开近在咫尺的顶天娇，还是不依不饶地继续向赛飞龙杀来。

赛飞龙大骂道：“你妈的巴子！”也不管这许多，撒腿便跑。

两个忍者提着刀，如同跗骨之蛆一般急追赛飞龙而去。

赛飞龙边跑边心里怒骂小鬼子的祖宗十八代万千遍，他觉得自己真是够倒霉的，怎么跟钩渐一出来，就碰到这几个顽固得要命的忍者。

烟虫、花娘子、火小邪三人也急急忙忙赶到一层，赛飞龙已经跑开了很远。

顶天娇爬起身来，就要追去营救，被烟虫一把拉住。

烟虫嘴上变戏法一样叼上了一根烟，哼道：“别去，他死不了！马上就转来了！”

烟虫说话间，就听到赛飞龙在远处你妈你妈地大骂，又奔了出来，他身后不是两个忍者，而是五个忍者。

赛飞龙脸色惨白，向烟虫他们跑来，一边跑一边瞪着眼睛大叫：“救我啊！

你们要看着我死啊？”

顶天娇又要上前，连花娘子也拿出了钢刺，跃跃欲试。

火小邪伸手拦住，低喝道：“不要管，我们几个只要不上前阻止，这五个忍者还是会集中对付赛飞龙。”

烟虫哦了一声，奇道：“小鬼子搞的什么战术？”

火小邪有点难堪地说道：“忍者的规矩……其实我一直也不明白。”

赛飞龙被五人狂追，大半合围之势，本想跑到烟虫等人面前，却被射来的飞镖生生逼开一边。

赛飞龙可能是他觉得自己活该这么倒霉，满脸又是怨恨又是恳求又是沮丧地看了烟虫他们几眼，哭丧着脸继续逃命。

顶天娇愁道：“只怕大把子顶不住多久了。”

烟虫一定神，眉头一皱，立即看向了别处。

火小邪站直了身子，也随着烟虫的目光看向同一个方向的黑暗处，说道：“只怕我们也顶不住……”

就听沙沙沙的脚步声，从黑暗中陆续冒出了三人一组的大队忍者，足足有十五人之多。

火小邪咬牙道：“十五人，是五轮杀阵……”

那十五个忍者，无人说话，只是快速地从黑暗中走出，三人一组地布成一个半圆形。忍者们接了阵，却不上前，只是远远地与火小邪等人对峙。

烟虫看着对面的忍者，哼道：“五轮杀阵？”

火小邪答道：“是多对多，玩命的阵法，其中有一人是法长，以隐哨驱动各组人轮流进攻，只要他们不死尽，必然缠斗下去。”

烟虫低声道：“火小邪，你可有破解的办法？”

火小邪说道：“如果我现在行动方便，破解此阵不难，只需我穿行一趟，将法长找出制住，即可破阵。”

烟虫说道：“那……的确有些头痛……不如我们避而不战吧？”

烟虫正说这话，就见赛飞龙嗷嗷大叫不止，从两边人中间跑过，身后的五个忍者依旧穷追不舍。赛飞龙轻功了得，上蹿下跳如同灵猫一般，所以那五个忍者一时间追不上他，也围不住他。

赛飞龙从正当中跑过，见十五个忍者已经默然布好阵法，与火小邪他们对峙，没有再攻击自己的意思，反倒心头得意，暗骂道：“这下好，我一对五，你们要四个对一群，还是我划得来！叫你们袖手旁观，你们活该！”

赛飞龙见十五个忍者站立不动，干脆绕着十五个忍者绕着圈跑，那尾随赛飞龙的五个忍者也不敢从忍者队伍中穿行追逐，只能硬生生地陪着赛飞龙绕圈，更是被赛飞龙甩掉小半圈的距离。

赛飞龙隔着忍者队伍破口大骂道：“小鬼子的烂忍者，叫你们追你爷爷我？叫你们追！追啊！操你们祖宗十八代的！”

烟虫、花娘子、火小邪、顶天娇四人，没有工夫关注赛飞龙的动静，只觉得他在这种压抑的气氛中跑来跑去，就像大战之前，两军对垒，一触即发，万籁俱静之下的清冷黎明，多了一只苍蝇在头顶嗡嗡嗡地飞来飞去，烦他不是又奈何他不得。

同样很烦赛飞龙的，包括了那群忍者，赛飞龙骂完，就听到忍者队伍里一声尖锐的哨响。那原本追逐赛飞龙不止的五个忍者听了哨声，立即止步，小步快行到队伍一侧，蹲守在地，没有了动静。

赛飞龙见状，反而有些慌了，吼道：“来追啊！来追我啊！你奶奶的，追上你爷爷我，爷爷我给你们拉一坨热的吃！乖孙子，不要抢！你爷爷我屁股里多得是！”

且不论赛飞龙胡乱叫骂搅局，这边烟虫与火小邪说到避而不战，倒是让火小邪有所醒悟，毕竟自己是个累赘，一旦陷入阵中，抵抗不得，难免让烟虫等人分散注意力保护他。

火小邪低声道：“烟虫大哥，你说得对，我们避开不战，僵持一下，说不定那位假钩渐会冒出来，以他的身手，破阵有望。”

花娘子说道：“可那位钩渐先生，不知道去了哪里，会不会自己跑了不回来了？”

烟虫撇了撇嘴，说道：“我看不会！如果我是他，此时应该去寻找能够离开这里的路径去了。”

顶天娇哼哼道：“那，那我们能不能分散开？让他们三人一组地追赶我们？”

火小邪低喝道：“绝对不可！我们联合在一起，五轮杀阵还有所忌讳，一旦分开，就有被忍者们以多敌少、一一击杀的可能！烟虫大哥，我们退！”

烟虫心领神会，带着火小邪向一侧略退。

烟虫他们一动，对面的忍者们也立即随之一动，动作整齐划一，如出一人。

如此这般，烟虫他们直接退到了二层之上，那十五个忍者也都半圆形地包围上来，纷纷攀上二层，与火小邪他们继续对峙，丝毫没有进攻的样子。

烟虫试了一试，故意向忍者们前行两步，这些忍者果然退后两步，只是保持着随时可以攻击的距离。

烟虫低骂道：“他们也有拖延时间的意思！妈的，好狡猾！他们也在等待更多增援。”

火小邪当然明白，眼下的局面就是忍者们的缓兵之计！战，必然会深陷苦战，不战，也正中了忍者们的圈套。

火小邪暗暗试了试自己的劲力，体内的两套经脉应该没有损伤，可就是手脚不能听大脑的指挥，好像思维被堵住了一样，每个指令传达到手脚，都延迟了许多。

火小邪恨不能自已，咬牙道：“烟虫大哥，干脆你不要管我这个累赘了！你们杀出重围，互相掩护而走，还有生还的机会！”

烟虫轻笑一声，说道：“火小邪，瞎想什么呢！”

火小邪在二层僵持着，一层的赛飞龙也是焦急万分，他本以为自己逃过一劫，暂时安生，可转念一想，也想到了这样僵持下去，援兵再至，更是难逃一死。

赛飞龙想着想着，一身冷汗，拔腿就要向火小邪他们赶去，可本来在一侧蹲守的五个忍者立即起身，追着赛飞龙而来。

赛飞龙一停步，这五个忍者又立即停下，不再追赶他。

赛飞龙骂道：“学我是不是？”说着往地上盘腿一坐，瞪着眼睛骂道，“我不动，是不是你们也不动？”

那五个忍者半蹲在地，也做歇息状，真的不动弹了。

赛飞龙焦头烂额，动也不是，不动也不是，如坐针毡，只好不住地往火小邪他们那边张望。

同样着急的还有火小邪，大滴的汗水从额头流下，他实在没有更好的办法，既能保证所有人杀出这个玩命的五轮杀阵，又能不在此继续被忍军拖延下去。

如何是好？如何是好？

不愧是火小邪，他从小就有越是命悬一线之际，越能急中生智的本事，如此逼得火烧眉毛了，还真给他逼出了一个办法。

火小邪突然站直了身子，用日语大吼道：“我是伊润火邪！你们的少主！我不想离开了！我有话要对我父亲伊润广义大人说！法长站出来听令！南加魔三多，诸法听令，不得有误，挈诺达彼记！”

火小邪突然用日语高喊，并念出忍军少主之法令，声音巨大，这一下把那群忍者吼得一愣。按理说，火小邪的忍军少主身份犹存，说话应该是有威慑力的。

火小邪别无办法，斗胆赌上一把，这把赌注，火小邪算是压对宝了。

火小邪身子虽然麻木，但眼神还是犀利得很，他吼完这一趟，就见到几个忍者的眼珠子微动，竟往同一个方向偷偷瞟来。这些忍者全身黑衣包裹，不露口鼻，所以黑白相间的眼珠子一动一眨，格外地明显。

火小邪心头一乐，暗暗道：“幸好是四段低级忍者的五轮杀阵！真有沉不住气的！”

火小邪就这么一个恐吓之间，便让忍者自行暴露了这个五轮杀阵的法长位置。这些日本忍者说来真是可怜，天生的服从上级的劣根性，强烈的等级观念，能做到机械般无情，却不能避免总有那么一丁点自己的想法，所以火小邪用忍军少主的方式斥责，点名要见伊润广义，就有人没了主张，等不到法长的隐哨，便情不自禁地投去眼神。

火小邪见机会已有，用中文大喝道：“二点方向！杀！”说着拼命向前冲去。

烟虫等人本被火小邪的一通日语大吼弄得丈二和尚摸不到头脑，神经本来一直崩在弦上，此时听到火小邪一声杀的号令，哪里顾得上问什么，杀气腾腾，便立即直冲而去。顶天娇更是一听杀字，便如同蓄满了劲的电动老虎，按下他的电门一样，"唰"的一下直窜出去，直冲到最前面。

那位隐藏在忍者中的五轮杀阵法长，被火小邪的少主令弄得发懵，正在翻江倒海地苦苦思考这个火小邪是说真的还是说假的，该听还是不该听，就见到烟虫、花娘子带着火小邪，顶天娇这个巨汉如同巨无霸一样飞扑而来，惊得闷吼一声，顾不上吹起隐哨，腾腾腾就向后退。周围那些忍者见法长后退，又没有指令，竟不上前阻拦，慢了半拍，跟着法长后退。

这下子谁是里面当头的，连顶天娇这种脑子不甚灵光的，也看得一清二楚。

顶天娇惊天动地地大吼，如同一座山一样，跳起身子，向法长挥动巨拳，直击过去。

那位法长是五段级的忍者好手，虽说来不及吹隐哨布阵，但身手强横，竟双臂一张，一侧身子，躲过此拳，牢牢地抱住了顶天娇的胳膊，居然使出柔道里的横摔法，想趁着顶天娇立足不稳之际，将顶天娇这个巨汉摔出去。

可这位可怜的法长，忘了还有烟虫、花娘子、火小邪，虽说烟虫被顶天娇的庞大身躯挡住，揍不到法长的脸上。但他脚下善使阴招，不等法长脚部发力，就是一个脚踝踹。这等招式狠毒得紧，一踹之下，那位忍者法长顿时骨折，身子一个趔趄，立即被顶天娇的暴力压倒。

顶天娇一脚着了地，便由不得法长施展，水桶粗的手臂一挥，将法长整个人带起，咚的一下，狠狠地砸在二层的石柱上。纵然法长是金刚不坏之人，也受不了这一下，整个人都被砸得变了形，一命呜呼。

火小邪见得手了，又大叫道："跑！"随便一把抓住顶天娇的皮带。火小邪无力大步奔跑，此时抓住顶天娇的腰带，让顶天娇带着自己狂奔，实乃上策。

顶天娇、烟虫、花娘子、火小邪杀出重围，从二层一跃而下，向前疾奔。

火小邪虽说像个尾巴似的坠在顶天娇屁股上，几乎是被拖着前行，形象狼狈，仍不失为最快的办法。

烟虫一边奔跑，一边口吐白烟，如同一条白龙随着众人奔走的方向闪出，烟雾腾腾，迅速弥漫开来。

剩下十四个忍者见法长就这样猛不丁地被人砸死，如同木雕一样呆了几秒，才算完全回过神来，隐哨声再度响起，五轮杀阵的替补法长立即接替前任，号令起来。

可这些忍者追下一层，却见到烟雾重重，根本看不见烟虫他们的身影了。

那位替代的法长再度吹哨，欲行组阵追击，可他刚吹了一声，便觉得喉头一咸，一股子气没有从嘴里出来，倒从咽喉处喷出，气管居然不知道什么时候让人割断了。

这位新任的法长，只当了四五秒钟的头领，便死翘翘了，可谓世间最短命的忍者法长之一。

接着，又有一个忍者腰间中刀，滚倒在地。

其余忍者大惊，烟雾中到底是哪位死了，还不清楚，论资排辈的话，不知道该轮到谁当新的法长了。这些蠢材，就是这么考虑之间，立即又被捅死了两个。

五轮阵法，顷刻被破，一干忍者，只顾着着急，却不知灵活变通，先三人一组地散开避难才好。于是一群变成傻子般的忍者，张口结舌地等着刀子来捅死他们。

若论此阵，绝不是如此无能，忍军十五人的五轮杀阵，循环击杀，无畏生死，数命来换一命的残忍之杀阵，不知道诛杀了多少英雄豪杰，围剿火家时，外围的五轮杀阵亦不知斩杀了多少逃出烟雾的火家大盗，真的是强悍难当。可惜此阵的最大的败笔，就是过于僵化，有号令时，大罗神仙碰见也要皱眉，可一旦失去统一号令，又不能及时接续上时，就顿时变成一堆无头苍蝇。

没过过久，下到一层的十四个忍者，全部死绝。估计他们死的时候，在思索的不是谁捅死了他们，而是新任的法长是谁，为什么不吹隐哨吧。

烟虫、火小邪等人本已逃出到几十步外，有烟雾做屏障，本以为终有时机和忍者们再度迂回，一边逃走一边寻找逃走的道路。可烟虫他们听到烟雾中连声闷哼不绝，脚步杂乱，没有一个忍者追出，只有扑通扑通的跌倒声。

烟虫喜道：“有帮手了！”

说话间，就见钩渐提着一把还在滴血的利刀，快步从烟雾中跳出来，冲着烟虫、火小邪四个古古怪怪地一笑，叫道：“还算不错！”

赛飞龙不知道什么时候，从旁边跑出来，叫道：“大人，先生，你回来了！”

赛飞龙不是和五个忍者对峙着吗？怎么就独自出来了？原来火小邪懵住忍者，杀出重围后，由烟虫吐烟，一路向赛飞龙方向逃来时，赛飞龙便已经跳将起来，向烟虫他们赶去。原本和赛飞龙对峙的五个忍者本欲起身追赶，却听到有新任的法长吹起隐哨，让他们过来补阵，便舍了赛飞龙，向烟雾中钻去。

这五个忍者哪想到烟雾里是鬼门关，刚刚进去，没等听到调遣，便被钩渐一并杀了。

所以，钩渐在烟雾中足足杀了十九人，方才出来。

赛飞龙见到钩渐，如同见到救星，叫嚷道：“大人，大人，你去哪里了？”

钩渐理也不理他，径直跑到烟虫等人面前，说道：“跟我来！看来你们不全是榆木疙瘩，还有得救！”

钩渐挥了挥手，招呼众人随他而来。

这个假钩渐的本事，大家都目睹，此等厉害的人物，这时候不信他也难。

钩渐轻车熟路，领着众人急急向前，直穿两道门房，就看到一路上，躺着不少一刀致命的日军尸体，凡是门锁，全部开启。不用想也便知道，定是这个钩渐寻路所为。跑不了多远，就见到豁然开朗，赫然又是一个小小的火车站台横列在众人眼前，一辆冒着白烟的火车头在站台的铁轨上待命，车头的站台上，两个司机打扮的日本人横尸在地，再满眼看去，空荡荡的站台上，竟不见活人。

好厉害的假钩渐，如此短的时间，不仅能杀透此地，开启重重关卡，还觅到一条来到站台上的逃生之路，此等迅捷，绝非常人。

钩渐喝道："全部上火车！"

众人急忙向火车头跑去，没等到全部上得了火车，就听到四下吼叫声不绝，机枪声哒哒哒的鸣响起来。转头一看，从站台侧旁的房间里，跑出不少日本军人和忍者，军人们端着枪猛烈射击，忍者们则迂回着追赶而来。

子弹密集如雨，打得这辆火车叮叮当当乱响，火星四溅。

钩渐见火小邪等人全部上了车，才叫道："烟虫，你开车！"

烟虫还真的会开火车！他听了钩渐吩咐，三下五除二，眼花缭乱地一通折腾，猛拉闸刀，就听到火车哐哐哐响了几声，机械轰鸣，向前行驶了起来。

有几个跑得快的忍者已经追上，一把攀上了火车，正要上前，就见到钩渐的尖刀从铁皮车厢缝隙中刺出，不是断指就是夺命，等到火车速度已经快到无人能赶上的时候，勉强攀上火车的几个忍者，已经悉数被钩渐斩落车下。

钩渐将刀一收，冷笑一声："不自量力！"说着走到烟虫身边，喝令道："烟虫，最快速度！"

烟虫听令，猛拉扳手，一边大叫道："大妹子，你们添煤啊！"

顶天娇翻身而起，抄起地上的铁锹，就向车头后方的火炉中铲进一锹煤炭，烈火熊熊，烧得更旺，火车似乎也得此助力，再度提速。

烟虫偷偷看了一眼钩渐，钩渐正目不转睛地看着前方，双眼如一潭深水，看不出任何情绪。烟虫心中暗叹道："这个人当真了得啊，他居然知道我会开火车！我会开火车的事情，恐怕没有多少人知道。"烟虫会开火车，还会开汽车、坦克、装甲车，除了飞机以外，地上能跑的，烟虫基本上都能驱动，只是知道烟虫这些本事的人，少之又少。

连花娘子都忍不住地问道："贼汉子，你什么时候学的开火车？"

烟虫支吾一声，说道："十多年前在海参崴学的，还好没忘。"

赛飞龙一旁喘了几口粗气，乐道："我们是得救了？"

无人做答，钩渐一点没有说话的意思。

赛飞龙讨了个没趣，挪开几步，见火小邪正靠坐在一旁，又觍着脸冲火小邪说道："小恩公，我……我我，唉，不知该和你说什么好，请你，请你原谅。"

时至今日，火小邪也懒得和赛飞龙这种人多说什么，只是冷冷地哼了一声。撇过头去，不愿搭理他。

赛飞龙知道自己在这里不讨好，自己干笑两声，躲至一旁。

没过多久，眼看着火车钻出隧道，前方又是一个站台，就听到沉闷的机枪声哒哒作响，子弹密集如雨，全部倾洒在这辆孤零零驶来的火车头上。

站台上密密麻麻的机枪位，冒出无数道火舌，声音之大，几乎将火车行驶的声音盖住。

钩渐只是闷喝道："快！"

烟虫继续猛压闸刀，就听到铁轨上嘎嘣嘎嘣作响，一股股的火星猛蹿，火车头如同在大坑中弹跳着，剧烈地震动不止，几乎要翻覆出轨道。为何如此，乃是铁轨上铺了几段脱轨钢锭，以图阻止火车前行的。

好在车速之快，近乎极限，日本人仓促准备，未作全部布置，所以火车头急速倾轧之下，将这些脱轨钢锭全部震出，依旧向前。

机枪声还在耳边狂响，火车已经轰的一声，再度钻入隧道之内。

赛飞龙见再度脱困，狂叫一声："通过了通过了！有救了有救了！"

可能真的如同赛飞龙所说，火车继续向前行驶，很快再度通过了两个站台，只听见零星的枪声，居然平安无事。

连正在挥汗如雨铲煤的顶天娇都叫道："哎呀哎呀！是不是日本人追不上我们了！我们一鼓作气，冲出这个鸟毛的地方吧！"

而烟虫、火小邪却皱起了眉头，他俩都有感觉，这好像不太正常。

钩渐似乎感受更是强烈，原本一路上看不出有丝毫的喜怒哀乐，此时也微微皱紧了眉头，一脸寒霜。

十一、烟花陨落

火车头空哧空哧，在黑暗的隧道里狂奔了一段，眼前再度豁然开朗，驶入了一个偌大的山洞中间。

山洞异常平坦，没有站台，没有防卫，铁轨在山洞的中间而设，上不见顶，左右不见远近，只有铁轨周边，透出不知道从哪里射出的亮光，照亮了一片方圆。

前方，隐隐地传来了爆炸声，竟如同九天里翻滚的闷雷一般，经久不绝，回音无数。

赫然间，几道笔直站立的人影在铁轨一旁的平地里显现，火车头行驶飞快，这几个人影，几乎是一掠而过。

火小邪却猛然把眼睛睁大了，他眼力不减，刚才掠过的那几个人，他看得真切。

火小邪微微起身，本想说话，就听到钩渐冷笑道：“烟虫，停车，我们还是晚了，倒回去吧！”

烟虫自然也看到了这几个人影，可钩渐突然命令停车，还是让他有些不解，烟虫略略迟疑，正想发问。就听到钩渐厉声道：“听到没有！停车，倒回去！我们再往前，必然坠入深渊！”

烟虫违抗不得，拉住了制动闸，火车长嘶一声，激得铁轨火星四溅，慢慢地停止下来。

钩渐低喝道："后退！"

烟虫再扳闸刀，火车头低鸣一声，似乎很不情愿地后退而去。

没后退多久，钩渐又道："停下！"

火车停止，钩渐面带杀气，从火车上一跃而下。

随后，烟虫、花娘子、火小邪、赛飞龙、顶天娇也纷纷下车。

只见灰暗的光亮中，五个人笔直地站立在他们面前的不远处。

其中有一个人笑道："火小邪，你还活着，很好啊，很好。伊润大人，知道你逃出来了，一直在找你。幸好我来对了地方，很及时，不然真的见不到你了。"

火小邪定睛一看，低喝道："土贤藏丰！"

一个清瘦的老者，平静地向前走了一步，说道："是我。"

火小邪再看土贤藏丰身旁的四个人，只见这四个人乃是四位忍者，分别穿灰、红、蓝、白四色服装，仅仅露出眼睛，眼睛中深邃一片，看不出有任何情绪。只是他们的额头之上，分别戴着一个钢质的铭牌，上面有四种不同的图案，算得上最为明显的区别。

火小邪不禁倒吸一口凉气，这四个人，是他最不愿意遇见的人。

钩渐冷哼两声，说道："看来是日本忍军的四影宗主在此了。"

土贤藏丰笑道："这位高人，好眼力，你说得不错，火影、水影、风影、雷影四系宗主在此。我是土贤藏丰，密殿圣堂节度使，幸会了。"

钩渐冷笑道："高明！"

土贤藏丰笑道："过奖！这位高人，你是何人？不如报上名号？"

钩渐笑道："就凭你们，恐怕还没有资格。"

土贤藏丰说道："钩渐可说不出这种话，哈哈。我们之间，要么一战决出高低生死，要么你们就留下火小邪，其余人自断右臂，便可放你们出山。"

顶天娇性子粗暴，如此蔑视的语言，他根本按捺不住，大骂道："你们是什么鬼东西！鸡毛玩意的！老娘我……"

火小邪轻轻拉了一下顶天娇，示意他不要说话，低声道：“这五人是忍军最强的组合。”

顶天娇还是怒气冲冲，依旧骂道：“我操死你们的爹！”

土贤藏丰还是微笑道：“要么一战，要么留下火小邪，断臂保命，无须逞口舌之能。”

火小邪深吸一口气，站出一步，说道：“我留下，但……”

“放屁！”钩渐骂道，“你是个什么玩意儿？轮到你说话吗，滚一边待着去！”

火小邪哑口无言，他并非胆小，而是看到土贤藏丰等五人齐齐出现，确实让他深感取胜无望。土贤藏丰虽在伊润广义之下，实际上乃是忍术集大成之人，不仅是火小邪在日本修习忍术的老师，对火小邪的忍术了如指掌，甚至伊润广义也要对土贤藏丰表示恭敬。再说那四影宗主，在日本忍军未做统一之前，乃是全日本最有实力的四位忍者，虽不能说实力比五大贼王更强，但其拥有的能力，在日本忍者之间，也近乎神一样的存在。围剿火家时，这四位宗主尚没有亲自上阵，只在周围旁观，等伊润广义号令行事，难得一见他们四个同时出现。就算火小邪身体无恙，也不敢说有五成的把握，能胜得了他们中的任何一人，何况四个？

钩渐骂完火小邪，咯咯咯怪笑不止，对着土贤藏丰说道：“我很久没有今天这么兴奋了。来，领教领教！”

话音刚落，就见钩渐如同幻化成一道灰影一般，直冲土贤藏丰而去。

土贤藏丰暗念一声：“厉害！”往后骤退几步。

那四位不动声色的忍者宗主，立即像被瞬间激活，一齐向钩渐围来，堵住钩渐的去路。

这个山洞中，本就光线昏暗，钩渐杀入阵中，简直要和昏暗融为一体似的，连动作也看不清楚，只是一团灰影，来回晃动不止。

火小邪此等眼力之人，竟也看不清钩渐做的动作，只觉他身子好像一团可以任意变形的麻线，随波而动，时聚时散。

而那四位宗主，也是快得让人眼花缭乱，四种色彩混杂在一块，难以分出谁是谁了。

不过是眨了几眼之间，就听叮的一声，一个红色的人影突然从阵中跌出，踉跄几步，半跪在地，捂住胸口，用一把黑色忍刀撑住地面，头猛地一低，念了声咒，再也不动了。只见此人脚下，一片暗红的血液蔓延开来。

土贤藏丰本在一旁观战，见这么快便退出一位红衣宗主，看样子已然命绝，不禁低低地“啊”了一声，手中拐杖一抖，一把雪亮刺眼的长刃从拐杖中脱出，向着阵中凶猛一击。

就听到“嗯”的一声低哼，并无动静，但眨眼之间，却马上又有一个灰衣宗主跌出阵外，左手半个手掌已然不见了，鲜血狂喷不止，跪倒在地。

土贤藏丰脸色一沉，再也按捺不住，猱身上前。

而断了手掌的灰衣宗主，好生强横，右手一抬刀，竟把自己整个左手小臂斩落，猛然拉紧左手上臂的一根绳索止血，一翻身，再度杀入战团。

叮叮叮又是三声锐响，便见到钩渐的身影闪出，退向阴暗之处，土贤藏丰和三个忍者宗主紧追不舍，纷纷没入暗处。

这下子，什么都看不到了，只是不时地听到叮叮叮的锐响不绝，土贤藏丰的长刃亮光如同闪电一样不住划过，黑影闪动，见不到钩渐与他们是如何争斗的。

但听得有恶犬狂吠声，吱吱怪叫声，金属撕裂的嚓嚓声；但见得有突然闪起的豪光一团，突然弥漫的黑雾一片，星星点点的微光升腾不散；但闻得有异香扑鼻，恶臭滚滚，酸味四溢。在那片不能亲见的黑暗中，各种异象层出不穷、此起彼伏。

除了火小邪以外，烟虫等人看得目瞪口呆，这种已不在想象范围内的恶斗，浓浓的杀气卷来，寒气森森，让人忍不住地脚跟冰冷。

就听有钩渐厉声喝道：“火小邪，你们快滚！”

火小邪微微一愣，还是迈不开脚步。

叮叮两声响过，鬼叫呜呀一片，再坠死寂。

钩渐的声音业已又离开几步开外：“还不滚！”

还是烟虫的反应更快，不由分说地一把拉住火小邪向远离钩渐战局之处猛跑，花娘子紧随而至，赛飞龙、顶天娇见状，也赶忙追来。

火小邪明白钩渐已经陷入苦战，再不逃跑，恐怕要辜负钩渐的一番好意，于是铆足了力气，极力狂奔。

烟虫见火小邪还是行动不便，大喝道："大妹子，帮忙！"

顶天娇拔足而上，干脆一把将火小邪拦腰抱起，扛在肩上，撒开了欢地疾奔。

烟虫领队，也不管东南西北，只想着尽快远离钩渐鏖战之处。

眼看着前方就是山洞洞壁，有一条隐隐的洞口之处可以钻入，正要直行入内，却听到飞镖声嗡嗡作响，四周闪成一片，竟有无数的飞镖激射而来。

烟虫一惊，哪里还讲究什么形象，拉着花娘子就地十八滚，几乎是撞入山洞内。

顶天娇扛着火小邪，本和赛飞龙齐头并进，见到如此多的飞镖袭来，他这样庞大的身躯，根本没有躲避之力，噗噗噗，背后已经中了数镖。

赛飞龙本跟着烟虫、花娘子要滚入洞内，可他时运不济，比烟虫、花娘子稍慢了半分，躲避飞镖时一头撞在洞口一侧凸起的大石上，身子一歪，眼看着飞镖闪着寒光向他射来，再无躲避之力。

谁料顶天娇暴吼一声，胳膊一挥，将赛飞龙一把拎起，搂紧怀中，同时也替赛飞龙挡了数镖。顶天娇同时也放了火小邪下来，伸出巨臂搂住两人，将头一低，硬生生地用肉身护住火小邪和赛飞龙，硬生生把所有飞镖挡住，横着冲进洞来。

顶天娇冲进洞中，直把烟虫、花娘子吓了一跳，他满头满脸满身，插满了各式各样的飞镖，黑血汩汩流出。

顶天娇大吼道："跑啊！"说着松了火小邪和赛飞龙，扑通一下半跪在地。

赛飞龙被顶天娇此举惹得大哭，老泪纵横，拉着顶天娇胳膊大叫："顶天娇，你何必救我！一起走！一起走啊！"

顶天娇一只眼睛被一枚飞镖刺入，已然瞎了，惨笑一声道："跑啊！"说着竟又站了起来，巨手推开众人，逼着烟虫、花娘子、火小邪、赛飞龙四人向前。

洞口狭窄，让顶天娇塞了个结实，还有飞镖不断地拉着弧线卷入洞内，尽数扎在顶天娇的背上。顶天娇不住吼叫着快跑，眼看着脚步已经越来越迟缓。

烟虫、花娘子、火小邪三人含泪向前，赛飞龙更是边跑边放声痛哭，这个洞穴不长，有人工开凿的痕迹，好在没有跑出多远，便看到了尽头。

看似无路可走！

烟虫奔到近前，用手在顶角边际一摸，果然摸到缝隙，此时也顾不上寻找机关，发力一撞，就听嘎的一声，果然是一道石质的活门。

花娘子、火小邪、赛飞龙三人助力，便把这道活门撞开了一道缝隙。

顶天娇已经支撑不住，跌倒在地，赛飞龙奋力拉扯，嘶吼道："顶天娇！坚持一下！"

顶天娇眼中已经模糊，含糊地应了一声，向前挪了几步，一头栽进石门里，半跪着身子，看样子走不动了。

正当烟虫等人拉着顶天娇入内，一把忍刀从顶天娇胸侧穿胸而过，刀尖差点将烟虫也捅了个透心凉。

顶天娇狂吼一声，仅剩的一只眼睛猛然亮出光华，瞪得比铜铃还要大，如同巨人一样拔地而起，一转身，伸出巨手，竟要把这道很是厚重的石门关上。

顶天娇狂叫道："你们走啊！你们走啊！"

门缝中又有一把忍刀，从顶天娇胸前穿胸而过，并唰的一下收回，石门外已有大批忍者追上，一边发力撞门，一边用忍刀刺杀挡住门缝的顶天娇。

顶天娇啊啊啊地大叫，一边吼着你们走啊你们走啊，一边催动巨力，胳膊暴然粗了半倍，嘣得胳膊上的飞镖叮叮当当不断落地，"咣"的一下，竟把这道石门合上了。

顶天娇用整个身子压住石门，抵抗着外面忍者们的冲击，拼死不让忍者将门撞开，一边撕心裂肺地叫道："不要管我！求你们走啊！求你们走啊！"

烟虫、火小邪双眼垂泪，花娘子也哭得泣不成声，赛飞龙更是如同癫狂了一样，想扑上来帮助顶天娇，好在被烟虫一把拉住。

烟虫虽说不忍，依旧凌然喝道："不要辜负了大妹子！走！"生生拖着赛飞龙便往后撤去。

顶天娇见烟虫、火小邪等人后撤，挣扎着微微一笑，却听到石门“噌”的一声裂响，一柄长刀好大的力量，居然把石门刺穿，再度刺入顶天娇体内。接着，又是一柄长刀“噌”的一声刺穿了石门，直入顶天娇咽喉。

顶天娇咕咕咕咕吐了几口鲜血，全身颤抖不止，但眼中光芒尤胜，死死顶着石门，绝不卸力。顶天娇赵霸以巨力闻名天下，此番以命催力，如一座中华泰山挡路，仍凭小鬼子们如何猖狂如何人数众多，就是推不开半分，更恍如一道不可摧毁的灵魂之锁。

噌噌，又是两刀刺穿石门，接着蹭蹭蹭又是三刀。

顶天娇虽能，但那石门却不争气，虽说厚重，也耐不住如此砍切，竟“嘣”的一声，垮了小半。

一柄忍刀电掠而入，咔的一声，将顶天娇的头颅斩落……

顶天娇的头颅被一刀斩落，在地上滚了两滚，方才停下，怒目圆睁，而顶天娇的身体，依旧是屹立不倒。

有忍者踹开石门，想一把将顶天娇的身子踹倒，谁料这具无头尸体，却猛然双臂一合，牢牢将来犯的忍者抱了个结实。那忍者奋力一挣，竟没有挣开，顶天娇尸身的双臂箍得更紧，只听到忍者腰间嘎嘎的骨骼断裂声响。

一众忍者大惊，谁能想到顶天娇脑袋没了，身子还有此等横力，不由得吓住，不敢上前。

被顶天娇抱住的忍者更是吓得吼叫连连，拿起忍刀在顶天娇尸身上乱刺乱扎，可惜这个倒霉的忍者，命该如此，又听嘎嘣一声，居然让顶天娇拦腰折断了脊柱，双眼一翻，一命呜呼。顶天娇的无头尸身这才停止了动作，双肩顶着石门，站立不倒。

远处顶天娇的头颅，仅剩的一只眼中，才慢慢失去了光华，垂下了眼睛。

一众忍者见顶天娇再不动弹，这才有胆子大的，从石门中钻出，举着忍刀围在顶天娇身边，生怕这具无头尸体乱动。

可惜顶天娇赵霸，这个曾经拥有盖世神力的一代豪杰，业已魂飞天外……

忍者们又对着顶天娇的尸身连砍多刀，方才把这具伟岸如山般的身躯放倒在地。忍者们捡了顶天娇的头颅回来，又设法要将横死在顶天娇胳膊中的忍者尸体拖出，可是费了半天力气，就是拖不出来。顶天娇的两条胳膊，就和两道铁箍似的，实难掰开分毫。

有忍者狂性大发，就要把顶天娇的胳膊斩断，正要挥刀，就听到有人用日语大喝："八格牙路！"忍者连忙收刀，退下一边。

就见从石门后走出一个穿着日军军装的男人，他正是陪同依田极人一起去慰安所探访，又在伊润广义面前杀了书记官的那名日军高级军官丸田。

丸田虽然穿的是军装，实际身份却是一名高级忍者。他率领一批忍军陪同土贤藏丰和四影宗主在此等候，本以为有土贤和四宗主领军，自信满满，料定轮不到他出手，便依照忍军尊卑之别，和忍军躲得远远的，静候观望。谁料到土贤和四宗主陷入和假钩渐的苦战，烟虫等人夺路而逃，让他们措手不及，穷追之下，射出大量飞镖阻止，还是被烟虫等人逃出。

丸田本以为烟虫、火小邪等人逃不多远，却又被顶天娇拼死顶住石门，耽误了不少时间，更是激怒攻心，心想破开石门后，一定要把顶天娇斩成肉碎。

可顶天娇如此英雄，让丸田看在眼里，既是胆寒又是敬佩，见忍者们要把顶天娇的尸体切碎，不由得喝令制止。

丸田上前一步，看了看顶天娇的尸体，默不住声，片刻之后，低喝一声，向顶天娇的身首鞠了一躬，姿势端正，算得上行了个大礼。

一众忍者见自己的头领丸田行礼，立即哗啦啦散开一片，也纷纷鞠躬行礼。

丸田抬起头来，盯着烟虫、火小邪、花娘子、赛飞龙四人离去的方向，眼中凶光再起，沉喝道："把这个人的尸体抬走厚葬！其余人，追！"

烟虫、火小邪、花娘子、赛飞龙并未看到顶天娇如此惨烈的死状，只是竭力狂奔，身后隐隐传来各种喧嚣之声，却被越甩越远，看来那些忍者一时间没有追上来。

前路晦暗难明，道路也越来越崎岖不平，奔了一段路之后，再无一丝半点人工开凿的痕迹，全是天然形成的巨大石缝。

有冰凉的山风从前方劲吹而入，嘶嘶作响，听起来毛骨悚然。

四人无须交流，便知道前方必有巨大的洞穴或出口，也就意味着还有一线生机。

虽说顶天娇壮烈赴死一事，还刺得大家心中剧痛，可此时哪还能优柔寡断、怨天尤人？逃离此地乃是一等一的大事。纵然悲伤，也必须化悲痛为力量，鼓起十二万分的勇气向前。

艰难地再走一段，眼前豁然开朗，若不是有淡淡的光亮从上方照来，让人看清了前方的道路，还真是撒不住脚，非跌入悬崖不可。

原来火小邪他们从石缝中钻出来，进入了一个天坑的半腰处。这个天坑，很是奇特，呈葫芦状，口小肚子大，如同一个扣在地面上的大碗。抬头看去，有巴掌大的一块天空，正有一轮被乌云遮掩的残月挂在边角，清冷一片月光洒入天坑内。天坑下方，则是怪石嶙峋，无数杂草灌木横生，密密麻麻，高约数丈，很是险恶。

火小邪他们四人所在之地，恰好在天坑的中间腰部，上不沾天，下不挨地，仅有一小条凸起的岩石，供他们站立容身。左右上下望去，哪里有路可走？

若换在平时，这样的山崖，火小邪如履平地一般，来去如飞，可今天自己的身体状况，能不能攀住一块岩石踏出半步，都成问题。

烟虫也快速观察了一下周围的地势，天坑不大不小，崖壁上也易于攀爬，自己、花娘子、赛飞龙两三人徒手爬到天坑顶部，当不是问题。可火小邪估计难了，如果将火小邪背在背上，倒不是不行，就是在接近天坑最高处，有一段需要倒挂身子方能攀上的崖壁。烟虫不以指力见长，身后背着个百多斤重的火小邪，一旦抓握不住从高处坠下，必死无疑。

花娘子、赛飞龙两人也都明白得很，眼下从原路返回是绝不可能的，唯有攀岩离开。

赛飞龙不禁问道："火小邪，你现在身子好使唤些了吗？"

火小邪早就暗暗运力，身子依旧麻木不堪，刚才在烟虫的协助下一通猛跑，勉强能不跌倒，已是万幸。

火小邪摇了摇头，深吸一口气，说道："烟虫大哥、花嫂子、大把子，只怪我着了罗刹阵的道，现在还是手脚麻木，恐怕攀爬不得。只求你们不要管我，快走吧！日本人抓到我，必然会放松对你们的追赶……”

没等烟虫说话，赛飞龙已经一把抓住了火小邪的手腕，哀声道：“火小邪，顶天娇为你我死了，我有罪，我该死，是我让你们身陷此地的，可我不是怕死之人，今天我就算拼了我这条老命，也要让你出去！我背你！”

赛飞龙说着，就要俯身去背火小邪，烟虫一把将赛飞龙抓住，看着天坑下方低喝道：“现在还不到最后一搏的时候！我们先不要上去，我们先下去！来，事不宜迟，火小邪，还是我背你下去！”

花娘子低声问道：“贼汉子，我们下去？”

烟虫说道：“就算现在出去，外面的形势未必更好，而下面藏身之地众多，我们下去，埋在泥巴里，掩住体热呼吸，就算忍者有通天之能，也不是一下能够找到的。他们一时间找不到，必会分兵两路，一路出天坑寻找。原先一直是我们在明，他们在暗，猫追耗子，现在要反过来，才有机会！不多解释了，快！”

烟虫再不解释，一把将火小邪背在背上，低喝道：“小邪，抱紧了！”

火小邪听烟虫一席话，知道这的确是个暂避风头的好办法，便抱紧了烟虫，惭愧道：“烟虫大哥，连累你了……”

烟虫轻笑一声，并不作答，身子一侧，攀上崖壁，几个换手，便下去了有一个身子的高矮。

花娘子也不犹豫，紧随而下。

赛飞龙紧锁眉头，心头酸甜苦辣的不知滋味，只能仰头看了看天坑上方。

可赛飞龙这抬头一看，突然愣了，眼睛一下子瞪得滚圆。

“大把子，你要不下来，请你自己走吧！”烟虫的声音传来。

赛飞龙低头一看，烟虫他们已经下去得远了。赛飞龙最后看了一眼上方，露出又惊又喜的笑容，再不敢耽误，一侧身，便随着烟虫他们，向下方攀去。

这种地势，向下比向上要容易得多！

不需一会儿，烟虫便瞅准了方位，一跃而下，正落在松软的草泥之上。花娘子、赛飞龙两人依次跳下，烟虫一挥手，四人迅速藏于高耸嶙峋的乱石和二三人高矮的杂草之中，伺偻着身子，蜿蜒向前。地面上一层黑黑的泥水，水面下则是深达小腿的淤泥，这种地方，虽说肮脏不堪，但走过之后，可以不留任何痕迹。烟虫让众人藏在下方，确实有理。

赛飞龙落在最后，一边紧紧跟随，一边不住地抬头看着天坑上方。上方那个碗口大小的天坑中，残月正从乌云中透出大半个身子，将天坑出口照得惨白一片，一堆堆怪石在出口处密布，好似一尊尊的怪兽盘桓于上，其中一尊，极像一个张嘴咆哮的龙头，悬空伸出一丈有余。

赛飞龙好似明白了什么，张口就低声喊道：“烟，烟虫……”

烟虫一转头，做了个闭嘴的手势，继续向前。

赛飞龙不依不饶，使劲向烟虫爬去，一边低声叫道：“烟虫！”

没等烟虫答应，就听到“唰唰唰”的裂空之声，一枚飞镖正落在赛飞龙不远处，打中一块山石，激得火星一闪。

烟虫等人连忙伏低，透过杂草缝隙，向下来的石缝中看去，果然看到七八个忍者，正在持镖向下方乱射。一个日本军官正在指挥着，不断有忍者如同鬼魅一样从石缝中冒出来，一半向上方爬去，一半则横向移动，逐渐向天坑底部爬来。

烟虫见状，打了个手势，指了指下方。花娘子会意，身子向下一蹲，慢慢地躺下，无声无息地没入淤泥中。火小邪同样依照而为，全身没入淤泥，仅留口鼻呼吸。

赛飞龙急得抓耳挠腮，却又不敢说话，烟虫见状，狠狠地瞪了赛飞龙一眼，手狠狠向下一指，赛飞龙无奈，只得躺倒。烟虫最后向外观望了一眼，也悄无声息地躲入泥水中。

水波微漾，只是片刻，便黑乎乎得平静如常，哪有人迹？就算费力凑到近前，恐怕也看不到这片泥泞不堪的水面之下，还躲着四个人。

丸田指挥着日本忍军追到天坑，不见了火小邪等人，心头震惊不已。仰望天坑顶部出口，莫非他们已经翻出这个天坑了？

不过丸田也是个经验老到的忍者，他一边指挥一部分忍者向天坑上方攀爬追赶，一边让剩下的忍者向天坑下方的广大空地中寻找，自己则站在石缝处，凝神静气地向下观望，一遍遍地扫视着。

丸田知道，他这次是追丢了，局面显然变成了火小邪他们在暗，忍军在明，要是找不到火小邪他们，伊润广义追究下来，唯有剖腹自尽谢罪了。

有忍者已经下到坑底，踏入小腿深的泥水中，四周疯长的杂草遮天盖地，目力所及之处不足半步，脚下烂泥遍布，不见任何足迹，这样的地方，就算四头大象躲在里面，恐怕也不是一时半会儿能够找出来的。

忍者们拔出忍刀，斩开乱草灌木，一寸一寸地向前行进，慢如蜗牛，不是他们本事不行，而是面对这样的环境，有劲也无力可使。

丸田额头上冷汗直冒，下面的困境他看得一清二楚，深知自己已经被该死的火小邪等人拖入僵局，如果人就藏在天坑下面，按照寻常的办法，短时间之内是绝对找不出来的。丸田虽是忍军头领之一，但对于这个庞大的万年镇要塞，他也不是处处熟悉，比如这个天坑，他以前来过，只是匆匆一瞥而已，基本上完全陌生。为今之计，必须向忍军求援，请求增派人手，可这个追丢了人的责任，乃杀身之祸，真是让他愁眉不展，纠结不已。

丸田全身冰冷，苦思了片刻，突然冷喝一声，从背后取出一只铁管，冲着下方嗵的一拉引线，“嘭”的一声，一个火球直直地冲入乱草之内，“啪”的一声火苗四溅，顿时点燃了一片草木。

丸田举起手来，伸出手指放在嘴里，呜的一声打了几个长哨。在下方的忍者们听见，立即明白，纷纷向后退去，不少忍者从腰间取出瓶盖大小的小丸，揪掉小丸上的引线，使劲丢了出去。小丸飞在半空，便嘭的一声炸开，带着火苗跌入草丛里，立即引燃了草木。

用不了多久，天坑之下，便处处火苗，猛烈地燃烧起来。

一众忍者，纷纷退至岩壁，攀在上面，向火场中观望。

藏在泥水中的烟虫、火小邪等人，本做好了打持久战的准备，谁知四周火光冲天而起，草木燃烧的味道扑鼻而来，便都知道，肯定是忍者们一时间找不到他们，就打算火烧天坑，把他们生生逼出来。

天坑内阴风滚滚，火借风势，烧得是越来越旺，弥漫开来。

烟虫他们所在之地，也很快感觉到热浪滚滚，呼吸不畅，如果继续忍耐下去，陷入火场之内，不是烧成焦炭，也要窒息而死。

借着呼呼的火响，烟虫终于按捺不住，从泥水中抬起身子，低喝道："待不下去了，看来这些忍者宁肯把火小邪烧死，也不会放过我们了！我们必须离开！快！"

花娘子、赛飞龙、火小邪纷纷起身。

烟虫四下扫了几眼，低声道："我刚才算过了，守在这里的忍者不足二十人，我们借着火势，引他们进来，仍有机会一一击杀他们。"

火小邪借着火光，看清了石缝处站着的丸田。

火小邪皱眉道："杀了其他忍者，应该可以，但有一个人，就在上面站着，他叫丸田，忍军中十段的高手，火影一宗，实力仅次于火影的宗主，以我现在的状态，我们四个合力，也未必能胜过他。"

烟虫轻笑一声，说道："火影，会玩火是吧？正合我意！放心吧，我还有撒手锏！不过……只有一次机会，能杀了此人。"

花娘子一愣，神色骤变，说道："你要用……"

烟虫点头道："不是我死，就是他亡！"

花娘子低低哎呀一声，正要说话，却被烟虫一把抓住手腕，笑嘻嘻地说道："有你在，我们的胜算是八成！"烟虫又看向火小邪："火小邪，就算我这次输了，你也绝对不要轻言放弃！我现在有几句话要和你说，你务必记着。"

火小邪知道烟虫已有为自己决战而死的意思，心头一酸，热泪滚滚，差点奔流出眼眶。火小邪重重点头，说道："烟虫大哥，请讲！"

烟虫正要说话，一旁的赛飞龙突然激动地五官扭曲，扑在烟虫、花娘子、火小邪之间，双手乱摆，哧着嘴非要说话。

烟虫一直觉得赛飞龙从下到天坑底下，就有点奇怪，此时见他张牙舞爪的想说话，便不阻止，只是按住赛飞龙肩头，问道："慢点说。"

赛飞龙极力控制着自己的心情，几乎是绷着脖子，说道："这地方我来过！有出路！有出路！"

"什么？"烟虫、花娘子、火小邪异口同声地问道。

赛飞龙咽了口口水，说道："在正中间的大石头下面，有一个水坑，可以离开这里！"

烟虫大惊，抓紧了赛飞龙，低喝道："你怎么知道？"

赛飞龙说道："我来过我来过！并从水坑里离开过！"

"谁带你来的！"

"炎火驰！"

赛飞龙此言一出，火小邪亦震惊不已，上前抓住赛飞龙的胳膊，喝道："赛飞龙，你不要骗我们！"

赛飞龙委屈道："我这时候怎么会骗你们？其实我一直没敢说，这个万年镇附近，就是你父亲炎火驰隐居的山谷，因为这里有水龙眼，炎火驰曾经带我来探寻过，走的就是水路！"

烟虫骂道："你怎么不早说？"

赛飞龙急道："你不让我说啊，时间太久了，我也不敢确定是不是以前那个天坑，直到见到天坑顶上那尊像龙头的巨石，我才肯定就是这里！"

烈火熊熊，烟虫他们身旁，已经有火焰烧了过来，与他们藏身之地不足一米之遥。

火小邪还是抓着赛飞龙质问："我父亲以前就在这附近？"

"是，是！此处距离你父亲生前的山谷，只有半个山头。"

火小邪还想发问，烟虫将火小邪拉住，说道："来不及问了！信大把子一回！我们快走吧！赛飞龙，在哪个方位？"

赛飞龙回头一看，指了指天坑正中间高耸的几块巨石，说道："就在那几块巨石下面！"

"走！"烟虫见事不宜迟，挥手招呼大家便走。

众人猫着腰，踏着泥水，在火场中绕着路，极力地快速穿行而过。

浓烟滚滚，火焰翻腾，烧灼得人身上滚烫，呛得几乎不能呼吸，众人掩着口鼻，无法直行，只能绕路。

丸田在半高处看得仔细，突然间诡异地一笑，用手向火场中一指，用日语大喝了一声口令。

立即有丸田身边的忍者听令，辨明了丸田所指的方向，有六人从岩壁上跳下，向着丸田所指的方向疾奔而去。

下来追逐的六个忍者，如同不要命一般，轮番上前，挥着忍刀，生生从火焰中劈开燃烧着的草木，踏着火苗直冲过去。丸田则不住地在上方用哨音喝令，调整着忍者们前进的方位。

可丸田指挥了一番，哨音骤停，他又看不到烟虫他们的踪迹了。

丸田暗骂一声狡猾，再吹哨，指挥着忍者，分兵两路，向烟虫他们消失的地方赶去。

三个忍者一路劈砍，终于到了丸田指定的地点，此处火焰未至，尚且冰凉。三个忍者四下一看，未见异常，便继续劈砍，以求开出一条道路来。

可砍了几刀过后，突然听到“叮”的一声，像是一个金属环崩裂的声音，随即“嗵”的一声，腾起一片白烟，来势极猛，顿时将三个忍者笼罩在内。

这三个忍者算是过硬的好手，并不慌乱，屏住口鼻，保持着阵型从白烟中退出。

白烟范围并不很大，几步便可退出。

三个忍者不知何意，这种白烟并不扩散开，也不似有毒，难道是……刚刚有所判断，这三个忍者几乎同时感觉到眼中剧痛，一股强烈的烧灼感简直要把眼珠子烧化似的，三人痛得一声闷叫，有人立即俯身，兜起泥水就要擦拭眼睛。可这一擦不要紧，眼睛遇水，陡然疼痛得越发强烈，那先行擦水的忍者惨嗷一声，眼内血水狂流，立即瞎了。

另两个忍者见状，哪里还敢动弹，强忍着眼内的剧痛，挥刀警戒，可这种疼痛哪是忍得住的，只是眨眼的工夫，另外两个忍者便痛得滚倒在地，捂着眼睛不住闷叫。

另一组三个忍者赶来，见到此等惨状，也不知该如何是好。

丸田在上方看得真切，他知道在坑中的几个人，绝对不是那么容易对付的，不仅头脑冷静，身手出众，而且诡计多端，所使的手段让人难以揣测。

丸田的哨音再起，下方的忍者立即将受了眼伤的三个忍者扶起，向后退去。

丸田哨音一停，只是冷冷地看着下方的火场，冷哼一声："我不信你们不动弹，我倒看看你们想去哪里。"

在泥水中，烟虫见忍者们退去，也是低骂一声："操他奶奶的，是要看我们的行动！"

赛飞龙比烟虫更急，闷声焦急道："怎么办？怎么办？小鬼子怎么又跑了！烟虫，你快把你的看家本事全拿出来啊，堵住他们的去路！"

烟虫低骂道："你当我开杂货铺的？刚才那烟，我就一件，太过残忍，轻易不用，你不是号称千机万断赛飞龙吗？你的本事呢？"

赛飞龙愁道："我哪有这个本事。"

花娘子插嘴道："不要再说了，火要烧过来了！"

火小邪比烟虫嘴快一些，抢先说道："我们只能赌一次，是我们离开的速度快，还是丸田追上来的速度快了！"

烟虫低吟一声，答道："是好办法！"说着看向赛飞龙："你有多大把握，找到离开的水路？多快能找到？"

赛飞龙说道："肯定就在正中央，但是我快三十年没来这里了，说不好啊！"

烟虫看了看火小邪、花娘子，说道："确实没有更好的办法了，我们只能赌赛飞龙一把，但愿在忍者赶来之前，我们能离开此地。"

火小邪、花娘子、赛飞龙纷纷点头。

烟虫探头一望，辨清了方位，招呼道："别管是否暴露了，我们快走！"

一行四人，再不管行踪是否被人发现，抄着近路，向天坑中央的那几块巨石处赶去。

丸田在崖壁上看得清楚，烟虫等四人正在拨开乱草，捡着没有着火的地方，向正中央赶去。丸田轻哼一声，并不行动，而丸田身旁的一个忍者则按捺不住，上前欲与丸田说什么。丸田恶狠狠地瞪了回去，不由他说话，只是紧盯着烟虫他们前进的方向。

丸田心里暗念："好像要去正中央？什么意思？"

丸田正在观察着，烟虫、火小邪四人已经来到天坑中央的巨石旁。

这几块巨石，乃是天坑地面的最高处，大大小小有十余块之多，虽说也是杂草繁密，可能是高处地面的原因，不如四周植被长得那般旺盛，所以人走近巨石，大半个身子露在外面。

烟虫料定来到此处，行踪必然暴露，他顾不得思前想后，厉喝道："赛飞龙，快找！"

赛飞龙知道此时已经到了命门上，嗷的一声就跳出去，在巨石下方的草堆泥泞处翻找。

烟虫见状骂道："不是有水路吗？"

赛飞龙玩命一样在土里乱挖乱刨，一边答应道："是水路，可是三十多年前就被杂草盖住了，这么多年了，只怕埋得更厚！别催别催！"

赛飞龙几乎半个身子都钻在泥巴草坑里，满脸污泥，可是一下子根本寻找不到有什么水坑。

正如赛飞龙所说，要在这样的一个草木腐败成片的，堆积的有半人高矮的地方，找到一个水坑，谈何容易！

赛飞龙一边忙碌，更着急的还有烟虫三人，汗流浃背，恨不得能变成赛飞龙一起寻找。可知道这条水路的仅有赛飞龙一人认识，此时乱帮忙，唯有越帮越乱。

而一直在监视的丸田看在眼里，心里一惊，不由得闷喝一声："他们知道离开的办法！妈的！"

丸田何等人物，哪能容烟虫这四只耗子在眼皮子底下"挖洞"逃跑之理，嗓子里厉吼一声，"唰"的一下从背后抽出忍刀，根本顾不上吩咐其他忍者包抄，纵身一跃，竟从几人高矮的岩壁上跳下，手中忍刀狂挥，落地之前，居然连挥数刀，将下方的杂草砍得乱飞一片，直直地跳入泥水中。

丸田好生厉害，果然是连火小邪也忌讳的忍军重要人物，虽然跳落下去，陷在泥地里足足到腰部，可他暴吼一声，抓着满地草根，竟催动着身体，从泥水中腾跳而出，忍刀挥得密不透风，踩着折断的茎秆，连火焰也叫他劈得四散退开，就这么笔直笔直地向着天坑正中央，烟虫他们所在的方位追来。

烟虫、火小邪、花娘子三人全部看在眼里，花娘子见丸田疯了一样地杀来，心惊得几乎要失声叫喊。烟虫一把将花娘子牢牢抓住，目光如炬，看了眼还在吃力寻找的赛飞龙，低喝道：“别吵着赛飞龙！让他乱了手脚！”

丸田跳下追来，其他忍者立即行动，纷纷跳下，沿着丸田的方位，紧紧跟来，可他们的速度，还是比丸田慢了许多。

烟虫从怀中慢慢地拔出一根牛皮纸包裹的纸包，一抖展开了，将一根黑乎乎的烟卷叼在嘴上，同时慢慢地把打火机掏出来，叮的一声打开盖子，打着火焰，慢慢地把这根烟卷点着，深深地吸了一口，吐出一口轻淼淼的烟雾来。

花娘子一旁看得真切，眼神中又是期待又是焦灼。

烟虫抽了一口，转头冲花娘子一笑，说道：“骚娘们，还记得方法吗？”

花娘子急哼一声，重重道：“记得！”

烟虫看着丸田袭来的方向，笑道：“一生中最关键一战，只许胜，不许败！火小邪！”

火小邪急忙道：“我在！”

烟虫嬉皮笑脸地问道：“这个叫丸田的，还有什么弱点吗？”

火小邪答道：“忍军火影一宗，和火家近似，极重身法，丸田身手强横，下刀精准，近战几乎没有弱点，唯有比他更快一筹，先发制人，才有胜机！”

“好！”烟虫又问，“丸田有什么绝招？”

火小邪说道：“前十刀就是绝招，第三招以后，随时有火攻之术，若前十刀他胜不了，落在下风，会一刀换一命！”

“何谓一刀换一命？”

“露出破绽，舍命攻击，伤他一刀，他取你命！”

“好啊！来的是敢玩命的！骚婆娘！”

花娘子沉声应了。

烟虫哼道：“我们两人估计挡不住他十刀，三刀之后，见火就攻！”

“知道了。”

火小邪焦急道：“虽然我帮不上忙，我可以替你们挡一刀，我有把握，一刀砍不死我！”

烟虫轻笑一声，眯着眼睛说道：“这小鬼子火攻之前，若我们躲不过，你见机行事！一旦他火攻，你速退一旁，我和你嫂子要和他玩命！”

火小邪重重点头，算是应了，这种时刻，没有逞能和拉扯情义长短的工夫，一切以制胜为上。

烟虫又转头对赛飞龙叫道：“找到没有？”

赛飞龙满脸淤泥地抬头，惨叫道：“还没有！”说着换了个身位，又一脑袋扎进腐泥中，伸手乱挖。

眼看着丸田前来的方向火焰乱草横飞，不用三五秒，丸田便会攻入。

烟虫、花娘子，一人持匕首，一人持钢刺，火小邪亦握紧了猎炎刀在手，三人屏息静气，再不言语，站好的身位，只等丸田上前。

嚓的一声，一片火焰和着断草，冲天而起，卷起漫天火星，一条人影电射而出。

鬼使神差地，赛飞龙此时高呼一声：“找到了！”

烟虫心头一震，心里大骂道：“大把子你这个兔崽子，你倒是赶巧不赶早啊！真他妈的孙子！”

哪容得烟虫他们退让，丸田双手持刀，几乎是带着火苗，拔地而起，一柄忍刀亮得刺眼，如同闪电一样，几乎要把空间划成两半似的，不由分说地向着烟虫当头砍来。

烟虫也是个见多识广之人，此生经历恶斗无数，除了假钩渐和土贤藏丰、四影宗主的缠斗超出他的想象以外，丸田这劈头盖脸、力拔千钧、快若闪电一般的刀势，同样超出了烟虫的想象。

烟虫苦哼一声，哪里敢迎，身子往后一倒，扑通一声仰倒在地面，这才堪堪躲过这一刀，但前额正中间，还是被刀锋割开了一道小口，极为惊险。烟虫就地一滚，本以为丸田会乘虚而入，夺他性命，谁知甩眼一看，丸田一击不中，根本没有停歇的意思，直杀向花娘子，拦腰就是一击重刀。

花娘子退避不及，死命用钢刺一挡，想引开半分丸田的刀力，可是钢刺和丸田的忍刀一接触，如同枯枝一般，根本没有抵抗之力，“当”的一声锐响，震得花娘子根本把持不住钢刺，脱手而飞。

丸田的意思很明显，快刀斩乱麻，先以雷霆万钧之力，先杀一个是一个，烟虫一击不死，又不生扛，花娘子就是最好的下手对象。

所以丸田不依不饶，见花娘子钢刺脱手，反手就是一个从下至上的撩刀，如果中刀，只怕整个人要被生生切开。

花娘子并不是女流泛泛之辈，能进得了火门三关，击杀阿提木，必有她的厉害之处。花娘子见一刀就让她钢刺脱手，深知丸田下刀又狠又劲，光逃只怕止不住他的来势，唯有冒险一搏，宁肯挨上一刀，也不能轻易后退。

花娘子的反应亦是超乎常人，钢刺一脱手，她便左手一扬，两枚茉莉针向着丸田的脸上电射而出。这种茉莉针是一种罕见的暗器，多为女子所用，前段是针，后面带着一个尾巴，发力甩出时，尾巴会在半空中突然撑开，形似茉莉，能够骤然间减缓飞行的速度。这种暗器的好处在于，突然的速度改变，能够让受袭者以刀挥砍飞针时，刚刚好快了一瞬，打了个时间差。

丸田本没把花娘子这个女子当回事，以为两刀必能斩杀她，谁知这女子竟不怕死，还甩出飞针袭他面目。丸田本能一偏头躲过，不屑于收刀击落，可两枚飞针在空中一顿，看着像膨胀了数倍有余，慢了一倍的速度，依旧向他袭来。

丸田唯恐有异，不敢大意，撩刀势生生让他拧成横刀势，叮叮两声，把两枚茉莉针击开一旁。

花娘子得此机会，立即向后急跳，算是暂且躲过一劫。

烟虫还没有从泥地中爬起，却吼道：“先杀女人，你算个鸡毛用的啊！”

丸田虽说听不懂几句中文，但也知道烟虫在骂他杀女人。丸田久经战阵，围剿火家的时候，他是攻入火锥阵中的主力之一，领教过火家一众大盗的厉害，差点一不小心就被火炽道人一杖爆头，幸好有忍者替他挡了一击，才避过一劫，一刀将火炽道人连同替死的忍者，斩成两段。所以丸田知道中华之人，特别是能来到万年镇要塞的这几个，断然不能轻视，越是久战，恐怕越是对他不利。

丸田真是个没羞没臊之人，烟虫骂他，他也不当回事，略一停顿，便继续向花娘子冲来，力求胜局。

烟虫久居江湖，见过不少混球王八蛋龟孙子不要脸的，烟虫一生中凡是所见，像丸田这种武力超强之中土武人，九成九都是先对付强者，再收拾弱的，唯独碰到这个丸田，就是千分之一的那一个稀罕的东西，一定要先杀弱的。

一声日语大喝道：“丸田，着！”

丸田这次可完全听懂了！丸田其实最为忌讳的是火小邪。丸田在日本孔雀山曾与修炼忍术的火小邪有数面之缘，虽没有领教过火小邪的身手，但忍军少主的身份，又有土贤藏丰、伊润广义、宫本千雅亲自调教忍术，实力应不在自己之下。只是丸田追击火小邪的时候看得清楚，火小邪不仅身手全无，还要被人抱着逃跑，极可能是受了重伤之类。

伊润广义有严令，不得杀死火小邪，所以丸田想到火小邪的状况，心中稍安，亦不会先对火小邪动手。

丸田感觉到脑后有东西慢腾腾地击来，又听到日语大叫自己，喝道“着”，这种情况，丸田想不当回事绝对不行，所以丸田一回身，拔刀一挑那团黑乎乎的东西……

这个不知名的飞行物，乃是烂泥一团，一击之下，泥点子噗噗直接溅得丸田满脸都是。

丸田拿着刀，如同木桩一样傻愣了一下，方知被火小邪玩了一道。

丸田暗骂一声：“来日必亲手杀你。”

火小邪又用日语大骂：“丸田，再着！”说着，一团黑乎乎的东西冲着丸田又甩了过来。

丸田狂骂一声八格，挥刀又击，啪的一声，还是一团烂泥，只不过里面包了个石块而已。

丸田气得脑袋发涨，心想自己居然连挥五刀未伤一人，其中两刀还被火小邪用烂泥戏弄，嗷的一声兽吼，挺身笔直笔直地站立，将忍刀横举在自己胸前。

“啪”的一声，一团烂泥直接击中了丸田的脸上，糊了满脸。

丸田居然动也不动，也不管脸上的泥水，只是低念了几声，长刀柄一转，竟从尾部又抽出一把短刀出来，变成双手持刀。

丸田持短刀的手一顿，那柄短刀嘭的一下，通体腾起了一团赤红的火焰。

火小邪心头一震，他知道，丸田真正的实力，从他这两把短刀在手时，才会真正地显现。

赛飞龙本找到了那个只容一人钻下的窄小水坑，兴奋莫名地抬起头，正呼喝了一声，就见丸田持刀杀入，把烟虫一击倒地，又连续向花娘子发难，性命堪忧。赛飞龙回想到火小邪所说丸田四人难敌，吓得哆嗦一下，手脚不听使唤地想钻进水坑中先行逃命。

可赛飞龙脑袋刚钻进水里，那冰冷而浑浊的地下水激得他全身一颤，顿时想到顶天娇之惨死，不由得热血澎湃，暗骂自己是个畜生一样的东西，“嗖”的一下又从水里钻出。

赛飞龙恰好看到丸田脸上中了一块烂泥，从刀柄里拔出短刀，短刀升起妖火的异状，又是心惊肉跳不已，到底是该自己保命先逃，还是助烟虫等人一臂之力？

就在赛飞龙犹豫之际，丸田那把着火的短刀一挥，卷起一道火光，异常刺眼，就这么一晃眼之际，丸田已经来到烟虫面前，短刀再挥，那片火光闪得烟虫眼前一花，实难辨物。

烟虫心知不好，刀上着火本不是什么稀奇的本事，许多耍戏法的都会，只是丸田拿这种玩意做武器，明刀在前，乱人视线，暗刀在后，随时出击，这一手着实出乎意料。

片刻犹豫间，丸田的长刀已经从光幕中穿过，直刺烟虫胸口。这样的奇速，烟虫再故技重施后仰，唯有死路一条，所以烟虫一个激灵，身子猛侧，避过了要害！

但丸田的一柄长刀，从烟虫的肩胛骨处穿体而过！

丸田冷哼一声，本想着刀体一转，斜劈开烟虫的身体，谁知烟虫不退反进，顺着刀身，猛贴向前，让长刀直没刀柄，并顺势要将丸田抱在怀中。

丸田有一刀换一命的杀招，怎想到这个吊儿郎当的烟虫玩的也是这一招。丸田知道若被人抱住，无比凶险，决不可和烟虫纠缠。

丸田当即弃了长刀，着火的短刀当胸向烟虫劈下，烟虫躲也不躲，还是生生地挨了一刀。只是奇怪，此刀砍下去，点燃了烟虫的衣服，却如中皮革。

烟虫嘿嘿骂道：“谢谢哦！”

说着，就听烟虫胸前炸出一团烟火，嗵的一声，有数枚钢丸分别从烟虫的胸、腹、皮带等处射出，直击丸田的正面，如此之近的距离，就算丸田有大罗神仙的本事，也不能完全躲过，顿时中招！

两人同时被这股爆炸力震退数步。

丸田勉强站稳，身上已经着了几处。丸田顾不上拍打火苗，“哇”的喷出一口鲜血，知道那几颗钢丸全部射入自己体内，十足厉害！幸好心脏要害，让他避过，要不然这一击，必然一命呜呼！

丸田狂吼一声，他乃忍军十段好手，敢用一刀换一命的杀法，必给自己留有些后路。丸田抬起袖口，将袖口内的一枚药丸咬下，在嘴中嚼碎。这药丸虽不能治病，却有兴奋的作用。

丸田精神一振，疼痛顿消，也不管身上是否着火，提着带火的短刀立即向烟虫攻来。

烟虫哇哇吐了两口血，见丸田不死，又朝自己杀来，大吼一声：“骚娘们！”一边后退，一边将嘴上的一直牢牢叼着的黑色卷烟，冲着丸田吐上半空。

花娘子等的就是这个时刻，手中最后的两枚茉莉针向着黑色卷烟激射而去，两物在空中相撞，那根黑色卷烟被茉莉针尾巴上的花瓣刮开，顷刻间洒下漫天银粉，刚好将丸田前路罩住。

丸田穷途末路，管这些银粉是什么，并不后退，而是持着火的短刀，直冲过这片银粉。可刚刚冲过，丸田方觉得不妙，那些银粉粘在身上，被他手中的短刀和身上的火苗一燎，骤然发烫，随即嗡的一下，尽数爆燃！

眨眼之间，一个巨大的火团在半空中被引爆了。

这火势极为猛烈，顷刻便把丸田烧成一个火人，丸田惨号一声，从火团中疯狂奔出。

烟虫嘴角挂着一股鲜血，捂着胸前伤势，撇着嘴嘲笑道：“你妈没教你吗？小孩子不能乱玩火！”

丸田呜呜怪号，向外乱冲，正是赛飞龙发现水坑的方向，可没跑几步，就被土石绊倒在地，跌倒在赛飞龙面前，撕心裂肺地惨叫不已，叫了三四声，滚了一下，便不动弹了。

烟虫高呼道："得手了！我们快走！"

紧随着丸田的众多忍者，也即将赶至中心，留给烟虫他们的时间并不多。事不宜迟，众人围拢上来，花娘子眼泪翻滚，将烟虫肩上的长刀小心拔出，丢开一边。

烟虫见花娘子满眼是泪，坏笑了声，还有精神伸手勾了一下花娘子的下巴，说道："骚娘们，皮外伤，你家贼汉子的命大着呢！"

和丸田这一战，说来漫长，其实也就三四十秒的时间，如此短的时间里发生了这么多事，不仅往来拆招数次，而且决出生死，此等变幻莫测，成败的机会均在眨眼之间。

赛飞龙看也看傻了，他常常自喻识多见广，可烟虫、花娘子、火小邪与丸田的一番激战，近在咫尺，历历在目，不免让他感叹，认识了烟虫十多年，一直以为他惜命如金，精打细算，今日才终于见到烟虫彪悍无畏的一面。

烟虫骂道："赛飞龙，快带我们走！"

赛飞龙这才回过神来，忙不迭地叫道："下到水路，什么都看不见，你们必须摸着洞壁向左游！必须靠左！一旦游错了方向，凶险难料！切记！！"

赛飞龙说完，看了眼地上还在微微燃烧，几成焦炭的丸田，一头扎进乱草下的水洞。

烟虫将火小邪一拉，催促火小邪紧跟而下，火小邪咬了咬牙，也一头扎了进去。

花娘子执意殿后，烟虫也不好争执，正要低头钻下，忽闻一股子焦煳味袭来。烟虫大惊，侧头一看，就见那个烧得不成人形的丸田，不知什么时候站起来的，如同一头从地狱里复活的怪兽一般，张着大嘴，向花娘子扑来。而花娘子只顾着照顾烟虫，背对着丸田，竟似不知！

烟虫暗骂一声糟糕，翻身而起，一把将花娘子推开，正面迎上丸田，护住了花娘子。烟虫猛抬一脚，正踹在丸田的小腹上。这一脚将丸田踹得立即跪倒，哇的一口黑血从大嘴里狂喷而出，溅了烟虫一身。

丸田嗓子里咕咕咕响了几声，一头栽倒在地，再不动弹。丸田到此为止，方才永坠地狱，再也不能为害世间了。

烟虫被丸田临死前喷了一口黑血，立即感觉不妙，果然，黑血渗入衣下，伤口顿时一阵奇痒。

花娘子奔上前来，牢牢将烟虫抓紧，看着脚下丸田的尸体，满是困惑。

烟虫紧紧皱眉道："别问了，快走！"说着，带着花娘子一转身，找到水洞入口，两人先后扎了进去。

赛飞龙、火小邪正在水洞中奋力潜游，如同赛飞龙所说，水洞里伸手不见五指，水体黏稠，又臭又腥，若不是摸着左侧墙壁，根本不知方向。

火小邪潜游几米，水才清澈了些，只是冰凉刺骨。火小邪能感觉到前方赛飞龙在极力划水，看不见他分毫，到底要游多久，这条水路有多长，全然不知，眼下只能不顾一切地划水前进。

再游了一两米，水洞明显分成了两边，多了一条岔路，右侧宽敞，左侧狭窄，若不是赛飞龙事先提醒，必会钻入右侧。

从左侧窄小的洞口钻入后，转了个弯折，便见到不远处有微光投入水面。

火小邪大喜，极力前游，终于来到那片光亮处，赛飞龙已经上浮，乱拔乱扒。火小邪紧跟着赛飞龙上浮，头顶上全是腐烂的水草，厚厚的一层，两人合力，这才将水面扒开，钻出了水面。

火小邪、赛飞龙两人挤在一个狭小的水沟里，探出头大口呼吸，几乎没有力气立即爬出水面，缓了一小阵后，才终于呼吸顺畅了些。

赛飞龙先行爬出，顺手拉火小邪一把，两人躺在水沟边的乱草里，精疲力竭。

火小邪稍微清醒，马上想起了应该尾随在后的烟虫和花娘子，惊得心头狂跳，一骨碌坐起，翻滚到水沟边，双手乱拔水草，扩开水面。

赛飞龙会意，也赶上来帮忙。

火小邪心中隐隐不安，低喝道："烟虫大哥和嫂子怎么还不出来？他们应该跟在我们后面的！”

赛飞龙亦是焦急道：“不会出什么事了吧！”

火小邪低吼道：“不对！”说着，竟又一头扎进了水底。

火小邪潜入水底，借着上方透来的微光，向下潜游一段，立即感觉到水波躁动，下方似乎有人正在挣扎。

火小邪狂念一声不好，拼死下游，果然让他看到一个人影，正在拼力拖拽着什么。火小邪游到近前，认出正是花娘子在挣扎着费力拉扯烟虫，而烟虫一动不动，似乎没有了知觉。

花娘子见是火小邪，哇的一口气喷出，吞下大口的水去，身子抽搐，眼看着也要失去意识。花娘子本有能力游上水面，可她紧紧抓着烟虫，绝不松手，大有宁死也不离去的决心。火小邪顾不上许多，赶忙游到烟虫脚边，一摸便知，烟虫的腿被石头卡住了。

赛飞龙此时也游了过来，见此情景，两人合力，终于将烟虫拖出。

四人互相拉扯着向上浮去，赛飞龙、火小邪将烟虫、花娘子推出水面，这才钻了出来。

花娘子、烟虫两人均昏迷不醒，赛飞龙有经验，首先将花娘子扶起身子，在她背后猛拍几掌。花娘子一声咳嗽，吐出大口污水，醒了过来。

赛飞龙转而要对烟虫施救，花娘子刚刚清醒，见状悲鸣一声，不知哪里来的劲力，一骨碌爬到烟虫身旁，推开赛飞龙、火小邪，伏在烟虫身上，奋力挤压烟虫的胸膛，又扶住烟虫的脸，口对口地人工呼吸。

花娘子一边努力施救，一边颤声道：“贼汉子！我不要你死！贼汉子！我不要你死！”

几番折腾之后，烟虫猛然咳嗽一声，微微颤抖了起来，口中咕咕乱响，将胸内积水渐渐吐出。

花娘子、赛飞龙、火小邪三人大喜过望，纷纷叫着烟虫的名字。花娘子更是清泪直流，加紧了为烟虫按压。

烟虫吐了数口污水，慢慢睁开了眼睛，看清了身旁的几个人，脸上浮出一丝幸福的笑容，低声道："水，真他娘的，冷啊。"

烟虫从鬼门关来回了一趟，刚一清醒，头一句还记得调侃，说者无心，听者有意，更让人动容不已。

花娘子将烟虫一抱，扶起来紧紧抱在胸前，号啕大哭。

烟虫伸出手搂着花娘子的细腰，虚弱地笑道："骚婆娘，你知道我最怕你哭，乖啊，别哭了，别哭了……"

火小邪见烟虫面色发绿，绝不仅仅是差点溺水的症状，不由得急喝道："烟虫大哥，嫂子，你们怎么了？出什么事了？"

烟虫摆了摆手，说道："先不说，这个，不要在这里……待着，我们快，快走！小邪，拉我一把，我这胳膊腿的，有点不争气了……"

花娘子一听，止住眼泪，要将烟虫扶起，火小邪赶忙上来帮忙，两人将烟虫架住。

烟虫指了指前方，低念道："大把子，带……带路，快……"

赛飞龙赶忙应了，看清楚周围的环境，向前方走去。

火小邪、花娘子扶着烟虫，在赛飞龙身后跟随。

赛飞龙所走的地方，乃是一个狭长的地下溶洞，离开他们出来的水沟越远，便越宽敞，地面虽然坑洼不平，却并非陡峭难行，实乃天遂人愿。

烟虫低垂着头，嘴角不住地往外冒血，虚弱之极，哪有先前生龙活虎，谈笑风生的样子。

花娘子不再哭啼，只是不住地默默趟泪，咬着牙关，不住地唤道："贼汉子！贼汉子！贼汉子！"

火小邪见烟虫额头冷汗如雨，脸上的绿色越发浓郁，实在忍耐不住，脱口问道："嫂子，烟虫大哥是不是中毒了？"

花娘子冷冷地瞟了一眼火小邪，并不看他，只是淡然地说道："是！要不我们不会困在水下，上不来！"

火小邪惊道："我下来的时候，烟虫大哥还是好好的啊。"

花娘子低声道："丸田死而不僵，喷出一口黑血在贼汉子身上……"花娘子突然一股泪水涌出，看着烟虫，悲道："他是为了救我，帮我挡了这口血……”

烟虫嘿嘿一声笑，勉强着嘻哈道：“骚娘们，再哭，就变成黄脸婆了啊……”

花娘子嗯了一声，将泪水强行忍住。

火小邪虽不立即答话，可心里却被七八把刀子乱绞一样难过，全身冰凉。火小邪知道丸田的那口黑血意味着什么，如果是丸田临死所为，那最大的可能就是火影的搏命秘术之一——血心爆。

这种忍术十分的残忍，和围剿火家时，一些甘愿自杀的忍者血液中带毒有异曲同工之处，只是毒性之烈，连忍军都没有解药。火小邪在日本修习忍术时，曾经听土贤藏丰略略讲述过，一般都是些本事一般、低段位的死士才会，至于什么原理，土贤藏丰没有说起过，哪想得到这种十段级的高级忍者丸田就是会血心爆之人！

火小邪差点站立不稳，又怒又怕又悲，可他怎么对烟虫和花娘子说？又怎么能说？是自己不听烟虫的屡次警告，一意孤行，拖累大家深陷险境，逃跑的路上，成了个累赘，而大家为了保护他全身而退，先后有假钩渐陷入苦战生死不明，顶天娇为阻挡追击惨死，眼下烟虫以命相搏，虽侥幸胜出仍着了丸田的血心爆之毒，命悬一线！情何以堪！情何以堪！

火小邪低低地呜咽一声，两行浊泪悄然洒出。

“小邪啊……”烟虫低低地说道，“我应该是中毒了，呵呵，你还记得，你以前和我说过，你骗严景天他们，你会一跺脚，吐出一口黑血自杀吗？”

“记得。”

“好有趣啊，也就是你火小邪能编得出来啊，这次，呵呵，还真让我碰到能口吐黑血自杀的人了，我一想起来，就想笑啊。呵呵呵。”烟虫勉强地笑了几声，哇的吐出一口污血。

烟虫继续笑道：“你看，连我也学会了啊。咳咳……”

花娘子哀声道：“贼汉子，别说话了。”

火小邪听在耳中，痛在心中，他曾经和烟虫度过了许多快乐的时光，喝酒吃肉侃大山吹大牛，烟虫时不时地手舞足蹈表演一段，模仿被他戏弄的奸恶之人丑态，逗得火小邪满地打滚。

这些往事历历在目，如同昨天发生的一样。

赛飞龙转过头来，兴奋道："快到了快到了！"说着，返身回来，就要协助火小邪、花娘子扶持烟虫。

可赛飞龙一走近，却是愣了，火小邪、花娘子双目含泪，烟虫已经没有昔日神采。赛飞龙心中一凉，他也意识到，只怕烟虫要不行了。

赛飞龙没有说话，帮着火小邪、花娘子，把烟虫扶上缓坡。

前方是一个硕大的溶洞，有外界的星月光芒从头顶处星星点点地洒入，只是微光，却照得溶洞内彩光点点，晶莹剔透，不似黑夜。前方道路四通八达，岔道无数，若不是有赛飞龙来过，谁又知道往哪里走才是逃生之路？

烟虫被光亮刺激，微微抬走，惨然一笑道："大家扶我，去右手那个洞口。"

赛飞龙忙道："不是往那边走！"

烟虫沉笑一声，说道："去那边吧，我累了。"

四人无语，尽快地将烟虫扶至洞口处，让他靠着山石，坐于地上。

烟虫指了指胸前，说道："骚娘们，我上衣口袋，还有烟……点上，点上一根给我。"

花娘子颤巍巍地将烟虫口袋里的烟盒取出，从里面拿出一根烟来，使烟虫皮带上的打火机点着，轻轻地把这个烟放到烟虫的嘴里。

烟虫双手抬不起来，叼着烟狠狠地抽了一口，眼神亮了亮，笑嘻嘻地说道："好烟哦……"

花娘子突然起身，抓着火小邪的胸口，失声惊叫道："救他！你不是懂忍术吗？你不是忍军少主吗？求你，求你救他啊，什么办法都可以！"

火小邪呆若木鸡，任凭花娘子狠狠摇他，也不发一言，只是直勾勾地看着烟虫。

赛飞龙不想这许多，上前一把撕开烟虫的上衣，看得他倒抽一口凉气。烟虫的整个胸口已经发黑了，黑血从伤口里一丝一丝地涌出，发出淡淡的酸甜味道，毒越是味道香甜，毒性便越大。

烟虫抽着烟，骂道："大把子，老子喜欢女人啊，你他妈的是想献身啊，我抽你啊，把我衣服拉上了。"

赛飞龙狠狠地闭上眼睛，扭过头去，不忍再看烟虫，将他的上衣拢上。

火小邪被花娘子拉扯，无话可说，又看到烟虫的伤势，确信这就是血心爆剧毒，站又站立不住，顺着花娘子的劲力，扑通一下，重重地跪倒在地。

花娘子还要使劲把火小邪从地上拉起，烟虫闷哼道："骚婆娘，火小邪要能救我，他早就救了，你别为难他……"

花娘子本是满面怒容，听烟虫这么一说，顿时也卸了力气，跪在烟虫脚边，掩面低低地啼哭。

烟虫勉强笑了一笑，说道："火小邪，你过来，我有几句话，必须对你说。"

火小邪跪着爬到烟虫面前，不忍直视烟虫的眼睛。

烟虫抽了口烟，说道："小邪，我现在所说，你一定要记得。"

火小邪哀声道："烟虫大哥……"

烟虫嘿嘿笑了声，继续说道："这个罗刹阵，我那死鬼师傅死前跟我说，有正反二仪，一旦结成了逆罗刹阵，你父亲炎火驰在世，恐怕也无法破解。如果是这样，伊润广义有可能利用此阵，借圣王鼎灯亮之时，诱引五行世家来罗刹阵，诛灭五行高手，除去日本天皇霸占中国的最后一道障碍。伊润广义此人，心思缜密，这只是我的推测，你未来还要自行判断。"

烟虫咳出一丝污血，艰难说道："五行世家，绝非伊润广义想灭就灭得了的，但最怕的就是五行世家各自为战，彼此心怀芥蒂。如若五行合纵，罗刹阵应有破解之法，依我目前所看，这也是唯一可行的办法，火小邪，单靠你自己的力量，是肯定不行的。这个罗刹阵，显然对火盗双脉之人有制约之力。尽快离开这里，脱离罗刹阵对你的影响，方有胜算。你若能逃走，切勿逞能，不管花上十年八年，都要想办法促使五行合纵。只是，五行合纵，是世家的头等大忌，千百年来，五行合纵，必折其二，甚至五行俱灭……很难啊，火小邪，你的担子很重……去找你五行世家的朋友吧，他们比我本事大得多，一定能帮到你的。"

烟虫这一番话说完，几乎用尽了自己最后的精气，剧烈地颤抖起来，差点连烟也叼不住了。

火小邪凑上近前，将烟虫扶住，哀声道："烟虫大哥，我们一起走！我们一起走！”

烟虫低声笑道：“好了好了，你们把我留在这里，你们快走吧，我虽然站不起来了，至少还能迷惑一下小鬼子。”

赛飞龙实在忍不住，涕泪交流，也跪在烟虫面前，抓着烟虫的手叫道：“一起走，一起走啊。”

烟虫做了个怪相，喷出一口烟来：“妈的，我也想一起走啊……喂，骚婆娘，听我说话。”

花娘子抽了一下涕泪，放开双手，不让自己再哭，尽管双眼通红，却摆出一副高傲的模样，好像无所谓地问道：“贼汉子，有屁快放，老娘听着呢。”

烟虫哈哈一笑，说道：“骚娘们，和赛飞龙一起，带火小邪走吧，嗨，你要听话啊，这时候不能耍性子。”

花娘子呸了一声，说道：“你当我是你丫鬟呢！别臭美了！”花娘子转头看着赛飞龙，叫道：“赛飞龙！你将功赎罪，带着火小邪走，快点啊，别磨磨蹭蹭的。”

烟虫也微微弹动手指，歪着嘴用烟指着远处，哼唧道：“大把子，走走走，带火小邪走！”

赛飞龙重重应了一声，抹去脸上的涕泪，起身就去拉火小邪。

火小邪身子一硬，一掌将赛飞龙的手甩开，盯着烟虫喝道：“烟虫大哥，我绝对不能留你一个人在这里，要不我们就死在一起，要么就一起出去！我爬着也把你驮出去！我自己不想独活，反正我没亲人了，大家一起死得痛快，什么圣王鼎，什么罗刹阵，我管不着！”说着站起身，拨开赛飞龙，向烟虫冲来。

“啪”的一记响亮的耳光，将火小邪抽了个趔趄。

花娘子抑制不住情绪地尖声道：“火小邪！”

火小邪捂着脸，有些呆了。

花娘子上前一步，又是一记耳光，狠狠地抽在火小邪脸上，骂道：“我们为了什么？我们为了什么？你到现在还不明白吗？我和烟虫本来可以开开心心地活下去，可以去草原，可以去放马喂羊，可以与世无争地度过此生，可我们还是选择来了这里。我们是贼，我们更是人，是中国人！就算我们卑微，也知道国家不能亡！绝不能亡在小日本手中！我们做的是偷盗之事，却不辱大义！对得起祖宗！可你，你这个自私自利的贱人！你说死就死，看似重情重义，全是小义，一己私心而已，狗屎不如！你想过我们这么多人为何愿意为你而死？你想过没有？你死了可以一了百了，但你对得起谁？对得起谁？火小邪，你听好了，你的命不是你的，你的命是我们的，是中国的！你再难受，再想死，也必须活下去！为我们活着，为别人活着！”

火小邪听完，如烙铁灼心，一字一句都刻在心上，紧闭着眼睛，哎呀一声，再次跪倒在地，低喝道：“烟虫大哥，花嫂子，请受我一拜！”

火小邪重重在地上磕了三个响头，头破血流，昂声道：“你们保重！我发誓会活下去，回来为你们报仇！”

赛飞龙又是哭得稀里哗啦，对烟虫、花娘子抱拳一鞠，说道：“烟虫，花娘子，我这条命就交给火小邪了，我誓死送他出去，你们放心吧。”

烟虫淡然地点了点头，轻松道：“大把子，我信你，走吧，你们快走吧，不要再耽搁了。”

赛飞龙不住抹泪，向后退去，将火小邪拉起，说道：“火小邪，我们快走吧。”

火小邪站起身来，最后和烟虫深深对视一眼，又冲着花娘子深深一鞠。

赛飞龙低唤道：“火小邪，这里，快点。”

火小邪猛然转回头去，一声低吟，张开嘴巴，泪如泉涌，几如孩童一般绝无遮掩，满嘴都是眼泪的苦涩滋味，跟着赛飞龙撒腿便跑，扑通跌倒在地，爬起来又跑，绝不回头。

只是，火小邪哭得无声无息……

赛飞龙、火小邪两人，很快便消失在烟虫、花娘子的视线里。

烟虫见两人离去，看着花娘子，突然眉头一皱：“骚娘们，你还不走？非要老子发飙是吧！”

花娘子并不生气，反而笑了起来，拢了拢头发，一屁股坐在烟虫身旁，搂紧了烟虫的脖子，靠在烟虫的肩头，柔声道：“你不去的地方，我又能去哪里呢？”

烟虫哑然失笑，用尽最后一丝力气，搂住了花娘子的细腰，用脸颊轻轻地摩擦着花娘子的额头。

烟虫看着远处，低声道："你啊，总是喜欢谈条件。"

花娘子轻声道："那是因为我爱你。"

烟虫搂紧了花娘子，笑道："我也爱你啊，骚娘们，只可惜……"

花娘子没等烟虫说话，一把拔下了烟虫嘴里的香烟，一贴身子，火热的唇吻上了烟虫的嘴。烟虫一惊，本想将花娘子推开，却身子一软，再也没有了力气。花娘子的嘴唇已经被她自己咬破，这一吻接触到毒血，毒素立即渗入体内。

花娘子松开烟虫，又将卷烟放入烟虫嘴里，笑眯眯地继续靠在烟虫肩头。

烟虫爱怜地看着花娘子，抽了一口烟，遥望远方，沉默了许久，才低声道："骚娘们，我们好像在大草原上，正看着满天的星星。你看到了吗？"

花娘子点了点头，说道："我看到了，我们身边，有好多好多的花，那片星星下面，有我们的一间小屋子，很温暖的小屋子，没有人会打扰我们。"

"嗯……多好啊……"烟虫低声道。

烟虫笑了笑，慢慢地闭上了眼睛，两行泪从烟虫的眼角滑落。

仅剩半截的香烟，从烟虫的嘴唇上慢慢坠下，从花娘子眼前闪过，撞在烟虫的胸口，弹落在烟虫身侧……

香烟的烟头处还是那么明亮，一缕缕自在的轻烟，在空气中翻滚着，渐渐地升起，消散开来，永远地失去，再也没有影踪。

烟，熄了……

花娘子看在眼里，贴紧着烟虫的身子，感受着她怀中的贼汉子冰冷下去。她明艳的大眼睛眨了眨，最美的花朵在黑黑的瞳孔中再次怒放，然后，她合下了长长的睫毛，那朵花便沉入黑暗中，随之凋谢……

寂静的溶洞中，五颜六色的微光闪烁，烟虫、花娘子保持着紧紧依偎的姿势，让人羡慕且美丽着，平静而安详地睡去，好像这一切并不是真的，而是一幅永远凝固在此刻的凄美画作。

十二、杀机重重

日军万年镇要塞，警报声震耳欲聋，无数道探照灯割乱天际，一批又一批荷枪实弹的日本兵，到处横冲直撞。整个万年镇要塞，如同一锅黑水沸腾。

在山脚下抛尸洞附近，一个女子被日军五花大绑地推了出来，鬓发凌乱，嘴角挂着血丝。这个女子，正是一直在外面等候的柳桃。

柳桃虽然被擒，却毫无畏惧，面带冷笑，很是轻蔑地看着周围的一众牛鬼蛇神。

有一小队日本兵急匆匆跑来，领头一个军官，正是欺辱过柳桃，负责慰安妇事宜的山本大佐。

山本大佐一见柳桃被抓，立即如同疯狗一般扑了上来，抡圆了胳膊，“啪”的一击耳光狠狠地抽在柳桃脸上，直把柳桃抽得飞出一步，跌倒在地。

柳桃口吐鲜血，挣扎着坐起，咯咯尖声笑道：“我儿山本，你就这点威风吗？”

柳桃说的是日文，山本大佐听得真切，他本以为柳桃不过是个窑姐，在他的淫威之下肯定要吓得失声痛哭才对，谁知这个柳桃一改往日对自己千依百顺的形象，性情如此刚烈。

山本大佐下不来台，暴跳如雷，冲上去抓着柳桃胸口，一把将柳桃拎了起来，右手左右开弓，啪啪啪连抽柳桃耳光。

柳桃满嘴是血，还在咯咯尖笑，满是嘲讽。

山本大佐见制不住柳桃，一脚上去，将柳桃踹个老远，从腰间逃出手枪，指向柳桃，厉声骂道："说！和你一起混来的支那人还有谁？"

柳桃劈头散发，双颊红肿，耳中嗡嗡鸣响，听不清山本大佐在说什么。

柳桃喘了几口粗气，双唇微动，吐出数颗断落的牙齿，很是轻蔑地一哼，仰起头来，眼神中充满鄙夷之色，尖声道："山本，我告诉你一个秘密吧，竖起耳朵听好！"

山本大佐以为自己震吓住了柳桃，略显得意，大叫道："说！"

柳桃娇笑一声，摆了个妩媚的神态，尖声道："山本，你知道你那里有多小吗？还赶不上京巴狗呢，每次弄得老娘难受死了！只恨当初为什么不夹死你这个小畜生。"说罢，柳桃纵声娇笑，花枝乱颤。

山本大作一听，脸涨得如同猪肝色，他阴茎短小确实不假，当众被柳桃高声说破，颜面扫地。山本只听到左右有窃笑之声，兽性大发，扣动手中扳机，砰砰砰砰砰五枪，全数打在柳桃胸前。

柳桃喷出一口鲜血，仰面跌倒，还是面带笑容的用中文骂道："小，小鸡巴样的……"说着，瞳孔光芒一散，睁着眼睛，含笑而死。

山本大佐明明见柳桃已死，还是口中脏话连篇，奔到柳桃身边，狠狠地猛踢柳桃的尸体，一边歇斯底里地骂道："小婊子！小婊子！"

山本大佐踢了几脚，还不解气，又喝令道："把她衣服扒光！"

有日本兵淫笑着就要上前，欲施兽行，就听一声日语大骂："八嘎！全体立正！"

山本大佐等人一愣，赶忙站直了身子，向一侧看去，就见大批日军赶来，护卫着一个将军模样的日本军官，走上前来。

山本大佐一见，吓得裤子都湿了，到来之人，正是万年镇要塞的最高指挥官——依田极人大将。

依田极人面若寒霜，径直走到山本大佐面前，山本大佐连忙立正鞠躬，不敢直视。

依田极人看了眼地上柳桃的尸体，冷冰冰地问道：“怎么回事？”

山本大佐忙道：“这个支那婊子叫柳桃，她侮辱皇军，欲行反抗……”

“啪”的一记耳光，依田极人将山本大佐打了个趔趄。

山本大佐连声哈伊，哪里敢反抗？

依田极人哼道：“谁让你杀她的？”

山本大佐冷汗如雨，答道：“没有，没有人……”山本大佐知道自己的如意算盘打错了，他本以为杀了柳桃，自己和柳桃私通，盘查不严的事情，就能瞒天过海，将最重的责任推卸干净，怎知刚刚得逞，却撞见了最高指挥官依田极人。

依田极人冷哼道：“很好，你做得很好。”说罢，转身就走。

山本大佐以为逃过一劫，向着依田极人离去的方向鞠躬，紧闭眼睛直吞口水，等他抬起头来，正要松口气，却看到黑洞洞的枪口正指着他的面部。

持枪人正是依田极人。

山本大佐吓得五官歪斜，还没有等他说话，依田极人将扳机一扣，一颗子弹“嘭”的一声，从山本大佐的眉间射入，轰得他脑袋开花，哼也没哼出半句，仰面八叉地跌倒，烂死在地。山本大佐这个色厉内荏的无耻禽兽，自作自受，死得活该！

依田极人将手枪收回腰间，一抬手，一个副官急忙赶至身旁。

依田极人命令道：“把尸体拖走安置好，并传我的命令，对营区内加紧搜索，凡是生擒之人，没有我的命令，必须严加看管，不得处死。”

说罢，依田极人一转身，大步离去，空留一片日本兵还在瑟瑟发抖。

依田极人亲手枪毙属下军官，实属罕见，可见此次“意外事件”，依田极人看似平静，内心其实是焦躁难安。

依田极人离开柳桃牺牲之地，没走多远，忽听见身后一阵大乱。依田猛一回头，就见到一个满身泥土，赤身裸体，仅在胯间围了一块破布的“野人”，手持一把明晃晃的军刺，咆哮着向自己冲来。

依田极人闷哼一声，不自觉地拔出手枪，冲着此人不住射击。

可这个野人，身手颇佳，在地上连翻带滚，居然几枪不中，只把野人身后的几个日军打倒在地。

眨眼的工夫，那野人已经逼上前来，依田极人的护卫纷纷护住，也不拿枪，抽出军刀，便向野人杀来。野人暴吼连连，不要命地往前急钻，手起刀落，连杀三个护卫，但也肩背处中了两刀。看来这个野人，只以依田极人为目标，要和依田极人同归于尽。

哗啦啦围上来的日军足有百人之多，可依田极人就在攻击范围内，谁敢开枪？

这局面颇为怪诞，依田极人在前面急奔，野人在身后咆哮着追赶，野人身后则是密密麻麻的士兵紧追。那野人总在能够一伸手抓住依田极人的时候，被从斜刺里冲出来的武士挡住，让野人不是宰掉便是机敏躲过。

始终是一个你追我赶的局面！

这一场追逐，竟跑出足足有百十米之远，野人才终于抓住一个机会，从侧面山石上一蹬一踏，踩着大石顶部，从高处一跃而下，将依田极人扑倒在地。

野人当即拿出军刺，向着依田极人腰眼要害处便刺。依田极人这个老狐狸，混出五行地宫还能不死，确实有保命的办法，他屁股一拱，狗吃屎一般将身子撑了个三角形，将野人从身子撅下，如同草包一样在地上乱滚而去。

野人一刺不中，只扎穿了依田极人的衣裳，但他发力巨大，“哧”的一声直插入地面碎石中，一把拔不出来。

野人暗念了一声不好，顾不得拿军刺，抓起一块石头，赤手空拳继续追赶依田极人。

可惜已经晚了！依田极人连滚带爬，滚入前方围来的士兵中，被层层护住。

野人就算前方是毒蛇猛兽也不会停步，生生一头扎进人堆里，怪吼连连，大打出手，惨叫声，乱枪声，吆喝声此起彼伏，这野人就和发了疯一样，连牙齿也用上了，一时间居然奈何不了他。

依田极人得以脱身，狼狈不堪地从地上爬起，几个随从赶忙跑来扶起他，却让依田极人一人一个耳光抽得连连后退。

依田极人看着战团，一边后退，一边骂道："抓活的！"

野人尽管彪悍之极，却总是双拳难敌众人，怎么也冲不出包围圈，他虽杀了近十人，也受伤不轻，几乎全身浴血。

野人最后拧断了一个日军的脖子，再也支撑不住，身子一歪，跌倒在地。

包围野人的日军，有依田极人的吩咐，倒也不敢痛下杀手，只是持着刺刀指向野人，围得密密麻麻。

野人知道此战再无生路，不禁放声大笑，吼道："依田极人！老子没能杀了你，老子死不瞑目！你等着老子变作厉鬼，再取你狗命！哈哈哈哈！"

依田极人已经站上一块大石，看着地上鲜血淋漓的野人，用生硬的中文骂道："你的，什么人？"

野人狂笑不已，瞪着依田极人骂道："老子行不更名，坐不改姓，老子就是御风神捕钩渐！依田极人，你记得吧！哈哈哈！没想到我们会再见面吧！"

钩渐怎么会在此处？说来话长，必须说回到火小邪他们在山中的抛尸洞，制造混乱，熄灭灯火，引烟虫、花娘子、顶天娇从管道里爬上来的时候。

当时抛尸洞里灯光熄灭，日军鬼号成一片，钩渐引着烟虫、花娘子、顶天娇从管道里爬上来之后，却不知道他们三人身后，还跟了一条黑影。

钩渐在洞中大声吆喝，煽动劳工逃跑，正待混乱时要去和火小邪他们会合，却感觉到脖子处一麻，有人将他脖子掐住，一把尖刀顶住后腰。钩渐大惊，这是个什么人，怎么毫无声息地制住了他，一丝征兆都没有？钩渐本想拼死挣扎，却头昏目眩，显然是中了什么药物。只听有人在他耳边低声说道："钩渐，借你衣服穿穿，你要醒来，趁乱逃跑，尚有活命的机会！嘿嘿，谢了！"

钩渐眼睛一花，便跌倒在地，迷糊中感觉到来人将他衣服尽数脱去，便无声无息地消失了。钩渐药力发作，昏迷过去。

等钩渐醒来时，自己全身赤裸，趴在死人堆里，偌大的洞穴中，除了遍地赤裸的尸体外，空无一人，耳边刺耳的警报不绝，红灯闪烁。

钩渐回想自己昏迷前的征兆，想必是有绝顶高手，和烟虫他们一起溜了进来，然后制服自己，并伪装成自己的模样，混入了火小邪之间。此人是敌是友，钩渐弄不清楚，眼前这种警报阵阵的状况，很可能是火小邪他们已被发现。

钩渐犹豫再三，还是决定先出了洞去，先寻找柳桃。柳桃女流之辈，没什么身手，藏在山外，必会被日本人发现。

于是钩渐扯下一条破布，将自己下身围住，从抛尸管道中滑下，逃出山外。

山外早已是警戒森严，重兵云集！钩渐捡了根军刺护身，勉强出抛尸洞逃出，将全身涂满土灰，躲过一队队的日军，向外摸索。

未过多久，钩渐便看到不远处柳桃被一队日本兵抓住，正拖拽着往外走。钩渐心酸不已，后悔自己还是来晚了一步，便紧紧尾随着这队日本兵，欲行施救。

可是柳桃还是惨死在山本大佐枪下！钩渐恨得目眦尽裂，想来这次行动，恐怕是失败了，烟虫、火小邪他们生死不明，柳桃惨死，他怎能龟缩在此，妄求安生？钩渐正想出来杀了山本大佐，为柳桃报仇雪恨，正见到御风神捕的老冤家依田极人到来，更是让他血气上涌，满口钢牙咬得咯嘣作响。

钩渐知道自己和烟虫他们失散，恐难活着离开此地，眼前有依田极人到来，若能杀了依田，也算得上死得其所，不枉此行！

所以，钩渐乘着依田极人离开之时，守备松懈之机，一跃而出，力求杀依田极人一个措手不及！

可惜啊可惜，差之毫厘便能结果了依田极人！

现在被重重为困，仇人就在眼前，却无力击杀他，钩渐又恨又怒，体内如同火烧火燎一般，难受不已。

依田极人当然知道御风神捕的名号，他在五行地宫里，差点被周先生率领的御风神捕杀死，多亏伊润广义的忍军适时出现，才捡回一条狗命。

依田极人一直以为，御风神捕已经被伊润广义杀光，这么多年来，也没有听说还有御风神捕的动静，怎么今天还能碰上一个？

依田极人冷笑道：“御风神捕，张四爷，周先生，哦！嘿嘿嘿嘿！可惜，可惜，你不行，杀不了我！”依田极人想来得意，刚才真是千钧一发，若不是自己“机敏过人”，真有可能被这个钩渐当众斩杀，不由得哈哈哈笑个不停。

钩渐骂道：“杀不了你这个日本狗，老子没什么好说的，来吧，谁敢上来杀我！”

依田极人笑道：“御风神捕钩渐，好啊，可是你们一直和贼作对，怎么，今天帮着贼？”

钩渐骂道：“依田极人，你这个妄图染指中华的日本狗贼！我只恨我本事不济，不能亲手取你狗头！”

依田极人脸色一黑，哼道：“钩渐！你只要说出，你们的部署，我可以饶你一命。你应该是最后一个御风神捕，死了可惜。你可以考虑考虑！”

钩渐大笑道：“御风神捕以抓贼为生，但今日中国，大盗如云义贼如雨，就算你们修了这个万年镇，也保不住你们偷窃的圣王鼎！哈哈哈！虽然我今日命丧此地，御风神捕从此断绝，但我不辱威命，御风神捕之魂灵，永垂于世！依田极人，你要杀就杀，无须多言，老子若皱一下眉头，愧对九天！哈哈哈！魂之去兮，神之留兮，御风不死！哈哈哈！张四爷，周先生，钩子兄弟们，钩渐来找你们了！哈哈哈！”

依田极人拉长了脸，他知道眼前这个钩渐，是条硬汉，意志坚定，对他根本无计可施，不由得心中一怒，杀心腾起。

依田极人一抬手，一个副官立即上前，依田极人低声命令道：“射击！”说罢转身就走。

那副官得令，拔出军刀，大叫：“呀嘻给给！”

无数颗罪恶的子弹，倾泻在钩渐的身上……

钩渐仰头哈哈大笑，吼道：“痛快啊！不枉此生！痛快啊！兄弟们，我来了！哈哈哈哈！”

血花从他的身体里迸射而出，几乎将钩渐打成血沫……钩渐的笑声才渐渐停止。

钩渐，最后一个御风神捕，尾随着张四爷、周先生和他的钩子兵兄弟们，魂飞天际。

从此世间，再无御风神捕，而御风神捕四字威名，绝不该被世人遗忘。

火小邪由赛飞龙带领，已经不知在乱如迷宫、黑暗不明的溶洞中跑了多远。赛飞龙不愧是野校督出身，记路的本事一流，竟能不假思索地在前引路。

眼见光亮渐盛，路已到尽头，赛飞龙将碎石扒开，月光顷刻洒入。山风潮湿冰凉，夹杂着草木味道，透过石缝中吹来。向外看去，空旷无垠，好大的一片空地！

赛飞龙、火小邪从山石中钻出，眼前更是一朗，只见奇峰腾叠，高耸入云，空山幽谷，飞瀑远垂，居然是一个恍如世外桃源般的隐秘山谷！

赛飞龙见状，长吸了一口气，叹道："三十年了，这个鬼地方，我又回来了……"

赛飞龙、火小邪所在，乃是一个不高的陡坡，下行十余步，便能进到山谷之内。赛飞龙带着火小邪走了几步，侧头道："火小邪，这地方你可有印象？"

赛飞龙喊了一声，听不到火小邪回答，回头一看，大吃一惊，火小邪站在原地，呆若木鸡，如同痴了一般，对赛飞龙的叫喊充耳不闻。

赛飞龙心中一急，疾奔了几步来到火小邪身旁，抓住火小邪胳膊，有些焦躁地喝道："火小邪！你傻站着干什么？"

火小邪视若无睹，自顾自地说话："柳桃和真的钩渐，可能也死了……"

赛飞龙急道："这都什么时候了，火小邪啊，你别想了，我们逃命要紧啊！柳桃和钩渐，我们顾不了他们了。"

火小邪还是不答话，看都不看赛飞龙，默然说道："我感觉到了。"

赛飞龙是真的急了，狠狠拉扯火小邪的胳膊，骂道："火小邪，现在不是你发感慨的时候！走！走啊！"

火小邪五官抽搐了一下，一屁股坐倒在地，如同僵硬了一般，嘶哑道："我，现在，不能走……"

赛飞龙一听，丹田内一股子无明业火腾腾而起，啪的甩开火小邪的胳膊，厉声骂道："火小邪！你是不是脑子有病啊！你是不是又想死啊！你妈的巴子的！你这个人还没有良心啊！死死死，那你陪烟虫、花娘子他们死在这里吧！”

火小邪瞪着眼睛，直勾勾地看着赛飞龙，表情木然。

赛飞龙再骂了句：“走不走？”

火小邪依旧没有反应，赛飞龙自己抽了自己一个耳光，扭头就跑，没跑几步，又抽了自己一个耳光，返身回来，从火小邪身后将他一抱，横着就拖，骂道：“你也害死我吧！你也害死我吧！你不走是吧，老子拖着你走！”

火小邪全身僵硬了似的，任凭赛飞龙把他当沙包一样拖着，一点没有起身的意思，好像心如死灰了一般，全无斗志。

赛飞龙拖着火小邪走了一段，他身材瘦小，没有太大的劲力，前路茫茫，如若火小邪一直死猪似的，肯定走投无路！

赛飞龙越想越气，看火小邪还是一副半死不活的样子，愤恨之极，再也忍不住，将火小邪一放，“哐”的一脚将火小邪直踹下去，面朝下栽倒在山谷中的泥地里，依旧是一动不动。

赛飞龙一把抽出腰带上的尖刀，大骂道：“火小邪，你想死，老子给你个痛快！老子先杀了你，再把你推到深沟里长蛆，省的小鬼子找到你的尸体做文章！你怪不得我！”

赛飞龙心意既定，飞扑上来，冲着火小邪后脖颈猛刺而去。

哧的一声闷响，尖刀贴着火小邪的脖颈而过，刺入地里，只在火小邪肌肤上划出了一道血痕。

原来赛飞龙还是不忍杀了火小邪，一刀下去，故意偏了半分。

而这等危险，火小邪还是丝毫没有动弹一下的意思。

赛飞龙拔刀而起，又要刺下，却心头一酸，淌出泪来，下不去手，哀声道：“火小邪啊火小邪，你这是何必，你怎么就不明白啊。”

赛飞龙抹了把眼泪，看了看刀锋，又哀声道：“好吧，既然你不想走了，那我也没什么念想了，就陪你死在一起吧。你好自为之……”赛飞龙双眼一闭，刀尖一转，就向自己胸口刺去！

啪的一声，赛飞龙手中刀被人牢牢握住，制止了他自尽的行为。

赛飞龙大惊，睁眼一看，却见到面朝下的火小邪，伸出一只手，将刀子握住，鲜血正从火小邪手掌中流出。

赛飞龙惊声道："火小邪？火小邪！"

就听火小邪低声道："没到你死的时候……大把子，你就不能先稍微想想吗？差点杀了我，又差点自杀，差点急死我……"

赛飞龙又惊又喜，喝道："火小邪，你没事吧？"

火小邪身子动了动，将刀子松开，慢慢地翻转过来，仰面朝天，面色红润，不似刚才。

火小邪重重喘了几口气，方才说道："我恢复了。"说着，双脚一抬，身子滴溜溜一转，单手撑地，一跃而起，在空中翻了个筋斗，落下地面。

赛飞龙看得目瞪口呆，不等他说话，火小邪身子一晃，眨眼便钻进旁边的低矮树丛中去，不见了人影。就见到窸窸窣窣不断作响，树木弯折，一条人影上下翻飞，灵猴一样。

赛飞龙喃喃道："火小邪，火小邪，你……你好了……"

唰的一声，火小邪从一侧树木上跃下，正落在赛飞龙眼前。

火小邪满脸是泪，嘴唇被他自己咬得鲜血淋漓，面向远方，扑通跪倒，充满悲伤却又无奈地哭喊道："为什么……为什么……为什么大家都为我死了，我才能恢复？"说着，扑倒在地，无声痛哭，全身颤抖不已。

赛飞龙小步上前，拍了拍火小邪后背，低声道："你恢复了就好，恢复了就好，不枉烟虫、花娘子、顶天娇等人的性命，他们在天之灵若是知道，一定在为你高兴。"

火小邪点了点头，慢慢站起，说道："大把子，我们回去！"

赛飞龙微微一愣，问道："回去，回……回……回去？这这这……"

火小邪沉声道："不是回去罗刹阵，而是回奉天去，逃离此地！假以时日，我必拉足人马，做好一切准备，回来毁掉罗刹阵！盗出圣王鼎！"

赛飞龙大为宽慰，抹了把辛酸泪，用手一指远处，低喝道："那边！"

一路上，火小邪在前探路，来回往返，以保安全。赛飞龙说是带路，不过是指个大致的方向，变成了火小邪的跟屁虫。这实在是赛飞龙最想看到的情况，几个时辰前，来到万年镇，还有烟虫、花娘子、钩渐、顶天娇、柳桃，一共七人，何尝不是火小邪借自己盗术高超，在前寻路，可现在却只剩下了两人。此情此景，恍然间，好像离开人世的烟虫等人，就在身旁跟随着。

火小邪时不时地与赛飞龙沟通几句，也让赛飞龙大概清楚了火小邪身上发生的事情。

原来火小邪出了溶洞，向山谷下赶去时，猛然想到了柳桃、钩渐甚至假钩渐三人，假钩渐旷世高人，有可能逃走，而柳桃、钩渐则难保周全，极可能已经惨遭毒手，这种感觉如此强烈，冲得脑海中一热。

就在脑中一热的时候，本来如同被堵塞住，造成心手不一的经脉，却有被冲破的迹象，而且体内的两套经脉，本在脑中打结了一般，也有舒缓的前兆。火小邪不敢大意，立即定心静气，一点点调试身体的感觉，哪里敢说话乱动，生怕前功尽弃。所以赛飞龙与他说话，拖他前进，火小邪都如同木桩子一样，看似心灰意冷，打算寻死。

好在赛飞龙手下留情，不然真的一刀刺下去，火小邪死也死得魂魄难安，冤枉得要命。

火小邪恢复以后，全力使了一遍身手，发现自己只能算恢复了五成，大大小小的动作不成问题，但非常精细的动作，还是困难，会不自觉地颤抖。这样的状态，逃跑不成问题，普通忍者也不是自己的对手，但碰到丸田那种级别的忍者，真刀真枪动起手来，有败无胜。

故而火小邪对逃离之路，异常小心，尽可能避开一切风险，越快离开这里越好。

山谷深远，林木繁密，放眼看去，火小邪也不记得自己小时候是否来过。其实这也正常，火小邪幼年遭受巨变时，不过是个刚记事不久的娃娃，记忆里的事物虽真切却朦胧，况且这个山谷荒废了足有三十年，罕有人迹，漫漫时光，足以将一切旧貌毁灭了。

火小邪、赛飞龙两人先后从林中跃出，前方一片空旷的高地，有一条溪流横穿山谷，碧水悠悠，草木退开两旁，环绕这片高地，而且地面平整，竟有人工修整的迹象，只不过亦是年代久远，荒芜一片。在溪流一侧，房屋残垣断壁横陈，烧得焦黑如炭的几根梁柱，歪歪斜斜地插在地上，极为显眼。

火小邪站住脚步，幼年的记忆顷刻间打开，炎火驰、珍丽带着自己在溪水边戏耍，在房屋旁追逐嬉闹的场面，如在眼前一般，亦真亦幻。

火小邪不由得轻轻啊了一声，念道："这里……"

赛飞龙的心思也回到了几十年前，呆呆地向前走了几步，盯着溪边的一块大石出神，说道："奥妙谷，火小邪，这就是你小时候生活的地方。"

火小邪跟随着赛飞龙的目光一看，果然一块半高的大石上，用刀斧深深地刻着三个大字：奥妙谷。尽管青苔已经爬满了石面，但这三个大字依然清晰得很。

火小邪的记忆再度燃起，这三个字，是炎火驰拿着自己的手，最后刻下了一刀。当时炎火驰笑眯眯地对火小邪说道："慎儿，我们刻完了，你说说这三个字怎么念？"

当时的火小邪摸着石头，高兴地说道："爹爹，叫奥妙谷。"

"慎儿真聪明。"

"爹爹，为什么这里要叫奥妙谷？"

"因为这个山谷里，隐藏着许许多多的秘密啊，等慎儿长大了，爹爹带你去看看好不好？"

"好啊！好啊！好玩吗？"

"好玩啊，山里面有一个地方，是水和火能在一起的水龙眼，爹爹在水龙眼旁边还栽了一棵聪明树，这棵树会回答问题哦！"

"啊！这么好玩，那爹爹，一定要长大了才能去吗？现在不行吗？"

"现在不行呢，里面好黑，你年纪太小，会害怕的。"

"慎儿什么都不怕。"

"好儿子，像你爹我！但现在不能去，爹爹保证，等你再长大一点，能长到我胸口这么高了，我就带你去。"

"好！那慎儿要天天都长高！"

话说到这里，突然天色一黑，烈火熊熊而起，一柄刻着影字的长刀划开了火幕，向着幼年的火小邪当头砍来。火小邪只顾着喊道：“爹爹，救我，救我！”

火小邪回想到这一幕，不由得难受起来，按住自己的额头，急促地呼吸，再也不愿意回忆下去。

火小邪半晌才抬起头来，低声道：“大把子，我父母的坟墓在哪里？”

赛飞龙指着溪对岸的不远处，木讷地说道：“在那儿。”

火小邪、赛飞龙两人快步来到一个小土丘前，若不是这个小土丘上方的草木低矮，根本看不出这会是一个坟头。

赛飞龙带着火小邪绕着坟头转了一圈，一个破烂不堪的方石立在坟前。

火小邪上前一看，这块不是墓碑的墓碑，被生生砍去了一半，剩下的一半上刻着：“五行火家炎火驰夫妻之墓。”显然，有人将墓碑上另一个人的名字生生砍掉了。

火小邪悲从心来，他今日终于见到自己父亲的魂归之处，虽说遗憾，却也了却了一番心愿。

火小邪双膝一软，就要跪拜，却突然间背心一阵发凉，一股极不好的感觉顿时涌现。

火小邪定睛一看，只见坟头上的草木，不是低矮，而是被人砍断的，而且刀痕之处，新鲜依旧！

这是，没有砍断多久！

火小邪陡然起身，一把拉住赛飞龙，连连后退，低喝道：“千万别动！一切听我的！”

赛飞龙本还沉浸在自己往昔的回忆中，被火小邪一把一拉，才回过神来，见火小邪面色凝重之极，赛飞龙意识到，坏事了。

“哒哒哒”的木屐声响起，一道白色的身影，从炎火驰坟前不远处，如同幽灵一般闪现了出来。

有声音异常清冷地飘来：“慎儿，火小邪，伊润火邪，我的孩子，你毕竟是来了。”

火小邪怒目圆睁，看着那道白色的人影，不知为何，竟心若止水，一字一字地低念道：“伊润广义。”

来人正是伊润广义，万年镇要塞中最辣手的敌人。火小邪在此地碰到伊润广义，的确出乎意料又在情理之中。

赛飞龙亦看清了来人就是伊润广义，不禁全身微微颤抖了起来，脚底抹了油似的，站立不住。

火小邪紧盯着伊润广义，低声急问道：“大把子，出口在什么方向？”

赛飞龙竟说不上话来。

火小邪狠狠捏了一下赛飞龙，警告他不要紧张，而正面走来的伊润广义也停下脚步，保持着与火小邪的距离，平静地说道：“这里唯一的出口已经堵上了，火小邪，自知道此处山谷的赛飞龙与你们同行，我到这里来守候你，果然没有错。”

火小邪冷哼一声，并不答话，只是带着赛飞龙向后退了一步。

伊润广义负手而立，对火小邪视若无睹一般，仰望天空，感叹道：“火小邪，往后退就只能重新回到罗刹阵。”

火小邪停下脚步，露出一丝轻蔑的笑容，说道：“伊润广义，你这么确定？”

伊润广义微微一顿，心想到这里是火小邪幼年生活之地，他对这个山谷，只怕比自己还熟悉。伊润广义目光投来，轻轻哦了一声。

然而伊润广义避开了火小邪的问话，却盯着赛飞龙说道：“赛飞龙！”

赛飞龙正急急忙忙地东张西望，听伊润广义叫他，低低呀了一声，目光阴沉起来。

伊润广义呵呵一笑，说道：“赛飞龙，你千辛万苦，把火小邪带入罗刹阵，本是大功一件，怎么你又费尽心机，不顾生死地带着火小邪逃走？呵呵呵！岂不是竹篮打水一场空？赛飞龙，你现在离开火小邪，我能保证让你安全离开。”

赛飞龙不再慌乱，反而嘿嘿嘿笑了起来，抱拳道：“伊润大爷，小的我天生有点下贱，天堂有路我不走，地狱无门偏进来，活的时间久了，还经常犯糊涂，会干些生儿子没屁眼的事情。谢谢伊润大爷的美意，要不您开开恩，让我和火小邪一起走吧？”

伊润广义淡淡一笑，看向火小邪，说道：“火小邪，我可以让你走，只要你认我这个父亲……火小邪啊，我们父子相称七年，亦父亦兄，亦师亦友，甚至愿意把全日本忍军交予你管辖，专心辅佐你。你从小孤独，历经磨难，无人疼爱，过去的七年里，难道你过得不开心吗？不要固执啊，火小邪，你就算今天能离开这里，又能得到什么？仔细想想啊，我的孩子，你又能得到什么？”

火小邪歪了歪嘴，做出一副为难的表情，抓了抓下巴，自言自语道：“对啊，我又能得到什么呢？你容我想想……容我仔细想想……”

伊润广义微微皱眉，仍然说道：“可以！”

火小邪慢慢踱了几步，飞快地冲赛飞龙眨了一下眼睛，赛飞龙是个老江湖，脸上的表情没有丝毫变化，却也眨眼回应。

伊润广义脸色越来越差，口气一冷，说道：“火小邪，你在拖延时间吗？”

火小邪抬起头来，露出一副极为吃惊的表情，目光看向炎火驰的坟头，手指慢慢地抬起。

伊润广义见火小邪表情怪异，情不自禁地也向坟头看去。

火小邪高喊道：“爹！是你吗？爹？”

伊润广义寒毛一竖，他知道火小邪不是在叫他，既不是在叫他，那就只有是在叫……伊润广义就站在炎火驰的坟前，他此生最为惧怕的就是火小邪口中的那个“爹”，纵然他身为忍军头领，宗师风范，也经不住这一喊！伊润广义立即将注意力完全从火小邪身上挪开，可放眼看去，坟头上哪有什么东西？

伊润广义暗骂一声，再转过头，却见到火小邪和赛飞龙已经飞奔着逃去！

伊润广义又羞又怒，他纵横江湖数十年，身经百战，何等恶劣的战局他没见过，居然被火小邪用三岁小孩的把戏将他吓住。幸亏火小邪没有对他动手，否则这一个闪失，就有杀身之祸！

伊润广义还不知道，火小邪的功力只恢复了五成，做不得精密准确的攻击，火小邪也根本没有趁机对伊润广义动手的意思，此举只求逃走。

伊润广义暗骂道：“好你个火小邪，阴谋诡计尤胜你爹炎火驰！养不大的白眼狼！今日若放了你，后患无穷！”

伊润广义看着火小邪、赛飞龙逃走的方向，伸手一指，只见从他宽大的白袍后，如同分身似的，闪出七八条黑影，这些黑影边跑边继续“分裂”，不一会儿，竟如同变戏法似的“变化”出二十多人，向着火小邪逃走的方向紧追而去。

伊润广义白色大袍一抖，瞬间衣裳便化为黑色，与夜光融为一体似的，晃了一晃，便没有了踪影。

十三、火陷奥妙

火小邪、赛飞龙玩了命地狂奔，赛飞龙是轻功的高手，撒欢了逃跑，自然是极快，却还是落在火小邪身后。火小邪微微放慢了脚步，也辨清身后有密殿宗的忍者追来。火小邪知道，密殿宗的忍者是伊润广义的亲卫队，不仅死忠于伊润广义，而且个个身手强横，极其擅长伪装追踪。

赛飞龙虽说快，毕竟奔波了整晚，体力耗费巨大，这样发力狂奔，持久不得，哪里能甩脱养精蓄锐，静候在此多时的密殿宗忍者，若是没有其他办法，不需多时，必被追赶上。

火小邪料定伊润广义不是一个人来的，他这个人自视甚高，被自己吓得一愣，落在下风，必然不会当即自行追赶，必然会放出密殿宗的忍者来追赶围捕，若让这些忍者堵住，恶战纠缠，等伊润广义亲自赶来，必不会再与自己多说什么，以自己现在的状态，胜算为零。

火小邪大喝道：“赛飞龙，放毒！”

赛飞龙一惊，他不是擅长使毒的人，哪来的什么毒？

火小邪不管他，嘴巴一憋，噗噗噗地直响。

赛飞龙立即明白，马上也照葫芦画瓢，鼓足了气，吱吱噗噗，恍如屁响阵阵。

别小看了此等邪招，说出来几乎就是笑话，可奇效明显，尾随着火小邪的一众忍者，听到这种气体喷涌的声音，一个个慢了半分，以为是无色无味的奇毒释放，连连翻滚，向旁散开，绕行追赶。

火小邪、赛飞龙跑的是直线，忍者们追得紧，这样一绕路，马上又被甩开一截，给了赛飞龙喘息之机。

有了这一缓的工夫，火小邪和赛飞龙便已经奔至这片高地的边缘，低头则是溪水流过。

火小邪招呼赛飞龙一眼，喝道："跳！"说着一个鹞子翻身，一头扎入溪水里。

赛飞龙哪里敢想什么，尾随着跳入。

溪水透骨冰凉，水面下暗流湍急，一下到水中，不用自己划水，便被冲得向前翻滚，速度颇快。火小邪、赛飞龙两人浮浮沉沉，被溪水推着向着山崖一侧漂去。

密殿宗忍者追至溪边，只有几个跃入水中，剩下诸人，则沿溪水追赶。密殿宗为忍军主脉，不在忍军五影之列，多在街道庙堂山野中活动，若论水战，远不及忍军水影，所以入水后，不过寻常。

而这道溪水，过了平坦的高地之后，溪边并不好走，不仅是怪石树木杂乱无章，更重要的是，很快还有数条支流汇集，大多宽阔，若没有助跑，就连火小邪也很难一跃而过。

火小邪记得清楚，他幼年时在此谷生活，父亲炎火驰经常带他下了高地，在林中沿溪水行走，说是游玩，实际是锻炼火小邪的毅力和体力，故而火小邪对这几道溪水，记得清楚。

另外，火小邪跳入溪水最重要的原因，是他清楚地记得，他就是从这道溪水中，被冲下瀑布，从此丧失了记忆。也就是说，这道溪水的尽头，是一道瀑布，是可以铤而走险，逃离此地的办法！

火小邪眼见着忍者被甩掉，他和赛飞龙正向尽头漂去，心头一喜，在水中冲赛飞龙喝道："大把子！前面有一道从山崖中钻出的瀑布！要小心啦！"

赛飞龙在水中沉沉浮浮，尽力答道："啊！瀑布！我知道我知道！"

火小邪叫道："一被冲进山崖，务必团紧了身子！慎防碰撞！"

赛飞龙应道："好！好！"

赛飞龙在水中一沉，突然想起了什么，探出水面，惊恐地叫道："啊，啊！去不得！去不得！"

火小邪也是吃了一惊，喝道："什么？"

赛飞龙叫道："水口被带刺的铁网封住了！封住了！去不得，去不得，我们上岸！快，我们上岸！"

赛飞龙奋力就要向岸上游去，可是已经晚了，水面陡然一降，浪花滚滚，突然加速，激流湍急，形成的巨大冲击力将人牢牢地扯在水中，根本不容你向侧旁游动，只能随波逐流地不住翻滚。

火小邪听赛飞龙一说，心头的喜悦顿时散去，奋力从水面抬头向前望去，不足五六米，就是水口，暴怒一般的溪水，卷起层层飞沫，嗡嗡作响地从山崖上一个低矮的洞口钻入，而洞口四周，黑黝黝的一根根的巨大钢刺，如同獠牙一般，横七竖八地刺出水面，好似那个洞口，是一只巨大怪兽的嘴巴。

赛飞龙拼命拨拉，想降低自己前进的速度，同时惊恐地叫道："怎么不是铁网了！要命了！"

火小邪看得出来，这些巨大的钢刺，是杂乱无章的丢入水口的，露出水面的仅仅是一小部分，水面之下和水口内，恐怕数量更多！怪不得水流会突然加速到这种程度！一定是日本忍军在占领奥妙谷，修建罗刹阵的时候，在此处放置障碍，意在将出谷之法完全封死！

好歹毒！如若就这样被冲入水口，不被钢刺刺死，也会陷入其中，被水流冲击得逃脱不得，生生淹死！

火小邪、赛飞龙的性命，危在旦夕！

火小邪知道事态紧急，绝对容不得半分犹豫，无数种应对的办法在脑海中升腾出来！在钢刺和水口的布局上做文章，有死无生，趁着还能看清四周的景象，必须上岸，别无他途！

火小邪当机立断，一把将自己的腰带拽下来，瞅准不远处两块巨石中的缝隙，狠狠一甩！火小邪的腰带，与一般的皮带不同，看似像是布质，轻软得很，实际上一旦展开挥舞起来，韧性十足，所能承受的拉力，足以拖住一头大象。更重要的是，这根腰带的接合处，是一个T形铁片，以细牛筋缠绕，如果卡在两块石头之间的缝隙中，轻易脱不出来。

火小邪的这件忍装，看似简单，其实有许多的用处。日本忍者的历史漫长，千百年来的发展，让他们从服装用具上，总结出一套一物多用的法子，确实考虑得精细得很。

火小邪这样一甩，却准头不足！他的功力只有五成，做不得精细的动作，所以火小邪想法虽好，仍然动作上失了准心，一甩之下，腰带头只是砸中了大石，没有嵌入石缝之内。

若再不止住，前进二三米，火小邪便会被卷入水口的钢刺中！

火小邪一击不中，并未慌张，他知道此事不难，只不过是他身体未能完全复原的原因，越是着急越是不准。所以火小邪稍稍一静，身体一仰，看似无意地再次挥出腰带，正中另一道石缝之间，咔的一声，便卡住了。

火小邪暗念了一声好，手腕一卷，将腰带拉紧，立即止住了前冲之势。赛飞龙正被冲得直撞过来，火小邪伸出手来，大叫："抓住我的手！"

赛飞龙沉沉浮浮地将手伸出，让火小邪一把抓住，赛飞龙身子被拉得一转，就差半分撞入水口内。

火小邪见抓住了赛飞龙，突然间脑海中一闪，一个记忆中的画面浮现出来。

忍军血洗净火谷时，幼年的火小邪即将被冲入瀑布。蒙着面颊，只露出一双眼睛的伊润广义，向火小邪伸出手来，喝道："抓住我的手！"

幼年的火小邪害怕了，他犹豫了一下，没有伸出手去……随即没入了水口中……

火小邪"啊"的一声叫，回到了现实，将赛飞龙猛力一拉，喝道："抱紧我！别松手！"

赛飞龙捡了根救命稻草，抱得要多紧就多紧，唯恐自己被冲落。

布满钢刺的水口，几乎就在火小邪、赛飞龙脚前，真是差之毫厘，若火小邪这一击再不中，后果不堪设想。

火小邪双臂连续发力，拖着赛飞龙艰难地从水口前攀上了对岸，两人精疲力竭，几乎站不起来。别看只是溪水奔流，可这种大自然的力量，浑厚强大，人力根本无法对抗。

火小邪奋力支撑起身子，连连咳嗽，这一路被水冲来，满鼻子满嘴灌的全是水，赛飞龙更是被淹得死去活来，爬都爬不起来，侧躺在地上吐水。

火小邪回头打望，原本从水路跟在后面的几个忍者不见踪影，看来这些忍者知道前面有钢刺挡住水口，很早便挣扎着上岸了。

火小邪将腰带从石缝中抽回，重新系回身上，将赛飞龙从地上扶起，焦急道："大把子，振作点！"

赛飞龙面色惨白，摆手示意自己没事。

火小邪带着赛飞龙便向前跑，没想到赛飞龙挣扎了一下，低喝道："别跑了！我们跑不掉了！"

火小邪微怒道："怎么能说这种丧气话！"说着继续拖着赛飞龙向前。

赛飞龙便跑便惨笑道："火小邪，我还有最后一个办法，不知道行不行得通，只有赌上一把了！你赌吗？"

"你说！"

"去那边！"赛飞龙向山石处一指。

火小邪顺手一看，并没有看出山石有什么不同之处。

赛飞龙说道："那里，我挖过一个洞。快，快去吧。"说着，打起一丝精神，站稳了脚步，扯着火小邪便去。

火小邪来不及细问，眼下走投无路，只有信赛飞龙的。

两人跑至山崖前，赛飞龙扑将上去，奋力推一块大石，这块大石埋在土里，本该牢固得很，赛飞龙这么一推，竟立即松动了。

火小邪上前帮手，两人合力将大石推倒在地，大石下真就露出一个黑乎乎的洞口来。

赛飞龙喘道："没记错没记错，就是这儿！"说着就要往里钻。

火小邪拉住赛飞龙，低喝道：“这是怎么回事？”

赛飞龙一歪嘴，苦道：“我被你爹炎火驰在这个山谷关了三年，这是我挖的一个逃跑的洞，有可能通向外面，别问了，看我们的运气吧。”赛飞龙说罢，双手一撑，便跳入洞中。

火小邪愣了愣，什么叫被炎火驰关了三年？没有思考的时间了，火小邪双手一撑，也跳入洞中。

火小邪在洞中下行一段，发现此洞仅仅是入口处有一层泥土，内部全是坚硬的岩石，乃是天然形成的一个石洞。

等下到洞底，已是伸手不见五指，极为低矮，只有匍匐的空间。赛飞龙在洞底等候，听火小邪下来，忙道：“火小邪，跟着我！”便摸索着向前爬去。

火小邪跟在赛飞龙脚后，忍不住问道：“大把子，这里到底是怎么回事？”

赛飞龙一边吭哧吭哧地爬着，一边回答道：“你父亲炎火驰，把我关在奥妙谷中开荒，我日日夜夜寻找另外的出口，我知道，刚才那道溪水能出谷，但外面是瀑布。我是个野校督，山野间本事有一点，看出来水口旁边，山间必有缝隙。所以，我花了一年，找到这里，又花了两年时间，在山中像耗子一样乱钻，可能是老天不让我出去，碰上死胡同，不得不放弃。”

“既然如此，为什么还要进来？”

“说是死胡同，却有风，那说明一定是通的，可我就是，发现不了。”

“大把子，你说我父亲炎火驰把你关在奥妙谷？什么意思？”

“唉……火小邪，我对你父亲炎火驰，是又敬又恨……炎火驰，他的确救了我一命，我以前是打算终身跟随他伺候他，可他却把我丢到这里，让我开荒修屋等他来。三年啊，我一个人在奥妙谷的滋味，你知道吗？真是比坐牢还难受啊！更过分的是，炎火驰在我脊柱上打了七枚火耀针，七枚啊，每隔七天，我就全身不能动弹，活死人一样躺两天，全身奇痒还不能动，你知道这种滋味吗？我是真的想死，真的想一了百了。可我又怕死，又想努力地活下去，等着炎火驰来给我解针。终于，炎火驰回来了，他的盗术却没有了，不能给我解针，让我等他康复。我等啊等，孙子一样地照顾炎火驰和珍丽，等到你火小邪出生，等到炎火驰恢复盗术之后，他才给我解了六针，放我出谷。剩下那一针不解，我每个月都会昏迷一次，人事不省，这么多年来，从无缓解。”赛飞龙说着说着，竟哽咽不已。

火小邪听得哑然，怎么赛飞龙和炎火驰在一起的时候，竟受了这么多委屈。

火小邪低声道：“我父亲为什么要这么对你？”

赛飞龙哭道：“炎火驰之邪，比你更胜，他是个怪人，世俗常理他根本不愿意遵守。火小邪，我告诉你吧，我骗了你，我被人追杀，不是因为圣王鼎的下落，而是我罪有应得，我干的事情，足以受千刀万剐之刑。我是个坏蛋，炎火驰知道我是个该死的恶人，但还是救了我。但他用他的办法惩罚我，之所以不给我解最后一针，他的理由是，我如果每个月都要昏迷一次，便不能肆无忌惮地作恶了。”

爬着爬着，洞内渐宽，已经可以半蹲起来。

这一路来，岔路无数，赛飞龙全凭手感寻路，应当是在各个岔路口刻下过他能识别的记号。

赛飞龙猫着腰，继续领着火小邪前行。

火小邪低声问道：“所以，你带着忍军进奥妙谷，又听从伊润广义的指示，引我进罗刹阵？”

赛飞龙黯然道：“引忍军进奥妙谷，是我干的。但是我引你来罗刹阵，不是因为我对炎火驰的怨恨……而是因为伊润广义述说对你的父子之情……他威胁我，如果不能把你带进罗刹阵，就将奉天逍遥窝夷为平地，所有逍遥窝的常客，全部诛杀……火小邪，如果你恨我，就杀了我吧。”

火小邪快行一步，按住赛飞龙的肩膀，说道：“大把子，谢谢你告诉我实情，我们两人，都要活着。”

赛飞龙哭道：“我这种无耻无知贪生怕死的汉奸，害死了那么多人，我就算能活着离开这里，回想起死去的兄弟们，比死了还难受啊。”

火小邪心中一酸，回想起烟虫、花娘子、顶天娇之死，真正活着比死去还难受的，自己不也是一样吗？火小邪想到这里，脚步略停，又落在了赛飞龙身后，默然不语。

赛飞龙再前行了一段，洞内更加宽敞，已经能够站直了身子。

赛飞龙摸摸索索的，在洞壁上找到一个火石，嚓嚓几下，点燃了一小朵松脂灯，光亮虽弱，却照亮了一大片地方。

赛飞龙看着这个不大的山洞，说道："这里就是尽头了……"他伸出手指，在空中举着，低声道："有风，火小邪，你感觉到风了吗？"

是的，火小邪感觉到了，原本黑暗潮湿的窄小地道中，没有一丝风的流动，而来到这里，居然明显能感觉到有数股微风，从四面八方吹来。

赛飞龙说道："我能去的地方全去过，只有这里有风，却是个死胡同。"

火小邪环视一圈，不知为何，一股强烈的感受涌起，竟不假思索地脱口而出："这里，好像是一个防盗的机关。"

赛飞龙大吃一惊："什么？防盗的机关？这里，这里不是天然的？"

火小邪说道："是天然的。但是风从四面八方来，好像每一个细小的石缝里都有风透出，最后汇集在一起，以至于无法判断风向。这里，看似坚固，其实只要找到几个最脆弱之处，一触即塌。"

赛飞龙诧异道："你怎么会这么想？这，这也太绝了！防盗机关？我从来没有想到过。"

火小邪说道："我不知道我为什么会这么想……好像很久很久以前，我就知道了。也许是我父亲，料定总有一天，我会来到这里……"

火小邪再不言语，用手摸着石壁，闭上眼睛，慢慢地走着，走走停停，在石头上敲打，等走了一圈回来，火小邪淡淡一笑，睁开眼睛，说道："开了。"

只听石头错位摩擦之声，声音越来越大，整整一面洞壁，跟随着声音蠕动起来，轰隆一声，整个洞壁崩塌成一个巨大的洞口，有外界自然的光亮投射进来。

几乎与此同时，从火小邪、赛飞龙进入的洞口中，黄色的浓烟滚滚而入。

火小邪本来欣慰不已，竟能在此地绝处逢生！可鼻子中闻到一丝甜味，一回头正看到这股黄色的浓烟涌入，立即心中一片冰冷，伊润广义的密殿宗忍者，已经追上来了！而且，要用这种毒烟，将他们麻昏！

果不其然，这种黄烟散发出的甜味一入鼻内，立即激得胸口一闷。

火小邪抬起胳膊，将口鼻掩住，喝道："大把子，掩住口鼻，快跑！"

火小邪、赛飞龙两人越过石堆，向崩塌形成的洞口中奔去。

忍者释放的黄烟，受此引导，也追着火小邪、赛飞龙席卷而来。

里面又是一番天地！乃是一个通路无数的天然巨洞。

风声微响，带着外面湿气扑面而来；脚下则是细小的暗流遍布，流经各个低洼的缝隙之处。

赛飞龙哪里认得这里，丝毫没有了主意，好在有火小邪体感敏锐，辨出风向，虽不知道路，迎着风只管向前。

摸黑跑出一段后，赛飞龙惨然低哼道："我跑不动了！"说着一头栽倒在地。

火小邪赶忙将赛飞龙扶起，拖至一旁，急问道："怎么了？"

赛飞龙惨笑道："刚才进洞慢了一步，吸了一大口黄烟进去，现在身上酸麻，眼皮子发涨……"

火小邪暗念一声不好，他知道密殿宗的这种致人昏厥的黄烟，比一般的蒙汗药作用强出许多，制作复杂，所用药物贵比黄金，轻易不会使用。密殿宗忍者一次放出这么多黄烟，所耗费用足以买下一个县城，看来伊润广义也是势在必得。这种黄烟既然释放，如果不及时用水封住口鼻，尽快逃出，哪怕少许地吸入，再强壮的汉子，也会应声而倒。

密殿宗忍者有化解之法，可现在的火小邪、赛飞龙，完全无计可施！

赛飞龙推了火小邪一把："火小邪，你走吧……我死不了。"

火小邪默不作声，一使劲便把赛飞龙背在身后，低声道："还没到山穷水尽的时候！"拔腿便走。

山洞中空旷寂静，除了细微的风声，几乎落针可闻。

火小邪尽力控制自己前行时不发出脚步声，可脚下晦暗难明，碎石遍地，难免有窸窸窣窣的响动。自然，火小邪竖起耳光，也听到身后不远处，有七八个忍者追踪的声响，显然是发现了自己的行踪，却并不急于上前。密殿宗的忍者，火小邪知道厉害，他们比普通的五影宗忍者行动更为缜密，不畏生死却也绝不冒进，擅长团队作战，不见兔子不撒鹰，非常难缠。

火小邪曾经听土贤藏丰讲过密殿宗忍者的故事，说是江户年间，日本有个大盗，叫阪六郎，淫辱了天皇陛下的爱女，被密殿宗忍者追杀。阪六郎尽管风流，却是个全日本数一数二的刀手，而且狡猾无比。这两派人你追我赶，密殿宗忍者为保存实力，就算追上也不急于正面冲突。阪六郎有力使不出，这一逃，居然跑遍了日本列岛。阪六郎筋疲力尽，贸然行事，终于让密殿宗忍者抓到机会，无人受伤之下，生擒了阪六郎。

所以，伊润广义和密殿宗忍者留在奥妙谷中守候，正是专门用来对付火小邪的。

火小邪明白，甩脱密殿宗和伊润广义的唯一办法，就是自己突然间消失得无影无踪，制造一大段时间，让密殿宗忍者查无所查，乘机逃得越远越好，方有胜算。

可这个地方，完全陌生！

火小邪知道密殿宗忍者有这种附骨之疽般的特性，反倒放慢了脚步，每到岔路口，都会仔细辨明方向，力求不走弯路，找到出口。密殿宗忍者也“慢条斯理”地跟着，保持着距离。

这个山洞，到底能通向哪里？不仅火小邪，包括伊润广义在内的所有人，都没有丝毫线索。

火小邪背着赛飞龙再走了一段，突然眼前微微一亮，前方有一道外界直射的光亮投入，分外明显。

火小邪心头大喜，快步向前赶去。

赛飞龙已经全身麻痹，还好意识还强忍着不散，见到这道光亮，在火小邪耳边吞吞吐吐地低声道：“火小邪，有个事，刚想起来，你一定要记住。”

火小邪点了点头。

赛飞龙舌头麻木，艰难地说道：“炎火驰，他恢复盗术后，带我进去过山里，后来，他有一天出来，好像，很怪异……”

火小邪听在耳中，并没有当回事，他只觉得赛飞龙此时意识趋于迷糊，开始胡言乱语。

“怎么奇怪？”

“千万不要忘了，千万……五行合纵，破罗刹阵……”赛飞龙前言不搭后语地说道。

火小邪重重点头，这么重要的事情，他怎么会忘？

前路已至尽头，一道月光从前方一道能容一人通过的天然洞口中射入，凉风阵阵，鼓噪而入。

火小邪心中激动，走上前一看，不禁倒吸了一口凉气！

这个出口，哪里算得上出口，一望出去，竟位于千尺高崖之上！几道不大的瀑布从洞口下方喷出，直泄而下，高崖下方，水雾腾腾，根本看不清事物！仰头一看，此崖高耸入云，竟上不见顶！更让人惊恐的是，这面悬崖竟如同刀劈斧砍一般笔直，好像一块顶天立地的巨石，被天神一刀斩开，目力所及之处，连一个细小的凸起也没有！

再向前看，距离百丈之外，才有另一个山头，除非化作飞鸟，决然不能跃过！

火小邪回想幼年时从瀑布冲下，连那处九死一生之地，也比现在的情况好出许多！

火小邪低哼了一声，连退两步，全身冰凉！看来是只顾着寻找风吹入之处，却忽视了奥妙谷乃一个世人难至的所在！这个奥妙谷，位于高崖夹缝之中，平地青云，伊润广义说仅有唯一的出入口，着实不假，也怪不得赛飞龙说他历经三年，也没有发现逃离之地。

眼下，走入了进退两难之地。

赛飞龙混乱地呢喃道：“走不出去了？是悬崖？”

火小邪低喝道：“出得去！我背着你，攀崖下去！”说着就要上前。

赛飞龙不知哪里来的劲儿，挣扎一下，非要从火小邪背上滑落。

火小邪紧紧背着赛飞龙，不让他下来。

赛飞龙呜呜咽咽地说道：“火小邪，我对不起你，我本就该死……你不要带我走，太危险了……求你，求你，把我放在进来的岔路口，我想帮你，最后一次……求你了……”

火小邪心中清楚，背着赛飞龙攀这种刀劈斧砍般笔直的悬崖而下，近乎自寻死路，可丢下赛飞龙，情何以堪？

赛飞龙仍然挣扎着要下来，不断低吼道：“你活着，你要活着，这是，所有人的心愿，求你让我赎罪，求你！”

火小邪心如刀绞，眼泪满眶，为了自己，已经有太多的牺牲了。烟虫、花娘子、顶天娇、钩渐、柳桃，甚至还有那些无辜的妓女也难逃一死。可，可是，怎么能将赛飞龙放在这里，将他送入虎口？

火小邪从小孤苦，历经多少磨难，知道生命的可贵，他认贼作父，围剿火家，目睹火王严烈为唤醒他的记忆，不愿自保，竭力述说，引毒素入心，含冤而死；他为救妻儿，深入罗刹阵，被伊润广义所骗，不听烟虫反复劝告，一意孤行，使众人深陷绝境；他目睹雅子替自己而死，心如死灰，自甘放弃，功力尽失，连累大家以命相护；他行动不便，顶天娇以肉躯挡镖，搏命力阻，死得壮烈；有假钩渐，盖世巨盗，虽不明身份，却也独自力战忍军最强悍的四影宗主，生死不明；烟虫、花娘子为阻追兵，拼死绝杀丸田，身中剧毒，夫妻双双共赴黄泉，丧于幽暗之中，连葬身之地也无一处！

火小邪想活下去，可活下去的办法，竟是践踏着其他人的血肉灵魂！

竟只能抛弃赛飞龙这个活生生的性命，独自离去！

在万年镇罗刹阵中的一幕幕，历历摆在眼前，火小邪只恨自己无能，只恨命运为何将他放在如此残酷残忍无情的事实面前。

但，但是，火小邪知道，自己必须活下去。

火小邪呀的吐出一口血，横下心肠，听了赛飞龙请求，大步走到岔路口前，将赛飞龙放在地下，含泪向赛飞龙鞠了一躬。密殿宗忍者的接近声已经加快，他们必然察觉到了前方就是出口！

火小邪不敢犹豫，洒泪便走，不敢回头，似有无数乱刀在胸膛里绞成一片，肝肠寸断。

赛飞龙看着火小邪的背影，欣慰一笑，慢慢垂下头来。

火小邪赶至悬崖旁，抹去眼泪，手上发力，身子降下崖面！

好艰难！着手之处，只有细微的裂缝可以发力，脚下之路，漫漫无边无际，一个不小心，便会坠落！若没有无比的决心、毅力和体力，随时会功亏一篑！

火小邪一边小心翼翼地攀爬一边眼角里忍不住地清泪长流，他无法追思无法埋怨无法怨恨无法发泄，就让世人狠狠骂自己吧！他能做的，只有活下去，只有无声无息地默默淌泪……

赛飞龙所在之处，几道黑影乱闪，片刻间便把赛飞龙死死围住。

一团庞大的黑雾上前，呼的一收，化作白色，露出一个身着白色和服的人来，正是伊润广义。

伊润广义见赛飞龙斜靠在此，也不怕他，踱步上前，翻开赛飞龙的眼睛，居然笑眯眯地问道："赛飞龙，还能听见？"

赛飞龙眼珠子连转动的力气也没有，哼哼道："能，能，伊润大人。"

已有密殿宗忍者从火小邪离去的洞口回身，向伊润广义低语两句。

伊润广义好似没有听见，松开赛飞龙的眼皮，问道："火小邪从哪里走了？"

赛飞龙木讷道："悬崖，悬崖……"

伊润广义笑道："很好！赛飞龙，你想不想活下去？"

赛飞龙低声道："想，想……"

伊润广义说道："那火小邪到底去哪里了？"

赛飞龙低声道："悬崖，悬崖……"

伊润广义眉头一皱，站起身来，向一旁侧路一指，数个密殿宗忍者立即电射般追赶而去。

赛飞龙低声骂道："操，操……"

伊润广义脸上一冷，问道："你说什么？"

赛飞龙不知道从哪里来的劲力，竟手持着一块石头，慢腾腾地砸向伊润广义脚面，口中仍旧喊道："操，操，操，砸死，你，砸死……"

伊润广义亲眼看着赛飞龙的石头即将砸中自己，身子一退，一道乌光电射而出，“噗”的一响，将赛飞龙拦腰劈成两半。

赛飞龙半睁着眼睛，看着自己半个身子滑落在地，鲜血早已迷糊了他的眼睛。

赛飞龙手一松，石块从他的手中滚落，砸在了伊润广义的脚边。

赛飞龙眼中一亮，僵硬的脸上挤出一丝笑容，随即光芒立散，垂下了双眼。血泊之中，赛飞龙满足地死了……他最后延误伊润广义的做法，到底是收到了效果，他在冥冥之中，死而无憾。

伊润广义带着密殿宗忍者，又要向侧路追赶。

可是伊润广义脚步一缓，扭头看了眼赛飞龙的尸体，特别是赛飞龙嘴角的那一丝笑容，他突然明白了什么。

伊润广义勃然大怒，他知道自己被这个“贪生怕死”的赛飞龙最后玩了一道！火小邪就是铤而走险，从刚才的洞口处，攀岩下去了！绝对没有再往洞内深处走！

伊润广义厉号一声，雪白的和服一抖，化作黑雾，快如黑色闪电一般，向火小邪下去的洞口赶来。

火小邪利用赛飞龙骗得伊润广义的时间，得了片刻的喘息，已经顺利地攀下足足十丈，即将没入下方小瀑布的水花之中。能借着水花的掩护，伊润广义想找他，可就难了！

就当火小邪马上要降下关键的一步时，忽听头顶裂空之响，仰头一看，一道蓝汪汪的三角镖向着自己脑袋电射而来。

火小邪心中一凛。单手扣紧，整个身子侧弹起来，那枚飞镖从火小邪脸颊处闪过，将火小邪衣裳割开，差之毫厘，便会伤到皮肉。

此镖正是伊润广义亲自射出！

火小邪避过此镖，仰头再看，正和伊润广义的目光撞上！

火小邪充满鄙视地淡淡一笑，将手一松，狠狠蹬了一脚山崖，直坠而下。

火小邪知道，自己还是晚了一步，以伊润广义的本事，再发数镖，就算自己侥幸躲过，也会被逼得坠落。何必等到自取其辱的那一刻！

伊润广义第二镖已经在手，却见到火小邪松了手，直落下去，没入了水雾中，没有了踪影，也吃惊不小，低低地“啊”了一声，第二镖便没有射出。

从此处坠落，到底是生是死，伊润广义不知道，但他知道，火小邪与自己所谓的父子之情，从此恩断义绝，永无回头之路……

火小邪急坠而下，耳边呼呼风响。这种坠落感，没有让火小邪觉得害怕，也没有紧张，他反而觉得，自己像一条鱼，正自在地畅游在无拘无束的大海中。

火小邪伸开双手，在空中翻滚了一圈，闭上了眼睛，感受着这份惬意。

然后，火小邪双眼猛然圆睁，眼中怒火腾腾，几乎要喷射而出。火小邪一把抽出腰带上的猎炎刀，身子一翻，向崖壁上猛刺而去，“当”的一声，猎炎刀刺入坚硬的岩石中半分，却根本插不住，只缓了缓火小邪的速度。

火小邪又是猛扎一刀，依旧如此，虎口却已震破，鲜血直流。

又第三刀下去，猎炎刀的刀尖居然被扎得断开，火小邪再也把持不住，猎炎刀脱手而飞。

火小邪低喝一声，这把猎炎刀是甲丁乙临终所赠，跟随了自己近十年，却也离去了。

火小邪依旧急速坠下，命在旦夕！

所有能用的，当然要用，火小邪将腰带拽下，向崖面上猛击，以求能够挂住某处石缝。连挥了三四下，毫无反应，火小邪不能放弃，继续狂挥不止。

也许是天助火小邪，咔的一声，竟真的卡住了一处石缝，火小邪身子猛然一顿。如此大的下坠速度，被猛然停住，神仙也受不了！

火小邪立即肩部脱臼！

巨痛无比！

火小邪闷吼一声，竟让他生生忍住了胳膊被拉掉的巨痛，被牵引着砸向悬崖，“咚”的一声，将他的数根肋骨尽数撞断。

火小邪“哇”的喷了一口鲜血，本以为一线生机，却听到头顶石头崩裂之声。

那道凸起的石缝虽然卡住了腰带，却受不了如此大的抽拉之力，整块石板剥离山崖。

火小邪“啊”的一声低吼，再次向下坠下。

右臂脱臼，动弹不得，肋骨断折，喘息不畅，腰带在右手手腕上打成死结，左手根本解不下来，火小邪身上再无其他救命之物。

火小邪内心狂吼道：“难道我要死吗？不！我要活着！我还要回来！我一定要活着！”

这种愿望如此之强，血液沸腾，脑海里电闪雷鸣一般！

火小邪双眼通红，张大了嘴巴无声嘶吼。

只是一瞬间，体内两套经脉骤然激活，火小邪所有的功力尽数复原，再无阻滞。

火小邪仍未完全察觉到自己身体的变化，只觉得四周一片清明，水珠击打在身上的感觉，心脏的跳动声，受伤的各处疼痛，无比清晰。

甚至，火小邪感觉到，下方就是尽头，瀑布击打着水面，发出的轰鸣声，腾起的水花，正自下而上地敲击着背部！

是一潭深水！不大，仅有一丈方圆。水潭边怪石嶙峋。

火小邪立即清楚地认识到，如果直坠下去，将会砸中水潭边的石头。

好个火小邪，终于认识到自己功力全部恢复，忍住剧痛，身子在空中连翻三个筋斗，借着下坠之势，从水雾中“漂移”了一米有余。

火小邪猛然团起身子，抱住脑袋，咚的一声闷响，直直地砸入水潭中……

伊润广义站在火小邪离去的高崖洞口边，向下看去，水声自下方远远地传来，火小邪坠落的声音却没有传到伊润广义耳中。

有密殿宗忍者半跪于伊润广义身旁，请伊润广义命令是否攀下追赶。

伊润广义摇了摇头，退后了两步，紧闭双眼，按住了额头，半晌才睁开眼睛，无力地命令道：“不用追了，撤出山谷，到山脚下寻找。”

密殿宗一众忍者听令，飞速散去。

伊润广义挥了挥手，最后一个跟随他左右的忍者也默然退开远处。

伊润广义缓步走到洞口前，负手看向远方，若有所思。

就听细微的人声从伊润广义身后响起："咯咯咯咯，伊润大人，你还是犹豫啊。"

伊润广义冷哼道："影丸，你越来越放肆了！"

"咯咯咯咯，伊润大人，你刚才如果决心追上火小邪，只要你命令，我就能出手，何必费这么多工夫？说明你还是希望火小邪逃走啊。你刚才射出的那一镖，根本没有尽力啊。"

"哼哼！"

"咯咯咯咯，可能伊润大人还有其他的想法，如果火小邪不死，他一定还会回来找你报仇吧？一网打尽五行世家，便有了机会吧。"

噌的一声，伊润广义手中那把乌豪刀持于手中，刀光寒寒，杀气腾腾。

"影丸，你再敢多说一句？"

"咯咯咯咯，不敢了，不敢了……"

声音立即消散，平静如初，哪里像曾经有两人在说话？

伊润广义静了一静，突然闷吼一声，乌豪刀连连挥动，嚓嚓嚓刀锋和石头之间的锐响不止，无数道深深的刀痕遍布于上。

伊润广义将乌豪一抖，收回腰下，眼中竟泛起点点亮光，慢慢地退下一旁，白色大袍一闪，化作黑雾一般，没有了踪迹。

密密的山林中，一个人在发足狂奔，他蓬头垢面，衣衫破烂不堪，全身都是被利草荆棘划破的血丝。

只有他的眼中，闪烁着刀刃一样锋利的光芒。

太阳已经升起，腾上了半空，只是他奔跑的地方，阴暗湿冷，不见天日。

他在竭尽全力地逃跑，他下定决心活下去，不管忍受多少痛苦。

对他来说，脑海中只有两个字——活着！

他，就是火小邪。

火小邪从水潭中爬出以后，便这样一直不停地奔跑着，踏过黑暗的沟渠，淌过冰冷的溪水，翻过陡峭的山石，跃过阴森的坑洞。

从黑夜，跑到了天明，一直向前，一直向前，不留痕迹，不留痕迹，最快的速度，最快的速度！

终于，火小邪筋疲力尽地倒在了草木掩盖的溪边，这片茫然无边的大山，已经被他甩到了身后。

万年镇、罗刹阵、奥妙谷，死去的兄弟朋友，伊润广义，忍军，统统被远远地甩到了身后。

火小邪如同大海中的一粒微石，再没有人知道他的位置。

火小邪明白这一点，他知道他可以活下去了。

火小邪仰面躺在乱石中，任凭溪水冲刷着他滚烫的身体，带走他满身的污血，他真的走不动了，连站起来的力气都没有。

火小邪哽咽着，无声地哭了，万年镇、罗刹阵的种种景象，在眼前挥之不去。

阳光从密密的树叶中透入，投射到火小邪的脸上，火小邪看着星星点点的亮光，却突然涌起一种难以名状的感觉，好像阳光和溪水，要将他身体里的什么东西带走。

但火小邪并不知道，他还能失去什么？

直到更奇怪的感觉升起，烟虫、花娘子的形象，居然在火小邪的脑海中越来越模糊，来到万年镇的有谁？怎么记不得了？

这种情况让火小邪浑身发冷，瞪大了眼睛。

所有的记忆，好像一幅幅沙子做成的画面，在眼前闪过以后，就被吹淡了吹散了，直至消失殆尽，然后，就再也想不起来刚才出现过什么画面了。

火小邪啊的一声惊叫，从乱石中坐起，不对劲，绝对不对劲！

记忆，正在一点一点地消失！千真万确！水妖儿、林婉、田问、潘子、郑则道、伊润广义、严烈、流川、甲丁乙、烟虫、花娘子、赛飞龙、钩渐、顶天娇、柳桃等这些人物；火门三关、净火谷、五行地宫、万年镇要塞、罗刹阵、奥妙谷等这些经历，都在眼前慢慢地消失着。

是谁临死前和他叮嘱过，五行合纵，破万年镇？他叫什么名字来着？

炎火驰，是什么人？伊润是谁？

父亲？我父亲又是谁？

在悬崖的洞口前，有一个瘦小的老头，说炎火驰从山中回来，有异常？叮嘱自己千万不要忘了五行合纵？

火小邪啊啊啊惊叫不止，连滚带爬地去往一边，捡起一根树枝，一口咬断。

火小邪知道自己正在经历一件罕见的事情，而且他正在忘掉的人和事，事关重大，绝对不能忘记！

火小邪撕开自己破烂的衣袖，用树枝的尖端，在胳膊上奋力地刻下“五行合纵，破万年镇，罗刹阵，切记！”

刻完这几个字，火小邪看着自己鲜血淋漓的胳膊，突然发现这几个字到底是什么意思，他完全弄不明白，只是隐约觉得是极为重要的事情！

记忆在火小邪所在的溪水边，停了下来，然后脑海中一黑，什么都不知道了……

火小邪，被时间丢弃在这个无人踏足的地方……

日落，月升。

一天一夜……

火小邪“嗷”的一声，坐了起来，立即抱住自己的脑袋，大骂道：“敢打你爷爷我！有种打死你爷爷我！”

火小邪叫了几声，没见有什么动静，睁眼一看。

天光大亮，眼前的景物完全陌生，他怎么会跑到这个荒郊野外来了？

火小邪抖擞精神，爬起来，东张西望一番，不敢大叫大嚷：“瘪猴，浪得奔，老关枪，你们在吗？”

空山鸟语，无人作答。

火小邪心里一下子慌了，到底怎么回事？他明明记得，他和瘪猴、浪得奔、老关枪三个兄弟，偷了张四爷家的点心后，被凶神恶煞的刘管家他们追上，正被家丁挥棒子暴打，怎么，眼睛一黑的工夫，就到这个莫名其妙的地方来了？

闹鬼了？还是自己被打死了？

火小邪低头一看自己的穿着，破破烂烂的黑色布条，什么布料闹不清楚，不是麻的又不是棉的，满身是血。

火小邪吓得全身哆嗦，他活这么大了，这样诡异的情况，还是第一次经历。他不敢再喊叫，哆哆嗦嗦地从地上爬起来，小心翼翼地向前走去。

走不了几步，火小邪痛得龇牙咧嘴，跌倒在地。

火小邪伸手一摸，肋骨断了几根，右肩肌肉巨痛，使不上劲，而且关节好像脱臼过，肿得老高，其他全身大大的划伤，不计其数。

火小邪暗骂道："老子是不是被张四爷他们认为打死了，于是换上乞丐的衣服，丢到荒郊野外，让野狗吃了毁尸灭迹啊？操他们娘亲的，真够毒的啊，不就是几块点心吗？"

火小邪一抬腕，看见血迹斑斑的手臂上，好像刻着几个字。

火小邪抹了一把，痛得龇牙，却也看清了刻的什么。

"五行合纵，破万年镇，破罗刹阵，切记！"火小邪默念了一番。

"妈的巴子，什么人给老子恶作剧！破你祖宗的破啊！打哑谜啊，日你先人的啊！打就打，抛尸就抛尸，还非要刻字！有种刻个此人是我亲爹啊！"火小邪气不打一处来，他料定现在的情况，肯定是张四爷的刘管家以为打死了自己，抛尸野外。

火小邪骂骂咧咧的，就要挣扎着起身，却觉得眼角一热，伸手抹去，奇道："怎么回事，迎风流泪？"

火小邪尝了尝手指，又苦又咸，的确是泪水无疑。

"完了，眼睛打出问题了……操……"火小邪正在骂，又觉得脑中一阵阵地疼痛，眼泪更是哗哗不停地淌出，心头难受得要命，好像死了亲人似的。

火小邪连连抹泪，暗骂道："怎么回事？怎么回事？止不住了！怎么我心里这么难过啊？完了，完了，这回倒霉倒大发了，眼睛出问题，脑子也出问题了。"

火小邪悲从心来，简直按捺不住，干脆大嘴一张，哭了个痛快，方才止住。

"唉……这要是回到奉天，碰见齐建二他们，这么一通哭，真没法混了。"火小邪感叹道，转念又一想，紧张起来，"妈的，瘪猴、浪得奔、老关枪他们，不会也出事了吧？”

火小邪想到自己这三个好兄弟，忍住疼痛赶忙站起身来，捂着胸口的断骨，佝偻着身子，慢慢走开去，边走边叫道：“瘪猴、浪得奔、老关枪……你们听到没有……瘪猴、浪得奔、老关枪……听到说话，我是火小邪……”

喊到自己的名字，火小邪又是一愣，情不自禁地再次抬起手腕，看着手腕上“五行合纵，破万年镇，破罗刹阵，切记”几个血字，表情凝重起来。

“难道是我自己刻下的？”火小邪想着，“为什么，我看这几个字，心里这么不舒服？是我忘了什么吗？”

火小邪搜肠刮肚，回忆与这几个字有关的事情，一点线索也没有。

火小邪不禁叹了口气，自我安慰道：“这还真是个谜，暂时先别管了，船到桥头自然直，先找到瘪猴他们吧。”

火小邪小心地将袖子掩上，护住这几个字，蹒跚地沿着溪边，一路向前，呼唤着瘪猴、浪得奔、老关枪的名字，慢慢走去。